장미의 이름

장미의 이름

초판 1쇄 인쇄일 2018년 07월 02일
초판 1쇄 발행일 2018년 07월 13일

지은이 | 레드테일
펴낸이 | 김기선

편집장 | 김은지
편집부 | 김아름, 박신혜, 김에너벨리, 유기웅
디자인 | 금장미

펴낸곳 | 와이엠북스(YMBOOKS)
출판등록 | 2012년 7월 17일 (제382-2012-000021호)
주소 | 서울시 도봉구 노해로 379, 802호(창동, 대성빌딩)
전화 | 02)906-7768 / **팩스 |** 02)906-7769
E-mail | ymbooks@nate.com

ISBN 979-11-322-4608-4 03810

값 9,000원

장미의 이름

YMBOOKS
ROMANCE STORY

레드테일 장편소설

BOOKS

차 례

프롤로그   7

01. 인생은 위험의 연속   14
(Life is a risk)

02. 수술과 암술   45
(Stamen & Pistil)

03. 무정한 마음 (Core'ngrato)   80

04. 나와 악마의 블루스   106
(Me and the Devil Blues)

05. 선물 혹은 현재   130
(Present or Present)

06. 거울 속의 앨리스   144
(Alice in a mirror)

07. 낯선 사람들 (Strangers)   171

08. 아무도 모른다   197
(Nobody Knows)

09. 죽음의 무도 (Danse Macabre)   223

10. 포옹과 키스 (XOXO)   245

11. 필로우 토크 (Pillow Talk)   273

12. 모든 길은 로마로 통한다   289
(The roads lead to Rome)

13. A rose by any other name   330
would smell as sweet

14. 장미의 이름이 '장미'가 아니라   362
할지라도 그 향기는 여전히 달콤할 것이다

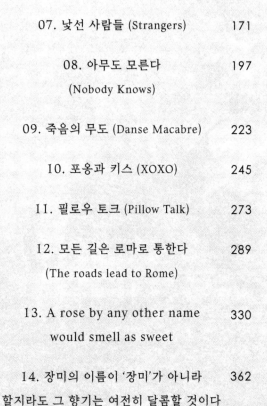

프롤로그

노을이 질 녘은 흡사 힘겹게 버티는 불씨와 같았다. 빽빽한 나무들 사이 어딘가로 천천히 아래로 떨어져가는 속도가 별똥별보다 느렸다. 밤의 장막은 달을 선두에 세워 천천히 떠올랐다. 그제야 아라는 하루가 무사히 지나갔다는 사실에 안도할 수 있었다.

"에디."

이제 열네 살인 아라는 자기보다 덩치가 살짝 더 큰 소년을 조심스레 불렀다. 그녀가 입을 열자 하얀 숨결이 흩어져갔다. 코가 얼얼할 정도로 추웠다. 이곳에도 겨울이 찾아온 것이다.

"에디, 이리 가까이로 와. 이대로 자면 얼어 죽을지도 몰라."

그녀는 자신의 곁에 몸을 웅크리고 있는 에디에게 다시 속삭였다. 하지만 소년은 꼼짝도 하지 않았다. 아라는 어쩔 수 없이 에디에게 바짝 다가갔다. 그러자 소년은 더욱 몸을 웅크리며 말했다.

"그냥 죽게 내버려둬. 이렇게 계속 짐승처럼 지내느니 차라리 죽는 게 나아."

에디의 말에 아라는 한숨을 내쉬었다. 그의 말처럼 두 사람의 상황은 사냥꾼에게 잡힌 짐승과 다를 바 없었다. 인신매매범에게 납치되고서 줄곧 쇠창살로 된 방에 갇혀 지냈다. 그들은 식사도 제때 챙겨주지 않았다. 때로는 폭력도 일삼았다.

"그런 소리 하지 말고 우리 힘내자. 꼭 탈출할 수 있을 거야."

"그게 언젠데?"

에디는 몸을 돌리더니 아라를 날카롭게 노려보았다.

"무슨 근거로 그런 꿈같은 소리를 하는 거야?"

"근거는……."

아라는 차마 자기가 CIA에서 훈련받은 요원이라는 말을 할 수가 없었다. 프로젝트S에 관해서는 기밀이었으니까. 아라가 쉽게 대답을 못 하자 에디는 입가에 조소를 띠었다.

"그것 봐. 너도 어떻게 될지 모르는 입장이잖아. 그런데 무슨 위로를 하는 거야."

"아니야. 우리는 분명히 곧 구출될 거야."

"아라, 제발 그 꿈에서 깨어나. 우린 결국 짐승처럼 사고 팔리다가 죽게 될 거야."

에디는 확신에 차서 외쳤다. 그런 그의 모습에 아라는 울적한 기분이 되었다. CIA에서 아라의 위치를 추적해 구출해줄 것을 알고 있어도 혹시나 하는 마음을 지울 수 없었다. 소년의 부정적인 마음이 그녀에게 전염된 것이다.

"하지만……."

그러나 이대로 쉽게 포기할 수는 없었다. 어쨌거나 살아 있으면 이곳을 탈출하게 될 테니까.

"오늘은 살아 있으니까 어떻게든 버텨야 해."

그렇게 다짐한 아라는 에디의 몸을 끌어안으며 차가운 바닥에 몸을 뉘었다.

"에디, 더 이상 네게 힘내자고 말하지 않을게. 하지만 오늘 밤은 이렇게 자자. 내가 추워서 그래."

아라는 겨우 미소 지으며 에디를 달랬다. 그러자 아이도 어쩔 수 없다는 듯 그녀를 가만히 내버려두었다. 바닥에서 한기가 올라와서인지 절로 몸이 떨렸다. 두 사람은 모포에 의지해서 찬 공기를 막았다. 그러나 시간이 지날수록 몸까지 덜덜 떨려올 정도로 추위는 더해졌다.

"에디, 자니?"

"……아니."

아라는 에디를 더욱 강하게 끌어안았다. 그러고서 주절주절 아무 말이나 늘어놓기 시작했다. 무슨 얘기라도 하지 않으면 정말로 얼어 죽을 것만 같았다.

"에디, 내가 지금부터 하는 얘기는 아무한테도 말하면 안 돼. 나 아무에게도 말하지 않은 비밀이 있는데……. 사실 내 등에는 나무 한 그루가 문신처럼 새겨져 있어. 이렇게 추우니 그 나무가 차라리 눈앞에 실제로 존재했으면 하고 바라게 돼. 그럼 땔감으로라도 쓸 텐데 말이야."

가만히 듣고 있던 에디는 피식 웃음을 터뜨렸다.

"그러다 불이라도 나면 우리는 도망갈 곳도 없잖아."

"아, 그건 그러네."

아라는 에디를 따라 웃었다.

"그리고 나 비밀이 한 가지 더 있는데, 여기 내 목덜미에 무슨 이름이 새겨져 있어."

그렇게 말하며 아라는 목덜미를 덮은 머리카락을 살짝 걷어서 에디에게 보여주었다. 그걸 본 에디는 무척이나 놀란 듯 눈을 동그랗게 떴다.

"역시 너도 놀라는구나. 이 이름은 태어날 때부터 새겨져 있던 건데 나도 아직까지 적응이 안 돼."

"아니, 그게 아니라……."

에디는 무언가 말하려는 듯 입을 달싹거렸다. 하지만 쉽게 말을 꺼내지 못했다. 그래서 아라는 아마도 자기를 위로하려고 아이가 애쓰고 있는 것이라고 생각했다.

"지금보다 시간이 훨씬 지나면 나도 언젠가는 익숙해지겠지. 너무 신경 쓰지 마."

아라가 애써 씩씩한 척 대답했지만 에디는 여전히 고민하는 눈치였다. 그래서 그녀는 화제를 돌리기로 했다.

"혹시 에디 너는 남들한테 말 못 했던 비밀 같은 거 없어?"

아라의 물음에 갑자기 소년의 밤색 눈동자가 흔들렸다. 그러고는 한참을 망설이나 싶더니 이내 결심한 듯 조심스레 말을 꺼냈다.

"나…… 실은 에디가 아니야."

뜬금없는 에디의 고백에 아라는 미간을 찌푸렸다. 너무 오래 갇혀 있어서 자아에 문제라도 온 것이 아닐까 걱정이 되었다. CIA의 훈련을 받은 그녀도 가끔 미쳐버릴 것 같은 순간이 올 정도였다.

하지만 무작정 에디의 말을 부정할 수는 없었다. 그건 오히려 더 큰 자극이 될 수도 있었다.

"음……. 그렇구나. 여기 있는 에디가 실은 에디가 아니라면 넌 누구인데?"

"……넬."

에디가 무척이나 자신 없는 목소리로 나지막이 대답하는 바람에 아라는 제대로 듣지 못했다.

"응? 누구?"

그녀가 재차 묻자 에디는 왈칵 눈물을 쏟아낼 것같이 촉촉한 눈길로 아라를 바라보았다.

"……모르겠어. 난 이제 누구도 아니야."

그런 에디가 가여워서 아라는 가슴이 아팠다. 힘든 상황에 있는 건 마찬가지였지만 아라는 에디와 달리 훈련을 받아왔다. 또래의 평범한 아이라면 이런 상황을 제대로 받아들이기 힘들 것이 분명했다.

"괜찮아. 네 잘못이 아니야."

아라는 마치 엄마가 아이를 달래듯 에디의 머리와 등을 살살 쓸어주었다. 그녀가 한참을 그러고 있자 에디도 많이 진정이 됐는지 아라의 품에 기댄 채 조심스레 입을 열었다.

"난 에디가 아니니까 아라 네가 에디라는 이름 말고 다른 이름을 정해줘. 네가 지어준 이름이라면 평생을 그렇게 살아갈게."

"평생이라니……."

아라는 에디가 과장이 심하다고 생각하며 어색하게 웃었다. 그러자 소년의 눈동자가 실망감에 휩싸이는 것이 그대로 보였다.

"지금 날 못 믿는 거야?"

"아니야, 아니야. 믿어."

혹시나 에디가 풀이 죽어서 다시 죽는다는 소리를 할까 봐 아라는 진지하게 이름에 대해서 고민하기 시작했다. 애완동물조차 길러본 적이 없는 그녀는 작명에는 자신이 없었다. 그래서 가끔 읽던 소설 속 주인공을 떠올려보았다. 어머니의 영향인지 기억나는 것은 추리소설뿐이었지만 그중에서도 그럴듯한 이름이 아라의 머리를 스치고 지나갔다.

"음……. 기디언은 어떨까."

"기디언?"

"그래. G, I, D, E, O, N. 기디언. 히브리어로 위대한 전사라는 뜻이래."

아라는 스스로 생각해내고도 뿌듯한 마음이 들었다.

"에디…… 아니, 기디언. 넌 앞으로 기디언이라는 이름처럼 위대한 전사니까 어떤 상황에서도 용맹하게 맞서야 해. 다시는 죽겠다는 말은 하지 말고."

소년은 이제까지와는 다르게 마치 구원을 받은 듯 두 눈을 빛내며 그녀를 보았다. 오랜만에 생기가 도는 에디를 보니 그녀까지 기분이 좋아지는 듯했다.

"고마워, 아라. 난 이제 네가 지어준 대로 기디언으로 살아갈 거야."

에디는 여전히 과장이 심했지만 아마도 납치당했다는 특수한 상황 때문일 것이다. 그렇게 생각하고 아라는 가볍게 미소 지었다. 바깥으로 나가면 이 기억도 곧 사라질지 모른다.

"그만 자자. 춥기는 하지만 체력을 위해서라도 조금은 자둬야 해."

아라는 에디를 꼭 끌어안고서 눈을 감았다. 좀 전보다는 마음이 가벼워져서인지 잠이 솔솔 밀려왔다. 그녀가 까무룩 잠이 들고 얼마나 지났을까. 무언가 소란스러운 기척에 아라가 눈을 뜨자 낯선 사람들이 쇠창살을 열어 에디를 방 밖으로 빼내고 있었다.

"에디!"

아라는 놀라서 그들을 막으려고 했다. 그러자 낯선 이들 사이에서 익숙한 얼굴이 그녀에게 다가왔다.

"아라, 고생 많았다. 네 임무는 무사히 끝났어."

그는 CIA에서 아라를 훈련시켰던 교육관이었다. 아라는 어안이 벙벙한 채로 그의 손에 이끌려 갇혀 있던 방에서 빠져나왔다.

"에디는요?"

"그에 관해서는 더 이상 아라 네가 상관할 필요가 없다. 일단 집으로 돌아가거라. 요원이 널 데려다줄 거다."

교육관의 말은 단호했다. 이미 훈련을 하며 그를 겪어온 아라로서는 더 이상 에디에 관해 물을 수 없다는 걸 알았다. 그는 대기하고 있는 차량으로 아라를 안내했다. 그렇게 그 차를 타고서 그녀는 집으로 돌아갔다. 에디와의 인연은 그것으로 끝이었다. 교육관의 말처럼 아라는 에디에게 더 이상 상관할 수가 없었다. 그렇게 그녀는 자연스럽게 기억 속에서 에디를 지워갔다.

01. 인생은 위험의 연속(Life is a risk)

느지막이 잠에서 깬 아라는 커튼을 젖혔다. 뉴욕의 가을 하늘은 청명했지만, 아라에겐 딱히 감흥이 없는 것 같았다. 아라는 창밖에서 시선을 떼고 습관처럼 거울 앞에 섰다. 유려한 아라의 몸매는 여성성과 함께, 오랜 시간 단련해온 탄탄함이 공존하고 있었다.

"으음……."

하지만 아라의 관심사는 자신의 몸매가 아니었다. 몸을 틀어 거울에 자신의 등을 비춰봤다.

"설마 자라고 있는 건가."

그녀의 등을 가로지르는 갈색의 흉터 혹은 어떠한 흔적은 언뜻 보면 밤색 나무 한 그루처럼 보였다. 사춘기가 막 시작됐을 무렵 열흘을 꼬박 앓아누운 열병 끝에 생긴 흔적이었다. 의사들은 이러한 흔적이 왜 생겼으며, 무슨 증상인지 그 원인을 찾느라 분주했지만, 결국 아직까지도 의학적으로 밝혀낸 건 아무것도 없었다.

"뭐…… 어쩔 수 없나."

이젠 제법 이 나무의 존재에 익숙해졌다. 어쩌면 아라는 그 나무의 자취에서 자신을 보고 있는지도 몰랐다. 꽃도, 잎도 없이 앙상한 가지만 뻗은 그 쓸쓸한 모습에서.

설상가상 지울 수 없는 흔적은 등에만 있는 것이 아니었다. 아라는 머리카락을 들어 올려 여전히 그녀의 목덜미에 자리 잡고 있는 '그것'을 자세히 관찰했다.

"태어날 때부터 강제로 새겨진 문신이라."

모르는 사람이 본다면 그것은 분명한 문신이었다. 'Donell'이라는 정확한 철자가 새겨진 것이다. 현대 의학의 시대에 정말이지 황당한 일이지만, 아라가 태어났을 때부터 지금까지 어떤 의사도 어떤 레이저도 이 글자를 지우거나 훼손할 수 없었다.

"하긴, 내가 어쩌겠어."

아라는 익숙한 듯이 체념하곤 욕실에서 샤워를 한 후 외출 준비를 마쳤다. 아라의 늘씬한 몸매에 착 달라붙는 소탈한 청바지와 후드는 평소와 같았지만, 허리춤이 가벼운 건 아직 적응이 덜 됐다.

"이제는 너희도 쉬는 거야."

책상 위에 놓인 CIA의 신분증과 총을 보며 아라가 혼잣말을 했다. 이제는 '전직'이 됐으니 아라에겐 필요 없는 물건이었다.

"그보다……."

아라는 며칠 전 자신에게 도착한 쪽지 하나를 들여다봤다.

"이제 와서 어머니의 유품이라니."

쪽지에 적힌 주소는 뉴요커들에게조차 거의 잊힌, 아주 오래되고 작은 은행이었다. 그 아래에는 개인 대여 금고의 번호가 적혀 있었다. 꼭 추리소설의 시작 같은 전개다.

"역시 우리 어머니라고 해야 하나."

아라는 셜록키언, 즉 셜록 홈즈와 코난 도일에 심취한 사람들이라 불리던 어머니를 떠올리곤 아련한 미소를 지었다. 지금 아라가 살고 있는 이 건물 자체도 어머니가 물려주신 유산이었다. 뉴욕 변두리의 221B Baker Street. 영국에나 존재하는 주소가 미국 아파트의 이름이 된 것도 순전히 그녀의 탓이었다.

"그러니까 점점 궁금해지네."

아라는 후드 깃을 여미며 건물을 나섰다. 은행의 마감 시간이 얼마 남지 않은 것도 있지만, 상대가 어머니라는 점에서 아라의 본능적인 호기심이 발걸음을 재촉하고 있었다.

* * *

겨우 시간에 맞춰 도착한 아라는 자신의 번호가 불리자 낡은 카운터 앞에 섰다.

"무엇을 도와드릴까요?"

친절한 중년 여성의 목소리에 아라는 주머니 속의 쪽지를 꺼내 보였다.

"아……. 이 번호대라면, 확실히 저희 대여 금고인데 꽤 오래된 구역이라 잠시 찾아봐야 할 것 같아요."

"네, 부탁드릴게요."

은행엔 대부분이 아라처럼 느긋하게 기다리는 사람들뿐이었다.

그래서였을까, 아라는 이 장소와 어울리지 않는 사람의 등장을 누구보다 빨리 알아챌 수 있었다.

"잠깐……!"

목소리를 낮춘 아라는 은행원을 향해 외쳤지만, 이미 늦었다.

탕……!

복면강도가 발포한 한 발의 총성이 천장의 샹들리에를 격추시켰다. 그 즉시, 평화로웠던 은행은 아비규환에 빠졌다. 사람들은 비명을 지르며 어떻게든 이곳을 벗어나려 했지만, 이미 퇴로는 강도에 의해 차단된 후였다.

"전부 동작 그만! 그대로 엎드려, 죽고 싶지 않으면……."

그 말을 증명하려는 듯 강도가 총구를 사방으로 휘두르자 사람들은 순순히 바닥에 엎드렸다. 그 군중 속에는 아라도 포함돼 있었다. 아까의 발포나 지금의 태도로 봐서 강도는 아마추어 같았다. 마음만 먹으면 제압할 수도 있겠지만, 아무래도 전직 요원으로서 시선을 끌고 싶진 않았다.

"거기 여자, 어, 엎드리라고!"

확실히 강도의 태도는 묘했다. 아라는 강도의 지시에 따르면서도 빠르게 머리를 회전시켰다. 이젠 전직이라지만, 특유의 훈련된 습관은 아직 배어 있는 탓이었다.

"다들 고, 고개 들지 마!"

강도는 많이 격앙된 듯 말까지 더듬었다. 다른 사람들과 같이 납작하게 엎드린 아라는 소리로만 정황을 파악할 수 있었지만, 상대가 강도라는 행위 자체에 익숙하지 않은 사람이라는 건 확신할 수 있었다. 만약 전과가 있다 해도 경범죄 정도지 이 정도로 담이 커야 할 수 있는 일을 벌일 타입은 아니란 것이다.

"여기 가방에 있는 돈 전부 다 담아."

툭, 하고 가방이 떨어지는 소리와 함께 은행원이 일사불란하게 움직이는 발소리가 들렸다. 그렇게 얼마나 지났을까. 멀리서부터 '위용, 위용'거리며 경찰차가 다가오는 소리가 들렸다. 아마도 누군가 비상벨을 울린 게 분명했다.

"무, 무슨……?"

강도는 어리둥절하며 문 가까이로 다가가 밖을 살폈다. 아라도 살짝 고개를 들어 주위를 둘러보았다. 은행에 있는 대부분의 사람들은 경찰차의 등장에 안도의 한숨을 내쉬고 있었다. 아라 역시도 마음을 놓은 그 순간 강도가 잔뜩 흥분해서 다가오더니 자신 앞에 있는 여자를 낚아채어 다시 문으로 다가갔다. 그는 여자의 머리에 총구를 들이대고 외쳤다.

"하, 한 놈이라도 은행으로 다가오면 여기 있는 사람들을 모두 주, 죽이겠다!"

아마도 경찰이 바로 은행으로 달려오려고 했던 모양이다. 그들에게 협박을 한 강도는 다시 여자를 끌고 들어오더니 문을 모두 잠갔다. 그리고 인질 중 한 명을 시켜 모든 블라인드를 내렸다. NYPD가 도착한 직후부터 강도는 눈에 띄게 초조한 모습을 보였다.

"제기랄……."

강도의 욕설에선 분노보다는 절망이 느껴졌다. 바깥은 점점 어두워지기 시작했다. 뉴욕 다운타운 변두리, 은행이라 부르기도 민망한 작고, 작은 공간 안에서 갇혀 있는 사람들은 이미 모두 지쳐 있었다. 그리고 그중에서도 가장 지친 사람은 다름 아닌 이 상황을 초래한 그였다.

"저도 이러고 싶진 않았어요. 모두 잘될 거라 생각했는데……."

그는 절망이 가득한 음성으로 말했다. 그건 잡혀 있는 무리를 향한 것인지, 신을 향해서인지, 그것도 아니면 은행을 둘러싼 FBI와 SWAT팀에게 하고 싶은 말인지 구분할 수 없었다.

"이해해요. 그러니 이제 그만하고 우리 같이 나가는 게 어때요. 네?"

한 아주머니가 어르고 달래는 말에 그는 기어코 주저앉아 눈물을 비쳤다.

"이제 그만해요. 다 끝났어요……. 당신, 아직 아무도 죽이지 않았잖아요……."

"미안해요. 정말 미안해요."

강도의 이어지는 사과에 말없이 등을 쓸어주는 그녀는 그저 아들을 달래는 듯 다정하게 보였다. 그는 이내 복면을 벗고서 흘러내리는 눈물을 손등으로 닦아냈다.

"나는 누구도…… 다치게 하고 싶지 않아요. 그냥 돈만…… 돈만 얻고 끝낼 생각이었는데……."

창문 너머로는 투항을 권하는 목소리가 들려왔다. 강도는 눈물고인 눈으로 창문 너머를 바라보았다. 그러고선 다시 고개를 돌려 자신이 잡아둔 인질 한 명 한 명을 둘러본다.

"아아!"

그는 탄식을 뱉으며 자신이 쥔 리볼버도 한번 쳐다보았다. 은행 마감시간이 가까웠던 4시 무렵부터 이미 해가 져버린 지금까지 그는 우릴 위협했고, 협박했으며, 이제는 서로 동화되고 말았다.
전부 바보 같다는 생각이 들 무렵, 누군가 아라의 귓가에 나지막이
속삭였다.

"재미있는 상황이군요."

"무슨……."

불현듯 들리는 낮은 음성에 옆을 돌아보자 다른 것보다 붉은 입
술이 가장 먼저 눈에 들어왔다. 그 순간, 그녀의 심장이 크게 쿵 소
리를 내었다.

"……소리를 하는 거죠?"

아라는 겨우 뒷말을 이었다. 벽안(碧眼)이란 단어가 이보다 더
잘 어울릴 사람은 없을 것이다. 에메랄드가 그대로 박힌 듯 아름다
운 청록색 눈동자와 블론드의 머리카락은 간간이 사라지는 사이
렌 불빛만으로도 반짝였다. 창백하리만치 하얀 피부와는 대조적
인 붉은 입술과 적당히 낮고 부드러운 음성, 거기에 영국식 악센트
까지. 그는 아마도 누군가의 아도니스이고, 아폴론이고, 다비드일
것이다.

"지금 여기, 이 시간, 이 장소에서 벌어지는 모든 상황이 말입니
다. 재미있지 않습니까?"

그의 여유로운 미소를 보며 그녀의 심장이 다시 한번 크게 뛰었
지만 아라는 애써 모른 척하며 대답했다.

"……재밌으려고 벌인 일은 아닐 것 같은데요."

"그렇겠죠. 하지만 전 제법 재밌는데 말입니다."

"대체 무슨……."

남자에게는 두려움이나 허영이 아닌 진심이 느껴졌다. 게다가

그의 청록색의 눈동자가 그녀를 잡아두고 놓아주지 않았다. 위험하다. 그녀의 본능이 그렇게 외치고 있다. 그는 언제 내 곁으로 다가왔지? 기척은 냈던가? 그렇다면 언제? 어떻게? 아니, 그 이전에 그가 인질로서 존재하긴 했던가…….

"당신, 누구야?"

날카로운 발톱을 드러내듯 그렇게 읊조렸나 보다. 남자는 잠시 인상을 찌푸리더니 금세 다정하게 미소 지었다.

"아라, 당신과 만나야만 하는 운명을 가진 사람."

"내 이름은 또 어떻게…….."

요원 시절에도 사용하지 않았던 본명이 그의 붉은 입술을 통해 흘러나오자 더욱 낯설게 느껴졌다. 인질이 되었던 순간도 이토록 놀랍진 않았다. 그래서 더욱 의심을 멈출 수 없었다. 그와 자신의 연결점을, 연결 고리를, 무수하게 놓인 접점의 가능성을 떠올려보았다. 하지만 어느 장소, 어느 시간에도 그는 존재하지 않았다. 아라의 당혹감은 더욱 높아져갔다.

"기디언?"

그 순간, 아이러니하게도 남자와 아라 사이의 정적을 깬 것은 강도인 사내였다. 어느새 일어선 강도는 남자와 안면이 있는 듯 그의 이름을 정확한 발음으로 불렀다.

"기디언! 난, 나는……."

하물며 기디언을 바라보는 강도의 시선에는 여러 감정이 담겨 있었다. 두 사람은 오늘 처음 만난 사이가 아닌 것 같았다. 위험하다. 기디언에게 접근하지 말라는 경고가 머릿속에서 시끄럽게 울려댔다.

"기디언! 더 이상은 못 할 거 같아요. 무섭다고요! 난…… 나는……
이렇게 될 줄은 정말……."

강도는 기디언에게 당장 울며 매달릴 것처럼 절망적으로 보였
다. 그의 절망과 후회가 아라의 살갗에도 쓰리게 스몄을 정도였다.

"아라. 들었죠? 내 이름."

하지만 기디언은 달랐다. 마치 그의 시선에는 강도의 존재가 없
는 것만 같았다. 타인인 아라조차 그의 감정에 살갗이 쓰린데, 기
디언의 눈동자에는 오로지 아라만이 담겨 있었다.

"당신…… 누구죠?"

그녀는 대체 무슨 상황인지 갈피를 잡을 수 없었다.

"난…… 당신을 모르는데."

혼란스러운 목소리와 달리 아라는 어느새인가 기디언을 또렷하
게 응시하고 있었다.

"기디언이라고 했죠?"

아라가 그의 이름을 직접 발음하는 순간 이유를 알 수 없는 묘
한 기분이 전신을 휘감았다.

"당신 이름 말이에요."

기디언의 입술을 아라의 말에 대답하는 대신 붉은 호선을 그리
고 있었다. 그리고 바로 다음 순간 어떠한 예고도 없이 그의 입술
이 아라의 입술을 점령해왔다.

"읍!"

이건 기습적인 입맞춤보다 문자 그대로의 점령에 가까웠다. 하
지만 어째서인지 통증은 입술보다 그녀의 등에 새겨진 나무의 줄
기를 따라 아릿하게 퍼져나갔다.

"으……."

고통을 이기지 못하고 잇새로 신음 소리가 새어 나왔다. 아라는 온 힘을 다해 그의 어깨를 밀어냈다. 아무리 갑작스럽게 당한 일이었다고 해도, 고도의 훈련을 받은 아라에게는 있을 수 없는 일이었다.

"이게 뭐 하는 짓이죠?"

전신의 완력을 다해 그를 밀어낸 탓에 숨을 몰아쉬는 아라와는 달리 기디언은 호흡 하나 흐트러지지 않았다.

"내가 뭐 하는 짓이냐고 물었잖아!"

이제야 밀려오는 통증에 입술을 훔치자 손등에 피가 배어나왔다. 기디언은 그 순간조차 뻔뻔하고 여유롭게 아라를 보고 있었다.

"날 잊은 벌입니다. 이젠 절대 잊지 않겠죠. 그리고……."

영문 모를 말을 남긴 채 기디언은 자리에서 일어섰다. 그러자 이제껏 보지 못했던 그의 전신이 눈에 들어왔다. 강도인 남자도 작지 않은 체구였는데 기디언의 장신이 훨씬 눈에 띄었다.

"당신."

처음으로 기디언이 강도에게 관심을 가졌다. 우아한 슈트로 둘러싸였지만 그 안의 탄탄한 근육을 짐작케 하는 기디언 앞에서 강도는 너무나 볼품없고 초라해 보였다. 그리고 그 신체의 우월성을 자랑하기라도 하듯, 기디언은 군더더기 없는 빠른 동작으로, 품에서 리볼버를 꺼내 강도를 겨눴다.

'저 동작…….'

전직 CIA요원인 아라가 봤던 그 어떤 교관들도 저렇게 자연스럽게 사람에게 총구를 겨눌 수는 없었다. 더군다나 그 입가에는 여전히 그림으로 그린 듯 완벽해 보이는 미소를 띠고 있었다.

"당신에게는 크게 기대 안 했으니 걱정 마십시오. 어차피 버리는 패였으니까."

그와 동시에 총구를 벗어난 탄환이 강도의 머리를 관통했다.

"까아아아악!!!"

누군가의 비명이 날카롭게 공기를 찢는 것과 동시에 아비규환이 시작됐다. 눈앞에서 사람의 머리가 관통당하고, 피와 살점이 고스란히 쏟아져 내리는 광경은 절로 기도문이 나올 정도로 참담했다. 평정심을 잃지 않은 건 아라와 기디언, 단둘뿐이었다.

"당신……."

낮게 깔린 아라의 목소리에 방금 전의 살인과는 전혀 관계없는 것처럼 보이는 투명한 눈동자가 그녀를 돌아봤다.

"도대체 정체가 뭐지?"

"내가 당신을 다시 찾을 테니 채근하지 말아요."

가볍게 한쪽 눈을 찡그려 아라에게 윙크를 날린 기디언은 품에서 타원형의 물건 하나를 꺼내 보였다. 그러고선 연극을 하듯 과장된 몸짓으로 그것을 머리 위로 들어 올렸다.

"남은 이야기는 단둘이서 하는 걸로 기약합시다."

기디언은 미소 짓고 있었지만 아라는 본능적인 위험을 느꼈다.

"To be or not to be. that is the question."

그의 유려한 목소리가 햄릿의 대사를 읊는 순간, 아라는 위험의 정체를 알아차렸다.

"수류탄……!"

햄릿이 그토록 고뇌했던 부분은 당장 아라의 몫이 되었다.

"모두 도망쳐요, 어서!"

아라의 외침과 동시에 공포에 질린 사람들이 은행을 빠져나갔다. 정작 마지막에 남은 사람은 아라였다. 기디언을 노려보느라 발이 떨어지지 않았다.

"아쉽지만, 일단은 작별입니다."

아라를 향해 흔드는 한쪽 손이 너무도 우아해서 분할 정도였다. 기디언은 나름의 작별 인사와 같은 의식을 끝으로 결국 수류탄의 안전핀을 뽑았다.

"젠장!"

아라는 생명을 위해 어쩔 수 없이 뛰어야만 했다. 당장은 해결되지 않은 문제들이 많지만 별수 없었다.

쾅!

아라가 가까스로 정문을 빠져나온 순간, 등 뒤에서 엄청난 폭음과 함께 건물이 무너지는 소리가 들렸다. 조금만 늦었다면 아라도 같은 신세가 되었을 것이다. 그만큼 아슬아슬한 탈출이었다. 하지만…….

"기디언……."

문제는 지금부터 시작이었다.

* * *

갑작스러운 강도와 만난 뒤 폭파 사건을 겪은 피해자들은 FBI에게 증언을 해야 했다. 겨우 진술을 끝낸 이들은 모두 보호자의 인솔하에 경찰서를 떠날 수 있었다. 아라는 보호자로 부를 만한 사람이 없었기에 CIA 동료였던 해리슨을 호출했다. 기다림에 지칠 즈음, 해리슨이 나타나 아라의 신병을 양도받았다.

"수류탄을 알아채고 단숨에 사람들을 대피시켰다며? 덕분에 인명 피해가 없었다고 FBI 놈들이 좋아하더라."

미리 연락을 넣어뒀음에도 불구하고 그는 일부러 느지막이 온 것이 분명했다. 그게 분해서 아라는 아프지 않게 그의 옆구리를 툭 쳤다. 하지만 그런 행동에도 해리슨은 꿈쩍도 하지 않았다.

"걔들 좋으라고 한 일 아니야. 나도 살려고 한 일이지."

"맞아. 그렇겠지. 게다가 FBI가 좋아서 우리한테 득 될 건 없잖아. 그것보다 역시 솜씨 안 죽었네. 전직 CIA요원다워."

"당연하지. 해리슨, 네가 누구 때문에 CIA 팀장 자리에 앉은 건지 잊지 마."

아라의 말에 해리슨이 슬쩍 미소를 보였다. 그러고는 그는 경찰서를 나오자마자 품에서 담배를 꺼내 입에 물었다.

"하긴, 네가 전직 요원이라는 게 아직도 많이 아쉽군."

그렇게 한 모금을 빨아들인 그는 입에서 흰 연기를 내뱉고 이야기를 이어갔다.

"그런데 목격자들 말로는 범인들 간에 충돌이 있었다던데."

해리슨의 눈이 날카로운 빛을 띠기 시작했다. 평소에는 스스럼없이 대하던 그가 일을 대할 때는 언제나 저런 눈빛을 했다.

"수류탄으로 은행을 폭파시킨 놈과 네가 대화를 나누었다는 증언도 있고 말이야. 이게 과연 어떻게 된 일인지 설명해주겠어?"

"그 남자는……."

아라는 단숨에 기디언을 떠올렸다. 그림으로 그린 것처럼 단정

26

하고 보기 좋은 미소를 짓던 그가 방아쇠를 당기던 순간, 강도는 처참하게 무너졌다. 그때를 다시 떠올리자 섬뜩하고 온몸에 닭살이 돋는 것 같았다.

"그는⋯⋯."

하지만 그런 두려움과는 반대로 그를 처음 본 순간 그녀의 심장이 세차게 뛰었던 것 역시 변함이 없었다. 그 낯선 감정이 아라를 잠시 망설이게 했다.

"⋯⋯내가 만나본 인물들 중에 제일로 위험한 사람이었어."

그녀는 두려움과 가슴 떨림이 공존하던 그때를 '위험'이라는 단어 하나로 정의했다.

"고작 은행 강도가?"

해리슨의 물음에 아라는 고개를 내저었다. 그녀의 안에서 이 사건의 범인은 따로 있었다.

"아니, 안타깝게도 그는 공범이 아니었어. 마치 조종당한 것처럼⋯⋯. 조사해보면 알겠지만 애초에 그 강도는 그런 대담한 범행을 벌일 인물이 아니야."

아라의 말에 해리슨은 한동안 말없이 생각에 빠진 듯했다. 그러는 사이에도 아라는 기억을 더듬으며 말을 이어갔다.

"사살당한 강도는⋯⋯ 마리오네트처럼 보였어. 그마저도 머리통이 나간 채로 무참히 버려진."

"마리오네트?"

"그래. 실에 매달려 조종당하는 인형. 그 이상도, 이하도 아닌 것 같아 보였어."

해리슨의 표정이 점점 심각하게 변해갔다. 짧은 시간에 그 변화를 눈치채고 아라는 해리슨을 유심히 바라보았다.

"목격자에 따르면 강도를 사살한 남자의 인상착의가 제법 곱상했다고 하던데. 아니, 곱상의 정도를 넘어서 굉장히 매력적이게 생겼다고 했던가. 키도 크고, 몸도 모델 못지않고 말이야."

"맞아. 그리고 자기 이름이……."

아라가 말을 채 끝내기도 전에 해리슨이 뒷말을 이었다.

"기디언."

해리슨이 그의 이름을 알고 있다는 게 아라는 놀라웠다. 하지만 그는 여전히 심각한 표정 그대로였다.

"기디언 펠. 오랜만에 아주 악질적인 놈이 나타났군."

골치가 아프다는 듯 그는 손을 들어 자신의 머리를 헝클어트렸다. 그제야 아라는 기디언이 CIA의 주목 대상이라는 걸 깨달았다. 역시나 범상치 않은 사람이었던 것이다.

"그뿐이야?"

"뭐가?"

해리슨은 담배꽁초를 바닥에 던져 발로 비벼 껐다. 기디언의 이름을 듣는 순간부터 그는 기분이 좋지 않은 듯 보였다.

"대화를 나눴다는 건……."

거기까지 듣고서야 아라는 자신에게 일어난 일들을 반추해볼 수 있었다. 기디언과 닿는 순간, 등에 새겨진 갈색 나무가 처음으로 그 존재를 주장했다. 타들어갈 듯이 뜨거웠던 열기와 입술에 느껴졌던 고통……. 거기까지 떠올린 아라는 당장 미간이 찌푸려졌다.

"일방적으로 자아도취적인 말을 들었을 뿐이야!"

발끈하는 아라를 보며 해리슨은 어리둥절한 표정을 지었다.

"무슨 일이야, 평소답지 않게 감정이 격해 보이네."

"네 말처럼 악질의 느낌이 너무 강하니까!"

"아. 하긴⋯⋯."

아라는 불쾌한 기분을 속으로 삭이며 해리슨을 앞서 걷기 시작했다. 새로운 담배를 꺼내어 물려던 해리슨은 혀를 한번 차더니 느릿한 걸음으로 뒤를 쫓았다.

"어디 가게?"

"너 차 가져왔지? 잠깐 들러볼 곳이 있어."

"그래 뭐, 그건 어렵지 않지. 마침 보여줄 것도 있고."

그렇게 두 사람은 조금의 망설임도 없이 주차장으로 향했다.

* * *

"그것보다 굉장하네."

아직 사건의 열기가 빠져나가지 못한 이 밤, 아라와 해리슨은 은행이 있던 장소에 다시 서 있다. 어디를 둘러봐도 형체를 알아보기 힘든 건물의 파편만 남아 있었다.

"여긴 또 왜 오자고 한 거야? 기념으로 사진이라도 한 방 박아두게?"

그녀는 끓어오르는 감정을 진정시키려 호흡을 가다듬었다. 그리고 필름을 되감듯 오늘 일어났던 모든 일을 되돌렸다. 그러다 불쑥, 기디언의 모습이 끼어들었다. 그때부터는 그녀의 중심이 롤러코스터에 탄 것처럼 어지럽게 흔들렸다. 오늘 밤의 사건은 거짓이 아니었다.

"그냥……. 확인이 좀 필요했어. 그것보다 네가 보여주고 싶다는 건 뭐야?"

해리슨은 손에 들고 있던 서류봉투를 아라에게 내밀었다.

"카피본이야. 어느 코드로나 접근 가능한 정보니까 보고 싶은 만큼 보셔."

아라가 내용물을 꺼내자 CCTV로 찍힌 기디언의 사진이 제일 첫 장에 나왔다. 아름답던 눈동자와 매끈한 피부는 조악한 화질 속에서도 빛이 꺼질 줄 몰랐다. 다음 장부터는 줄줄이 그의 정보가 쓰여 있지만, 도움 될 만한 것은 그다지 보이지 않았다.

〈이름: 기디언 펠(본명 불명.)
미합중국의 1급 수배자이며 국제적 범죄 컨설턴트
출생지: 불명
생년월일: 불명
주소: 불명
가족관계: 불명〉

사람들이 그를 기디언 펠이라 부르는 것은 그가 자주 사용하는 이름이기 때문이었다. 그는 한 도시에서 삼 일 이상 머무는 법을 몰랐고, 머무는 동안도 각기 다른 호텔을 가명으로 이용했을 것이다.

"이름을 생각하는 것도 일이겠다."

국가 간의 이동은 자신의 전용기를 사용하지만 명의는 페이퍼

컴퍼니일 게 분명했다. 그나마 명확한 것은 기디언이 등장한 곳에는 늘 범죄가 뒤따른다는 사실이었다. 그는 그가 원하는 어떤 존재도 될 수 있고, 무를 유로, 유를 무로 만드는 것에 탁월한 재능을 가지고 있었다.

"질이 나빠. 어떻게든 잡고 싶지만 쉽지가 않네."

"질이 나쁘다고?"

아라의 질문에 해리슨은 뒷장을 보라는 듯 고갯짓했다. 다음 장을 천천히 읽은 그녀는 기가 막힌다는 표정을 지었다.

"이게 정말로 가능한 거야?"

"실제로 가능하니까 아직도 잡히지 않았겠지."

기디언이 있는 그 시간, 그 장소에 분명 범죄가 일어나고 있음에도 증거나 범인이 없다. 있다 해도 잡을 수가 없었다. 한마디로 하멜른의 피리 부는 사나이 같은 존재였다. 많은 것을 가져가지만 휩쓸고 간 자리는 폐허뿐이었다. 그가 무엇을, 어떻게 가져갔는지는 알 수 없다. 모든 연관성은 추측 아래 놓여 있고 어느 것 하나 명확하지 않았다.

"정말…… 대단히……."

오늘 그녀가 본 사람은 신기루가 아니었음에도 세상이 말하는 그는 모든 것이 불명확했다.

"대단히, 씨발 놈이네."

저도 모르게 흘러나오는 욕설에 한숨이 뒤섞인다. 그녀는 자신이 무엇을 놓쳤는지도 몰랐다. 어디서부터 어떻게 시작해야 할지 힌트도 없었다. 마치 숨바꼭질을 혼자서만 즐기는 느낌이었다.

"아무튼 이 이상 그와 엮이지 않도록 조심해. 내가 뭐라고 그랬냐. 민간인들 사이에 섞여도 사건, 사고에 휘말리지 말라고 그렇게 일렀잖아. 자칫 잘못해서 네가 걸리면 깨지는 건 내 몫이라고. 아무리 CIA를 떠난 몸이지만 넌 절대 자유로운 몸이 아니야. 그리고…….”

해리슨의 잔소리가 길어질 것 같았다. 아라는 고개를 내저으며 그의 말을 잘랐다.

“해리슨, 팀원들이 너랑 얘기하는 거 별로 안 좋아하지?”

“뭐, 그만큼 범접하기 힘든 존재라 그런 거 아니겠어.”

“내가 널 염려해서 하는 소리니까 잘 들어. 앞으로 누군가와 대화를 하고 싶으면 그놈의 잔소리 좀 줄여. 계속 그러면 친해지고 싶다가도 단숨에 아재 길 걷게 되는 거야.”

“내 얘기가 지루해서 팀원들이 날 피한다 이거야, 지금?”

“아니라고는 말 못 하겠어.”

아라가 어깨를 으쓱이며 대답하자 해리슨이 살기등등한 눈으로 그녀를 노려보았다. 내색은 안 하지만 그도 나름 신경 쓰고 있던 부분이었던 것이다.

“쓸데없이 솔직하다.”

“그게 내 매력이잖아.”

앞머리를 넘기며 잘난 체를 하자 해리슨의 쭉 뻗은 검지와 중지가 그녀의 눈을 찌를 것처럼 다가왔다. 그 손길에는 망설임은 없고 진심만 가득했다. 아라가 재빨리 피하지 않았다면 정말 두 눈이 멀 뻔했다.

“잠깐! 자료는 더 없어? 정말 이게 다야?”

진심으로 대하면 해리슨을 못 이길 것도 없지만, 그건 두 사람에게 있어 쓸데없는 체력 소비일 뿐이다. 그도 그걸 아는지, 이어지던 공격은 금세 멈췄다.

"없어. 만약 있다고 해도 내 코드로 얻을 수 있는 자료는 거기까지야. 게다가 그와 함께 일했다는 사람들은 행방이 묘연하고 말이지."

방금 전까지만 해도 이용 가치가 없다며 같은 편으로 보이는 사내를 총으로 쏴버린 남자다. 그러니 누구에게도 쉽게 곁을 내주지 않을 것이 분명했다. 그런 그의 존재를 어떻게든 알아내고 수배령이 내려진 것은 어쩌면 충분히 대단한 일이었다.

"이러나저러나 증거 없는 건 여전하고, 정보 갱신이 안 되는 것도 마찬가지지. 차라리 자수해주면 고마울 거 같은데 말이야. 요원으로라도 써먹게."

해리슨이 발끝으로 가볍게 찬 돌이 또르륵 굴러 은행의 파편 무리에 합세했다. 파면 팔수록 미궁만 더 깊어졌다. 그렇다면 길을 되돌아 나가는 것이 옳은 걸까. 아니면 저 끝에 무엇이 있는지 확인이라도 하는 편이 좋은 걸까.

"마지막으로 하나만 더 물을게. 오늘 사건 조사서 읽었지? 시신 발견은 했대?"

"거의 불가능하지. 만약 찾아도 백 프로 식별 불가능할 거다. 수류탄과 같이 날아갔으니 오죽 잘 갈렸을라고."

"역시 그럴까……"

이상하게도 기디언이 죽었으리란 생각은 들지 않았다. 만약, 살아 있다면 두 눈으로 확인하고 싶었다. 햄릿의 대사처럼 '사느냐, 죽느냐'의 기로에 놓여 있던 그가 어떤 선택을 했을지 궁금했다.

"날 알고 있었어."

그의 안위가 궁금한 이유는 이것이 가장 클 것이다. CIA에서 활동한 이래로 한 번도 불려진 적 없던 그녀의 진짜 이름을 그는 알고 있었다. 자신조차 잊고 살아야 했던 가엾은 그것을.

"내 이름을 그가, 기디언이 알고 있었어."

"그 새끼는 아마 모르는 게 없을 거다. 그러니 잡히지도 않고 도망 다니면서 돈도 벌지."

듣고 보니 합당한 이유라 딱히 반론하지 못했다. 기디언에게는 신조차 자신의 편으로 만드는 능력이 있는 게 분명해 보였다.

"근데 정말로, 여긴 왜 온 거야."

"말했잖아. 확인차 왔다고. 내가 정말 여기에 있었는지 확인하고 싶기도 했고."

"그거 말고. 애초에 이 은행에 무슨 볼일이 있던 거야?"

그러고 보니 왜 왔더라. 찬찬히 기억을 거슬러 올라가니 오늘 오후, 아파트를 빠져나오던 때가 떠올랐다. 오늘쯤은 어머니의 마지막 유품을 찾자는 생각에서였다. 정신이 없어 잠시 잊기는 했지만.

"유언장에 있었어. 이날, 그 시간, 이 장소로 어머니 유품을 찾으러 와달라는."

"이렇게 좁아터진 은행에도 개인 금고가 있나?"

"글쎄, 있으니까 신청하신 거겠지. 지금 이 꼴로 봐서는 영원히 알 수 없겠지만."

개인 금고도, 어머니의 유품도 사라져버렸다. 쓸쓸함이 목까지 차오르지만 이미 사라진 것을 되돌리는 방법을 그녀는 알지 못했다. 그저 별수 없다 자위하고 인정하는 수밖에. 그럼에도 지울 수 없는 것은 좀 더 일찍 찾아왔더라면 하는 아쉬움이었다.

"입술은 왜 그랬어? 잡혀 있을 때 맞았냐?"

"아……."

해리슨의 물음에 아라는 저도 모르게 엄지손가락으로 입술을 매만졌다. 우둘투둘 엉킨 딱지가 만져졌다. 다시 불쾌한 기억이 떠오르려는 것을 겨우 막아내며 아라는 시큰둥하게 대답했다.

"아, 젠장. 개한테 물렸어. 그것보다 바람이 차네. 그만 돌아갈까."

"같이 가자. 태워다줄게."

해리슨은 건너편 길목에 주차해둔 자신의 컨버터블을 가리켰다. 하지만 아라는 고개를 가로저었다.

"걸어가도 괜찮아. 여기서 꽤 가깝거든."

"겸사겸사니까 사양 마. 온 김에 유산으로 받았다던 아파트 구경이나 좀 하자."

"됐으니까 어서 가. 밤늦게 나온 거잖아. 그러다 또 이혼당하면 누구를 원망하려고."

굳게 버티고 선 해리슨의 등을, 오로지 컨버터블을 향해 떠밀었다.

"그냥 가? 정말?"

"그래 그냥 가."

해리슨은 차에 타는 순간까지도 미련을 버리지 못했다.

"나 정말 그냥 간다."

"제발 좀 가주세요."

그렇게 멀어지는 차를 배웅하고서야 아라는 후드를 뒤집어쓰고 걸음을 옮겼다. 폭파로 무너진 은행에서 그녀가 사는 아파트까지는 두 블록 정도의 거리였다. 해리슨은 직장 동료이기 이전에 오랜 친구이기에 초대 못 할 것도 없었다. 하지만 그가 아파트 이름을 보는 순간 비웃을 걸 알기에 쉽사리 알려주고 싶지 않다.

"가능한 한 오래 들키지 않고 조용히 지내고 싶어."

어쩌면 어머니는 탐정인 홈즈는 되지 못해도 집주인인 허드슨 부인은 되고 싶으셨던 건지도 모르겠다. 일종의 대리 만족이겠지만.

"아무리 어머니의 유일한 재산이지만……."

그런 어머니도 재작년에 돌아가셨다. 임무 중에 접한 비보였기에 임종을 지켜보지 못한 건 물론이고, 장례조차 제대로 치러드리지 못했다. 듣기에는 입주민 중 한 명이 어머니 가시는 길을 잘 배웅해주었다고 한다. 장례 후에는 그의 행방도 묘연해진 탓에 감사의 말도 전하지 못했다.

"이름은 좀 바꾸시지 그러셨어요."

그렇게 한순간에 주인을 잃은 아파트는 1년 동안 방치되었다. 아라가 CIA를 그만두는 데 필요한 시간이 딱 그만큼이었기 때문이었다. 그동안에 신분 세탁을 하고, 본래의 이름을 되찾자마자 한 일은 방치된 아파트의 수리였다.

"입주자만 좀 늘면 더 고마울 텐데 말이지."

사실, 월세가 없더라도 사는 데 지장은 없다. 그녀가 늙어 죽은 후에도 쓸 수 있을 만큼의 돈이 스위스 비밀 금고에 잠들어 있었다. 하지만 어머니가 아끼던 아파트였던 만큼 사람 냄새나는 곳으로 만들고 싶었다. 다정한 이웃이 복작복작 살아가며 모두가 행복하게 미소 지을 수 있는 곳으로 말이다.

"일단은⋯⋯."

아파트 정문을 열자 말로는 다 못 할 피곤함이 몰려왔다.

"씻고 잠부터 자자. 나머지는 내일 생각하고."

엘리베이터에 몸을 싣고 올라가는 동안 머릿속은 욕조에 몸을 담글지, 샤워로 끝낼지에 관한 갈등뿐이었다.

"그러고 보니 내일 장도 봐야 하지. 일어나면 냉장고랑 찬장도 살펴봐야겠다."

아라는 꼭대기 층에 도착한 엘리베이터의 문이 열리자마자 걸음을 옮겼다. 현관문을 열자 어둠이 가장 먼저 그녀를 반겼다.

그 순간⋯⋯!

"아라."

어둠과 그녀 사이로 불청객의 목소리가 끼어들었다. 그제야 인식한 어둠 속의 숨소리가 아라의 온 살갗을 소름으로 뒤덮었다. 이곳은 아라만의 공간이었다. 소리를 지르지 않은 게 대견할 정도로 생경한 공포가 아라의 곁에 있었다.

"코난, 킴."

각각의 독립된 음절들이 정확한 발음으로 불려졌다. 아라 코난 킴. 그것은 요원 시절에도 사용하지 않았던 그녀의 풀 네임이었다.

"왜, 내가 당신의 이름을 알아서 놀랍습니까?"

지금 기디언은 위에서 내려다보는 사람처럼 말하고 있었다. 그리고 그 사실이 아라의 차가운 분노를 불러왔다. 요원 시절 숱하게 겪었던 교관들의 도발에 대처하는 마인드 컨트롤이 필요한 순간이었다.

"처음 당신 이름을 들었을 때는 막연하게 중간에 붙은 C가 무척이나 신경 쓰이더군요. 도대체 뭔지 감이 잡히지 않았으니까."

아라가 이 남자에 대해 아는 건 몇 시간 전 태연하게 사람을 쏘아 죽이던 모습과 출처도 모를 가명뿐이었다. 하지만 그는 지금 아라에 대해 모든 걸 알고 있다는 듯이 여유롭게 속삭이고 있었다.

"솔직히 미들네임 알아내는 거야 그리 어려운 일이 아니었지만 막상 알고 보니 진심으로 흥미를 느꼈습니다. 그것도 아주 오랜만에……."

아라는 격하게 뛰려는 심박을 어떻게든 가라앉히려 노력했다. 단지 이름 때문이 아니다. 그의 말처럼 그 정도는 얼마든지 알아낼 수 있는 일이었다.

"그 점은 당신 부모의 짓궂은 네이밍 센스에 감사해야겠군요."

본능적인 불안을 느끼는 건 바로 기디언이라는 남자의 존재 그 자체였다. 그에겐 모든 것을 제멋대로 다룰 수 있다고 믿는, 어쩌면 그것이 실제로 가능할 것 같은 압도적인 위압감이 있었다.

"설마 거기서 코난이 나올 줄이야."

심지어 키득, 소년 같은 웃음소리를 내는 순간까지도. 이 일방적인 대화를 끝내기 위해서는 아라가 입을 열어야 했다.

"이름에 관한 얘기나 떠들자고 날 찾아온 건 아닐 텐데, 기디언."

"내 이름. 이번엔 잊지 않았네요."

대답하는 그의 음성에 웃음이 묻어나는 걸 느꼈다. 덕분에 잊고 싶었던 기억이 다시 떠올랐다. 피가 배어나고 딱지를 만든, 그 날카로운 입맞춤을 '벌'이라고 불렀던가. 자신을 잊은 벌. 그녀의 등에 새겨진 나무에서 다시금 뜨거운 열기가 올라왔다.

"읏……."

아라는 가까스로 고통을 참아냈다. 기디언이 뱉은 벌이란 말은 시답잖은 소리였다. 그녀의 인생을 스쳐간 수십, 수백, 수천, 수만의 사람 중 잊힌 모두가 아라의 몸에 벌을 새겼더라면 그녀는 이미 몇백 번은 죽고 살아났을 것이다.

"대체…… 나한테 원하는 게 뭐야."

"아라, 당신이 생각하기엔 무엇일 것 같습니까."

"끝까지 말장난……. 볼일이 없다면 꺼져줘. 기디언 당신이 바라는 게 무엇이든 내게는 불가능할 테니까."

아라가 바랐던 건 고단한 하루 끝의 휴식과 평화뿐이었다. 그리고 지금 오만한 무단 침입자가 그걸 파괴하고 있었다. 분하게도, 아주 여유롭고 우아한 자태로 아라만의 평화를 산산조각 내고 있는 것이다. 마치 오후의 은행에서 그랬듯.

"그건 누가 정한 룰이죠? 난 아직 아무것도 제시한 게 없습니다. 그런데 당신은 듣지도 않고 불가능이란 말부터 꺼내는군요."

그 말에 간신이 유지하던 아라의 평정심이 뚝 하고 끊겼다.

"내가, 지금, 이 자리에서 정했어!"

아라는 그가 여태 조종했던 사람들처럼 마리오네트가 될 생각이 전혀 없었다.

"난 당신과 타협할 마음도, 같잖은 말장난도 들어줄 생각 없어."

"그런 반응은 좀 상처인데."

그 뻔뻔함에 실소까지 나올 지경이었다.

"이유? 난 불과 몇 시간 전에 당신이 저지른 범죄 현장에 있었어! 정확히는 한 남자의 머리통을 날리고 모든 걸 폭파하기 직전까지! 그런데도 이유가 더 필요한가?"

"예스."

순간 아라는 제 귀를 의심했다. 그는 단 일 초의 망설임도 없이 확신에 찬 목소리였다.

"……뭐라고?"

"내 생각엔 충분히 그럴 만한 이유가 있었거든요."

"그런 말도 안 되는……."

화가 났다. 나를 찾은 그에게. 그와 만난 나에게. 아라는 달라지고 싶었다. 평범해지고 싶었다.

"물론, 지금부터 그걸 설명하려고 합니다."

"이…… 미친놈."

"당신에게도 흥미로운 이야기일 거라 장담하죠."

이제는 지긋지긋했다. 제 앞가림을 시작할 때부터 숨고, 도망가고, 위장하고, 죽이는 데 익숙해져야 했다. 그곳 어디에도 '나'를 위한 행위는 없었다. 그저 위에서 시키는 대로, 위에서 원하는 대로 했다.

"닥치고 그만 여기서 나가줘."

그렇기에 CIA를 벗어난다면 오로지 나만을 위해 살리라 마음먹었다. 그 시작은 어머니의 아파트여야 했다. 그런데 별안간, 기디언이라는 벽이 길 한복판에 끼어들었다.

"나와 당신은 서로의 이름을 알고 있어."

아라는 그 벽을 무참히 부수고 싶었다. 그리고 어서 빨리 기디언이 눈앞에서 사라지길 바랐다.

"우린 딱 거기까지야. 그 이상도, 이하도 아니지. 물론 기디언 당신은 그마저도 거짓이지만."

"난 순수하게 당신을 원할 뿐이지 그것에 관해 비난을 바란 건 아닙니다. 혹시나 내가 당신에게 숨기는 게 있어서 속상해 그런다면 이해하겠지만 말이죠."

기디언에게는 도무지 말이 통하지 않았다. 아라는 거칠게 형광등 스위치를 올렸다. 어둠에 휩싸였던 공간에 환한 빛이 찾아왔다. 그제야 그녀는 그를 똑바로 바라볼 수 있었다. 기디언은 거실 중앙에 놓인 소파에 다리를 꼬고 앉아 있었다.

"해리슨에게 받은 파일은 잘 읽었나요? 어떤 코드로도 접근 가능한 그 쓸모없는 것들 말입니다."

또다. 그의 모습을 보는 순간 다시 그녀의 심장이 요동쳤다. 하지만 지금 그건 중요하지 않았다. 기디언은 여전히 그녀에 관해 알고 있었다. 아라는 불쾌감에 눈살이 찌푸려졌다. 우릴 미행했던 걸까. 그녀도, 해리슨도 그런 낌새를 전혀 눈치채지 못했다.

"그래. 그 쓸모없는 게 당신 삶의 전부던데?"

"맞아요. 아라가 보기엔 쓸모가 없었겠죠. 그 파일이나 내 삶이."

기디언의 부드러운 음성과 미소는 여전했지만 어딘가 무기질적이었다. 분명 자기의 얘기를 하는데도 어딘가 타인의 것을 얘기하는 느낌이었다.

"하지만 그게 내 매력이잖아요."

그러고선 금세 아무 일도 아닌 듯, 앞머리를 쓸어 올리며 잘난

체를 하는 것이다. 그 행동도 어딘가 익숙했다. 그건 좀 전에 해리슨과 장난을 치던 아라의 모습 그대로였다.

"이런, 당신은 눈 찌르러 오지 않는 건가요?"

아라는 소름이 돋았다. 그가 턱밑까지 쫓아온 기분이었다. 별것도 아닌 사사로운 일까지 기디언은 알고 있었다. 사방에 그의 눈과 귀가 존재하고 있다는 증거였다.

"난 그런 패턴의 장난인 줄 알았는데."

도청도 모자라 도촬까지 했던 걸까. 대체 무슨 재주를 지녔기에 현 CIA 팀장과 전 요원을 상대로 이리도 쉽게 정보를 캐낼 수 있지.

"그래서, 궁금한 건 없었습니까? 거기 내용은 좀 많이 빈약하잖아요."

소파에서 일어난 기디언은 자연스럽게 발걸음을 주방으로 옮겼다. 정작 집주인인 아라는 현관 앞에서 한 발짝도 움직이지 못했다. 그녀는 온 신경이 곤두서는 기분이었다.

"물어보면 마치 대답이라도 해줄 것처럼 말하지 마."

"당신이 궁금하다면 못 해줄 것도 없죠."

그는 냉장고를 열어 잠시 살피는가 싶더니 우유를 꺼냈다. 그러고는 찬장 여기저기를 뒤져 작은 주전자 하나를 찾았다. 그는 우유를 붓고 가스레인지에 불을 붙였다.

"홍차는 마시지 않나 보군요. 아쉽지만 커피로 해야겠습니다."

어이없을 정도로 자연스러운 모습이었다. 기디언이 하는 이 모든 행동들이 곱게만 보이지 않았다. 언뜻 보기엔 다정하고 여유로운 저 모습도 모두 연기일 터다. 아라의 눈에 그는 횃불이었다. 자칫 잘못하면 자신의 홰까지 모두 태울 그런 불.

"그 남자는 왜 죽였어?"

기디언은 방금 막 끓인 카페라테를 머그잔에 담고서 거침없이 그녀에게로 다가왔다.

"많이 피곤해 보이는군요. 늦은 밤에 커피를 마시는 건 반대지만 달리 따뜻하게 대접할 게 없어서 말입니다."

기디언은 뻔뻔하게도 아라의 공간을 마치 자신의 집처럼 행동하고 있었다.

"집에 인스턴트커피뿐이라 맛은 보장할 수 없지만 식기 전에 드시죠. 피곤이 조금은 풀릴 겁니다."

누가 보기에도 그에게서 무단 침입자의 모습을 찾아볼 수 없었다. 그는 아라를 향해 머그잔을 내밀었다. 기디언은 여전히 우아하고 여유로웠다.

"그런데, 그 남자는 누굴 말하는 거죠?"

아라는 손바닥에 손톱이 박히도록 주먹을 불끈 쥐었다. 기디언의 모든 것에 불쾌감을 느꼈지만 지금은 답을 찾는 게 먼저였다.

"은행에 나타났던 그 강도. 기디언 당신이 총으로 쏘고, 수류탄으로 날려버린 그 사람 말이야."

아라는 기디언이 내민 잔을 밀어냈다. 오늘 하루, 아라에게는 정체 모를 문제가 너무 많이 일어났다. 지금 눈앞의 이 남자는 해답서 그 자체였다. 그래서 참을 수 있었다.

"두 번 묻지 않겠어. 왜 그랬지?"

기디언은 다시 한번 잔을 내밀었지만 아라는 그걸 차갑게 밀쳐냈다. 거기에 무얼 탔을지 모를 음료는 사양하고 싶었다.

"내게 궁금한 게 있으면 물으라고 했더니, 첫 질문이 다른 남자 얘기군요."

기디언은 거절당한 머그잔을 물끄러미 바라보며 말했다.

"상관있어? 당신은 질문을 원했고, 난 대답을 원해. 그럼 된 거 같은데."

"상관이라……."

기디언의 손에 의해 기울어진 머그잔에서 갈색의 액체가 줄이어 떨어졌다.

쪼르륵.

달짝지근한 냄새가 코끝을 자극했다. 카펫을 물들이는 타원이 발끝에 닿을 즈음, 머그잔도 바닥으로 떨어졌다.

"이제부터……."

기디언의 행동은 여전히 너무도 빨랐다. 그는 어느새 아라의 머리에 총구를 겨누고 있었다.

"그 '상관'을 위한 협상을 하죠."

붉은 입술은 다정한 호선을 그리고 있었다. 오늘 밤은 아직도 끝나지 않으려나 보다.

02. 수술과 암술(Stamen & Pistil)

마하트마 간디가 말했다. 매일 밤 잠자리에 들 때면 나는 죽고, 다음 날 아침, 잠에서 깨면 나는 다시 태어난다고. 지난날의 나는 오늘도, 내일도, 과거도……. '나' 자체가 없는 인생을 살았다. 하지만 이제는 달라지고 싶었다.

"엿이나 먹어."

아라는 총구를 잡아 끌어당기는 것과 동시에 기디언의 배를 무릎으로 올려쳤다. 나름의 타격이 있었을 텐데도 그는 소리 한번 내지 않고 몸만 움츠렸다.

"흐음. 꽤 버티네."

그녀는 기회를 놓치지 않고 빼앗은 총으로 그의 머리를 내리치려 했다. 순간, 기디언이 아라의 손목을 잡아 비틀었고, 리볼버는 바닥으로 떨어졌다.

"과유불급이란 말 알고 있습니까?"

"썩어도 준치란 말은 모르나 보지?"

손목이 비틀린 방향으로 몸을 한 바퀴 틀자 그의 체중이 아라에게 실렸다. 그녀는 그대로 기디언을 업어 아래로 강하게 내리쳤다.

쿵……!

바닥에 드러누운 기디언은 연이어 날아오는 발길질을 피해 몇 바퀴 굴렀다. 그러더니 갑자기 그녀의 발목을 잡아 자신 쪽으로 끌어당겼다.

"윽!"

아라는 전신으로 맞이한 충격에 머리가 핑 도는 것 같았지만 참았다.

"가끔은 이런 격한 운동도 좋은 것 같군요."

몸을 일으킨 기디언은 바닥에 누운 아라의 머리를 잡고서 끌고 갔다. 그리고 떨어진 리볼버를 다시 주워 들었다.

"이거…… 놔!"

아라는 힘껏 발버둥을 쳤지만 쉽지 않았다. 기디언은 어디든 충격을 줄 만한 기둥이나 벽에 그녀의 머리를 처박으려 했다.

'그렇겐 안 되지!'

아라는 몸에 반동을 주며 힘껏 발돋움을 했다. 그러고는 자유로운 다리로 힘껏 기디언의 팔목을 감았다. 이제는 좀 전과는 반대로 기디언이 아래에, 아라가 위로 올라왔다. 하지만 이번에도 그의 행동이 좀 더 빨랐다.

탕!

총구를 벗어난 총알이 아라의 볼을 스쳤다. 화약의 매캐한 냄새가 두 사람 사이에 머물렀다.

"아라에게는 내가, 너무 우습게 보이나 보군요."

"맞아. 그 장난감만 없으면 넌 아무것도 아닌 거 같거든. 총 버리지 않으면 제발 죽여달라고 사정할 때까지 괴롭힐 거야. CIA 고문 기술이 어디까지인지 이참에 겪어보는 것도 괜찮지 않겠어?"

기디언의 팔 하나는 여전히 그녀의 다리 아래 놓여 있었다. 아라는 그의 팔꿈치 관절 부분을 힘주어 짓눌렀다. 어깨부터 손가락 끝까지 이어지는 신경 중 하나인 척골신경은 그 중요성에 비해 보호 기능이 약하다. 그중 팔꿈치 부분은 특히나 예민해서 조그만 아픔에도 큰 고통을 동반하게 된다고 한다.

"그것, 음……. 참…… 무서울 거, 같군요."

처음으로 기디언의 입에서 신음 비슷한 것이 흘러나왔다. 남들 같았다면 벌써 비명을 질렀을 텐데 그는 호흡 템포만 흐트러질 뿐, 끝까지 비명을 지르지 않았다. 정신력으로 버티고 있는 것 같았다.

"독종 같은 새끼."

아라는 다리에 좀 더 힘을 주었다. 하지만 기디언의 낯빛에서는 어떤 고통도 보이지 않았다. 이 순간에도 그는 여전히 여유로웠다.

"그것보다 아래에서 올려다보는 당신도 좋군요. 절경입니다."

"원한다면 평생 누워만 있도록 만들어주지."

기디언의 느물거리는 말투에 아라는 마지막 일격을 가해야겠다고 결심했다.

"어서 총 버려."

그녀는 기디언의 목 중간쯤을 엄지손가락으로 눌렀다. 그대로 내리친다면 그가 기절할 것이 분명했다. 하지만 기디언이 그보다 먼저, 들고 있던 총을 멀찍이 던졌다.

"항복. 제가 졌습니다."

그러고는 그는 비어버린 손으로 흐르는 피와 함께 아라의 뺨을 쓸었다.

"아팠겠어요. 괜찮습니까?"

연인을 대하듯. 그토록 다정한 몸짓이었다. 자신의 것에 흠집이 나서 안타깝고, 안쓰러워하는 눈빛, 말투, 표정. 그 모든 게 지금 상황과 어우러지지 못하고 겉돌았다. 그래서 아라는 그의 손을 쳐냈다. 자신들에게는 다정할 요소가 어디에도 없었으니.

"또 그러는군요."

아라를 바라보던 그의 시선은 밀쳐진 자신의 손으로 향했다.

"또라니? 무슨 소릴 하는 거지?"

단순한 호기심에서 던진 질문이었다. 하지만 기디언은 대답할 마음이 없는지 멍한 시선으로 손만 바라보고 있었다.

"아라, 난 당신 생각보다 자존심이 강합니다."

그는 고개를 천천히 돌려 아라를 보았다. 푸른색의 눈동자는 여전했지만 지금과는 다른 느낌이었다.

"그래서 이런 행동에는 익숙하지 못하니까 좀 자제해주겠습니까? 당신을 다치게 하고 싶진 않으니까."

처음으로 진지한 음성을 들었다. 고저 없이, 잔잔히 흐르는 맑은 물결 같은 소리였다. 흐르고 흘러 심해 속으로 이끌어갈 물결 같았다. 하지만 그런 위험 속에서도 그녀는 살아남아야만 했다. 아직은 내일이 그리웠다.

"그만."

아라는 단호하게 외쳤다. 이 이상 더 지체해봤자 시간 낭비가 될 것 같았다.

"이제 그만하자. 여기서 끝내야겠어."

아라는 주먹을 쥐었다. 그리고 그의 목을 향해 내려치려 한 순간이었다. 기디언의 차분했던 시선이 다시 여유를 되찾고 있었다. 그리고 붉은 입술이 비틀려 올라갔다. 이제껏 마주했던 다정한 미소가 아니라 그녀를 혹은 자신을 비웃는 그런 웃음이었다.

"내 말은 전혀 듣질 않는군요."

그의 미소가 묘하게 안쓰럽다고 느껴졌다. 그리고 동시에 다시금 등이 타는 듯 뜨거워졌다. 아라는 고통 때문에 태세가 흐트러지고 말았다.

"윽……."

그녀가 신음을 뱉자 기회를 놓칠 리 없는 기디언의 손이 아라의 목을 향해 다가왔다. 피할 새도 없이 빠른 움직임이었다. 순간 따끔한 통증이 느껴졌다, 아라는 손을 들어 조심스레 목덜미를 매만졌다. 그러자 손길 끝에 가늘고 뾰족한 금속이 잡혔다.

"너……!"

무어라 더 외치고 싶었지만 숨이 가빠와 그럴 수 없었다. 온몸에 흐르는 탈력감과 무력감이 그걸 막았다. 아라는 악착같이 버티려 그의 멱살을 그러쥐었지만 손은 꼴사납게 미끄러지고 말았다. 아라는 줄이 끊어진 인형처럼 몸이 옆으로 기울어졌다.

"완벽한 승리를 위한다면 더 많은 조건들을 충족시켜두는 편이 좋습니다. 총과 맨주먹만이 능사는 아니란 얘기죠."

"흐윽……. 헉……. 개…… 새……."

상반신을 일으킨 기디언은 쓰러지는 아라의 몸을 안아 자신의 무릎 위로 눕혔다. 그러고선 가만가만 그녀의 머리를 쓰다듬었다. 그 손길을 피하고 싶지만 몸은 마음대로 움직여주지 않고, 눈앞은 자꾸 흐려졌다.

"쉬잇. 힘들죠? 이제 곧 경동맥이 막힐 거고 당신은 기절할 겁니다."

기디언의 목소리는 한없이 부드러웠다. 마치 이 세상의 것이 아닌 듯 달콤하기까지 했다.

"늦어지기 전에 깨울게요. 그때 아마 두통은 있겠지만 죽거나 불구가 되도록 두진 않을 테니까 걱정 마십시오."

적 앞에선 틈을 보이면 안 되는 거였다. 그런데 그런 일이 벌어지고 말았다.

'내가 멍청이고, 병신이지.'

아무리 자조해도 현실은 바뀌지 않고 몸은 아래로, 아래로 떨어져 갔다. 그런 그녀를 독려하듯 기디언의 큰 손이 아라의 눈가를 뒤덮었다.

"Hush little baby. It's time for bed."

기디언의 다정한 음성에 아라는 점점 커져가는 블랙홀 속으로 빠져들었다. 그녀는 그렇게 까무룩 정신을 놓치고 말았다.

* * *

아라는 꿈속을 거닐고 있었다.

꿈속의 아라는 어렸다. 아버지와 어머니의 품에서 절망도 두려움도 모르는 어린아이였다.

"아라야."

다정하게 제 이름을 부르는 소리가 들렸다. 하늘은 빨주노초파남보 무지개를 띄워주었다. 축복의 꽃비도 내렸다. 즐겁고 행복했다. 그녀를 안아주는 아버지의 두 팔이 무척이나 듬직해서 환하게 웃었다. 어머니도 아버지도 그런 아라를 바라보며 따라 웃었다. 가족은 그렇게 서로를 마주 보며 함께라는 기쁨을 누렸다.

"아라."

하지만 이번에 그녀를 부르는 음성은 달랐다. 귓가를 울리는 낯선 울림에 모두의 웃음이 멈췄다.

"싫어…….."

불안했다. 이 소리를 들어선 안 됐다. 손으로 얼른 두 귀를 막아보지만 사라지지 않는다.

"싫어, 무서워."

아버지의 품 안으로 파고들어 보지만 소용이 없다. 벗어날 수 없었다.

"엄마? 아빠……?"

웃음이 사라진 두 사람은 한없이 차가운 표정이었다. 그리고 끝내 아라를 품에서 내려놓고, 등을 돌려버렸다.

"안 돼, 제발. 가지 말아요. 나를 혼자 두지 말아요."

"아라."

다시 한번 그 낯선 울림이 들려왔다. 아라는 간절하게 외쳤다.

"혼자는 싫어요. 무서워요!"

두 팔을 뻗어 아무리 소리쳐도 목소리는 부모님께 닿지 않았다.

그들은 이내 연기처럼 사라져갔다.

"아라, 괜찮습니까?"

꿈속에서 무서운 것을 피하려 두 눈을 질끈 감았다. 하지만 아이러니하게도 현실에선 두 눈이 번쩍 뜨였다. 낯설게 들리던 그 울림은 기디언의 것이었다.

"커…… 헉. 큭, 쿨럭!"

급하게 순환을 시작한 호흡이 목에 걸렸다. 귀는 먹먹하고, 불빛 때문에 눈이 부셨다. 게다가 두통도 심했다. 머리를 제 손으로 부숴버리고 싶을 만큼 강한 통증이 밀물처럼 밀려들었다.

"여긴……."

그 와중에도 발끝에 느껴지는 중력감도 다르다는 걸 느낄 수 있었다. 온전히 땅을 밟고 있지 않은 듯 위화감이 들었다. 희미하게 들려오는 엔진 소리도 귀에 거슬렸다.

"어디야……?"

"제 전용기 안입니다. 상공이라 정확히 어디쯤인진 모르겠군요."

한없이 평온한 기디언의 말투 때문에 절로 미간이 찌푸려졌다. 하지만 그는 전혀 상관없다는 듯 아라에게 물었다.

"머리가 많이 아프면 약이라도 가져다줄까요?"

거절의 뜻을 담아 고개를 젓고 눈을 감았다. 그 순간 속이 울렁거리며 멀미가 몰려왔다.

'아아…… 최악이다.'

기디언에게 잡힌 것도 화가 났지만 뒤숭숭한 꿈도 모자라 두통과 멀미까지 시달리는 자신이 더없이 멍청하게 느껴졌다. 지금 이 비행기가 어디로 향하는 건지 몰라도 당장이라도 뛰어내리고 싶은 심정이었다.

"늪에라도 빠졌다 돌아온 것 같은 몰골이네요."

차가운 손이 미끄러지듯 볼을 쓰다듬었다. 서늘한 그 느낌이 좋아서 기디언의 것인 줄 알고도 모른 척했다.

"후후. 정말 귀엽군요."

귓가를 울리는 낮은 웃음소리가 거슬린다 싶을 때쯤, 차가운 손은 턱을 지나 목과 쇄골까지 이어지는 라인을 훑듯이 지나쳤다. 그러고선 이내 따뜻한 숨결이 코앞으로 다가왔다.

"무슨……?"

왠지 모를 위기감에 눈을 뜨자, 바로 눈앞에 기디언의 금빛 머리칼이 눈에 들어왔다. 조명 아래서 반짝이는 모양이 마치 나무에 얽힌 거미줄 같다고 느껴졌다. 그렇게 찰나의 순간에 생각지도 못한 일을 당했다. 축축하고 미끄러운 무언가가 목과 쇄골, 턱과 볼을 한 번에 핥아내는 것이다.

"잠깐……. 뭐 하는 짓이야!"

두 팔을 뻗어 그를 밀어내려 했다. 정말로 그러고 싶었다. 하지만 팔들은 의지와는 반대로 움직여주지 않았다. 아니, 움직일 수가 없었다. 그저 철컹, 하는 금속음과 갑갑함만 더해질 뿐이었다. 양손은 이미 철제 의자에 단단히 묶여 제 기능을 잃은 뒤였다. 하반신도 마찬가지였다. 관절 마디마디, 어느 곳 하나 빠짐없이 모두 가죽으로 묶여 움직임을 차단당하고 있었다.

"아라, 당신은 이런 순간까지도 정말이지……."

기디언의 청록색 눈동자는 욕망에 얼룩져 있었다.

"아름답군요."

기디언은 마치 자석에 이끌리듯 아라에게 입을 맞췄다. 혀가 강렬하게 얽힐수록 귓가를 간지럽히는 촉촉한 소리는 더욱 커져만 갔다.

아라는 열심히 머리를 굴렸다. 지금 상황에서는 그를 거부할 수가 없었다. 그렇다면 차라리 미인계라는 수단을 쓰는 게 더 낫지 않을까.

"으음……. 잠깐……."

아라는 기디언의 입술을 피해 고개를 돌리려고 했다. 하지만 그는 끈질기게 그녀를 붙잡고 놓아주지 않았다. 숨이 가빠올 정도로 강렬한 키스에 아라는 더 이상 참을 수 없었다. 그래서 기디언의 입술을 아프도록 물었다. 아라의 입속까지 아릿한 피 맛이 느껴질 정도로.

"하아……."

그제야 기디언은 겨우 곁에서 떨어졌다. 그는 손등으로 입술의 피를 닦아내더니 날카로운 눈빛으로 아라를 보았다. 두 사람 사이에 잠시의 정적이 흘렀다. 그는 재킷 사이로 손을 밀어 넣더니 품에서 날카로운 나이프를 꺼냈다.

"그걸로 뭘 하려고……."

아라는 눈살을 찌푸렸다. 무섭지는 않았지만 칼의 존재가 불쾌했다. 하지만 기디언은 아무 말도 없이 몸을 일으키더니 그녀의 등 뒤로 다가섰다.

"움직이면 다치니까 가만히 있어요."

말이 끝나는 것과 동시에 나이프와 가죽이 만나 서걱거리는 소리를 냈다. 그는 아라의 발을 묶고 있던 가죽을 잘라낸 것이다. 그리고 마치 애무를 하듯 조심스럽고 은밀한 손길로 그녀의 하반신을 감싼 모든 가죽들을 나이프로 잘랐다.

"지금 당장 여기서……"

하지만 상반신은 여전히 구속당한 상태였다. 기디언은 그녀의 어깨에 천천히 두 손을 올리더니 귓가에 속삭였다.

"당신을 가지고 싶습니다."

그의 음성은 부드럽지만 낮고 농밀했다. 그리고 이내 길게 늘어 트린 아라의 머리카락을 들어 올리더니 뒷덜미에 새겨진 'Donell' 이라는 글자를 손가락으로 쓰다듬었다. 그 순간, 아라는 온몸의 피가 빠르게 흐르고 심장박동이 거세지는 걸 느꼈다.

"불쌍하고 어리석은 도넬."

그렇게 읊조리던 기디언은 어떠한 예고도 없이 아라의 뒷덜미에 이를 박아 넣었다. 살이 찢길 것 같은 착각마저 들었지만 이상했다. 전혀 아프지 않았다. 아니, 오히려 흥분이 될 정도였다.

"훗……"

말로는 허용할 수 없을 정도로 아드레날린이 강하게 분비되었다. 몸에 후끈한 열기가 흐르고 입에서는 저도 모르게 신음이 내뱉어졌다.

"Yes, 라고 말해주겠습니까?"

아라는 순간 혼란스러워졌다. 지금 당장 기디언에게 안기지 못하면 죽을 것처럼, 온몸과 세포가 그를 원하고 있는 자신을 알았다. 하지만 이성은 그걸 막고 있었다.

"나는……"

대답조차 쉽사리 할 수 없을 정도로 그를 강렬하게 원했다. 그러는 동안에 기디언은 그녀의 어깨를 감싸고 있던 가죽을 잘라냈다.

"당신이 그러겠다고 대답한다면 이 가죽들을 모두 자르도록 하죠."

겨우 정신을 차린 아라는 기디언에게 물었다.

"아니라고 한다면?"

"그렇다면 당신은 이 상태로 내게 안기는 수밖에 없죠."

기디언의 말에는 한 치의 망설임도 없었다. 그는 어떤 식으로든 아라를 가지고 말겠다는 의지밖에 없는 듯했다. 그제야 아라는 불현듯 미인계 역시 하나의 계략이라는 걸 떠올렸다. CIA에 현역으로 일하던 시절에는 숱하게 써왔던 술책이었다. 그런데 어째서 지금 와서 망설이고 있는 걸까. 아라는 심호흡을 한 뒤에 애써 다정한 말투로 물었다.

"나를 갖고 싶어? 얼마나?"

"정말로 간절하게."

등 뒤에 서 있어서 기디언의 표정은 볼 수 없었지만 음성만 들어도 알 수 있었다. 그는 진심이었다.

"이 가죽들을 모두 풀어준다면 안겨도 좋아."

아라는 일부러 나직하고 은밀하게 말했다. 그러자 기디언이 낮게 웃는 소리가 들려왔다. 그는 다시 한번 아라의 뒷덜미에 입을 맞췄다. 방금 전처럼 날카롭게 이를 세우지는 않았지만 아라는 이번에도 아찔한 쾌감을 느꼈다.

"아라, 당신도 합의했으니 무르기는 없는 겁니다."

그렇게 말한 기디언은 빠른 속도로 가죽들을 잘라내었다. 아라는 자신의 손목이 자유로워질 때만을 기다렸다. 그렇게 모든 구속이 풀리고 마지막으로 뒤로 묶인 손이 조금 여유로워진 순간, 아라는 잽싸게 몸을 일으키려 했다. 하지만······.

철컹!

이번에는 좀 전과는 다르게 금속이 부딪히는 소리가 들려왔다. 아라보다 더 빠르게 기디언이 수갑을 채운 것이다.

"이게 뭐 하는 짓이지?"

의자에서 몸을 일으킨 아라가 따져 묻자 기디언은 여유로운 미소를 지으며 답했다.

"말했지 않습니까. '가죽'만 풀어주겠다고 말입니다."

그렇게 말한 기디언은 여전히 한쪽 손에 나이프를 들고 있었다. 그는 그것을 아라의 목덜미에 가져다 대었다. 날카롭게 벼른 칼날은 불빛에 반짝였다. 기디언은 한 치의 망설임도 없이 그것으로 아라의 상반신을 갈랐다.

"예상보다 더 아름답군요."

아라가 입고 있던 검은색 후드 티가 반으로 나뉘며 그녀의 뽀얀 살결을 그대로 드러냈다.

"잠깐······."

옷이 찢겨 속옷만 남게 된 아라가 뒤로 한 걸음 물러서자 기디언의 손이 그녀를 강하게 붙잡았다.

"더 이상 기다릴 수 없습니다. 당신도 약속했죠. 가죽을 모두 풀어주면 나에게 안겨도 좋다고."

그렇게 말한 기디언은 그녀를 붙잡고서 비행기 한편에 놓인 소파로 끌고 갔다. 보라색 벨벳에 금색의 기하학적인 무늬가 수놓아진 소파였다. 그는 주저 없이 아라를 소파에 앉히더니 그녀의 몸을 돌렸다.

"나무가……."

"보지 마!"

소파에 고개를 묻은 아라는 크게 소리쳤다. 자신의 치부가 모두 드러난 것 같은 생각이 들어서 참을 수 없었다. 그녀는 어떻게든 등에 새겨진 나무를 보이지 않으려 몸을 웅크렸다.

"꽃이…… 한 송이도 피지 않았군요."

하지만 이상하게 기디언의 목소리가 들뜬 듯이 들렸다. 그는 손을 뻗어 아라의 몸을 다시 똑바로 돌렸다.

"단 한 송이도 피우지 않았어요."

그제야 아라는 기디언의 표정을 볼 수 있었다. 그는 기뻐하고 있었다.

"대체 무슨 소리를 하는 거야……."

아라는 영문을 알 수 없었다. 하지만 기디언은 그녀에게 잠시의 틈도 주지 않았다. 다시금 다가온 입술이 그녀의 것을 덮쳐왔다. 모든 것을 집어삼킬 듯이 강렬한 입맞춤이었다. 폭풍 같던 그는 이내 콧잔등과 양 볼, 턱에 차례로 입을 맞춰갔다. 방금 전까지 강렬한 키스를 하던 때와는 달랐다. 무척이나 신사적이고 다정했다.

"아라, 당신은 내 겁니다."

그의 손가락 끝이 아라의 등에 새겨진 나무 부근을 살살 어루만졌다. 그러는 중에도 기디언의 입술은 여전히 부드럽게 이동해갔다. 처음에는 마치 강아지가 핥고 있는 것 같았다. 하지만 점차 등을 어루만지는 손길과 입맞춤이 농밀하게 바뀌어가자 아라는 뜨거운 숨을 내뱉었다. 정신을 차릴 수가 없었다. 등에서는 불이 난 듯 뜨거운 열기가 느껴지고 아찔한 감각들이 그녀의 온몸을 둘러싸고 있었다.

"하아……. 기디언."

다시금 그녀의 심장이 세차게 뛰었다. 아라가 속삭이듯 말하자 기디언은 천천히 브래지어 후크를 풀었다. 그러자 그녀의 봉긋한 가슴이 모습을 드러냈다.

"누구에게도 당신을 넘겨주지 않겠습니다."

기디언은 다정하게 미소 지으며 부드러운 가슴을 그러쥐었다. 그리고 유륜 주위를 살짝 핥았다. 단지 그것뿐인데도 아라의 입가에서는 달콤한 한숨이 새어 나왔다. 이어서 그의 혀가 꼿꼿하게 솟아오른 그녀의 유두를 핥았다. 아라는 이제까지 겪어본 적 없는 감각에 몸 안쪽에서부터 불이 지펴지는 걸 느꼈다.

"하아……"

아라의 달뜬 숨소리에 그가 그녀의 남은 속옷을 벗겨냈다. 그리고 다리를 살짝 벌려 그 사이로 자신의 몸을 들이밀었다. 아라의 풍만한 가슴을 마음껏 탐닉한 기디언은 정성을 들여 아라의 온몸에 입을 맞췄다. 그때마다 그녀의 몸이 움찔거리며 떨렸다. 그 모습이 사뭇 귀여워 그가 살짝 짓궂은 웃음을 띠었다.

"당신은 흥분한 모습조차 아름답군요."

그렇게 말한 기디언은 그녀의 가는 발목을 잡아챘다. 그걸 자신의 어깨에 두르며 기디언은 허벅지 안쪽의 가장 여린 살을 깨물었다. 순간적인 고통에 아라가 몸을 바르작거렸지만 기디언은 그녀를 쉽사리 놓아주지 않았다.

"달콤해."

그는 자신이 깨물었던 자리를 살살 핥기 시작했다. 그의 잇새에 물린 여린 살덩이에는 분명 붉은 각인이 남았을 게 분명했다. 하지만 상처를 계속 자극받으니 아라는 더욱 흥분되었다. 그녀는 더 이상 참을 수가 없었다. 온몸을 뒤덮은 열감과 욕망이 기디언을 원하고 있었다. 그래서 아라는 두 다리에 힘을 주며 기디언의 어깨를 살짝 끌어당겼다.

"얼마나 달콤한지, 더 맛봐줘."

그녀는 오늘이 처음이라고 생각되지 않을 정도로 매혹적으로 행동했다.

"이제 보니 욕심쟁이로군요."

기디언은 가볍게 웃으며 아라의 안쪽으로 입술을 옮겼다. 그녀의 중심에서는 풍미 가득한 향이 풍겨오고 있었다. 그건 남자를 끌어당기는 마성의 향취였다. 기디언은 더 이상 지체하지 않고 그녀의 수풀 사이에 숨겨진 클리토리스를 핥았다. 그 순간 아라에게 하얀 섬광이 내리쳤다.

"아, 아아!"

등에서 느껴지는 고통이 더욱 강해졌다. 하지만 그건 달콤한 아릿함이었다. 이제까지 살아오면서 이토록 매혹적인 자극은 처음이었다. 기디언의 혀끝에서 자신의 온몸이 녹아들어간다는 걸 느꼈다.

"하아, 기디언."

기디언의 애무가 정성이 더해질수록 그녀는 더욱 촉촉하게 젖어갔다. 미끈거리는 애액을 맛보며 기디언은 클리토리스에서 입술을 떼었다. 그리고 이번에는 그녀의 음부 안으로 혀를 밀어 넣었다. 그곳에서는 더욱 달콤한 즙이 흘러나오고 있었다. 기디언은 시간과 정성을 들여 아라를 마음껏 맛보았다. 그럴수록 아라의 향기는 더욱 짙어지고 달뜬 숨소리도 농염하게 변해갔다.

"이제 괜찮습니까?"

아라의 중심부에서 입술을 뗀 기디언은 형형한 눈빛으로 그녀를 바라보았다. 그녀가 흥분한 만큼 기디언도 더 이상 참을 수 없었던 것이다. 기디언의 짐승과 같은 눈빛을 보며 아라는 살짝 조소했다.

"싫다고 하면 그만둘 거야?"

"아니요. 절대로 그럴 생각은 없습니다."

아라는 매혹적인 미소를 지으며 사내의 허리에 다리를 둘렀다.

"그럼 지금 순간을 즐겨. 하지만 이게 끝나면 널 가만두지 않겠어."

기디언은 여유롭게 미소 지으며 자신의 하의를 벗었다.

"Killing me softly."

기디언은 아라에게 도발하듯 말했다. 그러고는 그녀에게로 다가가 부드럽게 입을 맞췄다. 그는 천천히 그녀의 안으로 페니스를 밀어 넣었다. 충분히 젖었다고 생각했는데 그녀의 안은 예상보다 더 뻑뻑했다. 아라의 뇌쇄적인 행동이나 말투와 달리 몸은 첫 경험에 솔직했다.

"하으……."

고통에 아라의 미간이 일그러지자 기디언은 그녀를 달래려 이마에 입을 맞췄다.

"괜찮으니까 나를 믿어요."

아라의 머리를 쓰다듬으며 기디언이 시선을 맞춰왔다. 그 청록색 눈동자를 보며 아라는 미간을 찌푸렸다.

"더 못 믿겠어……."

아라의 말에 기디언은 다시 입을 맞춰왔다. 그리고 조금 전과 같이 천천히 그녀의 안으로 들어갔다. 그렇게 자신의 페니스가 온전히 그녀에게 감싸여진 순간, 기디언은 아무런 움직임도 없이 그녀를 끌어안고만 있었다. 그렇게 아라가 자신이란 존재에 익숙해지도록 시간을 주는 것이다.

"당신 안에 내가 닿는 게 느껴집니까? 이렇게 끌어안고 있으니까 따뜻해서 기분 좋군요."

기디언의 서늘한 체온이 그녀의 열기를 식혀주는 것 같아 기분이 좋았다. 그녀는 그의 목에 팔을 두르며 이마를 맞댔다.

"어서 빨리……. 원하는 대로 움직여도 괜찮아."

아라의 허락이 떨어지자 기디언은 그녀의 뺨에 입을 맞춘 뒤에 조금씩 허리를 움직였다. 처음에는 작은 파도가 밀려왔다가 사라져갔다. 아주 천천히 말이다. 하지만 이내 그걸 아쉬워할 새도 없이 큰 파도가 몰아쳤다. 기디언의 성난 페니스가 그녀의 안쪽 깊숙한 곳을 찔러 올렸다.

"아, 하아."

달콤한 쾌감으로 정신을 차릴 수가 없었다. 마치 지옥에 빠진 것 같았다. 황홀하고 쾌락만이 존재하는 그런 지옥에. 아라는 처음으로 느끼는 남자란 존재에 탐욕을 부리기 시작했다. 그가 자신의 안을 빠져나가는 사이를 참지 못하고 보채기 시작했다. 이성을 잃고 그와 리듬을 맞춰 허리를 흔들었다. 그럴수록 기디언은 더욱 깊숙하게 들어왔다.

"아, 기디언……. 더……."

아라는 적극적으로 매달리며 기디언의 허리에 다리를 감았다. 지금 그녀에게 기디언은 한번 빠지면 나올 수 없는 블랙홀과도 같은 존재였다.

"하, 아라."

기디언의 가빠진 숨결을 들으며 아라는 온몸이 오싹해지는 희열을 느꼈다. 이대로 떨어지고 싶지 않았다. 더 많이 그를 원하고 갈구하고 싶어졌다. 기디언이라는 사내가 자신의 안에서 산산이 바스러지길 바랐다. 자신의 안에 있는 짐승이 눈을 뜬 것이 느껴졌다.

"아, 싫어. 멈추지 마."

그래서 아라는 기디언을 더욱 세게 끌어안았다. 그렇게 두 사람의 호흡이 하나가 되어갈수록 실내에 울리는 소리는 더욱 은밀하고 자극적으로 변해갔다. 기디언이 안으로 찔러 들어가면 아라는 더 안쪽으로 그를 유혹했다. 굶주린 짐승들처럼 서로만을 갈구했다. 그리고 어느 순간 아라는 이 세상의 것이라 생각할 수 없는 이상향으로 날아갔다.

"하읏!"

이전의 것과 비교할 수 없는 뜨거운 열기에 휩싸인 아라는 절정 속에서 가늘게 몸을 떨었다. 기디언이 제 안에 머물러 있다는 것 외에는 아무것도 생각할 수가 없었다.

"아라…… 아……."

그와 동시에 기디언에게도 토정의 순간이 찾아왔다. 아라의 품에서 페니스를 빼낸 기디언은 그녀의 새하얀 살결 위에 욕망을 분출했다.

"하아, 하아……."

영원할 것만 같던 순간은 끝이 났다. 기디언은 가쁜 숨을 몰아 쉬며 휴지에 손을 뻗어 자신의 흔적들을 닦아냈다. 아라 역시 마라톤을 끝마친 사람처럼 온몸에 저릿한 만족감이 맴도는 걸 느꼈다.

"이제…… 수갑 풀어."

아라는 가쁜 숨을 몰아쉬며 몸을 돌렸다. 그렇게 한참을 기다리는데 기디언은 아무런 움직임이 없었다. 이상한 낌새에 아라가 고개를 돌리려는 순간, 기디언이 그녀의 등에 입을 맞추었다.

"꽃이 피었군요."

"무슨 헛소리지?"

"당신의 나무에 드디어 꽃이 피었습니다. 나만의 꽃이."

모두지 영문을 모를 소리에 아라는 눈살을 찌푸렸다.

"그런 농담은 됐으니까 어서 이거나 풀라고."

아라가 팔을 흔들어 보였지만 기디언은 꼼짝도 하지 않았다. 그리고 잠시 후, 그는 벗어둔 재킷을 뒤졌다. 그러더니 휴대폰을 꺼내어 아라의 뒷모습을 사진으로 찍었다.

"이러면 믿겠습니까?"

기디언은 방금 찍은 사진을 아라의 눈앞에 들이밀었다. 화면을 본 그녀의 두 눈이 휘둥그레졌다.

"어떻게 이런 일이……."

이제까지 앙상한 나뭇가지만 존재하던 갈색의 나무에 붉은색 꽃이 한 송이 피어나 있었다. 꽃을 잘 알지 못하는 아라가 보기에도 그건 분명히 장미였다.

"왜 하필 지금……."

"내가 당신을 안았기 때문이죠."

그렇게 말한 기디언은 몸을 일으켰다. 그러고는 그 상태로 몸을 돌리더니 자신의 다리 부근을 가리켰다. 아무것도 걸치지 않은 그의 종아리에는 한눈에 보기에도 확연한 붉은색의 장미가 한 송이 새겨져 있었다.

"간단하게 얘기하자면 제가 스테먼이고, 당신이 피스틸이기 때문에 가능한 일입니다."

"스테먼? 피스틸? 대체 무슨 소리를 하는 거야."

그는 다시 몸을 돌려 아라를 가만히 바라보았다.

"일종의 체질이라고 할까요. 아니, 그것보다는 인간과 신이 함께 결정한 또 다른 진화 형태가 더 맞을 것 같군요. 포유류가 진화를 해 식물과 비슷해졌다고 생각하면 이해하기 빠를 겁니다."

"전혀 모르겠는데. 알아듣게 말할 수는 없어?"

그는 조금 생각하는 듯하더니 이내 어깨를 으쓱였다.

"말 그대로의 뜻입니다. 보통의 식물은 땅에 씨앗을 내려 싹이 트죠. 하지만 당신 같은 피스틸은 몸 자체가 땅과 거름이 되는 겁니다. 씨앗은 신께서 내려주죠. 피스틸들은 2차 성장기쯤에 성장통을 앓게 되는데, 그건 싹을 틔우기 위한 열병 같은 겁니다. 하지만 땅이 단단하지 못하면 죽는 경우도 있습니다. 즉, 그 성장통을 견뎌내는 건 아주 드물다는 뜻이죠."

그러고 보니 아라는 어릴 때 열병을 앓은 후에 등에 나무가 새겨져 있었다. 그렇다면 그건 자신이 일종의 진화를 견뎌냈다는 말이 되는 것이다.

"그렇다면 당신이 말하는 스테먼이라는 건……."

"피스틸과는 다르게 애초에 꽃이 핀 상태로 태어나는 존재를 그

렇게 부릅니다. 더 쉽게 설명하자면 스테먼이 수술이라면 피스틸
은 암술이죠."

아라는 설명을 들으면 들을수록 머리가 혼란스러워졌다. CIA에
서 현역으로 일하는 동안에도 이런 정보를 얻은 적은 없었다.

"지금 말하는 게 농담이 아니라고?"

"네. 진실입니다. 극소수의 사람들이 이런 형태로 자신의 짝을
찾습니다. 피스틸과 스테먼은 평범한 이들과 성관계에서 아이를
갖지 못합니다. 오로지 피스틸과 스테먼의 성관계를 통해 아이를
가질 수 있죠. 하지만……."

기디언은 묘한 표정을 지었다. 그러고는 아라에게 손을 뻗더니
그녀의 뒷덜미를 쓰다듬었다.

"거기서 더욱 진화된 형태가 네임을 가지고 태어나는 겁니다.
좀 더 확실히 자신의 짝을 알아채기 위해서 몸에는 서로의 이름이
새겨진 채 태어나죠. 하늘이 이미 운명을 정한 겁니다. 그렇게 태
어난 피스틸은 다른 스테먼과 성관계를 나눠도 짝이 아니라면 임
신하지 않습니다. 단지 몸에 다른 꽃이 새겨질 뿐이죠."

"그게 무슨……."

그제야 아라는 기디언이 자신의 등을 보고서 기뻐하던 이유를
알 수 있었다. 꽃 한 송이 피어나지 않은 나무는 그녀가 처녀라는
증거가 된 것이다.

"하지만 나름의 페널티도 있습니다."

"페널티라니, 그게 뭐지?"

"나무에 꽃을 피운 피스틸은 반드시 운명이 정해준 스테먼의 꽃
을 단 한 송이라 할지라도 피워야 합니다. 그렇지 않으면 피어난

꽃송이만큼 생명이 단축되죠."

아라는 믿을 수 없다는 듯 두 눈이 커졌다. 아무리 생각해도 말도 안 되는 얘기였다.

"그렇다면 나는……. 내 뒷덜미에 새겨진 건……."

그녀가 말을 잇지 못하자 기디언은 그녀의 뒷덜미를 매만지던 손을 떼었다. 그리고 차분하고 담담한 어조로 말했다.

"아라, 당신이 만나야 할 운명의 상대는 도넬이라는 남자입니다."

기디언은 입가에 조소를 머금었다. 하지만 청록색의 눈동자는 여전히 차분한 색을 띠고 있었다. 그 눈빛에는 어쩐지 쓸쓸함과 외로움이 공존하고 있었다.

"내 상대는 아라 당신인데 말입니다."

그렇게 말한 기디언은 셔츠의 단추를 풀었다. 그러고는 옷깃을 젖혀 쇄골을 드러냈다. 거기에는 '아라. C. 킴'이라는 글자가 선명하게 새겨져 있었다.

"이런 걸 보면 신은 정말로 잔혹하지 않습니까?"

그는 마치 아무 일도 아니라는 듯 우아하게 미소 지었다. 아라는 여전히 머리가 혼란스러웠다. 기디언이 보기에도 그녀는 이 상황을 쉽게 받아들이지 못한다는 걸 알 수 있었다. 그는 낮게 한숨을 내쉬고서 포켓에서 작은 열쇠 하나를 꺼냈다. 그러고는 아라의 손목에 채워진 수갑으로 다가갔다.

"아라, 당신이 찾아야 할 상대의 이름은 페이그 도넬입니다. 저는 당신이 그자를 찾아줬으면 좋겠습니다."

수갑이 풀리기만 기다렸던 아라는 정신을 번쩍 차렸다. 그리고 손이 자유로워지자 자리에서 몸을 일으켜 그에게 달려들어 힘껏 뺨을 후려쳤다.

철썩!

둔탁한 마찰음이 들리는 것과 동시에 기디언의 입술에서 다시 피가 흘러내렸다. 그는 마치 아무 일도 아닌 듯 손등으로 그걸 닦아내더니 자신의 하의를 추슬러 입기 시작했다. 그리고 벗어둔 재킷을 들고 와 아라의 어깨 위로 덮어주었다.

"이제 만족하십니까?"

"전혀."

아라는 이것보다 더한 방법으로 지금까지의 일을 되돌려주고 싶었지만 일단은 다른 문제가 먼저였다. 그녀는 재킷을 여미며 잠시 생각에 빠졌다. 운명의 상대가 정해져 있다는 것도, 그를 품지 못하면 목숨이 줄어드는 것도, 모든 게 처음 안 사실이었다.

"페이그…… 도넬."

그녀는 저도 모르게 자신의 뒷덜미를 쓰다듬었다. 단지 그 이름을 소리 내어 말했을 뿐인데 눈물이 날 것 같았다. 마치 일평생을 이 이름을 찾아 헤맨 것 같은 착각마저 들 정도로 가슴 한편이 찐해져왔다.

"그는……."

하지만 다른 한편으로는 의문이 들었다. 기디언은 무슨 연유로 그를 찾고 있는 것일까. 그리고 페이그는 무슨 수로 그에게 잡히지 않고 숨어버렸을까.

"당신에게 무슨 존재지?"

그녀의 질문에도 기디언의 눈은 여전히 웃음을 띠고 있었다.

"그는 제 기억의 시작이자 끝이죠. 그리고 절대로 떨어질 수 없는, 떨어져서는 안 되는 존재…… 랄까요."

하지만 이내 청록색의 눈동자는 추억을 더듬듯 흔들렸다. 그는 페이그 도넬을 떠올리고 있는 것이 분명했다.

기디언은 아무런 말도 없이 일어나 옷을 추슬러 입었다. 그리고 곧이어…….

드르륵.

바퀴 구르는 소리와 함께 누군가가 카트를 끌고 다가왔다. 붉은 머리칼을 틀어 올려 묶은 여자는 지성미와 우아함이 몸에 밴 듯 보였다. 마치, 흑백영화 속 그레이스 켈리가 필름을 찢고 나온 듯 아름답기도 했다.

"식사를 준비했습니다."

"고맙습니다, 비앙카."

비앙카는 음식을 세팅했다. 그리고 뒤이어 웬 사내가 모습을 드러냈다. 기디언의 재킷만 걸치고 있던 아라는 소파 위에서 몸을 웅크렸다. 그 순간 기디언이 다가와 그녀의 앞을 막아섰다. 낯선 남자의 시선에 그녀가 닿지 않도록 가려준 것이다.

"여기는 내가 준비할 테니 비앙카는 아라가 입을 옷을 좀 가져다줘요."

순간, 비앙카의 신비한 보라색 눈동자가 아라를 보았다. 마치 아라의 신체 사이즈를 가늠이라도 하려는 듯 꼼꼼하게 바라보더니 이내 발길을 돌려 사라졌다.

"제이, 저 철제 의자는 치워주고 새로운 의자를 가져다주겠습니까."

"안 그래도 그러려던 참이야."

제이라고 불린 사내는 아라가 묶여 있었던 철제 의자를 단숨에 들어 올리더니 어딘가로 사라졌다. 그사이 기디언은 카트 위에 놓인 음식을 테이블 위로 옮겼다. 아라는 그걸 물끄러미 바라보았다.

"푸아그라는 기름진 간이란 뜻인 거 압니까?"

흰 접시에는 알맞게 구워진 멜바토스트 위로 푸아그라와 사과 조림, 저민 양파, 트러플이 순서대로 쌓여 있었다. 금박과 소스로 정갈하게 플레이팅된 모습이 미슐랭 3스타의 것 못지않았다. 아라는 접시를 바라보며 고개를 끄덕였다.

"알아. 사람으로 치면 지방간이잖아. 일종의 질환 같은 거."

그녀의 대답에 기디언이 낮게 웃었다.

"질환이라기보다는 본능이죠. 거위는 겨울이 오면 추위를 견디기 위해 평소보다 많은 양을 먹어 살을 찌우는 본능이 있습니다. 그래서 푸아그라는 원래 겨울에나 먹을 수 있는 귀한 별미였죠."

"하지만 요즘은 아니잖아. 언제 어느 때든 원하면 먹을 수 있으니까."

아라의 말에 기디언의 말이 잠시 멈췄다. 그리고 누군가의 발소리가 들려왔다. 비앙카가 다시 그들이 있는 곳으로 돌아온 것이다. 그녀는 손에 속옷과 블랙원피스를 들고 아라에게로 다가왔다.

"도와드리겠습니다."

비앙카는 익숙한 손놀림으로 속옷과 블랙원피스를 입혀주었다. 그 모습을 물끄러미 바라보던 기디언은 이내 휘파람을 불며 아라를 칭찬했다.

"그렇게 있으니 마치 재클린 케네디 같군요. D&G의 블랙원피스가 그녀 이상으로 어울립니다."

"그건 칭찬인지 욕인지 잘 모르겠는데."

아라가 옷을 다 갈아입자 비앙카는 그녀의 곁에서 멀어져 다시 모습을 감췄다. 그러자 기디언이 포크를 들어 눈앞에 놓인 음식을 단숨에 찍어 아라에게 내밀었다.

"아무튼 얘기를 돌리자면, 요즘은 가바주(gavage:강제적 영양 공급)로 거위를 길러내거든요. 우선 거위를 움직이지 못하게 가둡니다. 그리고 목구멍까지 파이프를 밀어 넣고선 억지로 사료를 주입해주죠. 그렇게 4~5개월 정도 먹이면 지금 우리 앞에 있는 이런 요리 재료가 되는 거지요."

아라는 포크에 걸린 요리를 입 안에 넣었다. 송로버섯 특유의 향이 푸아그라의 느끼함을 잡아주는 듯했다. 사과조림도 적당히 달아서 나쁘지 않았다.

"잘 드시는군요. 입맛에 맞으시면 더 드시죠."

기디언이 다시 푸아그라에 손을 뻗자 아라는 고개를 내저었다.

"맛은 있지만 사양할래. 지금은 그것보다 더 중요한 게 있잖아."

아라는 페이그 도넬에 관한 얘기가 듣고 싶었다. 하지만 기디언은 아직도 말할 생각이 없어 보였다.

"푸아그라 얘기가 재미없었나요?"

그때 마침 제이가 다시 그들의 곁으로 다가왔다. 두 손에는 암체어가 들려 있었다. 그는 소파 맞은편에 암체어를 놓고서 아라를 가만히 바라보더니 한 손을 내밀었다.

"인사가 늦었군. 난 제이라고 부르면 돼, 아라 씨."

그는 가죽재킷에 청바지를 입고 있었다. 짙은 갈색 머리카락과 푸른 눈동자의 호남형 외모가 젊은 시절의 맷 데이먼을 떠올리게 했다.

"제이를 보면 제이슨 본이 떠오르지 않습니까?"

"기디언, 그런 소리 하지 마. 별로 반가운 소리가 아니니까."

기디언의 놀림에 제이는 불퉁한 표정을 지었다. 하지만 기디언은 아무 상관도 없다는 표정으로 암체어에 자리를 잡고 앉았다.

"인사도 끝난 것 같으니 제이, 준비한 걸 아라에게 건네주시죠."

여전히 불쾌한 표정을 일관하며 제이는 얇은 파일 하나를 아라의 앞에 내밀었다. 아라는 아무런 말 없이 파일의 첫 장을 열었다. 그러자 어린아이의 사진 하나가 나왔다. 통통한 소년은 언짢은 표정으로 카메라를 노려보고 있었다.

"우리는 마치……."

기디언이 입을 열자 제이는 자리를 비켜주려는 듯 발걸음을 돌렸다. 그렇게 오롯이 두 사람만 남은 공간에서 아라와 기디언은 서로의 대칭이 되어 앉아 있었다.

"가바주당하는 거위 같았습니다. 조금이라도 더 많은 값을 받기 위해 억지로 치장당하고, 살을 찌우고, 필요 없는 교육도 견뎌야 했죠."

기디언이 한없이 담담하게 말하는 우리란 그와 도넬에 관한 것이 분명해 보였다. 그때부터 도무지 이어지지 않을 것 같던 그와 그녀 사이의 연결 고리가 생겨났다.

아라가 파일을 넘기자 거기에는 페이그 도넬에 관한 신상정보가 나와 있었다.

⟨-19xx년 xx월 xx일 출생

－가족: 없음

－출생지: 불명

－주소지: xx시 천사의 정원〉

"여기가 우리의 시작입니다."

기디언은 '천사의 정원'이라는 글자를 가리켰다. 교차되지 않던 기디언과 페이그의 관계가 처음으로 부상(浮上)했다. 두 사람은 같은 보육원 출신이었다.

"천사의 정원은 처음 들어보는데."

"거기는 사라진 지 오래됐습니다. 원생들이나 보육교사, 하다못해 자원 봉사자에 관한 기록 모두 소거됐죠."

순간 기디언의 눈이 가늘어지며 아라를 살피기 시작했다.

"그런데 의외군요. 당신이라면 도넬이 살던 이곳을 알 줄 알았는데."

"이제까지 도넬이 남자인지 여자인지도 몰랐어. 그런데 내가 왜 이곳을 알아야 해? 게다가 네 파일에도 이런 사실은 적혀 있지 않았어."

"정말 모르는 거라면 좀 곤란하군요. 도넬의 사진이라도 다시 보시면 알 수도 있지 않을까요."

아라는 다시 첫 장으로 돌아가 소년의 사진과 마주했다. 소년은 햇살 향이 배어 있는 것처럼 피부가 까무잡잡했다. 검은 머리카락과 밤색의 눈동자는 동양인의 특징을 띠고 있었다. 하지만 뚜렷한 이목구비는 서양인의 느낌을 풍겼다.

"어?"

이상했다. 떠오를 듯 말 듯 한 기억 사이에 이 소년이 있었다. 어딘가 무척이나 익숙한 외모였다.

"이건……. 이 얼굴은……."

"당신의 첫 임무였잖아요. 이제 기억납니까?"

아라는 눈살을 찌푸려가며 기억을 더듬어갔다. 그리고 어느 지점에서 소년의 얼굴이 클로즈업되며 확연하게 떠올랐다.

"이건…… 에디 리잖아."

에디 리는 부유층의 자제였고, 국가로부터 철저히 보호받는 대상자이기도 했다. CIA는 에디를 구하기 위해 '우리들'을 위험한 프로젝트에 투입시켰을 정도니까.

"북한 소속 로비스트였던 리덕환의 아들이죠. 그는 아프리카에 자원봉사를 온 미국 여성과 사랑에 빠져 에디 리를 낳았습니다. 하지만 리덕환은 북한인이었죠. 조국과 가족을 저울질하던 그는 끝내 망명을 선택했습니다."

리덕환은 오랜 시간과 정성을 들여 북한 내 군사시설과 무기 자료, 그리고 거래 리스트를 빼돌려 겨우겨우 미국으로 오게 되었다. 그 탓에 국가를 배신한 리덕환과 그의 가족은 늘 위험에 노출됐다. 아라는 기억을 더듬어 그때를 떠올렸다.

"당시에는 미국 내에 일어나는 범죄가 질이 나빴어. 중국과 러시아가 앞다투어 아동을 대상으로 한 납치를 빈번히 일으키고 있었지. 아이들을 납치해서는 몸값을 요구하는 건 물론이고 음란물 촬영이나 매매 등에 이용했거든."

특수한 상황에 놓인 에디는 언제든 납치 대상이 될 수 있는 존재였고, 리덕환은 가족의 안전을 제일 우선하고 싶어 했다. 그 결과, 프로젝트 S가 탄생했다. 엄선된 CIA요원의 자녀 중, 12세에서 16세 사이의 소년, 소녀들을 후계자로 양성하려는 목적을 가지고 만들어진 기획이었다.

"덕분에 CIA는 또 다른 방법으로 아동을 착취했죠. 후계자를 뜻하는 Successor의 S를 따온 프로젝트 S는 철저한 비밀 엄수 속에 이루어졌다고 들었습니다. 아이들이 겪기 힘든 온갖 범죄 시뮬레이션을 했다고 하더군요."

"맞아. 견디기 힘든 훈련이었지."

마지막까지 남은 아이들 중에는 아라와 해리슨도 속해 있었다, 그들의 첫 임무는 지극히 비인도적이고 위험천만한 일이었다. 아동 범죄를 막기 위해 아동인 해리슨과 아라가 직접 납치되어 범죄 조직의 소스를 캐내는 것이 주된 임무였다.

"프로젝트에 남은 아이들 중에 유일한 동양인이었던 나는 에디의 보호도 함께 맡아야 했어."

하지만 프로젝트 S는 국장급 이외의 요원들은 접근 불가능한 자료였다. 하지만 기디언은 에디의 어린 시절 외모까지 정확히 알고 있었다. 그는 이미 사건의 단순한 표면이 아닌 모든 진실까지 알고 있는 것 같았다.

"그쪽 코드는 어떻게 얻었지?"

"내 만능열쇠는 어떤 문이든 안으로 들어갈 수 있게 해주거든요. 그게 아무리 단단한 문이라 할지라도 예외는 없죠."

"……."

첫 임무였던 만큼 아라는 많은 실수를 했다. 북한과 컨택한 중국 조직이 에디를 납치한 것이다. 결국 아라 역시 같이 납치되어 에디에게 접근했다. 그 조직에서 벗어나기까지는 오랜 시간이 걸렸다. 몇 번인지 모를 구타와 죽음의 위기 사이에서 아라와 에디는 오로지 서로만을 위했다.

"결국 이게 처음이자 마지막 임무가 됐어."

프로젝트 S는 결국 공중분해되었다. 그 기획 자체가 지극히 비인도적인 문제를 안고 있었기 때문이다. 그리고 모든 자료는 시크릿 파일로 들어가 철저히 소거당했다.

"그 뒤 에디의 가족은 신분을 새로 세탁해 보호 시스템 속에서 지내고 있어. 아직까지 누구도 그들의 행방을 알 수 없지."

아라와 에디의 인연은 거기서 끝이 났다. 지금은 그가 어디서 무엇을 하든 관심조차 없었다.

"……그것보다 천사의 정원 얘기나 다시 해봐."

"저와 도넬이 머물던 천사의 정원은……."

기디언은 눈을 감고서 암체어 깊숙이 몸을 기댔다. 마치 최면에라도 걸린 사람의 모양새였다.

"지극히 풍요롭고 안락한 곳이었죠. 원장이나 보육교사들은 상품에 상처가 나면 안 된다고 생각했을 겁니다. 저도 마찬가지고 언제나 다른 아이들이나 도넬을 조심스럽게 다뤘거든요."

아라는 순간 자신의 귀를 의심했다.

"잠깐, 상품이라고?"

"네. 아주 잘 만들어진 고급 상품이죠."

기디언은 여전히 눈을 뜨지 않았다. 아라는 마음 한편에서 불길한 기운이 감도는 걸 느꼈다. 아무리 생각해도 비상식적인 일이지만 묻지 않고서 견딜 수가 없었다.

"그렇다면…… 그곳에서 아동 매매가 이루어졌단 얘기야?"

"그래요. 그것도 정부 주도하에."

뭔가 뒤통수를 얻어맞은 느낌이었다. 하지만 한편으로는 납득이 되었다. 이제까지 아라가 겪어온 '국가'를 생각하면 충분히 가능한 얘기였다.

"정부가 아동 매매를 했다는 건……."

아라는 다시 한번, 도넬의 어린 시절 사진을 바라보았다. 살집이 있는 체격과 외모가 언뜻 봐도 영락없는 에디 리의 모습이었다. 갑자기 심장이 빨리 뛰기 시작했다. 엄습하는 불안과 일말의 희망이 뒤섞여 아라의 머리를 혼란스럽게 만들었다.

"천사의 정원에 있던 너희들은……."

아라는 뒷말을 삼켰다. 기디언은 천천히, 눈꺼풀을 들어 올렸다.

"우린 아주 잘 만들어진 스페어였죠. 필요에 의해 언제든 다른 이와 대체될 수 있는. 주요 고객은 고위 공직자, 돈 많으신 대기업 간부, 혹은 한 나라의 지배계층이었습니다. 그들은 특히 위험에 쉽게 노출이 되거든요."

기디언의 목소리에는 고저가 없었다. 그는 이 모든 것들에 아무 감정이 없는 듯 그렇게 말하고 있었다.

"그래서 자신의 아들, 딸, 손자, 손녀를 대신할 누군가가 필요했습니다. 그게 천사의 정원이 생긴 계기죠. 그때 마침, 미국 정부와 정보기관 간에 프로젝트 S가 준비 중이었습니다. 덕분에 천사의 정원이 일하기 더 편해졌죠. 그들은 비밀리에 시간과 정성을 들여 고아들을 길렀습니다. 천사의 정원에서 아이들이 팔릴 때마다 그 돈은 주로 미국과 CIA 간부들의 지갑으로 들어갔죠."

CIA는 단순히 후계자 육성이라고 말했지만, 실제론 물질적 이익을 노렸던 것이다. 어쩌면 이리도 추악할 수가 있단 말인가. 기댈 곳 없는 어린아이들까지 팔 생각을 하다니. 그런 주제에 요원들에게는 늘 '국가를 위해'란 충고를 잊지 않았다. 아라는 토악질이 날 것 같았지만 참았다.

"……그래서, 페이그는 어떻게 됐지? 실제로 그때 납치됐던 것도 에디 리가 아니라 페이그였던 거야?"

담담하게 말을 하던 기디언의 언성이 조금 높아졌다.

"페이그가 아니라 도넬이라고 불러주십시오."

"뭐?"

아라가 영문을 몰라 기디언을 바라보자 그는 진지한 눈빛을 하고 있었다.

"도넬은 자신이 페이그라고 불리는 걸 좋아하지 않았습니다."

기디언이 저토록 정색하는 걸 보면서 아라는 순간 기이하다는 느낌을 받았다. 방금 그의 모습은 단순히 가까운 사이이기 때문에 나올 수 있는 반응이 아니었다. 물증은 없지만 그녀의 살아 있는 감이 기디언과 도넬은 같은 사람일지 모른다고 말하고 있었다. 그녀는 의심스럽게 기디언을 보았다.

"아무튼, 도넬이 리덕환에게 팔려갔던 건 확실합니다. 하지만 그 뒤의 진실은 당사자들만 알고 있겠죠."

아라의 의심이 담긴 시선을 알아챘는지 말을 돌린 기디언은 다시 바르게 앉더니 포크를 들어 접시 위 음식들을 헤집었다. 그는 금박과 트러플, 양파, 사과조림까지 모두 치운 후 푸아그라만 콕 찍어 입 안으로 옮겼다.

"거위 농장을 한번 찾은 적이 있는데, 그때 함께 갔던 사람들이 꽤 충격을 받은 것 같았습니다. 이상했죠. 제가 보기에는 가바주당 하는 거위는 힘들어하거나 고통스러워 보이지 않았거든요. 어찌됐든 그들에게는 살을 찌우는 본능이 남아 있을 테니까요."

화제는 다시 거위로 돌아왔다.

"푸아그라……."

억지로 살찌워진 간. 도넬도 아마 에디의 스페어가 되기 위해 억지로 살을 찌웠을지도 모를 일이었다. 그 모습이 고통은 없고, 본능만 살아남은 거위와 겹쳐졌다. 천사의 정원에 머무른 고아들은 어떤 본능으로 고통을 잊은 걸까.

"기디언, 당신과 도넬에 관해 더 알고 싶어."

아라는 무의식중에 자신의 뒷덜미를 매만졌다. 그리고 혹시나 도넬이 기디언일지도 모른다는 기대감이 그녀의 마음속을 휘저었다.

"아니, 알아야겠어."

그녀의 목소리는 낮았고 그만큼 확신에 차 있었다.

그런 아라를 보며 기디언은 이내 품에서 노트 한 권을 꺼내어 아라에게 건넸다.

"이게 뭐지?"

"당신의 제안을 받아들이겠다는 내 의지입니다."

그렇게 말하는 기디언의 입가에는 특유의 자신만만한 미소가 걸려 있었다.

03. 무정한 마음(Core'ngrato)

검은 가죽으로 표지가 덧대어진 노트는 맨 위에 'Diary'란 단어
가 새겨져 있었다.

"이건······."

그러고 보니 아라의 어머니는 일기 쓰기를 하루도 빼먹는 법이
없으셨다. 그래서 늘 튼튼한 양장 제본에 가죽 커버의 노트를 선호
하셨다.

"어머니의 유언장은 받았겠죠?"

기디언의 눈빛이 미소를 띠며 가늘어졌다. 아라는 그 모습을 빤
히 바라보았다.

"은행으로 간 당신은 강도 사건에 휘말렸고 은행은 폭파되었죠.
결국 당신은 어머니의 임종은 물론이고 유품마저 지키지 못하게
되었습니다. 하지만 유품이 무사하다면 우리의 일이 좀 더 쉽게 풀

리지 않을까요?"

자신의 얘기를 증명이라도 할 생각인지, 기디언은 일기의 첫 장을 펼쳤다. 그곳에는 약간 거칠지만 길쭉길쭉한 글씨체로 셜록 홈즈의 한 구절이 적혀 있었다. 아라의 어머니의 글씨체였다.

〈When you have eliminated the impossible, whatever remains, however improbable, must be truth.〉

"불가능을 모두 제거했을 때, 남는 것이 무엇이든 그것이 진실일 수밖에 없다."

마치 어머니에게 직접 조언을 듣는 것 같은 착각이 일었다. 아라는 어머니가 갑자기 너무도 그리워졌다. 하지만 그 순간도 그렇게 오래가지는 못했다.

"읽어보시면 아시겠지만, 일기에 종종 도넬의 이름이 등장합니다. 그는 아파트의 주민이었고, 당신 어머니와도 친분이 있었던 거 같더군요."

기디언의 말에 아라는 감성적인 자신을 억눌렀다. 그녀는 신중히 어머니의 일기를 훑어보았다. 재키, 다니엘, 크리스, 에이미, 제인 등등. 많은 이들이 어머니의 일기에 등장했지만 그중에서 단연 돋보이는 이는…….

"페이그…… 도넬."

Feig Donell. 그 이름을 읽는 순간 머리가 멍해졌다. 아라는 오로지 Donell이란 이름을 찾아 정신없이 종이를 넘겼다. 그리고 막연하게 그 속에서 기디언의 흔적이 있기를 바랐다. 어머니 일기 속에 그는 굉장히 친절하고 다정한 이웃이었다. 그리고 친구이기도 했다. 일기를 읽을수록 도넬은 범죄와는 연관성이 없어 보였다. 오히려 그는 늘 양지 속에서 살았을 사람 같았다. 어디에도 도넬이 기디언이라는 연결점을 찾을 수 없자 아라는 아주 약간 실망감을 느꼈다.

"당신이 나를 도와준다면 유품은 모두 돌려드리죠. 그리고 당신의 질문……. 이를테면 내가 왜 은행에서 그 남자를 죽였는지, 그 외에도 궁금한 게 뭐든 모두 성실히 대답해드리겠습니다."

기디언이 손가락을 튕기자 기다렸다는 듯 비앙카가 다시 나타났다. 비앙카는 테이블을 깨끗하게 정리하고 종이 두 장과 펜을 기디언에게 내밀었다.

"아라가 말한 조건은 꼭 지킬 수 있도록 주의하도록 하겠지만 장담은 못 합니다.

기디언은 종이에 무언가를 적었다. 그리고 얼마 지나지 않아 아라의 앞에 그것을 내밀었다. 종이에는 아라가 말한 룰과 기디언의 서명이 기입되어 있었다.

"룰 위반 시 발생할 처벌에 관한 건 없는데?"

"빈칸에 알아서 써두세요. 제가 사인해둔 사실은 변함이 없습니다."

"정체가 명확하지 못한 너를 어떻게 믿지? 하물며 네 이름은 본명도 아니잖아."

아라가 따지고 묻자 기디언은 가볍게 어깨를 으쓱였다.

"맞습니다. 그렇게 생각할 수 있죠. 차라리 신원이 확실한 대리인을 세우는 것도 좋은 방법이겠군요."

이번에도 기디언의 태도는 담담했다. 평범한 사람이라면 상처받을 말을 듣고서도 그는 마치 제삼자처럼 굴었다. 아라는 그게 불편했다. 그리고 그 불편함이 자꾸 기디언에 대한 연민으로 바뀔 것만 같았다.

"이번에는…… 당신이 아니라 나를 위해 한번 믿어보겠어. 룰위반 시는 즉결처분이야."

모두 있을 수 없는 일이다. 아라는 가볍게 고개를 내젓고는 각종이에 서명했다. 그리고 한 장을 기디언에게 내밀었다. 그렇게 서로의 계약서를 교환하고 나서야 아라는 그를 떠보듯 물었다.

"나는 그렇다 치고, 기디언 당신은 어째서 도넬을 찾고 있는 거지?"

"……그에게는 아주 많은 빚이 있거든요."

그렇게 말하는 기디언의 입가에는 쓸쓸한 미소가 머물렀다. 여전히 의문스러운 대답이었다. 하지만 어쩐지 그의 쓸쓸해 보이는 모습이 아라는 더 신경이 쓰였다.

"그 빚을 갚고 나면…… 당신은 어쩔 생각이야."

순간, 기디언의 표정이 미묘하게 변했다. 하지만 그는 곧 아무 일도 없었다는 듯 비앙카에게 계약서를 맡겼다. 아주 찰나의 순간이었지만 아라는 그의 표정에 당혹감이 머무는 것을 지켜보았다.

"처음이군요. 내 안위에 관해 의문을 가져주는 건."

기디언의 음성이 마치 봄날의 바람같이 부드러웠다. 아주 잠깐의 관심일 뿐인데 그는 기뻐 보였다. 수줍은 소년같이 보이기도 했다. 그런 기디언이 안쓰러웠다.

"그런 게…… 아니야."

그래서 아라는 말을 얼버무리고 말았다. 기디언은 범죄자였다.

그녀가 안쓰러워할 입장이 아니었다. 그런데도 자꾸만 마음이 쓰였다. 하지만 그는 이내 평소처럼 여유로운 모습으로 돌아왔다.

"그를 찾게 되면 영원히 함께 행복하게 살아야겠죠. 동화도 늘 그렇게 끝나잖아요. Happily Ever After."

기디언과는 어울리지 않는 최후라고 생각했다. 그의 끝에 정말로 행복이 찾아오기는 할까.

"정말 동화라면 그걸로 끝나겠지만 현실은 다른 걸 당신도 알고, 나도 알고, 우리 모두 다 알아."

그가 행복의 기준을 어디에 두고 있는 건지 궁금해졌다. 행복이란 건 결국 누군가는 반드시 대가를 치러야 가능한 일이었다. 그렇다면 기디언이 행복하기 위해서 누가 희생을 하게 될까. 그렇게 아라가 잠시 잡념에 빠진 사이, 기디언은 마치 방금 생각난 듯 말을 덧붙였다.

"도넬을 찾으면 제일 먼저 자수부터 하려고 생각 중입니다."

아라는 놀란 눈을 하고서 그를 보았다.

"자수? 어디에?"

그는 아라를 보고서 천진난만하게 웃으며 말했다.

"NYPD? FBI? 잘 모르겠네요. 어디를 가든 최후에는 CIA로 가겠죠. 부디 각별한 대우를 해주기만 바라고 있습니다."

물론, 그가 가진 정보력이나 치밀함 그리고 인맥을 생각하면 누구도 기디언을 법정에 쉽게 세우지 못할 것이다. 그런 생각이 들자 아라는 이제야 기디언의 속내가 보이는 듯했다.

"잠깐, 잠깐만."

아라는 이야기를 정리하려는 듯 팔을 휘저었다.

"당신, 그럼 처음부터 그럴 생각으로 도넬을 찾으려고 한 거야?"

그녀의 질문에 기디언은 언젠가 엿들었던 아라와 해리슨의 대화를 떠올렸다.

"그렇습니다. 해리슨이 말하지 않았던가요. 나를 요원으로라도 써먹게 자수해주면 좋겠다고."

그러나 그는 이내 고개를 내저었다.

"하지만 아쉽게도 요원으로 뛸 생각은 없습니다. 남 밑에서 일하는 건 체질에 안 맞아서 말입니다."

아라는 소름이 끼쳤다. 지금까지의 사건들이 한 가지 계획을 향해 달리고 있었던 것이다. 그는 아마 자신의 존재를 부각시키기 위해 일급 수배자가 된 것이 분명했다. 몸값을 올리려고 말이다. 그래야지 자수한 후에도 자신의 가치가 떨어지지 않고 편히 지낼 수 있으니까.

"모든 건…… 도넬을 위해서?"

아라의 못 미덥다는 시선을 눈치챈 건지 기디언은 눈이 부시도록 환히 웃으며 답했다.

"정확히는 도넬과 저, 그리고 아라 당신을 위해서죠."

그는 치밀하게 계산하며 행복을 향해 달려가고 있었다. 행복을 위한 집착이 너무도 강해서 차라리 순수하게 느껴질 정도였다. 일종의 순애보였다. 악인의 순정이 이토록 일편단심일 수 있다는 게 놀라울 정도였다.

"그럼…… 겨우 그런 이유로, 어머니 유언장도 당신이 손댄 거야?"

아라는 왠지 모를 허탈함을 느꼈다. 엉킨 실타래가 아주 조금 풀리는가 싶었는데 아직도 머릿속은 복잡했다.

"아닙니다. 저는 그저 그녀의 유언장을 살짝 빌린 것뿐입니다. 애초에 바꿀 필요도 없었죠. 저는 그저 유언장에 적혀 있던 날짜와 시간에 맞춰서 당신이 오기만 기다리면 됐습니다."

아라의 눈빛이 날카롭게 변했다.

"그러면 그 강도나 폭파는 심심풀이였어?"

단지 우연이라 하기에는 너무도 상황이 맞아떨어지고 있었다. 하지만 기디언은 여전히 여유로운 미소를 띠었다.

"그건 그냥, 겸사겸사 용돈벌이였습니다."

"무슨 목적으로? 그냥 나만 노렸어도 됐잖아."

겨우 돈 때문에 사람을 죽이고 건물을 통째로 폭파시켰다는 게 믿기지 않았다.

"만약에라도 당신이 은행에 나타나지 않으면 저는 빈손으로 돌아가야 하지 않습니까. 개인적으로 그건 싫었거든요. 그래서 적절한 의뢰를 찾아 제 입맛대로 짜 맞춘 것뿐입니다."

기디언은 마치 집중력이 떨어진 아이처럼 지루한 표정을 짓고 있었다. 하지만 그가 말하는 내용은 너무도 충격적이었다.

"게다가 비앙카의 지인들 의뢰라 거절하기가 애매했습니다. 은행 폭파는 지점장과 직원들의 계획이었고, 강도는…… 그에게 자수하라며 달래주던 아주머니 기억납니까? 강도를 죽이는 건 그 아주머니가 부탁한 겁니다."

아라는 자신이 어느 부분에서 놀라야 할지 갈피를 잡지 못했다. 아니, 그의 말을 제대로 듣긴 한 건지 의심스러울 정도였다. 여전히 모든 것이 의문투성이였다.

"그 아주머니가 왜……."

"아들이 은행 청원경찰이었는데 강도 진압 중에 죽었다더군요. 다른 범인들은 이미 모두 잡혔지만, 그 사내는 운이 좋았는지 잡히지 않았습니다."

강도는 척 보기에도 초보였다. 인질은 물론이고, FBI나 SWAT을 상대로도 덜덜 떨던 애송이가 어떻게 사람을 죽였다는 걸까. 게다가 그는 분명 기디언을 알고 있었다.

"그가 혼자서 은행 털 생각을 하진 않았을 거야. 아마 당신이 부추긴 탓이겠지."

"맞아요. 그리고 다음에는?"

기디언은 능글거리며 웃고 있었다. 아라는 그를 보며 미간을 찌푸렸다.

"나랑 스무고개라도 하며 놀 생각이야?"

"얘기할 때 맞장구 쳐주는 게 다정한 남자의 조건이잖아요."

아라는 가운뎃손가락을 펴 보였다.

"Can't you just shut the fuck up?"

그녀의 거친 언행에도 기디언은 눈 하나 깜빡이지 않았다. 아무래도 제대로 알려줄 생각이 없는 것 같았다. 그런 그를 보며 아라는 혀를 찼다. 어쩔 수 없이 그녀는 혼자만의 추리를 이어갔다.

"그는 지나치게 겁이 많았어. 단체 강도는 조직적으로 움직이니까 그는 아마도 망보기나 운전 담당이었을 거야. 그러다 같은 조직원이 청원경찰을 죽이면서 패닉을 일으켰겠지. 그 결과 혼자만 도주했을 가능성이 높아. 그럼에도, 그는 다시 강도 일로 돌아왔어. 그것도 이번에는 대담하게 혼자서."

아라가 기디언을 보자 그는 더 해보라는 듯 손짓했다.

"그는 혼자서 일을 벌이거나 책임질 배짱도 없어 보여. 당연히 계획 세우는 방법도 몰랐겠지. 하지만 돈은 필요해서 네 사탕발림에 넘어갔을 거야. 겁쟁이 주제에 놀던 가락으로 돌아가보겠다고 발악한 거겠지. 결국은 그게 자신을 죽음으로 몰고 갈 것도 모르고서 말이야."

아라의 말이 끝나자 기디언은 천천히 박수를 쳤다.

"프로파일링입니까?"

그의 입가에는 짓궂은 미소가 걸려 있었다.

"그를 너무 잘 알아서 질투가 나려고 하는군요."

하지만 기디언의 눈은 웃고 있지 않았다. 그는 정말로 질투를 하고 있었다. 그것도 마음 깊숙이부터 아주 강하게.

아라는 질투로 활활 타오르는 그의 눈을 똑바로 바라보며 차분한 음성으로 말을 이었다.

"누가 봤더라도 그 정도는 알 수 있을 거야. 그가 당신을 대할 때 두목쯤으로 여기는 거 같았으니까. 질질 짜던 것도 그렇고. 모르려고 해도 모를 수가 없잖아."

아라가 달래듯 말하자 기디언의 눈빛에게 불꽃이 약간이나마 수그러드는 것 같았다.

"아주머니는 어떤 경위로 아들을 죽인 일당이 남아 있음을 알게 되었습니다. 그래서 잡히지 않은 단 한 명을 스스로 처벌해주리라 결심했다고 하더군요. 하지만 평생을 평범하게 살아온 아주머니에게는 쉽지 않은 일이었을 겁니다."

기디언의 어투는 담담했다. 하지만 그의 눈빛은 마치 칭찬을 바라는 아이처럼 빛나고 있었다.

"그래서 아주머니는 자신의 처절한 심정을 비앙카에게 토로했죠. 비앙카는 그 얘기를 나에게 들려주었고, 나는 그걸 받아들였습니다."

비앙카의 지인이었단 건 핑계일 게 뻔했다. 기디언에게는 구실이 필요했을 것이다. 혹시나 아라가 나타나지 않으면 화풀이할 대상이 있어야 했을 테니까.

"그렇다면 은행 폭파는 뭐지?"

"그건 강도 사건보다 살짝 더 복잡합니다. 은행은 인수합병 진행 중이었고 실적이 낮은 은행 쪽부터 물갈이에 들어갔죠. 폭파된 은행의 지점장은 곧 정년퇴직을 앞둔 상태에서 권고사직을 당했습니다. 다른 직원들도 역시 재계약은 이루어지지 않았죠. 그랬으니 똘똘 뭉쳐 화가 날 수밖에 없잖아요. 그래서 본때도 보여줄 겸 엿 먹으라고 선택한 방법이 건물 폭파였어요. 같은 날에 강도가 들 줄은 생각 못 했겠지만."

모두가 범인인 주제에 버젓이 피해자 코스프레를 했다는 생각에 아라는 소름이 끼쳤다. 아주머니나 은행 직원들 모두 대단한 연기자처럼 느껴졌다.

"만약 아라 당신이 그런 상황에 놓인다면 누구부터 처벌할 거죠?"

모두가 죄인이었다. 그렇다면 과연, 어디의 죄질이 더 무거운 걸까. 범죄를 계획한 쪽일까 아니면 직접 실행한 쪽일까.

"내게 가장 큰 피해를 준 상대부터 처벌하겠어."

아라는 평범하게 심판을 논할 생각은 없었다. 은행에 감금된 상태가 더 길어졌다면 그녀 스스로 강도를 죽였을지도 모른다. 하지만 폭파는 달랐다. 그들의 사정이야 어찌 됐든 자칫 잘못하면 인명 피해로도 이어졌을 만한 사건이었다. 그걸 그들도 모를 리 없었다. 그럼에도 그 방법을 선택했다는 건 그만큼 분노가 깊었던지 좌절감이 이성을 앞섰던 것일지도 모르겠다.

"그럼 당연히 나겠군요."

"내 소중한 시간을 허비하게 만든 강도일 거란 생각은 안 드나 봐?"

"그는 어찌 됐든 제가 죽였을 겁니다. 의뢰를 위해서도 물론이고, 이유가 뭐든 당신의 첫 번째가 된 게 질투가 나서라도."

그의 입가에 매력적인 미소가 걸렸다. 첫 이슬을 머금은 장미처럼 아름다운 미소였다. 아라의 심장박동이 거세어지기 시작했다. 그러면 안 된다는 걸 알면서도 아라는 조금씩 기디언을 마음에 담아가고 있다는 걸 느꼈다. 하지만 모든 장미에는 가시가 있다. 아라는 그 사실을 잊지 않으려 했다.

하지만 그러면 그럴수록 그녀의 등에 새겨진 장미 한 송이가 의식되었다.

"그렇게 뜨겁게 바라보니 절로 흥분이 되는군요."

기디언은 열기 가득한 눈빛으로 아라를 바라보았다. 그녀 역시도 그와 마찬가지로 숨결이 차오르는 걸 느꼈지만 애써 모른 척, 아닌 척했다.

"막 열 오르고, 땀나고, 호흡도 가쁘고, 입술은 말라가고, 초조해지는…… 그런 흥분?"

"네, 그런 흥분."

무언가를 맛보기 전에 나오는 조건반사처럼, 기디언의 핑크빛 혀가 붉은 입술을 적셨다. 그의 시선에는 탐욕이 가득 담겨 있다. 그는 손 하나 대지 않고 아라를 겁간하고 농락하고 있었다. 아라는 그 모든 걸 눈 속에 담아두며 애써 견뎠다. 그리고 여유를 가장하며 싱긋 미소 지었다.

"갱년기네. 비타민 처먹든가, 호르몬 주사 맞아야 할 것 같은데."

그녀의 대답에 기디언도 따라 웃었다. 마치 활짝 핀 꽃처럼 화사한 미소였다. 하지만 아라는 느꼈다. 그는 온몸으로 살기를 내뿜고 있었다. 마치 기디언은 그녀의 눈과 혀를 모두 뽑고 싶어 하는 것 같았다. 그 정도로 강렬한 살기였다.

"Catari, Catari, pecche me dice sti parole amare?"

하지만 기디언은 여전히 웃는 낯으로 나폴리의 민요인 '무정한 마음'을 속삭였다. 가사가 무척이나 애달픈 곡이었다.

'카타리, 카타리, 왜 그대는 그토록 모진 말을 하나요?'

기디언은 모든 것이 아라의 탓이라며 몰아붙이고 있었다. 그리고 아라 역시 그의 속내를 알아챘다.

"너무 상처 주면 남은 힌트들을 당신에게 안 줄지도 모릅니다. 그래도 좋나요?"

"방금 당신이 서명했던 종이 쪼가리에 뭐가 쓰였는지, 벌써 잊은 건 아니겠지."

아라가 날카롭게 대답하자 기디언은 가볍게 어깨를 으쓱였다.

"흐음. 세계가 정한 룰도 어기는 마당에 당신에게만 예외라는 건 정말…… 아이러니하군요."

그러고는 그는 다시 매력적인 미소를 지었다.

"하지만 어쩔 수 없죠. 원래 더 반한 쪽이 지게 되어 있으니."

아라가 무어라 항변하려는 찰나, 비앙카가 와인을 들고 들어왔다. 그녀는 곧 와인글라스를 세팅하더니 핑크빛 로제와인을 따라 주었다.

"이건 아라 씨에게만 특별히 내어드리는 메인입니다."

그렇게 말한 비앙카는 아라에게 가죽 노트를 내밀었다. 이것 역시 어머니의 일기라는 걸 믿어 의심치 않았다. 아라는 한 장 한 장을 신중히 읽어보기로 했다. 어디에서 도넬에 관한 정보가 나올지 알 수 없었기에. 역시나 도넬에 관한 얘기가 몇 번인가 등장했다. 차를 마시고, 산책을 하고, 내키는 날에는 주민 모두가 모여 파티를 열었다고 한다.

"역시 어머니답네."

이렇다 할 특징 없는 이야기임에도 평화롭고 유쾌한 느낌이 딱 어머니와 맞아떨어진다는 생각이 들었다. 어머니가 행복하셨다니 다행이었다. 아라는 저도 모르게 입가에 미소를 띠었다.

"어, 웃었다."

속삭임 한 줄기가 아라를 현실로 불러왔다. 누구의 목소리였을까. 아라는 눈을 치켜떠 기디언을 보았다. 하지만 그는 화가 난 건지, 신기해하는 건지 모를, 어정쩡한 표정으로 그녀를 바라보고 있었다.

"신기해?"

"약간."

아라가 묻자 기디언이 살짝 고개를 끄덕였다.

"나도 감정이 있는 사람이니까 당연한 거야."

내가 그렇게 표정이 딱딱했나. 아라는 자신의 볼을 매만졌다. 아무튼, 지금 중요한 건 그게 아니었다. 아라는 노트에 마지막으로 남은 한 장을 넘겼다. 그러자 이전과는 전혀 다른 내용의 일기가 등장했다.

〈당신과 함께 보냈던 그날, 그 밤하늘이 아직도 기억에서 떠나질 않아. 우리는 베토(Betto)의 드라마틱한 색감 아래서 사랑을 맹세했지. 리플리. 나도 당신을 쫓아 떠나려 해. 자물쇠 장인인 루이의 손에 내 일부를 담아 보내니, 부디 나를 잊지 말고, 놓지도 말고 기다려줘.〉

도무지 이해가 되지 않았다. 어딘가에 흩어진 조각이라도 눈에 띄면 이해라도 할 텐데 조각은커녕, 티끌도 보이지 않았다.

"제가 디저트를 깜빡했군요."

그렇게 말한 비앙카는 손바닥보다 조금 더 작은 보이스 레코더를 노트 위에 올렸다.

"무슨 디저트?"

아라는 영문을 몰라 기디언을 바라보았다. 하지만 그는 어깨만 으쓱여 보이고선 와인을 홀짝였다. 자신도 모르겠다는 뜻일까. 아님 알면서도 모른 척하는 걸까.

"기디언 님께서 예전에 지시하셨던 도청의 일부를 편집한 것입니다. 두 분께 도움이 되실 거 같아 제멋대로 가져왔습니다. 혹여나 기분 나쁘시다면 사과하겠습니다."

비앙카는 한없이 나긋한 태도로 기디언에게 설명했다.

"아…… 그게 있다는 걸 깜빡했군요. 나 대신에 기억해내 줘서 고마워요, 비앙카."

그녀는 가볍게 고개 숙여 인사하고는 다시 자취를 감췄다.

"이제야 겨우, 틀이 잡힐 것 같군요."

기디언은 와인 잔을 들어 보이며 건배하는 시늉을 내더니 그걸 단숨에 들이켰다. 아마 비앙카의 배려 덕분에 진심으로 기분이 좋아진 모양이었다.

"이것들이 힌트라고?"

아라는 눈앞에 놓인 물건들만 하염없이 바라보았다. 일기 마지막에 적힌 일련의 문장들, 그리고 아직 들어보지 않은 보이스 레코더. 이 문제의 핵심은 분명 그녀의 어머니인 것 같았다. 그리고 그녀가 제일 처음 해결해야 할 일은 이해할 수 없는 일기의 풀이일 것이란 생각이 들었다.

"당신 아버님의 애칭이 리플리였나요?"

아라는 고개를 내저었다.

"아버지는 알랭 들롱 같은 깊은 눈매를 가지신 적이 없어. 순수 한국계셨으니까."

"알랭 들롱은 뭐죠?"

그는 진심으로 배우인 알랭 들롱을 모르는 것 같았다.

"리플리라면 맷 데이먼이잖아요."

세상에, 맙소사. 게다가 그는 명작인 '태양은 가득히'를 모르고 있었다.

"맷 데이먼이 연기한 제이슨 본, 하물며 리플리까지 알면서 알랭 들롱을 모르는 건 무슨 경우야."

"고객 중에 맷 데이먼을 좋아하는 분이 계셔서 말이죠. 몇 번인가 같이 어울려 영화를 봤더니 기억하게 되더군요. 아무튼, 그 둘의 연관성을 모르면 무슨 큰 문제라도 생깁니까?"

"아니, 문제랄 거야 없지만……."

본 시리즈는 남자들이 좋아할 만한 액션과 미스터리를 고루 갖춘 영화였으니 기억하기 쉬웠을 것이다. 하지만 그에 반해 '리플리'라는 영화는 모르는 사람이 더 많았다. 그것보다 오래된 명작인 '태양은 가득히'를 어떻게 모를 수가 있을까. 그 부분을 차치하고서라도 그가 어떤 세뇌를 받았기에 리플리 하면 맷 데이먼부터 떠올리는지 의문이 들었다.

"그럼 질문을 되돌려서, 알랭 들롱이 누구기에 당신 입에 오르내리는 거죠."

"그는……."

뭐라고 대답을 해야 할까. 그는 프랑스 배우고 '태양은 가득히'로 세계적인 스타덤에 올랐다. 그것 외에는 아라도 깊이 아는 바가 없었다. 설마 얘기가 이런 식으로 흐를 줄 알았다면 꺼내지도 않았을 인물인데.

"그냥 한때 꽃미남으로 인정받던 배우야. 리플리란 캐릭터를 연기했었고."

더할 것도, 뺄 것도 없는 아라는 알고 있는 사실만 알려주었다. 그러자 기디언은 곧장 예상도 못한 질문을 해왔다.

"당신 어머니는 리플리란 캐릭터를 정말 좋아하셨던 걸까요. 아님 애인이 그 캐릭터와 닮았던 걸까요."

아무리 허물없는 사이에도 부모님의 연애 문제는 상당히 껄끄러운 화제였다. 배려심이라곤 발바닥의 때만큼도 찾아볼 수 없는 질문에 아라는 살짝 열이 받았지만 일단 참았다. 아주 가능성 없는 얘기도 아니니까.

"내가 알고 있는 한도 내에서 어머니의 최고 이상형은 셜록 홈즈야. 2순위는 자연스레 아버지일 거고. 그 아래는 아무래도 상관없는 순위지만 아마 왓슨 박사나 셜록의 형인 마이크로프트 정도가 아닐까."

어머니는 특출하게 잘생긴 남자를 좋아하지 않았다. 오히려 지적이고, 날카로운 인상을 선호하는 편이며 키가 크고 신체 조건이 좋은 남자를 좋아했다. 악인을 벌하고, 쫓아낼 수 있을 정도의 남자가 좋다고 말씀하셨던 기억도 났다. 누구보다 정의 실현을 가장 지지했던 어머니가 어째서 '리플리'란 인물에 빠져드시게 된 걸까.

"아라도 좋아한 건가요? 그를."

"누구를 말하는 거야."

어째서 이런 뜬금없는 질문에는 확실한 대명사가 따라붙질 않는 걸까. 아라는 도무지 감이 잡히지 않는 질문에 미간을 찌푸렸다.

"알랭 들롱 말입니다."

그의 대답에 그녀는 살짝 한숨을 내쉬었다.

"그는 이제 80에 가까운 나이야."

하지만 기디언은 쉽게 포기하지 않았다.

"싫다고 하진 않는군요."

"싫다, 좋다 이전에 아예 관심이 없다는 뜻인 걸 모르겠어? 대화 중에도 화자의 속마음을 들여다보는 힘을 길러봐. 그래야 장사하기도 쉽지."

다시 물고 늘어지는 기디언 때문에 아라는 진저리를 쳤다. 진짜 입이 방정인가 보다. 왜 쓸데없이 알랭 들롱을 화제에 올려서는 이 꼴을 당하고 있는 걸까.

아라의 우려와는 달리 기디언은 곧 능청스러운 표정을 지었다.

"난 설사 당신이 그 나이였다 해도 반했을 겁니다. 그럴 운명이니까요."

운명. 그동안 한 번도 믿어본 적 없는 그 울림이 어쩐지 이번만은 달콤하게 들렸다. 하지만 지금 느끼는 것들이 아라에게는 너무도 낯설어서 그녀는 괜히 인상을 구기며 툭툭대고 말았다.

"개도 안 먹을 운명 타령."

그럼에도 기디언의 추파는 여전했다.

"그러니까, 도넬을 찾기 전까지 원나잇이나 연애는 제 몸을 직접 바쳐 도와드리겠습니다. 그것도 운명의 연장선이라 치고 말이죠."

기디언은 어느새인가 능글맞게 웃고 있었다. 아라는 그에게서 애써 시선을 돌렸다. 그렇지 않으면 그를 따라서 웃을 것만 같았다.

"괜히 입을 놀려서 열량만 소비했네."

아라는 제 마음을 들키지 않으려 더욱 퉁명스레 말하고는 보이스 레코더의 플레이 버튼을 눌렀다. 그러자 오랜만에 듣는 어머니의 음성이 들려왔다.

-오늘 꽃가게에 들렀다가 들었는데, 마릴린이 한 데이트 신청을 거절했다며? 주말에 잠깐 나가자는 건데 왜 아깝게 거절하고 그랬어.

경쾌하면서도 어딘가 소녀의 감성이 남은 목소리에서 진심으로 안타까워하는 게 느껴졌다.

-하지만…… 미세스 킴…….

-킴이 아니라 김!

김씨인 아버지조차 자신의 성을 킴으로 부르든, 김으로 부르든 상관하지 않았다. 하지만 어머니는 달랐다. 성(姓)은 자신과 가족의 뿌리를 나타내는 거라며, 정확히 불러야 할 가치가 있는 거라고 늘 강조하셨다.

-도넬, 내가 매번 말하지만 누가 널 도헬이나 토넬이라 부르면 불쾌하겠지? 나도 그래. 다시 주의해서 김이라고 발음해줘.

게다가 대화 중인 상대가 도넬이라니. 생각지도 못한 대어를 만난 느낌에 한층 더 가슴이 두근거렸다. 이제껏 일기와 어린 시절 사진으로만 접한 그는, 어딘가 초점이 맞지 않는 렌즈 같았다. 흐릿하고, 하나로 겹쳐지지 않는 그런 느낌. 하지만 음성을 들으니 이제까지보다는 더 확실한 인물상을 잡을 수 있을 것 같았다. 그리고 어쩌면 기디언과 도넬이 동일인물이라는 증거를 찾아낼 수 있을지도 모른다는 기대감이 그녀의 가슴을 더욱 뛰게 만들었다.

-죄송해요. 그러니까, 음…… 미세스 기…… 임.

도넬은 어머니의 지적을 순순하게 받아들였다. 그리고 동시에 아라의 기대감도 무너지고 말았다. 하지만 그녀의 실망과는 상관없이 녹음된 내용은 계속됐다.

-저도 마릴린을 거절하면서 정말 미안했어요. 하지만 아시잖아요. 제게는 기다리는 사람이 있다는 걸…….

-널 만나러 오겠다는 약속을 먼저 깬 건 그 사람이잖아. 그런데

도 계속 기다리는 거니?

  -하지만…… 약속했으니까…… 끝까지 믿고 기다려야죠…… 포기해서 못 만나면 너무 슬프잖아요.

  -도넬, 난 정말 걱정이야. 너나 그 사람을 책망하는 건 아니지만 난 네가 행복해졌으면 좋겠어.

  보이스 레코더 속 두 사람의 대화는 더 이상 이어지지 않았다. 상대를 파악하기는 너무도 짧은 대화라 많은 걸 알아내지는 못했지만 일기에 쓰인 내용과 연결하면 도넬의 성격을 대충은 알 수 있을 거 같았다. 그는 기디언과는 전혀 다른 성격이었다.

  "전체적으로 조용한 인상이네. 억양만 들어서는 아마도 차이나타운에서 오랜 기간 지냈거나, 중국인의 손에 자랐을 가능성도 있어. 성격은 내성적이야. 상대의 지적에 반발하기보다는 솔직하게 사과하는 걸 봐서는 그만큼 상냥하든가, 기가 약할 것 같아."

  아라는 선명하게 그려지는 도넬의 인상에 가슴이 뛰는 걸 느꼈다. 그래서인지 그녀의 어투가 흥분한 듯 빨라졌다.

  "현재 가장 큰 목표는 누군가와의 약속. 목표를 위해 이성의 유혹에도 끄떡하지 않는 걸 봐서는 의외로 심지가 강한 것 같아. 하지만 먼저 행동하지는 않아. 약속이 한 번 깨졌음에도 기다리고만 있어. 그건 수동적이거나 복종에 따르는 피지배자의 위치란 거겠지. 어쩌면 오랜 기다림에 물들어 오히려 무기력해졌을 수도 있어."

  아라는 자신의 뒷덜미를 가볍게 쓸어내렸다. 어쩐지 불안한 마음이 들었다. 도넬에 관해서는 모르는 것이 더 많았지만 그가 무척이나 가깝게 느껴졌다. 아마도 하늘이 정한 운명이기 때문일까.

  "근데 누구와 무슨 약속을 한 거지. 연인이 있었던 걸까."

아라는 자연스레 기디언을 바라보았다. 하지만 그는 모르겠다는 듯 조용히 고개를 저었다. 그런데 이상했다. 아라의 불안한 눈빛을 눈치챘을 텐데도 그는 조금의 질투심도 보이지 않았다.

"우린 아무 약속도 나눈 적이 없습니다. 저는 찾고, 그는 피하고. 술래잡기의 연속이죠. 연인은…… 장담 못 하지만 내가 아는 한에선 없었던 거 같군요."

그는 오히려 아라를 안심시키려는 것처럼 보였다. 그 모습이 그녀를 더욱 혼란스럽게 만들었다.

"아무튼 도넬과 약속을 주고받은 사람은 그에게 중요한 사람일 게 분명해."

아라는 정체 모를 혼란 속에서 냉정함을 유지하려고 애썼다. 갑자기 너무 많은 정보가 흘러들어왔다. 그것들을 빠르게 정리하고 싶은데 마음이 따라주지 않았다. 아라는 더 이상 기디언도, 도넬도 가볍게 여길 수가 없었다. 게다가 도넬은 따로 기다리는 사람이 있었다. 그렇다면 정체 모를 그 사람도 발견해야 하는 걸까.

"지친다."

마치 쉬지 않고 시험을 치르는 기분이었다. 아라는 테이블 위에 놓인 와인 병을 바라보았다.

"나도 한잔 따라줘."

아라는 자신의 와인글라스를 내밀었다. 계속 물음표와 대면해야 한다면 좀 쉬엄쉬엄 이어가자 싶었다.

"원한다면 얼마든지요."

장밋빛의 마테우스. 포르투갈에서 태어난 이 액체가 로제와인 중 가장 유명하단 건 익히 들어왔던 터였다. 바로크 양식의 마테우스 성(城)을 담은 레이블이 온몸으로 자신이 마테우스임을 알려주고 있어 괜한 웃음이 났다.

"왜 웃는 거죠?"

와인을 따르던 기디언이 손을 멈추었다. 그는 신기하다는 듯 아라를 바라보고 있었다.

"와인 주제에 너무 솔직해서."

대답하지 않아도 좋았을 것이다. 그만큼 쓸데없는 이유였고, 지금 상황에 중요하지 않았으니까. 하지만 웃음이 터져서인지 마음도 함께 서서히 풀어졌다. 그러고 보니 어머니와 관련된 것을 오랜만에 접했다는 걸 깜빡 잊고 있었다.

"나도 똑같이 솔직한데, 왜 내겐 그렇게 웃어주지 않는 거죠."

아라는 여전히 기분 좋은 미소를 지으며 장난스럽게 답했다.

"넌 '기디언 주제에'니까."

"무슨 뜻인지 모르겠군요. 생물과 무생물에 관한 고찰을 논하기라도 해야 합니까?"

진심으로 빈정 상한 듯 보이는 그를 향해 아라는 아무 대답 없이 미소만 지어 보였다. 그러고는 한입에 와인을 털어 넣었다. 입안 가득히 퍼지는 상큼한 과일 향과 약한 탄산이 나쁘지 않게 다가왔다. 와인은 별로 좋아하지 않지만, 이 정도면 먹을 만하다 싶었다.

"그런데 이 비행기는 목적지가 어디야?"

아라는 빈 글라스를 다시 내밀며 문득 생각난 듯 기디언에게 물었다.

"글쎄요. 일단은 아메리카 상공을 배회 중입니다. 목적지가 빨리 정해진다면 좋겠군요."

어느새 채워진 와인 잔을 다시 비우며 아라는 어머니의 일기에서 눈에 띄던 단어 몇 가지를 되뇌어보았다. 하지만 아무리 생각해도 쉽게 답을 찾을 수가 없었다. 각 모음과 자음을 하나의 음절로 만들어낼수록 가슴이 탁 막힌 듯 답답해져왔다. 무언가 놓친 것이 있는 게 분명한데 쉽게 찾을 수가 없었다.

* * *

아라의 고민과는 상관없이 이탈리아에 있는 자그마한 동네에는 밝은 햇살 아래에서 어린아이들이 해변을 뛰어다니고 있었다. 그 속에는 수녀복을 입은 여자가 뒤를 따르며 아이들을 향해 소리쳤다.

"오후 예배 전까지는 돌아가야 하니까 다들 너무 멀리 가지는 마세요."

"네, 시스터 안젤라!"

"금방 돌아올게요!"

아이들의 대답에 흐뭇한 미소를 보내던 안젤라는 아이들이 시야에서 멀어지자 언제 그랬냐는 듯 차가운 시선으로 장난치는 아이들을 바라보았다. 그런 그녀의 곁으로 남자 한 명이 조심스러운 걸음으로 다가왔다.

"시스터 안젤라."

"어서 오세요, 도넬 형제님."

가볍게 묵례를 한 안젤라는 여전히 차가운 표정을 일관하며 도넬이라고 불린 남자에게 시선을 보내었다.

"지금 여기에 있다는 건 충분히 반성의 시간을 보냈다는 건가요."

뜨거운 햇빛에도 불구하고 검은 터틀넥을 입고 있는 도넬은 안젤라의 지적에 살짝 목을 움츠리더니 긴 소매를 걷어 자신의 팔에 새겨진 상처를 보여주었다. 이제 막 생기기 시작한 생채기에는 붉은 피가 방울방울 맺혀 있었다.

"검은색은 참 편하죠. 무슨 색을 덧씌워도 검정이 될 뿐이니까요."

그의 상처를 물끄러미 바라보던 안젤라는 그제야 부드러운 미소를 지었다.

"그래서, 도넬 형제님께서는 무슨 일 때문에 저를 찾아오신 건가요?"

도넬은 걷었던 소매를 내리며 안젤라가 겨우 들을 수 있을 정도로 작게 속삭였다.

"'그'가 우리를 찾아냈어."

그의 말에 안젤라의 미소는 순식간에 사라졌다. 그리고 무척이나 불쾌한 듯 표정을 구겼다.

"당신이 말하는 '그'가 내가 생각하는 사람을 말하는 건가요?"

안젤라의 고압적인 태도에 도넬은 두려운 듯 시선조차 마주치지 못했다.

"아침에 우편을 받았는데 이 사진이 들어 있었어."

그는 주저하며 품에서 사진 한 장을 꺼내어 안젤라에게 내밀었다. 그걸 빼앗듯이 받아든 그녀는 한참이나 불쾌한 표정으로 사진을 보더니 그것을 다시 도넬의 손아귀에 쥐여주었다.

"그가 우리를 찾아냈다면 우리도 그를 찾아낼 수 있겠죠."

"그건……."

"도넬, 무능한 사람은 제게 더 이상 필요 없어요. 그러니까 이 이상 저와 아버지를 실망시키지 말아주세요."

"……."

안젤라의 필요 없다는 말에 도넬은 두려운 듯 몸을 파르르 떨었다. 그 모습을 보던 그녀는 옅은 한숨을 내쉬었다. 도넬은 귀찮은 부분이 없지 않았지만 여전히 이용 가치가 높았다. 앞으로를 위해서도 그녀에게 그는 필요했다. 하지만 도넬은 머리 쓰는 일에는 도통 재능이 없어서 문제였다. 잠시 생각에 빠져 있던 안젤라는 이내 답을 찾은 듯 도넬을 향해 다시 미소를 지었다.

"굳이 힘들게 찾을 필요 없이 원점으로 돌아가도록 하죠."

"그 말은……."

"우리를 찾아냈다면 기디언은 반드시 한 번은 천사의 정원으로 돌아가게 될 거예요. 그러니 당신은 잠시 동안 그곳에 머물면서 그가 오길 기다리도록 하세요."

"기다리기만 하면 끝나는 거야?"

"아니요. 당연히 아니죠."

안젤라는 지금까지 보았던 그 어떤 미소보다 더욱 화사하게 미소 지었다.

"우리의 앞날을 위해서라도 당신은 기디언을 만나면 확실하게 처리해야 해요. 다시 만난다면 살려서 돌려보낼 수는 없죠."

그녀의 아름답고 화사한 미소와 달리 내뱉는 말은 악의가 가득했다.

"그리고 도넬."

안젤라는 마치 선악과를 권하는 뱀처럼 상냥하고 다정한 음성으로 도넬을 불렀다.

"천사의 정원으로 갈 때는 당신과 함께 있는 그 정키 여자도 함께 데려가도록 하세요."

"그녀는 왜?"

"저는 그 여자 때문에 이상한 소문이 도는 걸 원하지 않아요. 성당에는 저기서 뛰어노는 아이들처럼 깨끗한 존재들이 머물러야 하는데 약에 찌든 중독자가 함께하는 건 말도 안 되잖아요."

자신의 말에도 불구하고 도넬이 쉽게 결정을 내리지 못하고 살짝 주저하는 기색이 느껴지자 안젤라는 두 손으로 그의 손을 감싸며 쐐기를 박았다.

"그 여자는 이제 이곳에 어울리지 않아요. 그러니 그녀의 집으로 돌려보내줘야죠. 그녀를 무사히 데려다줄 거라고 당신을 믿고 있을게요."

결국 도넬은 안젤라의 말을 거절할 수가 없었다. 아무리 발버둥을 쳐봤자 그에게 그녀는 절대적인 존재가 되고 말았다.

"알았습니다, 시스터 안젤라."

도넬이 고개를 끄덕이자 안젤라의 눈동자에 생기가 돌며 반짝 빛을 냈다. 기디언과 같은 청록색의 눈동자였다.

04. 나와 악마의 블루스(Me and the Devil Blues)

"어머니가 내신 수수께끼는 잘 풀릴 것 같습니까?"

"당신이 보기에는 어떨 거 같아."

문제는 쌓였고, 해독서를 가진 어머니는 돌아가셨다. 그나마 풀이집이라고 제시된 것이 아라 자신이었다. 하지만 그녀에게는 여전히 답도, 공식도 정확히 보이지 않았다.

"아무래도 좋으니까 최대한 빨리 답을 알려주십시오. 그래야 저희도 어디라도 착륙하고, 필요한 계획도 세울 수 있으니까 말입니다."

"말처럼 쉽지가 않은 건 봐서 알잖아."

아라는 답답한 마음에 애꿎은 일기장만 펼치고 닫기를 반복했다. 어떤 남자와 뜨거운 하루를 보냈다는 메시지. 베토란 건 뭘까. 그의 별명은 정말 리플리인가.

"단순히 리플리란 이름만 가지고 생각하자면 살인자에 사기꾼이라는 거야. 그의 특기는 흉내 내기와 거짓말이었거든. 그러고 보니 리플리의 도입부가 어땠더라……."

아라는 기억을 더듬으며 소설인 '재능 있는 리플리 씨'를 떠올려보았다.

"음……. 발단은 분명 그린리프였던 거 같아. 선박 재벌인 그가 아들 디키를 데려오게 하는 조건으로 리플리의 여행 경비를 모두 제공하기로 했거든. 그는 디키를 찾아 이탈리아로 떠났어."

이탈리아라는 나라를 입에 담자 아라는 무언가 번뜩 떠올랐다.

"아버지와 어머니의 신혼여행지도 거기였다고 했던 거 같은데."

거기까지 생각이 미치자 그녀는 무엇을 놓치고 있는지 깨달았다. 아니, 깨닫고야 말았다.

"아버지……."

어머니가 쓴 첫 문장은 이름 모를 연인을 향한 것이 아니었다. 생애 마지막까지 사랑했던 단 한 명의 연인. 바로 아버지를 지칭하는 것이었다.

"정말로 아버지였어."

어머니는 그렇게 사랑해 마지않던 셜록 홈즈보다도 아버지를 선택했다.

"무슨 소리죠?"

기디언의 물음에 아라는 확신에 차서 대답했다.

"어머니가 말한 리플리는 아버지였던 거야. 애칭을 부른 게 아니었어. 그냥 문자 그대로의 수수께끼일 뿐인 거야."

두 분 사이의 애정은 아라가 보기에도 정말로 깊었다. 그 사이에서 태어난 자신이 좀 더 바르게 자랄 걸 그랬다는 아쉬움이 남을 정도로 말이다. 만약 그녀가 다른 선택을 했더라면 아마 좀 더 행복한 가족이 될 수도 있었을 것이다. 그랬다면 평범한 삶을 꿈꾸지 않아도 되었을 텐데……. 하지만 그러자면 아버지부터 CIA에 소속되지 않는 과거에서 시작해야 할 테니 무리일까.

"아무튼."

괜히 감성적이게 변하고 싶지 않았던 아라는 고개를 내저었다.

"이제는 드라마틱한 색감을 만들어낸 베토를 알아내야 해."

베토란 과연 뭘까. 색감이란 단어가 들어갔으니 색을 만들어낼 만한 무언가 있을 것이다.

"'색감'을 느꼈다면 이미 색들이 존재했을 테니 물감이나 페인트, 잉크를 지칭하는 건 아닐 겁니다.

"나도 베토(Betto)라는 물체는 들어본 적이 없어. 회사 이름도 물론이고."

기디언과 아라는 머리를 맞대며 베토에 관해서 생각하기 시작했다. 그러다 문득 기디언이 힌트가 될 만한 말을 내뱉었다.

"베토라는 건 오히려 사람 이름으로는 많이 접하지 않습니까?"

"색감을 느끼게 만들 만한 사람?"

기디언의 말을 곱씹던 아라는 화가라는 직업을 떠올렸다. 색을 만들어내기도 하고, 색을 자주 쓰는 사람이라면 화가인 게 분명했다. 아마도 어머니가 낸 수수께끼는 아버지를 향한 연서인 것 같았다. 그리고 동시에 아라에게 보내는 수수께끼이기도 했다. 그렇다면 아라에게도 짐작 가는 바가 있었다.

"지금 당장 인터넷 검색 가능한 기기 있어?"

아라가 급한 기색으로 묻자 기디언은 여유로운 미소를 띠며 재킷 사이로 손을 집어넣었다.

"마침 제 품 안에 선악과가 있군요."

기디언은 품에서 휴대폰을 꺼내 보였다. 한입 베어 문 사과가 로고로 쓰이는 그 휴대폰이었다, 기디언의 적절한 비유에 아라는 쓰게 웃었다.

"유혹을 견디기 힘들다는 점에서는 일맥상통하네."

아라는 휴대폰을 손에 들고서 떠오른 것을 바로 검색했다. 자신의 기억 속에 남아 있는 '그것'이 정답이기를 간절히 바라면서.

"아버지는 그림을 감상하는 게 취미셨어."

어머니가 말하는 리플리는 아버지였다. 그렇다면 베토의 색감 역시도 아버지와 관련되어 있을 거란 생각이 들었다.

"특히 프레스코 벽화에 심취해 계셨거든. 육체적으로나 정신적으로 노동이 심한 직업이었으니, 정적(靜的)인 상태에서 즐길 수 있는 취미가 필요하셨던 거겠지."

아라의 아버지는 휴식 중에도 도서관이나 서점, 가끔은 인터넷을 이용해 프레스코만 쳐다보고는 했다. CIA요원으로 일하는 중에도 프레스코 벽화를 직접 보러 갈 정도로 좋아했다.

"우리 가족은 종교를 가지고 있지는 않지만 신은 믿었어."

"좀 이상한 얘기군요."

기디언이 의아하게 바라보자 아라는 살짝 미소 지으며 답했다.

"두 분은 늘, 매 순간의 행복과 안녕(安寧)을 누릴 수 있는 것은 우리의 노력과 신의 배려가 없다면 가능하지 않았을 거라고 말씀하셨거든."

지금 다시 생각해도 현실주의와 이상주의가 공존하는 특이한 이론이었다. 하지만 아라는 그런 환경 속에서 자랐다.

"아버지가 특히나 좋아하신 주제는 예수의 탄생이었어. 태어난 것만으로 인종과 종교를 뛰어넘어 전 세계인에게 축복받잖아. 그런 예수의 탄생이 마음에 드셨던 걸지도 몰라."

그녀의 아버지는 아라에게 열 달의 기다림 끝에 이루어진 만남은 기쁨과 환희, 그리고 슬픔과 미안함 등 온갖 애락이 공존하는 순간이라고 말했다. 무사히 태어나 고맙고 내게 와줘서 기쁘지만, 인생이란 쓴 열매를 맛보게 해 한없이 미안하다는 뜻이리라고, 아라는 짐작했다.

"게다가 탄생의 순간은 당연히 색이 풍부하고, 화려한 것들이 많잖아."

아라의 아버지가 주로 마음을 뺏긴 벽화는 'Natività(출생 혹은 탄생)'였다. 같은 제목의 그림은 생각보다 많았다. 그것들 중에서도 아라의 아버지가 특히나 좋아했던 그림을 찾으며 아라는 웹 페이지를 넘겨갔다.

"꽤 흥미로운 그림들이군요."

어느새 아라의 뒤에 선 기디언은 휴대폰 화면을 함께 들여다보고 있었다. 바로 옆에서 바라보는 그의 얼굴은 이제까지와는 다른 인상을 풍겼다. 가지런히 올라간 속눈썹, 오뚝한 콧날, 매끄러운 피부와 어울리는 부드러운 머릿결. 아름답다는 말로 모자랄 만큼 단정하고, 고아(高雅)했다.

"예수의 탄생입니까? 대부분 마리아와 동방박사, 목동이 빠지지 않고 나오는군요. 천사는 선택 사항인가."

기디언과 아라의 시선이 마주치려는 순간, 그녀는 화면을 향해 재빠르게 고개를 돌렸다. 그가 가까이 있어서인지 이전보다 심장이 더욱 거세게 뛰었다. 이대로라면 그에게마저 심장박동이 들릴 것 같아서 아라는 신경이 쓰였다. 하지만 그런 그녀의 마음을 눈치채지 못했는지 기디언은 눈살을 찌푸리며 말했다.

"한 사람의 탄생을 모두 합심해서 경이롭게 표현한다는 게 좀…… 징그럽네요."

"징그럽다고?"

이제까지 생각해본 적도 없는 감상에 아라는 기가 찼다. 애써 피했던 시선을 마주치며 아라는 이상한 것 보듯 그를 바라보았다. 그러자 기디언은 가볍게 어깨만 으쓱였다.

"제 말이 틀립니까?"

기디언은 여전히 주장을 굽히지 않고서 말을 이어갔다.

"다른 성인(聖人)들은 이런 식으로 예술로서 경애받진 않습니다. 붓다의 탄생이 다뤄진 예술품이 몇 점이나 되겠습니까. 공자는요? 마호메트는? 아라는 그들이 주제로 다뤄진 작품 중에 하나라도 아는 게 있습니까?"

그러고 보니 아라 역시도 알 만한 작품이 번뜩 떠오르지 않았다.

"저는 솔직히 없습니다."

기디언의 말에 반박할 수가 없었다. 탄생의 순간에는 격차가 없어야 옳았다. 어떤 생명이든 세상과 처음으로 마주하는 순간은 가장 아름답고, 축복받아야 마땅했다. 하지만 왜, 어째서, 유독 세계는 예수 탄생의 순간을 환호하며 즐기고 있는 걸까. 지금 검색된 이미지 양만 봐도 수를 헤아리기 힘들 정도였다.

"확실히 좀 징그러울지도 모르겠네. 하지만 어쩌겠어. 역사든, 종교든, 승리자들의 기록인걸."

지금 순간 아라가 느끼는 감정을 정확히 말하자면 징그러움이 아니었다. 두렵고, 약간은 무서웠다. 하지만 그 단어들도 적절한 표현이 아닌 것 같았다. 무어라 정의 내리기 힘든 감정이 마구 섞여서 그림을 마주하기 거북스럽게 만들었다. 그래서 세세히 살피던 것이 조금 느슨해지고 말았다. 그저 스치듯이 훑으며 끝도 보이지 않는 스크롤만 계속 내리고 또 내리는 순간, 아라는 점점 자신이 무얼 찾고 있긴 한 건지 희미해졌다.

"응? 잠시만요."

그때, 뒤에서 쭉 지켜만 보던 기디언이 어느샌가 아라의 손 위로 자신의 손을 겹쳤다.

"이것 말입니다. 색감이랄까 작풍이 좀 익숙한데……. 자세히 좀 볼 수 있을까요."

기디언은 아라의 손을 이끌며 그림 하나를 탭했다. 그녀는 졸지에 그의 품에 안긴 꼴이 되었다.

"이건……."

기디언이 선택한 그림은 아라가 그토록 찾던 것이었다. 두 사람은 한동안 말없이 화면에 떠오른 그림을 함께 감상했다. 그림 속, 아기 예수의 탄생을 축하하는 사람들이나 천사의 표정 하나하나가 모두 달랐다.

"내가 찾던 그림이야."

아라는 작게 감탄했다. 그림 속의 모두가 섬세하고 안정적인 색감 아래 극적인 효과를 내고 있었다. 목동들이 탄생을 경배하는 표정 역시 세세하게 그려져 있었다. 천사들은 태어난 아기의 앞날을 예견하듯 십자가가 그려진 천을 들고 있으며, 성모마리아의 순결성을 보여주려는 듯 백합까지 그려져 있었다.

"여길 보십시오. 요셉이 걱정스런 표정을 짓고 있군요. 그 옆에 꾸려진 짐과 말안장만 봐도 그가 곧 떠날 준비를 한다는 걸 알 수 있을 것 같습니다. 요셉은 헤롯왕이 2살 미만의 어린아이는 모두 죽일 것이라는 성령의 메시지를 받았거든요."

기디언의 설명에 아라는 고개를 끄덕였다. 인물들 모두에게 이야기가 담겨 있었다. 그야말로 드라마틱한 전개. 이 그림이야말로 아라의 아버지가 그토록 사랑해 마지않던 Natività였다.

"아버지는 이걸 퍼즐로까지 만드셨어. 소중한 것을 조금씩 아껴 먹듯이 최대한 천천히 퍼즐을 하시던 게 아직도 떠올라."

결국 완성된 퍼즐은 가족사진을 밀어내고 거실 벽 중간을 차지하게 되었다. 아라의 어머니는 그걸 참 못마땅해하셨다. 그런데 어느 날은 어머니가 비싼 액자를 사와서 퍼즐을 장식하셨다. 무척이나 기분 좋게 웃으시며.

그때는 몰랐지만 지금의 그녀라면 알 수 있을 것 같았다. 베토의 색감이 무엇인지는 아직 모르겠지만 이 그림 아래서 꽃을 피운 사랑은 어머니를 녹일 정도의 것이었던 게 분명했다.

"근데, 당신은 이 그림을 어떻게 알아?"

그러다 문득 아라는 의아함을 느꼈다. 기디언이 베토가 사람일 수도 있다는 힌트를 준 것이 마음에 걸렸던 것이다.

"글쎄요. 저도 그게 좀 의아하군요. 전 성경의 내용은 알아도 이런 종류의 그림은 좋아하질 않아서 찾아보는 편이 아닙니다. 하지만 이 그림만은 묘하게 익숙하군요."

그렇게 말한 기디언은 여전히 아라를 뒤에서 끌어안은 채 검색창에 새로운 단어를 타이핑했다.

"제가 짐작하는 사람이 맞아야 할 텐데……."

그가 검색한 건 다름 아닌 핀투리키오(Pinturicchio)라는 화가였다.

"아, 역시. 산타 마리아 델리 안젤리가 있군요. 그림의 정확한 제목은 성모자와 성요한입니다. 제가 좋아하는 그림이거든요. 이거."

앞서 보았던 아기 예수의 탄생과 같이 생생한 색채감과 세밀한 묘사로 그려진 그림이었다. 어째서 기디언이 익숙해했는지 알 수 있을 것 같았다.

"하지만 화가가 핀투리키오라고 되어 있는데……. 베토와 무슨 상관이 있는 거지?"

아라의 멈췄던 두뇌가 다시 빠르게 돌아갔다. 이건 괜한 우연일리 없었다. 어머니의 일기에 적혀 있던 '색감'은 가장 큰 키워드였다.

"베토의 색감."

아라는 그렇게 중얼거리며 다시 웹페이지 목록을 뒤졌다. 검색어는 여전히 핀투리키오였다. 그렇게 인물사전을 찾아낸 그녀는 그 항목을 빠르게 탭했다. 그제야 이 문제를 해결한 답이 나타났다. 핀투리키오의 본명은 베르나르디노 디 베토(Bernardino di Betto)였다.

"베르나르디노 디 베토……."

예상도 못 했던 방법으로 답이 나오자 아라는 실소를 감추지 못했다.

"베토…… 베토의 색감……!"

핀투리키오는 이탈리아의 초기 르네상스 화가였다. 그는 화려하지만 조화를 이루지 않는 색채와 도금 및 고대 로마의 장식 모티프를 종종 사용했다고 한다. 이번 인물이 가리키는 곳도 여전히 이탈리아였다.

"전용기의 목적지는 나폴리가 좋을까요? 아니면 로마도 좋겠군요. 바티칸 박물관에 보르지아 아파트 벽화가 온통 핀투리키오의 작품이거든요. 아니면 이탈리아 중부 소도시를 중심으로 도는 것도 괜찮을 거 같네요. 시에나에 있는 시에나 성당의 피콜로미니 대성당에 핀투리키오의 프레스코 벽화가 있습니다. 페루자의 옴브리아 국립미술관에는 제가 좋아하는 산타 마리아 델리 안젤리가 있고, 스펠로의 산타 마리아 마지오레 성당에는 아기 예수의 탄생이 있는데……."

기디언은 너무도 자연스럽게 이 주제를 이끌어가고 있었다.

"함께 돌아보지 않겠습니까?"

게다가 그의 제안 역시도 이상할 정도로 딱 맞아떨어졌다. 그래서 아라는 의심을 멈출 수가 없었다.

"벽화도 직접 보면서 꽤 괜찮은 데이트가 될 것 같은데 말입니다. 아라가 생각하기에는 어떻습니까?"

이건 정말로 어머니가 안배한 길이 맞긴 한 걸까. 어머니의 필체로 누군가가 일기를 날조한 것이라면 풀이는 여기서 멈춰야 옳았다. 조작되거나 거짓인 정보는 사람을 쉽게 죽음으로까지 몰아갈 수 있었다. CIA요원으로 일하는 내내 자주 보고 겪은 게 있는 아라로서는 진실을 끝없이 시험하는 것이 당연한 작업이었다.

"당신…… 혹시 이미 이 모든 걸 알고 있었던 거 아니야?"

순간 두 사람 사이에 침묵이 머물렀다. 그리고 한 템포 느리게 기디언이 입을 열었다.

"당신이 검색한 결과에 따라서 호응한 것뿐입니다. 그게 잘못된 건가요? 굳이 변명해보자면 우연이죠. 기막힌 우연."

이런 식이었다. 아라가 가진 특유의 직업병을 알면서도 기디언은 쉽게 잡혀줄 생각을 하지 않았다.

"우연? 그런 것치고는 기분 나쁠 정도로 너무 자세히 알잖아."

기디언은 다시 침묵을 지켰다. 하지만 아라라고 가만히 있지는 않았다.

"정말로 우연이야? 미리 찾아보거나 준비해둔 게 아니라?"

아라의 이어지는 채근에 기디언은 침묵을 가르며 한숨을 내뱉었다. 그는 마치 무언가를 견디고 있는 듯 보였다.

"반은 맞고, 반은 틀렸습니다."

기디언은 곧 초상화 한 점을 보여주었다. 라파엘로가 그린 'Lady with a Unicorn'이었다.

"줄리아 라 벨라(Giulia la bella). 전 그녀와 염문설이 불거진 가문에 관심이 많습니다."

그림 한 점을 바라보는 기디언의 시선에 잠깐이지만 아이 같은 천진함이 머물렀다. 아라는 기억을 더듬어, 줄리아 라 벨라(아름다운 줄리아)와 관련된 것들을 연신 떠올려보았다.

그녀는 교황 알렉산데르 6세의 유명한 정부(情婦)였다. 추기경이었던 로렌초 푸치조차 줄리아를 보면 볼수록 점점 사랑스러운 여인이라고 묘사했었다.

"아름다운 줄리아와의 염문설이라면 알렉산데르 6세를 말하는 거지?"

"가문이란 단어는 듣지 못하셨나 보군요. 저는 칸타렐라의 주인들을 말하는 겁니다."

칸타렐라는 보르지아 가문에서 주로 사용하던 독약의 명칭이었다. 그들은 칸타렐라를 사용하여 거추장스러운 인물을 모두 제거한 것으로 알려져 있다. 그는 마치 신이 난 듯 이야기를 이어갔다.

"그들의 얘기는 파고 또 파도 끊이질 않아서 좋아하거든요. 얼마나 잘나갔으면 르네상스 3대 거장 중 한 명인 라파엘로를 불러 첩의 초상화를 그리게 했겠습니까. 그것도 모자라 레오나르도 다빈치를 군사토목기사로 고용까지 했었죠. 그런 가문에게 가장 많은 후원을 받은 사람이 바로 핀투리키오입니다. 그러니 흥미가 생기는 게 당연하잖아요."

평소와 달리 기디언의 들뜬 목소리에 아라는 갈피를 잡을 수 없었다. 의심을 완전히 지울 수도, 그렇다고 한없이 경계만 하기도 애매한 상황이었다.

"그들은 종교보다 정치와 외교에 더 뛰어난 자질이 있었던 거 같거든요. 혹은 가십을 몰고 다니는 셀러브리티로도 이름 좀 날리지 않았을까요. 딸 한 명으로 장사도 열심히 했잖아요. 지금까지 명맥이 이어졌다면 제겐 VVIP 고객이었을 거 같은데 말이죠."

"그래. 네 말이 맞는 거 같네. 그들이 투명한 방법으로 가문을 운영하진 않았을 거 같으니까."

그런 건 아무래도 좋았다. 아라는 눈을 치켜뜨며 기디언을 향해 진실을 요구했다.

"그래서 결론은? 결국엔 어느 쪽이야? 준비된 거야, 아님 우연인 거야."

한참 들떠서 얘기를 이어가던 기디언의 표정이 순간 구겨졌다. 그 모습에 아라는 아랫입술을 질끈 깨물었다.

"지혜를 갖자마자 에덴에서 쫓겨나야 하는군요. 제가 핀투리키오에게 흥미를 가진 이유는 그게 다입니다. 관심 가진 인물에 관해 심층적으로 파고들다 보니 예술적인 면도 바라보게 된 거죠."

기디언의 몸이 그녀에게서 멀어졌다. 그는 걸음을 옮겨 벨벳 소파 위로 몸을 안착시켰다. 그러고는 흥미가 떨어진 듯 아라와 시선도 마주치지 않았다.

기디언은 더 이상 어떤 얘기도 진행시킬 의사가 없다는 뜻을 분명히 드러내고 있었다. 밀려드는 초조함에 아라는 쾅 소리가 나도록 탁자를 내리쳤다.

"대답해."

하지만 여전히 관심이 없는지 기디언의 눈빛은 아라에게 닿지 않았다. 결국 참지 못한 아라는 자리에서 일어나 기디언에게 다가갔다. 도무지 자기를 바라보지도 않는 그 모습에 부아가 치밀어 올랐다. 아라는 기디언의 턱을 거칠게 잡아서 자신 쪽으로 돌렸다.

"그렇다, 아니다. 둘 중에 하나는 말해야 하는 것 아니야."

"아니라고 말하면 믿긴 할 겁니까?"

기디언의 한마디에 두 사람 사이에 보이지 않는 벽이 생겼다. 타인에 대한 배척과 적대, 질시였다. 벽에 가려 모른 척해왔던 두 사람의 위태로움이 부정적 단어들로 채워져갔다.

"매번 그러는군요."

기디언은 건조한 음성으로 아라를 질타했다.

"당신은 만난 순간부터 내 부탁은 쭉 거절해오고, 날 밀어내기만 바빴죠. 제가 범죄자라는 걸 모두 감안해서 나와 손을 잡기로 한 것 아닙니까. 그런데도 여전히 의심 암귀가 사라지지 않는다면 내가 더 이상 뭘 해야 될까요. 방법이 있다면 아라가 직접 내게 알려주겠습니까?"

그는 자신의 턱을 붙잡고 있는 아라의 손을 살며시 떼어냈다. 그러고는 피곤한 듯 눈을 감았다.

"난 이제 좀 지치기 시작하거든요. 계약서까지 나눈 파트너면서 이런 식의 대우를 받는 건 너무 부당하다고 생각하는데요. 적어도, 나에게 다가오는 건 바라지도 않지만 날 밀어내진 말아야 옳은 거잖아요."

그의 말을 들을수록 아라의 마음은 더욱 알 수 없는 감정들로 소용돌이쳤다. 그의 얘기는 틀린 게 하나 없었다. 그럼에도 화가 나고, 여전히 그를 믿을 수 없는 자신이 한심하게 느껴졌다.

"당신 말이 옳아. 틀린 점 없어. 하지만 나만 노력해야 옳은 거야? 기디언 당신은 내 믿음을 얻기 위해 무슨 일을 했지? 우리의 틀어진 첫 만남을 연출한 것도 당신이고, 여기, 이 상공까지 날 납치해온 것도 당신이야."

아라는 흥분해서 말을 빠르게 이어갔다. 괜한 역정을 낸다는 걸 알았지만 멈출 수가 없었다.

"어머니의 유품도 그래. 내게 충분히 소중한 물건인 걸 알면서도 당신은 그저 수단으로 이용하고 있었어. 그러면서 넌 같잖지도 않게 부당이네 하는 말을 입에 올려?"

기디언은 그제야 감았던 눈을 번쩍 떴다.

"내 말이 같잖다니……. 그저 오냐오냐, 속없이 받아들이고 웃기만 하니까 내가 정말로 우스워 보였습니까?"

날카로운 시선이 아라의 눈을 뚫을 듯 바라봤다. 당장이라도 그녀의 목을 덜렁거리도록 꺾어버리겠다는 강렬한 적대감이 기디언에게서 뿜어져 나왔다.

"너야말로 내가 우스워?"

"질문에 질문으로 되묻지 마시죠."

그렇게 사냥은 갑자기 시작되었다. 그저 얌전히 앉아 있던 기디언도 참을성이 다했는지 갑자기 손을 날려 아라의 팔을 잡았다. 그걸 쳐내는 것이 늦었다면 손목이 그대로 비틀렸을 것이다. 하지만 기디언은 지체 없이 다른 손으로 아라의 멱살을 잡아 그녀를 끌어 올렸다. 그리고 잠시 후, 그녀는 그대로 탁자에 내리꽂혔다.

쾅!

둔탁한 충격과 함께 와인글라스가 깨어지며 아라의 몸뚱이와 부딪혔다. 부서진 파편들이 옷을 뚫고, 살갗을 긁어내며 등을 마구 찔렀다. 아라는 고통에 눈살을 찌푸렸다.

"내가 경고하지 않았습니까. 내 자존심은 당신이 생각하는 것 이상으로 강하다고."

아라는 정신없는 와중에 탁자 위를 더듬어 날카로운 유리 조각을 손에 쥐었다. 그리고 그것을 힘껏 휘둘렀다. 하지만 힘이 조금 모자랐는지 그를 찌르진 못했다. 아라의 공격에 기디언이 당황했는지 그녀에게서 조금 멀어졌다. 그 틈을 놓치지 않고 아라는 두 다리로 그를 힘껏 밀어냈다. 그러고는 빠르게 탁자 위에서 몸을 일으켰다. 바로 눈앞에 있는 기디언을 향해 다시 유리조각을 휘두르려는 찰나, 딱딱한 총구가 그녀의 머리를 겨누었다.

"머리에 구멍 나고 싶지 않다면 여기서 그만하죠."

베레타를 손에 쥔 기디언이 침착하게 말했다. 하지만 아라는 지체하지 않고 총구를 잡아 비틀었다. 동시에 기디언을 향해 발차기를 날렸다. 하지만 기디언은 그녀의 다리를 피해 홀쩍 뛰어 올랐다. 그와 동시에 아라는 손에 쥔 베레타로 기디언을 정조준했다.

"너야말로 그만해."

아라에게는 한 발이면 충분했다. 하지만 기디언은 어떤 미동도 없이 증오 어린 시선으로 그녀를 바라볼 뿐이었다.

"이대로 방아쇠만 당기면 끝이야."

그의 시선이 아라의 온몸을 오싹하게 만들었다. 그가 느끼고 있을 굴욕과 열패감이 그녀를 승리에 도취하게 만들었다. 그리고 얼마 지나지 않아 그건 흥분으로 바뀌어갔다. 마주 보는 두 사람의 호흡은 거칠어지고 욕망 가득한 시선으로 서로를 바라보게 되었다.

"총 내려놔요."

기디언이 먼저 부드럽게 말했다.

"그럼 내게 뭘 해줄 거지?"

"아라 당신이 원하는 것이라면 무엇이든."

아라는 들고 있던 총은 바닥으로 던지고 두 손을 들었다. 더 이상 참을 수 없었다.

"지금 당장 내게 키스해줘."

그제야 기디언은 마치 돌진하는 맹수처럼 빠르게 다가와 아라에게 입을 맞췄다. 당장이라도 잡아먹힐 듯, 맹렬하고 강한 입맞춤이었다.

"읏……."

또다시 등이 타는 듯이 뜨거워졌다. 곧이어 그 열기는 아라의 온몸을 뒤덮었다. 육체는 이 남자를 너무도 원하고 있었다.

"미운데, 미워할 수가 없군요."

아라와 기디언은 서로를 강렬하게 원하고 있었다. 그리고 그만큼 행동은 재빠르고 급했다. 전희를 즐길 여유조차 찾아볼 수 없었다. 그는 강한 힘으로 아라가 입고 있는 D&G의 블랙 슈트를 거칠게 찢어 발겼다. 그러고는 그녀의 브래지어를 들어 올리더니 봉긋하게 솟은 가슴을 탐닉했다.

"하아……."

아라는 굳이 그를 거부하지 않았다. 오히려 이미 한 번 맛본 쾌락이 그녀를 더욱 부채질했다.

"싫은데, 싫어할 수도 없고……."

기디언은 그녀를 한 손으로 단번에 안아 들더니 탁자 위에 앉혔다. 그러고는 거칠게 아라의 목덜미를 깨물었다. 순간 그녀는 몸을 부르르 떨렸다.

"아아."

마치 짐승에게 물린 듯 정신을 차릴 수가 없었다. 하지만 그녀에게 찾아오는 건 고통이 아닌 쾌감이었다. 그건 어떤 유희보다도 강렬했다. 아라는 자신의 아래가 점점 젖어가는 걸 느꼈다.

"기디언, 어서……."

아라의 재촉에 기디언은 스커트 사이로 손을 들이밀고 그녀의 속옷을 단번에 벗겨냈다.

"벌써 준비가 된 듯하군요. 설마 기대하고 있었던 겁니까?"

기디언의 나지막한 속삭임에 아라는 아무런 말도 하지 않았다. 대신에 그녀는 조금 전 기디언이 그랬던 것처럼 거칠게 입술을 맞췄다. 그의 입술을 머금고 혀를 옭아매며 실컷 농락했다. 얼마 지나지 않아 스커트가 들춰지는 느낌이 들었다. 그와 동시에 꼿꼿이 일어선 페니스가 그녀의 안으로 밀고 들어왔다.

"흐읏."

잇새로 신음 소리가 흘러나왔다. 아무런 준비도 없었지만 그녀는 그를 단숨에 받아들일 만큼 흥분해 있었다.

"음란하고 사랑스러운, 나의 아라."

기디언은 마치 맹수처럼 목울대를 울리며 낮게 중얼거렸다.

"아아. 더, 더 세게."

그의 허리가 강하게 쳐올릴수록 질척이는 소리도 강해졌다. 아라는 기디언의 목에 팔을 두르며 그와 호흡을 같이했다. 가빠지는 숨결과 차오르는 열기가 그녀의 이성을 날려버릴 것 같았다.

"이대로 당신을 죽여버리고 싶군요."

그 말을 증명이라도 하듯 기디언은 광기 가득한 시선으로 아라를 바라보았다. 아라는 그 시선을 피하지 않고 마주쳤다.

"영원히 내 품에서 벗어날 수 없도록 말입니다."

지금 순간만은 그가 그렇게 하도록 내버려두고 싶었다. 날카로운 이빨과 앞발로 그녀를 물고 흔들어 사방팔방으로 조각내어줬으면 했다.

"하아. 좋아. 그 전에 내가…… 하웃…… 당신을…… 죽여줄게……."

두 사람은 하나가 된 순간에도 대치했다. 어느 한쪽도 물러나지 않고 서로를 노려보았다. 그게 방아쇠라도 된 듯 기디언은 더욱 강렬하게 아라의 안으로 파고들었다. 그가 좀 더 강하게 허리를 놀리면 놀릴수록 아라 역시 강렬한 파도를 맞이했다.

"웃……. 하아……."

지금 순간만큼은 아라의 머릿속에 도넬이라는 존재는 떠오르지 않았다. 오로지 자신의 안에서 날뛰는 기디언만이 선명하게 남아 있었다.

"기디언, 기디언."

곧 절정을 맞이하려는 듯 아라는 달뜬 음성으로 기디언의 이름을 불렀다. 그러자 그 역시도 피치를 올리기 시작했다.

"하아……. 아라……."

깊은 탄식을 내뱉으며 기디언은 아라의 안에 욕망을 몽땅 분출했다.

"아아! 기디언!"

아라 역시도 넘실대는 절정의 파도를 끝내 막지 못하고 가늘게 몸을 떨었다. 그렇게 동시에 절정을 맞이한 두 사람은 서로의 품에 기대어 가쁜 숨을 잠시 몰아쉬었다. 그리고 이내 그녀의 안에 머물렀던 기디언이 몸을 떼어냈다. 그는 빠르게 옷을 추스르더니 아라의 곁으로 다시 다가왔다.

"입술."

흐르는 물과 같이 조용한 음성이었다. 방금 전에 사랑을 나눈 사람이라고 생각되지 않을 정도로 아라를 바라보는 기디언의 눈빛이 처연했다. 무언가 안타까운 듯, 허무한 듯 그렇게 보였다.

"또 터졌군요. 많이 아파 보여요."

품에서 은색 손수건을 꺼낸 기디언은 충분한 경외와 공경을 담아 아라의 입가를 닦아주었다. 그 모습이 마치 한 편의 그림 같았다. 문장 그대로 지극히 신사적인 모습이었다. 하지만 그의 시선은 어딘가 애처로웠다. 아라의 눈에는 그렇게 보였다. 그 순간 그녀는 기디언이 생각보다 더 많이 마음에 다가왔다는 걸 깨달았다.

"노자라는 사람을 압니까? 동양의 사상가인데. 그자가 한 책에서 말하길 유능제강이라고 하더군요. 가끔은 부드러운 게 강함을 이긴다는 뜻이죠."

아라 입술에서 묻어나는 피는 정말 아무것도 아니었다. 원래도 피가 많이 배어나는 부위가 아니니까. 그녀는 오히려 유리에 긁힌 등이 더 아팠다. 게다가 나무에서 다시 열기가 솟아오르고 있었다. 하지만 그녀가 보기에는 기디언이 훨씬 아파하는 것처럼 보였다. 그런 모습을 보고 있자니 그녀 역시도 마음이 흔들렸다.

"사실 동양에만 있는 얘기도 아닙니다. 괴테 역시도 여성다움이 우릴 영원하게 한다고 했죠. 이건 그저 사상이 아니라 병법 같기도 합니다. 상대를 이기기 위한 필승법이 될 수도 있는 거죠. 무슨 뜻인지 알겠습니까?"

기디언은 아라가 자신을 이길 수 있는 방법을 돌려서 말해주고 있었다. 아라는 그걸 모른 척하고 싶지 않았다. 그러기에는 이 남자가 조금, 불쌍하게 보였으니까.

"당신은 여전히 내게 사랑스러운 존재입니다."

기디언은 곧 스스럼없는 손길로 아라의 입술을 매만졌다. 어느 정도 익숙해진 감촉임에도 살과 살이 맞닿는 행위는 생각 이상으로 여전히 부드러웠다.

"태강즉절이란 말은 알아?"

아라는 한숨을 내쉬듯 가볍게 물었다.

"그건 모르겠군요. 무슨 뜻이죠?"

기디언의 청록색 눈빛에는 여전히 쓸쓸함이 묻어났지만 한편에는 아라를 향한 맹목적인 사랑이 담겨 있었다.

"네 말에 동의한다는 얘기야."

태강즉절(太剛則折). 즉, 너무 세거나 뻣뻣해도 부러지기 쉽다는 뜻이다. 지금까지 두 사람 사이의 관계는 쭉 그 상태였다. 누구도 이길 방법은 없고, 과연 누가 먼저 부러지느냐만 남은 위태로운 상황이었던 것이다. 하지만 아라는 조금은 부드러워질 필요를 느꼈다. 자신을 위해서가 아니라 이 남자의 순정에 보답하기 위해서라도.

"이제 다른 건 필요 없으니까 진실만 알려줘. 그럼 믿을 테니까."

"이미 아니라고, 내 진실은 알려드렸습니다. 그저 당신의 온전한 믿음만 남은 거죠."

입술을 매만지던 기디언의 손길이 그녀의 가슴으로 내려왔다. 그리고 천천히 허리를 쓰다듬더니 그녀를 감싸 안았다. 마치 아이가 부모의 품에 안기는 것 같았다. 이런 식의 어리광은 받아주고 싶지 않았지만 아라는 모른 척 넘어가기로 했다. 완전한 믿음을 갖기에는 아직도 미심쩍은 부분이 없지 않지만, 일단은 안정을 취해도 좋은 거란 결론을 내렸다.

"가자. 이탈리아로."

그가 아니라 그를 선택한 나를 믿자고 아라는 생각했다. 의심 암귀로 일을 틀어지게 만들 수는 없었다.

"바티칸, 시에나. 또 어디랬지? 페루자? 스펠로도 얘기했었지."

햇살이 밝은 아침에만 피는 꽃이 있다. 나팔꽃이나 무궁화처럼. 지금 아라를 올려다보는 기디언의 모습이 그랬다. 따스한 빛줄기를 가득 품은 봉우리가 꾹 다물었던 입을 활짝 열어 보이듯, 기디언은 어느새 화사함으로 가득 차 있었다. 온몸으로 자신의 기쁨을 알려주는 것이다.

"아라와 저의 첫 데이트가 되겠군요."

"아니."

아라는 단호하게 말했다.

"어머니는 리플리를 쫓아가라고 말하고 있어. 아버지와 함께 신혼여행을 간 곳도 이탈리아였고."

지금까지 풀이된 내용은 리플리와 핀투리키오. 모두가 이탈리아를 가리키고 있다. 어머니는 이탈리아의 어디로 가라고 하는 걸까. 아라는 다시 '태양은 가득히'를 떠올렸다. 그리고 이내 리플리가 고른 곳을 떠올렸다.

"우리는 로마로 갈 거야. 만약 시간이 난다면 바티칸에는 들를 수 있겠네."

'태양은 가득히'에서 알랭 들롱이 연기한 리플리는 살인을 저지르고 신분을 위조한 후에 로마의 엑셀시오 호텔에 묵었다.

"하지만 결론은 관광하러 가는 게 아니라는 거야."

아라는 기디언을 가볍게 밀어낸 후에 탁자에서 몸을 일으켰다. 방금 전까지 격렬한 사랑을 나눈 탓인지 허리도 뻐근하고 다리도

후들거렸다.

"그것보다 샤워하고 싶은데."

아라가 지친 기색으로 말하자 기디언이 다시 그녀의 허리에 팔을 둘렀다.

"안아서 옮겨드리죠."

그리고 그는 아라의 귓가에 낮게 속삭였다.

"욕실에서 다시 2라운드를 즐기는 것도 좋을 것 같군요."

그 말에 아라는 미간을 찌푸렸다.

"날 죽이려고 작정했나 보네."

"오히려 너무 좋아서 제가 죽을지도 모르죠. 그걸 복상사라고 하던가요."

능글거리며 웃는 기디언을 보고서 아라는 이번에는 참지 못하고 주먹을 쥐었다. 그리고 기디언의 명치에 한 방을 세게 박아 넣었다. 하지만 그는 이번에도 신음 한 번을 내뱉지 않았다. 오히려 눈썹만 살짝 꿈틀거린 정도였다.

"싫다면 어쩔 수 없군요……. 문을 나가면 비앙카가 있을 겁니다. 욕실로 안내해달라고 말하세요."

기디언은 순순히 두 손을 들고 그녀에게서 물러났다. 아라는 옷을 추스르며 문으로 다가갔지만 딱히 정돈된 모습은 아니었다. 옷은 이미 갈기갈기 찢긴 후였기 때문이다. 그녀는 옅은 한숨을 내쉬며 문을 열었다. 그러자 마치 기다리고 있었다는 듯 비앙카가 바로 앞에 서 있었다.

"또……."

아라의 모습을 본 비앙카 역시 한숨을 내쉬었다.

"옷이 찢어지셨네요."

비앙카는 반쯤은 포기한 표정을 짓더니 그녀에게 따라오라는 손짓을 해 보였다. 아라는 머쓱해진 표정으로 비앙카의 뒤를 따랐다.

"갈아입으실 옷과 속옷은 다시 준비해드리겠습니다."

그렇게 얼마쯤 걷다 보니 다시 문 하나가 나왔다. 비앙카가 문을 열자 고양이 발 모양의 조각을 지지대로 삼은 새하얀 이동식 욕조가 눈에 들어왔다.

"피곤하실 텐데 편히 쉬시고 나오세요."

그 말을 남기고 비앙카는 아라를 홀로 두고 사라졌다. 아라는 욕조로 다가가 뜨거운 물을 받기 시작했다. 그리고 입고 있던 옷을 모두 벗었다. 그녀는 습관처럼 욕실 한편에 비치되어 있는 전신 거울로 자신의 몸을 훑어보기 시작했다. 몸을 돌려 등을 바라보자 붉은 장미가 한 송이 더 늘어나 있었다. 그걸 보고서 아라는 눈살을 찌푸렸다.

"이런 게 내 몸에만 새겨지는 건 반칙이잖아."

기디언과 관계를 맺을 때마다 장미가 새겨졌다. 피스틸인 그녀는 암술이고, 스테먼인 기디언은 수술이라고 했던가. 아직도 잘 이해되지 않는 진화론이었지만 이제는 그 얘기를 받아들여야만 할 것 같았다.

"그런데⋯⋯ 기디언의 꽃이 장미라면 도넬은 무슨 꽃일까."

아라는 작은 의문을 품고서 욕조에 몸을 뉘었다. 따뜻한 기운이 온몸을 감싸자 쌓였던 피로가 서서히 풀리는 듯했다. 갑자기 모든 것이 귀찮아지기 시작했다. 어차피 지금은 혼자만의 시간이었다. 아라는 쉴 수 있을 때 푹 쉬자는 생각을 하며 천천히 눈을 감았다.

05. 선물 혹은 현재(Present or Present)

건물 앞에 선 아라는 고개를 들어 간판을 확인했다. 'HOTEL
Excelsior'라고 적혀 있는 호텔의 외부는 우아하고 고전미가 넘쳤
다.

"시간이 벌써 이렇게 됐군요. 일단 체크인부터 할까요."

로마까지 오느라 피곤했던지 기디언은 크게 기지개를 켜며 아
라에게 말했다. 그에 반해 아라는 긴장한 모습으로 살짝 고개만 끄
덕였다. 기디언은 고개를 가볍게 푼 후에 아라의 어깨에 손을 올렸
다. 그러고는 성큼성큼 프런트를 향해 걸음을 옮겼다.

"어서 오십시오. 호텔 엑셀시오에 오신 것을 환영합니다."

친절한 직원의 인사에 아라와 기디언은 살짝 고개만 까딱여 보
였다.

"우리 두 사람이 묵을 만한 방을 찾고 있습니다."

기디언은 매력적인 미소를 지으며 직원을 향해 윙크를 해 보였다. 그 모습을 아라는 어처구니가 없다는 시선으로 바라보았다. 하지만 그는 여전히 개의치 않는 듯 가볍게 휘파람까지 불기 시작했다.

"알겠습니다. 죄송합니다만 성함과 신분증 확인이 가능할까요?"

직원의 요청과 동시에 아라와 기디언은 미리 맞추기라도 한 듯 이름을 밝혔다.

"기디언 펠입니다."

"아라 코난 킴."

그리고 신분증도 동시에 꺼내어 내밀었다. 그들의 호흡에 직원은 살짝 당황한 모습을 보이더니 이내 미소로 대답을 대신했다.

"기디언 펠 님과 아라 코난 킴 님."

전산용 컴퓨터를 매만지던 직원은 고개를 갸우뚱거리더니 다시 활짝 미소 지으며 아라를 바라보았다.

"아라 님의 성함으로 벌써 예약이 되어 있으시네요."

"네?"

자기의 이름으로 예약이 되어 있다는 말에 아라는 놀란 눈을 했다.

"제 이름으로 예약이 되어 있다니…… 대체 언제 예약된 거죠?"

"잠시만 기다려주시겠습니까."

직원은 다시 컴퓨터를 확인하더니 미소를 지으며 대답했다.

"매년 이맘때쯤에 늘 예약을 하신 걸로 확인이 되네요."

"말도 안 돼……."

믿을 수 없다는 아라의 표정을 보고서 직원의 입가에도 서서히 미소가 사라지기 시작했다.

"손님, 무슨 문제라도……?"

그때, 기디언이 두 사람 사이에 끼어들어 중재에 나섰다.

"아니오. 아무 문제 없습니다. 그녀가 예약한 걸 깜빡해서 창피해하는 것 같으니 방 안내를 좀 서둘러주실 수 있겠습니까?"

"네. 바로 준비해드리겠습니다. 예약하신 방은 1404호입니다."

직원이 룸 키를 건네자마자 누군가를 손짓해 불렀다. 가까이 서 있던 벨 보이가 두 사람에게 다가왔다.

"따로 짐은 없으신가요?"

"아, 네. 없어요."

그제야 아라도 정신을 차리고 겨우 대답을 했다. 엘리베이터에 올라탄 그들은 아무 말도 없이 곧장 14층으로 향했다. 그렇게 벨 보이의 안내를 받고 방으로 들어선 두 사람은 약간의 팁을 주고서야 온전히 둘만 남을 수 있었다.

"어머니야."

"방을 예약한 사람 말입니까?"

기디언의 질문에 아라는 고개를 끄덕였다. 어머니 외에는 이곳을 미리 예약할 사람이 전혀 떠오르지 않았다.

"그런데 왜 하필이면 이 방이지?"

아라는 천천히 방 안을 둘러보았다. 고풍스러웠던 외부 모습과 비슷하게 내부 장식도 그에 맞춰서 우아했다. 호텔답게 생활미는 느껴지지 않고 청결한 이미지가 강했다.

"여기에 보물이라도 숨겨둔 게 아닐까 싶습니다만."

그러던 중 무언가 아라의 눈에 들어왔다. 고풍스러운 장식품들 중에서도 더욱 연식이 있어 보이는 앤티크 캐비닛이 방 한편에 놓여 있었던 것이다.

"이건 좀 부자연스럽지 않아?"

"뭐가 말입니까?"

손때를 많이 탄 듯 군데군데 칠이 벗겨져 있는 캐비닛은 아라의 눈에 너무도 이질적이었다.

"다른 가구들은 이탈리아 왕조 스타일로 만들어졌는데 캐비닛만 프랑스 왕조의 영향을 많이 받은 것 같아. 그것도⋯⋯."

아라는 캐비닛 곁으로 다가가 좀 더 꼼꼼하게 바라보기 시작했다. 유려한 곡선을 이루는 다리와 짙은 파스텔 색상, 거기다 가구의 제일 위에는 나무로 조각된 화관이 리본 모양을 이루고 있었다.

"이건 루이 16세 시절에 유행의 끝을 맞이했던 로코코풍이야."

어머니가 쓴 일기에는 자신이 가진 일부를 자물쇠 장인인 루이에게 맡겼다고 했다.

"어머니께서 그냥 아무 생각 없이 이 방을 예약하셨을 리 없어."

루이와 자물쇠 장인이라면 루이 16세일 것이다. 그는 스스로 자물쇠나 열쇠를 만들 정도로 취미에 열성적이었으니까.

"무언가⋯⋯ 무언가 더 있을 텐데."

그 외에도 시계나 가구를 만들기도 했으니 기본적으로는 손재주가 뛰어나고 과학적, 수학적 이해도도 높았을 것이다.

"캐비닛이 신경 쓰인다면 한번 열어보지 그래요."

기디언이 그녀의 곁으로 다가왔다. 그러고는 캐비닛의 문을 잡아당겼지만 문은 꼼짝도 하지 않았다.

"이상하군요."

기디언이 다시 문을 당겼다. 하지만 전혀 열릴 기미가 보이지 않았다. 그는 캐비닛의 손잡이 부근을 살펴보기 시작했다.

"아마도 잠겨 있는 것 같습니다."

그는 손잡이 아래쪽에 위치한 작은 홈을 손가락으로 가리켰다.

"약간 특이한 잠금장치로군요."

아라는 그의 손가락을 따라 시선을 옮겼다. 그의 말처럼 자물쇠는 일반적인 열쇠 구멍이 아니었다. 세 개의 꼭짓점을 가진 삼각형 모양의 구멍이 있었다.

"프런트에 문의하도록 할까요?"

기디언은 침대 근처에 놓인 탁자로 다가갔다. 그러고는 당장이라도 수화기를 들 것처럼 행동했다. 하지만 아라는 손을 들어 그를 저지시켰다.

"아니, 호텔 측에 말해도 그들은 모를 거야. 알았다면 이게 아직도 잠겨 있을 리가 없지."

삼각형은 다른 의미로 루이 16세의 상징이 되기도 했다. 지금 전해지는 단두대의 일반적인 모양은 루이 16세와 기요탱 박사가 함께 개발했다. 그래서 기요틴이라고 불린다.

"열쇠장인 루이의 자물쇠가 여기에 있다면 열쇠도 이 방 어딘가에 있을 거야."

캐비닛에서 시선을 뗀 아라는 다시 방 안을 둘러보기 시작했다. 그녀에게는 자신들이 찾고 있는 건 반드시 이 방에 있을 거라는 막연한 확신이 들었다.

주위를 찬찬히 둘러보던 아라는 이내 장식품이 진열된 탁자에 눈이 닿았다. 그곳에는 작은 액자들도 몇 개인가 놓여 있었다.

"그림이 있어."

아라는 탁자를 향해 걸음을 옮겼다.

"아버지가 좋아하시던 핀투리키오의 그림이……."

액자에는 작게 인쇄된 핀투리키오의 Natività가 장식되어 있었다.

"우연치고는 너무 노골적이군요."

그렇게 말한 기디언은 곧장 액자를 들어 올렸다. 그러고는 한참을 액자만 들여다보더니 곧이어 아라를 향해 매력적으로 미소를 지어 보였다.

"내가 열쇠를 찾아내면 무슨 상을 줄 거죠?"

"상 같은 건 기대하지 마. 난 진지하니까."

"저도 나름 진지한데 말입니다."

기디언은 들고 있던 액자를 뒤로 돌리고서 지지대를 손가락으로 가리켰다.

"이 그림을 지지하기에는 너무도 얇아 보이지 않습니까?"

그의 말대로 지지대가 유독 약해 보였다. 아라가 좀 더 다가가 액자의 프레임을 들여다보았다. 이번에도 액자의 상부에는 나무로 조각된 화관이 장식되어 있었다. 이탈리아의 그림과 프랑스풍의 장식이 함께하고 있었다. 액자의 지지대를 다시 보니 삼각형 모양을 하고 있었다. 크기도 캐비닛의 구멍과 비슷한 듯 보였다.

"그 지지대, 떨어질 거 같아?"

"떨어지지 않는다면 부수는 방법도 있죠."

그는 지지대의 연결 부분을 손으로 쥐더니 힘껏 힘을 주어 부러트렸다.

우두둑.

파열음과 함께 지지대는 액자와 분리되었다. 이제는 열쇠 구멍에 맞춰보는 일만 남았다.

"이리 줘봐."

아라의 말에 기디언은 순순히 그녀에게 지지대를 건네었다. 그걸 받아 든 아라는 곧장 캐비닛으로 다가가 구멍과 맞추어보았다. 이전부터 하나의 짝이었다는 걸 증명이라도 하듯 모양이 꼭 맞아떨어졌다.

철컥.

걸음쇠가 분리되는 소리와 함께 캐비닛의 문이 열렸다. 그 안에는 빛이 바랜 종이봉투가 하나 놓여 있었다. 발신인과 수신인은 적혀 있지 않았다. 아라는 봉투를 꺼내어 조심스레 개봉했다. 그러자 어머니의 필체로 적힌 편지지가 나왔다.

〈사랑하는 나의 딸, 아라에게.

네가 이 편지를 읽을 때쯤이면 나는 이미 이 세상에 없겠지.

처음으로 아라 네가 내 품 안에 안겼던 순간을 나는 아직도 잊을 수가 없단다. 아주 작았던 쌔근쌔근 고른 숨을 내쉬며 내 품에 안겼지. 그런 너를 보며 얼마나 많이 울었던지……. 그랬던 내 작은 공주님이 이제는 건강하게 자라서 나를 쫓아와주었구나.

아라야. 엄마는 이제 너와 함께할 수 없지만 그럼에도 너의 행복만을 바라고 있어. 신께서는 너의 뒷덜미에 동반자의 이름을 새겨주셨지. 그 사실을 알았을 때 엄마는 너무도 속상했어. 열병을 앓고 너의

136

등에 나무가 새겨졌을 때도 엄마는 혼자 몰래 눈물을 흘렸어. 태어날 때부터 정해진 상대가 있다는 건 어쩌면 비극인 것 같더구나. 하지만 그런 것에 연연하지 말고 마음껏 사랑하고 사랑받으려무나. 너에게는 그럴 자격이 있단다.〉

"어머니……."

거기까지 읽은 아라는 가슴이 벅차오는 걸 느꼈다. 좀 더 어머니와 많은 시간을 보냈어야 하는데 그러지 못했던 자기가 원망스러웠다. 그럼에도 그녀의 어머니는 여전히 아라를 사랑하고 있었다. 편지지에 쓰인 글자 하나하나에 그 마음이 느껴졌다. 지금 이 순간, 아라는 간절하게 어머니가 보고 싶었다. 그녀는 애써 마음을 진정시키며 뒷내용을 읽기 시작했다.

〈하지만 그럼에도 도넬에 관해서는 꼭 기억해주겠니.

그는 많이 쓸쓸하고 외로운 아이란다. 기가 약하고 세심한 탓에 겁도 많아. 그래서 너를 피하려 할지도 몰라. 하지만 될 수 있다면 그 아이를 놓지 말고 꼭 사랑으로 보듬어주렴. 정부기관에서 일하며 네가 많이 힘들어했다는 걸 알아. 그러니까 이제는 하늘이 정해준 네 반려와 함께 행복한 삶을 살았으면 좋겠구나. 반드시 그와 사랑에 빠질 필요는 없단다. 그냥 그와 네가 언제나 행복했으면 좋겠어.

사랑하는 아라야.

너도 도넬도 반드시 완벽할 필요는 없어. 느려도 좋으니 네 삶을 찾아가주렴. 돌아가신 너희 아버지께서도 말씀하셨어. 아라 네가 직접 두 발을 딛고 현재를 살아가는 모습을 보지 못해서 안타깝다고 말이다. 나 역시도 그 모습을 보지 못한 거 같아 조금 슬퍼지는구나. 하지만 난 우리 두 사람의 딸인 너를 믿는단다.

 몇 번이고 넘어지며 상처를 입어도 좋으니 앞을 보고 나아가렴. 나의 아가야.

 그 길에는 오로지 축복만이 가득하길 엄마가 빌어주마.

 많이 사랑하고 있단다. 내 공주님, 나의 딸아.〉

편지는 거기서 끝이 나는 듯했다. 하지만 어머니의 필체는 아직 조금 더 이어지고 있었다.

〈추신.

 혹시나 네가 길을 잃을까 봐 잠시 동안은 엄마가 너와 함께하려 한단다.

 너라면 충분히 따라올 수 있겠지?〉

거기서 끝이었다. 혹시나 하는 마음에 아라는 다시 봉투를 들여다보았다. 그러자 사진 한 장이 그녀의 발치에 떨어졌다.

"이건 사진인가요."

곁에서 가만히 서 있던 기디언이 그것을 주워 아라에게 내밀었다. 사진에도 역시나 무언가 메시지가 적혀 있었다.

〈Who am I?〉

아라는 사진을 돌려보았다. 그걸 본 아라도, 기디언도 놀란 듯 두 눈이 커졌다.

"이건⋯⋯."

기디언은 말을 채 잇지 못할 정도로 놀란 듯했다. 게다가 그의 음성이 살짝 떨리고 있다는 걸 느낄 수 있었다. 그토록 놀라운 사진인 걸까. 아라는 인화된 지 오래되어 보이는 사진을 뚫어져라 바라보았다.

"할로윈인가."

아라의 어머니는 활짝 웃으며 정면을 바라보고 있었다. 배경은 그녀의 아파트인 '221B Baker Street'이었다. 그리고 어머니는 고전 스타일의 드레스를 입고 가발까지 쓰고 있었다. 아마도 그녀가 분장한 모습은 셜록 홈즈에 나오는 허드슨 부인인 것 같았다.

"어머니 옆에 있는 남자는 누구지?"

어머니의 곁에 서 있는 남자는 쑥스러운 듯 어정쩡한 미소를 짓고 있었다. 그는 디어스토커 모자와 케이프를 입고서 한 손에는 파이프 담배를 들고 있었다. 그리고 다른 한 손에는 바이올린을 들고서 있었다. 모자와 담배, 그리고 바이올린까지. 이 남자는 아마도 셜록 홈즈로 분장한 듯했다.

"그는⋯⋯ 그 남자는⋯⋯."

말을 고르는 기디언은 어딘가 괴로워 보이기까지 했다.

"우리가 찾고 있는 도넬입니다."

무척이나 당황하고 힘겨워 보이던 기디언은 의외로 간단하게 답을 내놓았다.

"뭐?"

아라는 놀라서 다시 사진을 보았다. 사진 속의 도넬은 아라가 음성만 듣고서 예상했듯이 무척이나 선이 가는 남자였다. 어딘가 기운이 없어 보이고 볼이 푹 파일 정도로 깡마른 몸매였다. 머리카락은 길고 진한 갈색이었다. 검은 눈동자는 뿔테 안경 안으로 숨어버려 간신히 알아볼 수 있을 정도였다. 전체적으로 동양인의 느낌이었지만 이목구비는 뚜렷했다. 하지만 그건 너무 말라서 그렇게 보이는 것 같기도 했다.

"이 남자가 도넬……."

어릴 때의 통통하던 모습은 찾아볼 수가 없었다. 만약 그가 아라의 곁을 스쳐 지나갔다고 해도 알아채지 못할 것 같았다. 그 정도로 존재감이 희미했다. 마치 곧 죽을 날을 기다리는 사람 같았다. 정말로 도넬은 기디언이 아니었다. 이 사진으로 모든 것이 확실해지자 아라는 실망감을 감출 수 없었다.

"그래요. 그랬군요……."

기디언은 이내 혼자 납득하더니 실소를 터트렸다. 사진을 바라보던 아라는 그에게로 시선을 옮겼다.

"도넬의 모습이 이랬었군요. 잊고 있었습니다."

그의 눈에는 허망함이 담기기 시작했다. 그러고는 이내 날카로운 눈빛으로 아라를 쏘아보았다.

"이제 마음이 섰습니까?"

"무슨 소리를 하는 거야?"

날카롭게 날이 선 기디언의 물음에 아라 역시도 날카롭게 받아치고 말았다.

"당신의 짝이 될 남자를 보고 나니까 마음이 동하느냐 이 말입니다."

그의 말에 아라는 무의식중에 뒷덜미를 매만졌다. 거기에는 아직도 선명하게 'Donell'이라는 이름이 새겨져 있었다.

"내가 당신을 원하듯이, 그렇게 도넬을 원하게 되었나요?"

기디언은 마치 부서진 기계처럼 제멋대로 굴었다.

"대체 왜 이러는 거야. 난 그를 원한다고 한 적 없어. 도넬은 여전히 내게 낯선 존재일 뿐이야. 내 인생의 외부자라고."

아라는 그 영문을 알 수가 없었다. 이건 단순한 질투가 아니었다. 그가 내비치는 감정은 마치…… 증오 같아 보였다.

"이 꼴을 보십시오. 이 볼품없는 모습을 보란 말입니다!"

그는 아라의 손에 쥐여진 사진을 신경질적으로 채가더니 갈기갈기 찢어버렸다.

"뭐 하는 짓이야!"

아라 역시도 흥분해서 재빨리 그의 손을 쳐냈다. 하지만 이미 사진은 그 형체를 알아보기 힘들 정도였다.

"내가 왜 도넬을 찾고 있는지 알고 있습니까?"

상처 입은 짐승처럼 잔뜩 날이 곤두선 기디언은 히스테릭하게 소리쳤다. 이전에 이런 비슷한 얘기를 나눈 적이 있었다. 하지만 그때는 도넬과 함께 행복해지기 위해서 그를 찾는다고 대답했다. 하지만 막상 실체가 드러난 도넬과 마주하자 기디언의 행동은 백팔십도 달라졌다.

"행복하기 위해서입니다. 다른 누구도 아니라 내가."

그는 아랫입술을 잘근잘근 씹으며 분노에 찬 음성으로 말을 이어갔다.

"그러기 위해서는 그를 완전히 죽여야만 합니다. 그래서 찾고 있는 겁니다."

그의 말에 아라는 은연 중에 기디언의 곁에서 한 발 물러서고 말았다. 그러자 기디언이 그녀를 쫓아 한 발짝 다가왔다.

"내 생에서 가장 큰 오점이 있다면 도넬입니다. 그러니까 앞으로 내가 행복하기 위해서, 그리고 당신을 차지하기 위해서라도 나는 그를 죽여야겠습니다."

"그런 일에는…… 동의할 수 없어."

아라가 침착하게 말을 하자 그의 입가가 비틀리기 시작했다.

"하!"

기디언은 그런 그녀를 향해 크게 비웃었다. 그러고는 손을 뻗어 아라의 턱을 강하게 쥐었다. 그녀는 고통에 얼굴을 찌푸렸다.

"내 몸에는 당신의 이름이 이렇게나 선명하게 새겨져 있는데 당신은 아직도 그걸 모릅니다. 아무리 나만의 장미로 당신을 뒤덮는다고 해도 아라 당신은 도넬을 신경 쓰겠죠."

아라는 그를 힘껏 밀쳐냈지만 그의 손은 떨어질 줄 몰랐다. 이제까지 훈련받은 것들이 무용지물이 되는 순간이었다. 그녀는 그의 손에 잡힌 먹잇감이 된 것처럼 발버둥 칠 수밖에 없었다. 그리고 이내 그의 입술이 그녀의 것을 덮었다. 깊고 진한 입맞춤이었지만 지금 아라는 그걸 원하지 않았다. 그래서 그녀는 기디언의 입술을 세게 깨물었다.

"읏."

생각지도 못한 고통이 덮치자 기디언은 놀랐는지 그녀를 놓아주었다. 그제야 아라는 가쁜 숨을 몰아쉬며 기디언의 곁에서 떨어졌다.

"당신이 무슨 짓을 한다고 해도 나는 도넬을 찾아야겠어. 그는 어쩌면…… 어머니가 남겨준 유일한 단서이고 유일한 존재야. 게다가 그를 찾아야 내가 살 테니까."

아라는 그를 노려보며 힘 있게 외쳤다. 그사이에 기디언은 품에서 손수건을 꺼내어 입가에 밴 피를 닦아냈다.

"좋습니다. 애초에 당신과 나는 계약도 그게 전제였으니까요."

그는 피를 닦은 손수건을 바닥에 내던졌다. 여전히 분이 풀리지 않는지 행동은 거칠었지만 말투는 담담했다.

"그 뒤의 문제는 제가 알아서 해결하도록 하죠."

결국 죽이지 않겠다는 말은 하지 않았다. 대체 무엇이 그의 역린을 건드린 것일까. 다시 생각해도 아라는 이해할 수 없었다. 하지만 지금은 그걸 확인할 방법조차 사라지고 없었다. 그러나 사진에 남겨져 있던 메시지는 달랐다.

'Who am I?'

어머니가 말하고 싶었던 진실은 대체 무엇일까. 수수께끼는 아직도 이어지려는 것 같았다.

06. 거울 속의 앨리스(Alice in a mirror)

아라는 눈앞에 있는 기디언의 모습을 가만히 들여다보았다. 햇살이 그대로 담긴 듯 반짝이는 금발의 머리카락과 깊이를 헤아리기 힘든 청록색의 눈동자, 그 아래에 오뚝한 콧날, 날카로운 턱선이 조화를 이루며 누구나 탐낼 만한 존재로 만들었다. 아폴론 신이 사람이었다면 이런 모습이지 않았을까 싶을 정도로 기디언은 아름다웠다.

"어째서?"

하지만 도넬은 달랐다. 기디언의 말처럼 그는 볼품이 없었다. 앙상하게 마른 몸에 움푹 파인 볼, 생기 없는 눈빛과 입술은 그를 더욱 빈곤해 보이게 만들었다.

"당신은 어째서 그를 죽이려고 하는 거야?"

아라의 질문에 기디언은 시선을 맞춰왔다. 그는 여전히 상처받은 짐승 같은 눈빛을 하고 있었다.

"말하지 않았습니까? 내가 행복해지기 위해서……."

"그건 알고 있어. 하지만 내가 묻는 건 그게 아닌 걸 당신도 알고 있잖아."

아라와 기디언은 대칭이 되어 서 있었다. 그 사이에는 보이지 않는 벽이 있었다. 단 몇 발자국만 내밀면 닿을 수 있는 거리인데도 누구 하나 꼼짝도 하지 않았다. 두 사람 모두 그럴 수가 없었다.

"……호접몽이란 걸 알고 있습니까?"

기디언이 차분해진 음성으로 물었다. 그는 마음을 진정시키려는 것인지 두 눈을 감았다.

"알아. 장자의 제물론에 나오잖아."

이윽고 아라는 기억하고 있는 내용을 술술 말해냈다.

"언젠가 내가 꿈에 나비가 되었다. 훨훨 나는 나비였다. 내 스스로 아주 기분이 좋아 내가 사람이었다는 것을 모르고 있었다. 이윽고 잠을 깨니 나는 틀림없는 인간이었다. 도대체 인간인 내가 꿈에 나비가 된 것일까. 아니면 나비가 꿈에 이 인간인 나로 변해 있는 것일까."

아라의 이야기가 끝나자 기디언은 감은 눈을 천천히 떴다.

"저와 도넬은 서로의 호접몽입니다. 어느 한 사람이 사라지지 않는 이상 누구도 꿈에서 깨어날 수 없죠."

알쏭달쏭한 말이었다. 하지만 아라는 하나의 가설이 머릿속에 떠올랐다. 장자가 호접몽으로 말하고자 한 것은 만물은 결국 하나라는 것이다. 나 자신도 나비도, 꿈도 현실도, 생(生)도, 사(死)도 구별 없이 다 하나로 흘러 덧없이 사라진다.

"설마 기디언 당신도 죽으려는 거야? 도넬을 찾고 나면……."

기디언이 말하는 행복의 정의란 대체 무엇일까. 아라는 그 정체를 알지 못했다. 그저 모두가 바라는 막연한 행복을 그렸을 뿐이다. 하지만 기디언이 바라는 행복이 영원한 안식, 즉 죽음이라면 얘기는 달라졌다.

"아니요. 아닙니다."

그는 고개를 저었다. 하지만 그의 눈빛에는 아슬아슬한 빛이 감돌고 있었다.

"사실은 모르겠습니다. 간절하게 살고 싶기도 하지만 지금의 생이 지겹기 그지없거든요."

마치 남의 일을 말하는 듯 가벼운 말투였다. 하지만 그의 안에 머무는 깊은 허무가 아라에게는 느껴졌다. 그래서 그녀는 저도 모르게 기디언의 곁으로 한 발짝을 내디뎠다.

"내가 당신이 살아야 할 이유는 될 수 없을까?"

아라가 곁으로 다가오자 그는 한 발짝 물러섰다. 마치 눈앞에 있는 그녀를 믿지 못하는 눈치였다.

"아라, 당신은 나에 대해 알고 싶지 않잖아요."

아라가 다시 한 걸음 나아가자 기디언이 또 물러섰다. 그는 겁먹은 아이처럼 두 눈동자가 흔들렸다.

"당신은 도넬에 관해 모르기 때문에 알고 싶어 하는 겁니다. 인간이란 언제나 미지의 존재에 대해 의문을 가지게 되니까요. 하지만……."

"난 기디언 당신도 알고 싶어."

그녀의 대답에 기디언의 발걸음이 멈췄다. 그러고는 그는 눈살을 찌푸렸다.

"이제까지 당신은 나에 대해 알고 싶다고 생각한 적이 있습니까? 내가 도넬을 죽이겠다고 한 순간, 아라 당신은 나에게 관심을 내보이는군요."

아라는 고개를 저었다. 이상한 기분이었다. 등에 피어난 두 송이의 장미가 그녀를 앞으로 떠밀어주고 있는 것 같았다.

"도넬은 상관없이, 난 순수한 마음으로 기디언 당신이 궁금해."

겨우 손에 잡힐 정도로 기디언과의 거리가 가까워졌다. 아라는 그를 향해 손을 뻗었다. 그러자 기디언은 놀란 듯 몸을 움찔거렸다. 지금까지 능글거리며 제 몸을 탐해오던 남자라고는 생각되지 않는 모습이었다. 그게 우스워서 아라는 입가에 미소를 띠었다.

"나를 위해서 죽지 말고 살아줘."

아라는 그의 존재를 확인이라도 하듯 다섯 손가락을 펴서 기디언의 얼굴을 살짝 쓸어내렸다. 손끝에 닿는 온기가 그가 눈앞에 있다는 걸 증명해주었다.

"……프러포즈입니까?"

그제야 기디언의 얼굴에 부드러운 빛이 감돌기 시작했다. 그는 한없이 깊은 청록색의 눈동자에 그녀를 담았다.

"아니, 단순한 약속이야."

기디언은 팔을 뻗어 아라를 품 안으로 끌어당겼다. 그러고는 그녀가 숨쉬기도 힘들 만큼 강하게 끌어안았다. 아라의 귓가에는 기디언의 심장 소리가 들려왔다.

쿵……. 쿵…….

일정한 박자로 움직이는 소리가 그가 살아 있음을 알려주었다.

"내가 약속을 깨면 어떻게 할 겁니까?"

"그건…… 생각해보지 않았는데."

"그렇다면 앞으로 저를 위해 생각해주시겠습니까."

기디언은 부드러운 손길로 아라의 턱을 들어 올렸다. 그리고 입맞춤을 하려는 듯 천천히 그녀에게로 고개를 숙였다. 하지만 아라는 그것을 단번에 허락하지 않고 손을 들어 기디언의 입술을 막았다.

"궁금한 게 있어."

기디언은 그에 아랑곳하지 않고 아라의 손바닥에 입을 맞췄다. 약간 따뜻하지만 간지러운 느낌이었다.

"그게 뭐죠?"

그는 이번에 그녀의 팔목에 입을 맞췄다. 단순한 입맞춤이었지만 그것만으로 아라의 숨은 들뜨기 시작했다.

"기디언, 당신이 페이그 도넬이야?"

순간 기디언의 행동이 멈췄다. 아주 찰나의 순간이었다. 하지만 이윽고 그는 한층 깊어진 눈매로 아라를 바라보며 말했다.

"아닙니다. 저는 기디언 펠입니다. 이름 좀 날리는 범죄 컨설턴트죠."

그렇게 말한 기디언은 아라에게 입을 맞췄다. 이번에는 그녀도 피하지 않았다. 아주 천천히 입술을 마주 대며 그녀를 한껏 음미한 후에 기디언의 혀가 그녀의 입술을 헤집고 들어왔다. 농밀하게 밀려오는 파도처럼 그는 그녀를 점령했다. 혀는 그녀의 것을 휘감기도 하고 서로를 마주쳐 비비기도 하며 열락의 문을 열었다.

"침대가 있는 곳에서 하는 건 처음인 것 같군요."

기디언은 아라의 상의를 말아 올리더니 그것을 단숨에 벗겨냈다. 그리고 그녀를 침대 위에 눕혔다.

"맞아. 한 번은 소파 아니면 탁자였지."

아라가 키득거리며 웃자 기디언은 다시 그녀의 입술에 입을 맞춰왔다. 그리고 그녀가 입고 있는 브래지어를 벗겨서 침대 밖으로 던져버렸다.

"그렇게 여유로운 것도 지금뿐일 겁니다."

기디언은 짓궂게 웃으며 아라의 목덜미에 입을 맞추고서 손으로 탐스러운 가슴을 그러쥐었다. 그의 엄지손가락이 그녀의 유두를 살살 쓸어내리자 그에 반응하듯 유두가 꼿꼿하게 일어섰다.

"하아……."

아라의 달콤한 한숨이 마음에 드는 듯 기디언은 입가에 미소를 띠었다. 그의 혀가 아라의 쇄골 모양을 덧그렸다. 그러다 덥석 한쪽 가슴을 입 안 가득 머금었다. 그는 꼿꼿이 선 유두를 잇새로 살짝 물었다가 놓아주고는 혀 안에서 굴렸다.

"흐읏……."

그녀의 신음 소리에 기디언은 붉게 익어가는 그녀의 유두를 더욱 강렬하게 음미해갔다. 쾌락에 못 이겨 아라의 허리가 뒤틀리기 시작하자 그는 탐스러운 가슴에서 입술을 떼었다. 그리고 좀 전에 아라가 했듯이 다섯 손가락을 펴 그녀의 얼굴을 살며시 쓸어내렸다.

"나에게는 당신뿐입니다."

그는 손가락 끝으로 그녀의 입술을 덧그렸다. 마치 입맞춤을 하듯이 부드러운 손길이었다.

"입 벌려요."

이윽고 그의 긴 중지가 그녀의 입 안으로 들어왔다. 영문을 모르는 아라는 입을 벌리고서 그것을 받아들였다.

"이제부터 이게 당신의 안으로 들어갈 겁니다. 그러니 정성껏 핥아주세요."

기디언은 짓궂은 미소를 띠고서 중지로 그녀의 혀를 농락했다. 그의 뜻을 알아챈 아라는 마치 키스를 나누듯 그의 중지에만 집중했다. 물고, 핥으며 많은 타액을 묻혔다. 그의 말처럼 온 정성을 쏟았다. 그렇게 어느새인가 입 안에 머물러 있던 그의 중지가 그녀의 입 밖으로 빠져나왔다. 기디언은 그녀의 가슴을 다시 탐하며 아라의 타액이 잔뜩 묻은 손가락을 그녀의 중심으로 끌고 갔다.

"어디가 제일 좋은지 말해줘요."

그의 손가락은 수풀을 지나 도톰하게 올라온 클리토리스를 매만졌다.

"하웃."

기디언의 손길이 닿는 순간, 아라의 허리가 가볍게 튕겨 올라왔다. 그녀는 자신의 안에서 달콤한 즙이 터져 나오는 걸 느꼈다. 그의 손길을 더욱 세심하고 농밀하게 바꾸어갔다. 그럴수록 아라의 몸은 쾌감을 이기지 못하고 부들부들 떨려왔다.

"이게 좋았나요?"

그는 애액으로 축축하게 물든 손가락을 그녀의 둔덕 사이로 밀어 넣었다.

"아직 더 남았는데."

기디언은 남은 손으로 아라의 하의와 속옷을 벗겨냈다. 그러고는 그녀의 다리 사이에서 몸을 낮췄다. 그는 아라의 클리토리스에 숨결을 한번 불어넣더니 입술을 맞췄다. 그 순간 뜨거운 열기가 온몸으로 퍼져나가기 시작했다. 아라는 짜릿한 열감에 몸을 뒤틀며 어쩔 줄 몰라 했다.

"아…… 잠깐……."

"잠깐은 없습니다. 그러기에는 이 시간들이 너무 아깝거든요."

기디언은 그녀의 클리토리스를 핥으며 긴 손가락으로 내부를 휘저었다. 아라는 그 느낌이 너무 애달팠다. 끙끙 앓는 소리를 내며 아라의 허리가 조금씩 흔들리기 시작했다. 그럴수록 기디언의 중심부가 점점 더 크게 부풀어 올랐다.

"기디언…… 제발……."

아라는 촉촉한 음성으로 애원해왔다. 하지만 기디언은 짐짓 모르는 척하며 그녀를 계속 괴롭혔다.

"제발이라니. 뭘 말하는 거죠?"

기디언은 지금도 충분히 그녀를 만족시켜주는 듯했지만 아라는 무언가 부족하다고 느꼈다. 그를 원했다. 온 신경과 세포가 기디언을 원하고 있었다.

"내 안으로…… 들어와줘."

그녀의 말이 끝나기가 무섭게 기디언은 몸을 일으켰다. 그리고 자신의 하의를 벗고서 우뚝 일어선 페니스를 아라의 둔덕 사이에 대고서 비볐다. 그럴 때마다 그녀의 애액이 그의 중심부에 휘감겨왔다.

"음란한 몸이로군요."

기디언은 낮게 웃었다. 그러자 아라 역시도 입가에 매혹적인 미소를 띠었다.

"맞아. 그렇게 만든 건 당신이잖아."

욕망으로 가득 찬 두 사람의 시선이 마주쳤다. 기디언은 더 이상의 지체 없이 자신의 페니스를 그녀의 안으로 찔러 넣었다. 아라의 몸이 가늘게 떨려왔다. 그 떨림이 기디언의 욕망을 더욱 부채질했다.

"후우……."

한 치의 틈도 없이 뻑뻑한 느낌이었지만 기디언은 흘러가듯이 허리를 움직였다. 그럴수록 그녀의 안으로 그가 더 깊이 박혀왔다. 크게 부풀어 오른 그의 페니스가 아라의 숨을 턱턱 막히게 했다.

"아…… 흐읏……."

마치 바스라질 듯이 그녀의 안이 꽉 조여왔다. 기디언은 미간을 구기며 더욱 강하게 허리를 쳐올렸다. 하나의 몸이 된 듯이 강한 템포로 두 사람은 넘실거렸다. 퍽퍽 살이 맞닿는 소리와 함께 침대도 삐걱거리며 움직였다. 그럴수록 아라는 더욱 자지러졌다.

"하으…… 흐으……."

아라는 무의식중에 기디언의 허리에 다리를 감았다. 그가 더 깊이 새겨지길 바랐다. 그리고 더 오랫동안 머물기를 바랐다. 그녀는 이럴 때만 욕심을 부렸다. 기디언의 말처럼 자신이 음락해진 것일지도 모르겠다는 생각이 머릿속에 스쳐 지나갔다. 하지만 그 생각도 그리 오래가지 못했다. 그럴 순간도 허락하지 않겠다는 듯 기디언의 페니스가 더 깊숙이 들어오는 것이다.

"생각…… 했습니까?"

기디언이 가쁜 숨을 몰아쉬며 물었다. 하지만 무엇을 생각할 시간을 주지 않는 건 그였다.

"뭐…… 뭘 말하는…… 아홋……."

온몸으로 받아들이는 쾌락은 감당하기가 힘들 정도였다. 그저 기디언의 페니스를 받아들이고 놓아주지 않는 것만으로도 정신을 차릴 수가 없었다.

"약속…… 을…… 깨면……."

기디언에게도 지금 말을 꺼내는 건 힘들기 마찬가지였다. 하지만 확인하고 싶었다. 그래야만 했다. 아라의 안에 머물러 있는 자신이 어느 정도인지 알아야만 의심과 두려움들이 모두 사라질 것만 같았다.

"지옥……."

아라는 쉽게 말을 잇지 못했다. 그녀는 연신 신음을 내뱉느라 목소리가 갈라지고 있었다.

"지옥에 찾아가서……."

그러나 아라는 말을 멈추지 않았다. 그녀는 간신히 말을 이어가며 기디언이 원하는 대답을 들려주었다.

"당신을…… 다시…… 하아…… 죽일 거야."

그 말을 듣는 순간 기디언의 안에서 무언가 폭발했다.

"아아."

아라와 함께라면 지옥이라도 좋을 것 같았다. 그때도 그녀는 이렇게 자신을 받아들여줄 것이라는 생각에 기디언은 이루 말할 수 없는 행복을 느꼈다.

"내 목숨은 이제…… 아라 당신 것입니다."

그렇게 말한 기디언이 더욱 힘 있게 그녀를 찔러 올렸다. 아쉽지만 절정의 순간이 다가오고 있었다. 아라는 심장이 터질 듯이 뛰고 온몸이 불에 덴 듯 뜨거워지는 걸 느꼈다. 두 사람은 이미 용광로 같은 지옥 불에 타오르고 있었다.

　"하으으…… 하아!"

　"읏…….""

　아라의 눈앞에 흰 섬광이 번쩍하고 터지는 순간, 기디언이 그녀의 안에서 토정했다. 단말마의 신음성과 함께 두 사람은 함께 절정을 맞이했다. 아라와 기디언은 동시에 몸을 떨며 깊은숨을 몰아쉬었다. 그렇게 그들은 잠시 동안 떨어지지 않고 하나의 몸처럼 포개어져 있었다.

　"사랑스러운 사람."

　기디언은 그렇게 말하며 아라의 입술에 살짝 입 맞췄다.

　아라는 손 하나도 까딱할 수 없었다. 체력에는 제법 자신이 있는 편이었지만 이번에는 어쩐지 더 힘이 든 것 같았다. 그리고 그 순간 그녀의 등 언저리에 옅은 열기가 느껴져왔다.

　"아, 정말."

　아라는 혀를 차고서 몸을 굴렸다. 스스로 움직이기는 영 귀찮았던 것이다.

　"등에 꽃 피었어?"

　그녀는 베개에 얼굴을 박은 채 기디언을 향해 물었다. 그러자 곧 그의 손길이 부드럽게 그녀의 등을 쓸었다.

　"그렇군요. 붉은 장미가 총 세 송이."

　"역시 이 방법은 좀 치사한 것 같네."

매번 잠자리를 가질 때마다 꽃이 새겨졌다. 그걸 아라도 느낄 수 있었다. 그녀는 딱히 순결주의자는 아니었지만 이렇게 노골적으로 티가 나는 건 역시 쉽게 받아들이기 힘들었다. 게다가 기디언이 새긴 꽃의 개수만큼 수명이 줄어드는 걸 생각하면 그녀만 손해를 보는 것 같았다.

"전 좋기만 한데요."

그렇게 말하며 기디언은 세 번째로 핀 꽃송이에 입을 맞췄다. 간지러운 느낌에 아라의 등이 움찔거렸다. 그 반응이 재미있었던지 기디언은 손가락을 세워서 그녀의 등에 무언가를 쓰기 시작했다. 아라는 그 손길을 피하려 몸을 뒤척였지만 기디언 역시 끈질기게 굴었다.

"대체 뭐라고 쓰는 거야."

"글쎄요. 뭐일 것 같나요."

아라가 신경질적으로 묻자 기디언은 그저 낮게 소리 내어 웃을 뿐이다. 괜한 오기가 생긴 아라는 결국 잠자코 기디언이 하는 것을 내버려두었다. 그리고 등에 쓰여지는 글자를 차례대로 불렀다.

"G, I, D, E, O, N. 음…… 그리고 F, 다시 E, L, 다시 L."

기디언이 쓰고 있는 것은 다름이 아닌 자신의 이름이었다. 유치한 장난이라고 생각하며 아라는 슬쩍 미소 지었다.

"내 등에 겨우 이름이나 쓰려고 한 거야?"

아라는 몸을 돌려 장난스러운 눈빛으로 기디언을 바라보았다. 하지만 그는 부드럽게 미소 짓고 있었다.

"도넬의 이름은 이미 당신에게 새겨져 있으니까요."

어딘가 처연한 미소였다. 그러고는 그는 아라의 품 안으로 파고

들었다. 아이가 된 듯 그녀의 허벅지에 머리를 대고 눕더니 아라의 허리를 감싸 안았다.

"저를 미워하지 말아주십시오."

미소만큼이나 애달픈 부탁이었다. 아라는 그런 그가 낯설었다. 이렇게 약해져 있는 기디언은 평소의 모습이 아니었기 때문이다. 그리고 그 모습은 아마 다른 사람들은 알지 못할 것이란 생각이 들었다. 아라는 손을 들어 올려 그의 머리카락을 조심스레 쓰다듬었다.

"당신을 미워하지 않아."

"하지만 좋아하지도 않죠."

그렇게 단정 짓는 기디언의 음성이 안타까웠다. 하지만 아라도 자신의 마음을 확실히 알 수 없었다. 그와는 상성이 맞았다. 만남부터 삐끗거리긴 했지만 그게 기디언의 방식이라면 어쩔 수 없다는 생각이 들었다.

"저는 당신을 사랑합니다."

기디언은 손을 뻗어 그녀의 볼을 쓰다듬었다. 달콤한 고백 속에 그의 간절함이 녹아들어 있었다. 하지만 아라는 그를 향해 고개를 끄덕일 수 없었다.

"아니, 경애하고 있습니다."

"나는……."

아라는 제대로 대답할 수 없는 자신이 서글펐다. 신도, 아라의 어머니도 그녀 평생의 반려는 도넬이라고 말하고 있다. 만약에 그 운명을 저버린다면 자신은 어떻게 되는 걸까. 아라가 쉽게 결정을 내리지 못하자 기디언은 다 안다는 듯 조용히 미소 지었다.

"언젠가…… 시간이 흘러서 도넬이 죽게 된다면 그때는 저를 선택해주시겠습니까?"

이번에도 아라는 아무 말도 할 수 없었다. 사랑이라는 감정은 그녀에게 너무도 어려웠다. 그녀는 도넬을 사랑하지 않았다. 하지만 싫어하지도 않았다. 정확히 말하면 아무 감정도 없는 것이다. 도넬은 단지 지금 찾아야 할 존재일 뿐이었다.

"아니."

하지만 아라는 기디언 역시 사랑하지 않았다. 사랑의 감정이 무엇인지는 몰라도 아직은 아니라는 걸 확신했다. 그를 좋아하냐고 묻는다면 약간이나마 그렇다고 대답할 수 있었다. 하지만 사랑은 아직 알 수 없었다.

"난 단지 당신도 도넬도 죽기를 원하지 않아."

이기적이라고 욕해도 상관없었다. 그녀는 이미 솔직한 심정을 말했으니 어떤 말을 듣더라도 상처받지 않을 수 있었다.

"하지만 기디언."

그러나 기디언의 이렇듯 약한 모습을 보고 싶지 않았다.

"지금 당신 곁에는 내가 있잖아."

아라는 그의 머리를 조심스레 끌어안았다. 그녀의 심장 뛰는 소리가 기디언의 귓가를 울렸다.

쿵……. 쿵…….

그녀의 심장은 기디언과 똑같은 박자로 뛰고 있었다. 그 느낌이 좋아서 그는 살며시 눈을 감았다.

"나는 지금 다른 누구도 아닌 당신 곁에 있어. 그리고 아마……."

아라는 마지막 대답을 주저했다. 괜한 말을 꺼내서 기디언에게 기대감을 안겨주고 싶지 않았다. 하지만 그는 괜찮다는 듯 그녀의 팔을 쓸어 내렸다. 그래서 아라는 한발 물러서 자신의 감정을 들여다볼 수 있었다. 지금 말하려는 것은 여전히 그녀의 진심이었다.

"……아마, 앞으로도 당신이 원한다면 곁에 있을 거야."

그것만으로도 좋았다. 당장 사랑을 맹세하는 것보다 아라가 곁에 있어준다는 사실만으로 기디언은 마음을 놓을 수 있었다. 그럴 수만 있다면 사랑을 구걸하지 않아도 괜찮을 수 있을 것 같았다.

"그래요. 그걸로 만족하겠습니다."

기디언은 입가에 옅은 미소를 띠었다. 아라는 안고 있던 그의 머리를 천천히 놓아주며 눈을 감고 있는 그를 바라보았다.

"사실을 말해줘, 기디언."

그는 여전히 눈을 뜨지 않았다. 마치 잠이라도 든 듯 보였지만 그가 그녀의 말을 듣고 있다는 걸 아라는 알 수 있었다.

"정말로 당신은 도넬이 아니야?"

눈가에 그늘이 생길 정도로 긴 속눈썹이 순간 파르르 떨리는 걸 보았다. 하지만 기디언은 고요한 음성으로 답했다.

"아닙니다. 제 이름은 기디언 펠입니다."

본명이 아닐 텐데도 그는 그 이름을 고집했다. 도넬의 사진을 직접 보고서도 확신할 수 없었지만 어쩐지 도넬은 기디언일 것만 같았다. 하지만 그는 끝까지 진실을 들려주지 않았다. 혹시나 자신의 바람일 뿐인가 싶은 마음도 들었다. 그러나 그것 역시 기디언이 아니면 알 수 없었다.

"그래."

하지만 아라는 더 이상 캐묻지 않았다. 이 이상 파고들어도 기디언은 알려줄 것 같지 않았다. 그리고 방금 전의 정사로 조금 지치기도 했다.

"당신은 기디언 펠이지. 그리고 페이그 도넬은 당신의 호접몽이고."

아라는 고개를 기울여 그의 이마에 살짝 입을 맞췄다. 아이를 재우기 전에 어머니가 하는 행동처럼 친밀감을 담아서.

"오늘 꿈에서는 진실을 찾기를 바랄게."

그렇게 말한 아라는 천천히 베개에 머리를 기대었다. 그렇게 두 사람은 서서히 함께 꿈속으로 빠져 들어갔다.

* * *

아라는 눈을 번쩍 떴다. 얼마나 잠들었던 걸까. 아라는 은연중에 창밖을 바라보았다. 이미 해가 진 하늘은 검게 물들어 있었다.

"얼마 만이지……."

꿈도 꾸지 않고 이렇게 오랫동안 편하게 잔 건 오랜만이었다. 아라는 상쾌한 기분으로 상체를 일으켰다. 그때, 그녀의 팔에 무언가 닿았다.

"응?"

고개를 돌리자 기디언이 눈을 감고 고른 숨을 내며 잠들어 있었다.

"아, 맞아. 이 사람도 함께였지."

아무리 잠결이라지만 기디언의 존재를 잊고 있었던 아라는 머쓱한 듯 제 머리를 긁었다. 그리고 그가 깨지 않도록 조심스레 침대에서 빠져나왔다. 그녀는 곧장 욕실로 향해 간단하게 샤워를 마친 후에 옷을 챙겨 입었다. 그동안에도 기디언은 여전히 깨지 않고 잠들어 있었다.

"속도 편하게 잘만 자네."

아라는 잠들어 있는 기디언을 가만히 들여다보았다. 길고 가는 속눈썹이 그의 눈가에 그림자를 드리우고 있었다. 잠들어 있는 그의 모습에는 아직 천진함이 남아 있는 것 같았다. 사춘기는 겪은 적 없는 것 같은 매끈한 피부에는 주름조차 없었다. 그의 얼굴만 봐서는 나이를 짐작하기 어려울 지경이었다.

"당신은 도대체 누구지."

모든 것이 의문투성이인 남자. 아무것도 밝혀지지 않았고 알 수 없었다. 겨우 알고 있는 이름조차도 가명이었다. 그런 남자가 그녀를 사랑한다고 했다. 아니, 경애한다고 했던가. 묘한 기분이었다. 그녀의 무엇이 그를 끌어당겼는지 짐작이 가지 않았다. 단순한 운명이기 때문일까. 그렇다면 그녀도 결국은 도넬이라는 남자를 이토록 열렬히 사랑하게 되는 걸까.

"기디언…… 펠……."

아라는 눈앞에 잠들어 있는 남자의 이름을 나지막이 읊조렸다. 그 순간 그녀의 머릿속에 무언가 번쩍하고 섬광이 내리쳤다.

"그래, 기디언 펠."

기디언을 바라보던 그녀는 당장 몸을 일으켜 온 방 안을 뒤졌다. 그러고는 겨우 메모지와 볼펜을 찾아냈다. 그녀는 메모지 위에 자기와도 연관 있는 두 개의 이름을 위, 아래로 적었다.

'Feig Donell.'

'Gideon Fell.'

서로 다른 이름임에도 각자의 알파벳이 겹치고 있었다. 단지 순서를 재배열하는 것만으로도 다른 이름이 된다. 흔하게 사용되는 이 암호는 아나그램이었다.

"이걸 왜 이제야 알았지."

아라는 기가 막혔다. 아무리 은퇴한 몸이지만 CIA요원으로서 이렇듯 간단한 아나그램을 단번에 눈치채지 못한 것은 창피해야 할 일이었다. 그녀는 머리카락을 거칠게 쓸어 올렸다. 확실히 마음 한편으로는 의심을 하고 있었다. 실은 기디언이 도넬이 아닐까 하고서 말이다. 하지만 막상 현실로 다가오자 쉽게 받아들일 수가 없었다. 모든 것이 혼란스러웠다.

"하지만……."

그녀는 기디언의 행동을 뒤돌아보았다. 그러고는 그녀가 본 기디언의 사진들을 떠올렸다. 아무리 기억을 뒤져도 도넬과 기디언의 모습이 겹쳐지지 않았다. 하지만 분명 어떤 시점부터 그녀는 의심을 시작했다. 어린 시절의 도넬과 성인이 된 도넬의 사진을 보면서 기디언과 눈빛이 비슷하다는 생각을 했다. 하지만 확신이 없었다. 거기에 물증도 없었다. 모든 것이 짐작에 불과했다. 그런데 그것을 뒤집을 만한 사실이 눈앞에 나타난 것이다.

"좀 더…… 좀 더 확실한 게 필요해."

그녀는 품속을 뒤져 휴대폰을 찾아냈다. 그리고 익숙하게 해리슨의 전화번호를 재빠르게 눌렀다. 그렇게 연결음이 이어졌다.

-뚜루루, 뚜루루, 뚜루루. 뚜루루.

총 네 번의 연결음이 이어지자 아라는 전화를 끊었다. 어차피 해리슨은 단번에 전화를 받지 않을 걸 그녀는 알고 있었다. 그리고 두 사람에게는 그들만의 정해진 약속이 있었다. 그녀는 다시 그의 번호로 전화를 했다.

-뚜루루, 뚜루루, 뚜루루.

이번에는 세 번의 연결음이 이어지는 것을 듣고 전화를 끊었다. 이것은 아라와 해리슨이 어릴 적부터 정해온 '3, 4.'법칙이었다. 해리슨은 이걸로 아라가 전화 걸었다는 것을 알아챌 것이다. 아라는 다시 전화를 걸었다.

-뚜루루.

한 번의 연결음이 끝나기도 전에 해리슨이 전화를 받았다.

-무슨 일이야. 또 사고 쳤어?

해리슨의 심드렁한 목소리가 오늘만큼 반가운 적이 없었다.

"해리슨, 지금 어디야. 임무 중이야?"

-아니, 지금 본부에 있어. 팀장은 원래 데스크 업무가 더 많잖아.

아라는 쉽게 진정하지 못하고 주변을 왔다 갔다 거리며 입술을 깨물었다. 이런 식으로 자꾸 폐를 끼치고 싶지 않았지만 지금은 해리슨이 속해 있는 CIA의 정보가 무엇보다 필요했다.

"해리슨, 내 말 잘 들어. 지금 당장 내가 말하는 곳을 좀 찾아줘. 관련된 사람이나 장소, 아무거나 다 좋아. 네 코드로 접근 가능한 정보는 다 알려줘."

아라가 어느 때보다 다급한 음성으로 해리슨에게 부탁했다. 지금 그녀에게 필요한 건 진실 하나뿐이었다.

다급한 아라와 달리 해리슨은 심드렁한 반응이었다.

-기밀 유출은 징계감인 거 몰라?

"내가 이런 부탁 잘 안 하는 거 너도 알잖아. 지금 정말 급해서 그래."

하지만 아라는 알고 있었다. 그가 말만 그럴 뿐, 결국은 자신의 부탁을 들어줄 것이라는 걸.

-요즘 우리 부인이 보석, 보석 노래를 하더라. 대충 무슨 말인지 알겠지?

물론, 아무리 해리슨이라도 이런 일을 공짜로 해주지 않으리란 것 역시 아라는 알고 있었다.

"알겠어. 이 빚은 꼭 갚을게."

-좋았어. 어딘지 빨리 말이나 해봐.

아라는 무의식중에 고개를 돌렸다. 그러고는 여전히 잠들어 있는 기디언의 모습을 빤히 바라보았다.

"천사의 정원."

기디언이 말했었다. 도넬과 그가 시작된 곳은 천사의 정원이라고. 도넬의 어릴 적 프로필에도 그의 주소지는 천사의 정원으로 기재되어 있었다. 그렇다면 그곳에 대해서 좀 더 알아야 할 필요성이 있었다.

-천사의 정원이라……

전화기 너머로 어렴풋이 해리슨이 키보드를 두들기는 소리가 들려왔다. 아라는 그 잠깐의 순간도 참지 못하고 초조하게 주변을 서성거렸다. 도무지 침착할 수가 없었다. 잠시라도 딴생각을 하면 눈앞에 놓인 사실들이 모두 흩어져버릴 것 같았다.

-이거 아무래도 이상한데……

"뭐가? 대체 뭐가 이상한데?"

아라는 해리슨의 말에 귀를 기울였다. 어떤 조금의 단서라도 놓칠세라 그녀는 모든 감각을 오로지 그의 목소리에만 집중시켰다.

-아무 정보도 뜨지 않아.

"뭐? 그게 무슨 소리야. 아무 정보도 뜨지 않다니."

아라는 단번에 이해가 되지 않았다. 작은 구멍가게조차 창업과 폐업을 기록하는 게 사회의 시스템이었다. 게다가 그런 별것 아닌 것조차 CIA의 정보망에는 당연하게 기록되었다.

"혹시 해리슨 네 코드로도 접근 안 되는 시크릿 파일이야?"

-아니, 그런 게 아니라…….

해리슨을 잠시 말을 멈추는가 싶더니 조용하고 진중한 목소리로 대답을 이어갔다.

-아라, 네가 찾는 자료는 아무래도 완전히 삭제된 것 같아. 그렇지 않고서는 검색 자체가 되지 않을 리가 없어.

순간, 아라는 모든 행동을 멈추고서 한 자리에 가만히 멈춰 섰다. 관련된 사람까지는 솔직히 기대하지 않았다. 하지만 자료가 통째로 삭제가 됐다는 건 무언가 이상했다.

"말도 안 돼…….."

이 모든 것이 아주 약간이나마 밝혀지리라고 아라는 기대했었다. 하지만 천사의 정원은 정보상에 존재하지 않았다. 그렇다면 기디언이 말했던 그곳은 과연 어디일까. 그의 말이 진실이기는 한가. 그녀의 의문은 더욱 깊어져만 갔다.

"해리슨, 나 아무래도…….."

함정에 빠진 것 같아. 그 말을 채 잇기도 전에 누군가 그녀의 휴대폰을 낚아챘다. 놀란 아라가 몸을 돌리자 어느새 잠에서 깨어난 기디언이 그녀의 핸드폰을 손에 쥐고 있는 게 눈에 들어왔다. 그는 일말의 망설임도 없이 전화를 끊어버렸다.

"궁금한 게 있다면 제게 직접 묻지 그랬습니까."

기디언의 음성은 무척이나 평온하게 들렸다. 마치 일상적인 얘기를 하듯이. 그는 들고 있던 휴대폰을 아라에게 다시 건네주고서 길게 기지개를 켰다.

"우리 두 사람 사이에는 아직도 많은 대화가 필요할 것 같군요."

그는 곧 객실 한편에 놓인 드링크 바로 향했다. 그리고 냉장고 문을 열더니 탄산수 한 병을 꺼내어 마셨다. 그런 일련의 행동들을 아라는 하나도 빠짐없이 지켜보았다. 그를 보는 내내 조금 전까지 살을 맞댔던 상대라는 생각이 들지 않았다. 기디언은 지금 잡히지 않는 허상이었다. 아라는 머릿속이 혼란스러웠다.

"솔직하게 대답해줘. 당신은 정말 도넬이 아니야?"

아라의 물음에 기디언은 한숨을 내쉬었다. 그러고는 그는 긴 다리로 방을 가로질러 걷더니 소파 위에 털썩 앉았다.

"오늘만 해도 벌써 여러 번 말씀드리지 않았습니까. 제 이름은 페이그 도넬이 아니라 기디언 펠입니다."

그렇게 대답하는 기디언의 모습은 어딘가 지쳐 보였다. 하지만 이번에는 아라도 더 이상 순순히 물러설 수 없었다. 그녀는 탁자 위에 올려뒀던 메모지를 들고서 기디언을 향해 던졌다. 메모지는 낮은 포물선을 그리더니 이내 기디언의 무릎 위에 안착했다. 그는 고개를 숙여 무릎 위에 놓인 것을 잠시 동안 바라보았다.

"이건 무척이나 단순한 아나그램이군요."

역시나 기디언은 단숨에 알아봤다. 그 사실이 아라의 의심을 더욱 부채질했다.

"그래. 당신 이름과 페이그 도넬의 이름으로 된 '단순'한 아나그램이야."

아라는 단순하다는 단어를 힘주어 말했다. 그녀는 이내 기디언을 날카롭게 노려보았다.

"이런 초보적인 트릭이 나에게 통할 거라고 생각했다면 오산이야."

아라는 눈앞의 기디언을 보며 분노를 참을 수가 없었다. 그를 잠시나마 믿었던 자기가 바보 같고 멍청하게 느껴졌다. 그가 범죄자라는 사실은 여전히 변함이 없는데.

"당신이 말했던 천사의 정원은 존재조차 하지 않았어."

아라는 모든 단어를 마치 씹어내듯 뱉어냈다. 그렇게라도 참고 견디지 않으면 당장이라도 기디언에게 달려들어 그의 목을 꺾어 버릴 것 같았다.

"도넬이라면서 보여준 어릴 적에 사진과 프로필도, 그리고 어머니와 함께한 사진 속의 남자도 결국은 당신이었겠지."

아라는 비참했다. 그의 품에 안겨서 신음을 내뱉던 스스로가 치욕스러웠다. 그리고 그가 죽지 않고 살아남기를 간절히 바랐던 사실이 후회스러웠다.

"기디언 당신이 얼마나 대단한 범죄자인지 내가 잠시 잊고 있었어. 변장에도 아주 능한 것 같던데."

"그래요. 그런 것 같군요."

아라의 분노를 묵묵히 주워 삼키던 기디언은 천천히 고개를 끄덕였다. 하지만 이번에도 그는 마치 남의 일을 대하듯 그렇게 굴었다. 그게 아라를 더욱 화나게 만들었다.

"당신 거짓말에 놀아나는 나를 보면서 퍽이나 즐거웠을 테지."

아라의 잔뜩 날이 선 시선을 기디언의 청록색 눈동자가 응시했다. 그는 어느 때보다 더 진중하고 자신감 있는 태도로 답했다.

"그런 게 아닙니다."

"하! 아니라고?"

아라는 신경질적으로 조소를 띠었다. 그러고는 성큼성큼 기디언의 곁으로 다가가 그의 멱살을 낚아챘다. 당장이라도 이 목을 졸라 그를 죽여버리고 싶은 심정이었다.

"이 모든 게 당신 수작이 아니라는 법은 없어."

아라는 낮게 으르렁거리듯이 말했다. 코앞으로 다가온 그녀의 시선을 똑바로 마주 보면서도 기디언은 조금도 흔들리지 않았다.

"당신이 기디언이든 도넬이든, 날 갖고 놀았다는 결과는 변하지 않아."

기디언은 멱살을 붙잡고 있는 아라의 손을 잡았다. 그러고는 있는 힘껏 그녀의 손을 떼어냈다. 그 힘이 얼마나 강한지 그가 입고 있는 드레스 셔츠가 좌악 소리를 내며 찢어질 정도였다. 그녀의 손을 힘껏 쥐고서 기디언은 자리에서 일어섰다. 그리고 그녀를 벽 쪽으로 밀어붙였다. 아무리 버티려고 해도 버틸 수가 없었다.

쾅.

큰 소리가 나며 그녀의 등이 벽에 부딪혔다. 기디언은 잡고 있는 그녀의 손을 머리 위로 들어 올렸다. 하지만 그의 표정은 여전히 평온하기 그지없었다.

"……글쎄요. 함께 놀고 있었다는 것까지는 부정하기 어렵지만 일방적인 놀이는 아니었습니다."

아라가 다시 분노할 수밖에 없는 말이었다. 그녀는 다리를 들어 올려 기디언의 정강이를 세게 걷어찼다. 아무리 그러고 할지라도 순간적인 고통은 참을 수 없었을 것이다. 그는 잡고 있던 아라의 손을 놓치고 말았다. 그녀는 일말의 지체도 없이 곧장 볼펜에 손을 뻗었다. 달칵하는 소리와 함께 심이 밖으로 나왔다. 아라는 볼펜을 들고서 기디언의 목덜미를 겨눴다.

"아무리 하잘것없는 물건이라도 때로는 좋은 무기가 되지."

볼펜은 제법 튼튼하게 만들어진 도구였다. 있는 힘을 다해 그의 목을 겨냥하면 대동맥 정도는 뚫을 수 있을 것이다. 아라는 그런 사실들을 CIA요원 시절에 익혔다.

"잠들기 전까지만 해도 아라 당신을 위해 살아달라고 하더니 꿈에서 깨고 나니 직접 날 죽이겠다고 나서는군요."

"내 진심을 손에 쥐고서 놀고 있던 게 기디언 당신이라는 걸 알았으니까."

"저는 단 한순간도 당신에게 거짓을 말한 적이 없습니다."

그걸 증명이라도 하려는 듯 기디언은 볼펜 끝을 잡아 자신의 목덜미 가까이로 끌고 왔다.

"어차피 당신에게 준 목숨입니다. 거둬가는 것 역시도 당신의 몫인 게 맞을 것 같군요."

기디언은 마치 모든 것을 포기한 사람처럼 두 눈을 감았다. 그 모습을 보며 아라는 다시 혼란에 빠졌다. 이성은 그를 믿어서는 안 된다고 외치고 있었다. 하지만 감정이 그걸 따라가지 못하고 있었다.

"……증명을 해봐."

아라는 여전히 볼펜을 손에 쥔 채 위압스럽게 말했다.

"단 하나라도 좋으니까 내가 당신을 믿을 수 있는 증거를 대보라고!"

그제야 기디언은 감은 눈을 떴다. 그리고 그의 깊은 청록색 눈동자가 한없이 진지한 빛을 담아 그녀를 바라보았다.

"그거라면 이미 당신 눈앞에 있습니다."

"뭐?"

아라가 반문하자 기디언은 찢어진 드레스 셔츠를 추스르며 오른손을 펴서 자신의 왼쪽 가슴 위에 올렸다.

"바로 제가 그 증거입니다. 저는 천사의 정원에서 나고 자랐습니다."

아라의 눈빛이 흔들리기 시작했다. 이제껏 베일에 싸여 있던 그의 출생지가 밝혀지는 순간이었다. 하지만 그조차 명확하지 않았다. CIA의 정보망에는 천사의 정원이 없었기 때문이다. 그래서 아라는 단번에 그를 믿을 수가 없었다.

"말장난이라면……."

"아니요. 절대 장난이 아닙니다. 아라 당신은 촉망받는 요원이었으니 동공의 움직임으로 상대의 심리를 간파하는 법을 배웠겠죠. 제 눈을 똑바로 보십시오."

그의 말처럼 눈으로 감정을 읽는 건 CIA의 기본 교육 중 하나였다. 그래서 아라는 더욱 혼란스러웠다.

"제 눈이 거짓말을 하고 있는 것처럼 보입니까?"

기디언의 두 눈에는 진실만이 존재했다. 볼펜을 쥔 그녀의 손이 조금씩 느슨해지기 시작했다. 그때를 놓치지 않고 기디언은 말을 이어갔다.

"잘 들어요, 아라. 저는 천사의 정원에서 사육을 당했습니다. 그리고 저는 당신에게만은 거짓말을 하지 않았습니다."

"그럼…… 이 아나그램은……."

아라는 쥐고 있던 볼펜을 완전히 손에서 완전히 놓았다. 그리고 여전히 혼란스러운 눈빛으로 기디언을 바라보았다. 그는 어느 때보다 더 진지하고 진중해 보였다.

"그 아나그램은 제가 만들어낸 것이 맞습니다. 하지만 저는 도넬이 아니라 기디언 펠입니다."

겨우 맞물렸던 톱니바퀴가 다시 무너져 내리고 있었다. 손에 쥐었다고 생각했던 진실은 결국 모래였을 뿐이었다. 불어오는 바람에 힘없이 흩어져버렸다. 너무도 많은 이론들과 가능성이 한순간에 사라져버렸다.

07. 낯선 사람들(Strangers)

"도넬이…… 살아 있기는 해? 아니, 존재하기는 했어?"

그녀는 힘없이 기디언을 밀쳐냈다. 그리고 넋이 반쯤 나간 표정으로 소파에 몸을 기대며 쓰러지듯 털썩 앉았다.

"제 정보에 의하면 그는 틀림없이 살아남아 있습니다. 그리고 곧 우리가 그를 찾아낼 겁니다."

기디언은 아라의 곁으로 다가왔다. 그리고 힘없이 늘어져 있는 그녀의 손을 마주 잡았다.

"당신이 원한다면 제가 가지고 있는 천사의 정원에 관한 정보를 모두 알려드리죠."

아라는 겨우 고개를 들어 그의 눈을 바라보았다. 그는 이번에도 틀림없이 진실을 말하고 있었다. 그 사실이 그녀를 더욱 기운 빠지게 만들었다.

"그 정보는 어디에 있지?"

차라리 모든 것을 끝내고 집으로 돌아가고 싶었다. 자신만의 방에서 편안하게 누워 잠이 들고 싶었다. 아라는 어머니가 사무치게 그리워졌다. 단 한 번이라도 좋으니 다시 어머니의 품에 안겨 평안한 아침을 맞이하고 싶었다.

"제 전용기에서 기다리고 있는 비앙카가 모든 정보를 건네줄 겁니다."

"그래……."

그 이상은 할 말이 없었다. 혼란과 혼돈이 그녀를 잠식했다가 사라지니 허무함만이 몰려왔다. 기디언을 향했던 살의도 함께 사라져버렸다. 아라가 원한다면 그는 얼마든지 그녀의 손에 죽음을 맞이할 것이다. 그 사실을 아라는 이번에 뼈저리게 깨달았다.

"CIA에는 아무 정보도 뜨지 않던데."

"이미 말소되었을 테니까요. 천사의 정원이 상대해온 건 국가의 권력자들입니다."

천사의 정원이 나라의 지도자와 부유층을 상대로 아동 매매를 해왔다는 것은 이전에 들었던 사실이었다. 아라가 굳게 믿으며 지켜왔던 애국심은 대체 뭐였을까. 모든 것은 모래 위에 지어진 집, 사상누각이었다.

"……돌아가자."

하나하나 짚어봐야 할 일은 아직도 많이 남아 있었지만 아라는 그럴 기운이 없었다. 그녀는 앉을 때와 마찬가지로 힘없이 자리에서 일어섰다. 그리고 천천히 문을 향해 걸어갔다. 그 뒤를 기디언이 따라왔다.

"당신은 기분이 좋아 보이지 않지만 제가 잠시나마 아라를 흔들었다는 사실에 저는 약간 기분이 좋군요."

기디언은 여전히 진지한 태도로 그렇게 말했다. 도무지 속을 알 수 없는 사람이라는 건 변함이 없었다.

"그냥 당신을 죽일 걸 그랬어."

아라는 진심으로 후회스러웠다. 그랬더라면 차라리 이 혼란이 야기되지도 않았을 것이다. 하지만 그녀의 말에 아랑곳없이 기디언은 입가에 부드러운 미소를 띠었다.

"당신의 손에 죽는다면 제게는 영광이죠."

그 말이 아주 농담으로 들리지는 않아서 아라는 기분이 더 좋지 않았다.

호텔을 빠져나온 두 사람은 택시를 잡아타고 곧장 전용기가 기다리고 있는 활주로로 향했다. 어둑어둑한 밤하늘에는 달조차 보이지 않았다. 하늘이 마치 아라의 마음을 비추는 듯했다.

"어서 오십시오. 두 분이 돌아오시길 기다리고 있었습니다."

택시에서 내리자 어떻게 알았는지 비앙카가 미리 마중을 나와 있었다. 아라와 기디언은 고개만 까딱이고서 말없이 전용기에 올라탔다.

"비앙카, 제가 가지고 있는 천사의 정원에 관한 정보를 모두 가져다주겠습니까."

"네, 알겠습니다. 곧바로 준비해드리죠."

소파에 앉은 기디언이 부탁하자 비앙카는 곧장 모습을 감췄다. 아라는 그의 맞은편 소파에 앉아 비앙카가 돌아오길 기다렸다. 얼마 지나지 않아 그녀는 파일 하나를 들고 두 사람 앞에 다시 모습을 드러냈다.

"말씀하신 천사의 정원에 관한 파일입니다."

정보가 얼마 되지 않는지 파일의 두께가 제법 얇았다. 아라는 가볍게 한숨을 내쉰 후에 파일을 펼쳤다. 그러자 사진이 한 장 나왔다. 수풀이 우거진 숲속에 덩그러니 건물 한 채가 있었다. 건물의 꼭대기에는 나무로 만든 듯 보이는 간판이 하나 놓여 있었다. 거기에는 천사의 정원이라는 이름이 새겨져 있다.

"생각보다…… 평범해 보이는 곳이네."

아라가 아무런 감응도 없이 말하자 기디언은 고개만 끄덕였다. 아동 매매가 이루어진 곳이니 좀 더 어두운 이미지일 것이라고 생각했지만 건물의 전경은 전원풍으로 오히려 온화한 빛을 띠었다.

"기디언, 당신은 여기에서 태어났다고 그랬지? 당신의 어머니는 어떤 사람이었어?"

"모르겠습니다. 어찌 됐든 저를 낳았으니 여자였겠죠."

지체 없이 돌아오는 대답에 아라는 처음에는 아무 생각도 들지 않았다. 하지만 서서히 그에 대한 연민이 느껴졌다. 자신을 낳아준 어머니를 그저 여자로 치부한다는 것은 누구에게나 쉽지 않은 일이었다. 하지만 그는 전혀 개의치 않는 듯했다.

"……그렇다면 아버지는?"

이어지는 질문에 기디언은 잠시 생각하는가 싶더니 천천히 입을 열었다.

"천사의 정원의 실질적인 주인이었죠. 실제로 이 건물이 내 '아버지'라고 말할 수 있는 사람의 소유이기도 했고 말입니다."

그는 이번에도 마치 남의 일을 말하듯 담담했다. 그것만으로도 아라는 기디언이 자라온 환경이 얼마나 열악하고 냉담했을지 상상이 갔다. 부모는 자식의 뿌리였다. 하지만 그는 그 뿌리조차 느끼지 못하고 힘겹게 살아남은 것이다.

"⋯⋯당신을 동정하게 될 것 같아."

"차라리 저를 사랑해주신다면 감사하겠군요."

아라의 말에 기디언은 가볍게 어깨를 으쓱였다. 어찌 됐든 이 꼬인 실타래의 시작은 천사의 정원이었다. 그리고 기디언 역시도 이곳에서 사육을 당했다고 했다. 이 실의 끝을 붙잡고 있는 건 기디언의 아버지인 듯했다.

"여기에는 다행히 주소가 적혀 있네."

건물 사진 뒤편에는 색이 바란 A4용지에 천사의 정원이 존재했던 주소지가 명확히 기재되어 있었다. 아라는 천천히 다음 장으로 종이를 넘겼다. 그러자 어린 여자아이의 사진이 한 장 나왔다. 어린 나이임에도 불구하고 굉장히 아름답다는 생각이 들었다. 아이는 약간 겁을 먹은 시선으로 사진을 똑바로 바라보고 있었다.

"어머, 제 어릴 적 사진이 나왔군요."

두 사람 사이로 비앙카의 목소리가 끼어들었다. 그러고는 그녀는 싱긋 미소 지으며 어린 소녀의 사진을 손으로 쓰다듬었다.

"이렇게 보니 제법 그립네요."

아라는 놀란 듯 두 눈을 크게 뜨고서 비앙카와 사진을 번갈아 보았다. 선명한 보라색의 눈동자와 붉은 머리카락 색이 똑같았다.

"비앙카, 당신도⋯⋯."

아라는 말을 잇지 못하고 사진 뒤에 놓인 프로필에 눈길을 돌렸다. 거기에는 대부분의 것이 불명으로 기재되어 있었다. 하지만 도넬의 프로필과 마찬가지로 주소지가 천사의 정원으로 되어 있었다. 하지만 아라는 비앙카의 이름을 보며 고개를 갸웃했다.

"사라…… 도넬?"

아라는 다시 비앙카를 향해 다시 시선을 돌렸다. 눈앞에 있는 이 여자의 성도 도넬이었다.

"맞아요. 제 어릴 적 이름은 사라 도넬입니다."

비앙카는 여전히 싱그러운 미소를 띠고 있었다. 하지만 아라는 다시 찾아온 혼란에 정신을 차릴 수가 없었다. 또 다른 도넬이 지금 자신의 앞에 서 있었다.

"비앙카라는 지금 이름은 미스터 펠에게서 받은 것이랍니다."

하지만 비앙카는 아라의 사정에는 아랑곳하지 않고서 여전히 친절한 음성으로 말을 이어갔다.

"비앙카란 이름…… 정말 아름답지 않나요?"

터널의 끝에 겨우 다다랐다고 생각한 순간, 다시금 어둠이 이어졌다. 진실의 빛은 아라를 기다려주지 않고 멀리로 달아나고 있었다. '도넬'이라는 이름만을 남긴 채로.

"비앙카는…… 페이그 도넬의 뭐죠?"

"뭐라는 게 무슨 말씀일까요."

비앙카는 진심으로 아라의 물음을 이해하지 못하는 것 같았다. 하지만 아라는 포기하지 않고 끈기 있게 다시 물었다.

"비앙카의 예전 이름인 사라 도넬과 페이그 도넬. 서로의 성이 같잖아요. 두 사람에게는 대체 무슨 관계가 있는 거죠?"

"아, 그 말씀이셨군요……."

비앙카는 대답하기에 앞서 기디언의 눈치를 살폈다. 하지만 그는 아무렇지 않은 듯 그녀의 시선을 피했다. 그것을 일종의 허락으로 받아들인 비앙카는 아라를 보며 대답을 이었다.

"페이그 도넬과 저는 남매였습니다. 그리고 동시에 동료였죠. 천사의 정원에 있는 모든 아이들이 그랬습니다."

아라는 쉽게 이해할 수가 없었다. 천사의 정원은 갈 곳을 잃은 고아들을 모아놓은 보육원이었으니 그들 사이에는 아마 묘한 연대감이 싹텄을지도 모른다.

"그럼 기디언이 도넬을 찾아 헤매는 건, 비앙카의 부탁이 있어서 그런 건가요?"

다시 이어지는 아라의 물음에 비앙카는 고개를 저었다. 그리고 그녀는 조용히 미소 지었다.

"저는 미스터 펠에 의해서 사라 도넬이 아니라 비앙카로 새롭게 태어났습니다. 새삼스럽게 제 동생을 찾을 이유가 없지요. 도넬을 찾고 있는 건 순전히 미스터 펠의 독단적인 행동이십니다."

이상했다. 적어도 비앙카와 도넬같이 힘든 환경 속에서 함께 자랐다면 남매의 정이 더 끈끈해져야 하지 않나. 그러나 비앙카는 입으로는 남매였다고 말하면서 도넬을 마치 남보다 못한 사이로 생각하고 있는 것 같았다.

"세 사람은 대체…… 무슨 연관이 있는 거야."

아라는 혼란스러운 눈길로 기디언과 비앙카를 번갈아 보았다. 그들 사이에는 눈에 보이지 않는 도넬이 존재했다. 하지만 어떻게 해보아도 세 사람이 이루어야 할 완벽한 삼각형은 이루어지지 않았다. 일그러지고 깨어져버린 파편들만이 존재할 뿐이었다.

"깊이 생각하지 마십시오, 아라. 우리는 도넬을 찾고 있다는 그 사실만 기억해두면 됩니다."

아라의 혼란을 눈치챈 것인지 기디언이 부드러운 음성으로 그녀를 달래주었다.

"그를 찾아내면?"

아라는 기디언을 똑바로 바라보았다. 그녀의 눈빛에는 여전히 풀리지 않는 의문이 가득했다.

"도넬을 찾아내면 죽일 생각이라고 했잖아."

"내키지 않는다면 죽이지 않을 수도 있죠."

"하지만 가만히 멀쩡하게 살려두지도 않겠지."

아라는 그녀답지 않게 기디언의 말꼬리를 물고 늘어졌다. 기디언은 이 상황이 묘하게 즐거웠다. 스스로 심술궂다는 건 이미 그도 알고 있는 사실이었다. 그럼에도 불구하고 쉽사리 포기하지 않고 자신을 따라와주는 아라가 기디언의 눈에는 사랑스럽게 비쳤다. 그래서 그는 피식하고 웃음을 터트리고 말았다.

"어찌 됐든 그를 찾는 게 먼저입니다. 당신이 정 원한다면 그를 살려둘지, 아니면 죽일지는 그를 만나고 나서 결정하도록 하죠."

아라는 못마땅하다는 듯 미간을 찌푸렸다. 하지만 기디언은 아라의 그런 모습을 여유롭게 웃어 넘겼다. 그런 두 사람 사이에 비앙카가 다시 끼어들었다.

"말씀 중에 죄송합니다. 비행기의 행선지는 어디로 정할까요?"

비앙카의 물음에 기디언은 가볍게 어깨를 으쓱였다. 그러고는 아라를 바라보았다.

"우리는 이제 어디로 가면 될까요, 아라?"

아라는 잠시 생각에 빠지는 듯하더니 이내 천천히 입을 열었다.

"천사의 정원으로 가야겠어. 거길 직접 두 눈으로 봐야만 기디언 당신을 완전히 믿을 수 있을 것 같아."

"그럼 그렇게 하시죠."

그 말을 끝으로 기디언이 자리에서 일어섰다. 그리고 그는 비앙카를 보며 말했다.

"기장에게는 제가 직접 알리도록 하죠. 비앙카는 아라가 편하게 쉴 수 있도록 방으로 안내해주세요."

"알겠습니다. 미스터 펠. 미스 킴, 저를 따라오시죠."

기디언은 망설임 없이 함께 머물러 있던 장소에서 벗어났다. 그리고 조종실로 향하는 복도에 다다라서야 그의 걸음이 서서히 느려지기 시작했다.

"비앙카……."

그는 나지막이 비앙카의 이름을 속삭였다. 그는 한 걸음, 한 걸음을 내디딜 때마다 그녀의 이름을 몰래 불렀다.

"비앙카……. 비앙카……."

기디언은 이내 벽에 기대어 고개를 숙였다. 그는 진심으로 괴로운 듯 가슴을 쥐어뜯으며 한 맺힌 음성을 내뱉었다.

"너무나 잔인하게 난도질당한 내 누이들……."

그는 복도 한편에 쓰러지듯 주저앉았다. 그러고는 소리 없는 비명을 내질렀다. 아무리 벗어나려고 애를 써도 과거라는 늪은 그를 꼼짝도 하지 못하도록 붙잡고 놓아주지 않았다.

"불쌍한 내…… 형제와 누이들……."

아라로 인해 잠시 잊고 지냈던 천사의 정원에서의 생활이 다시금 눈앞에서 그려졌다. 너무도 괴로워서 참을 수가 없었다. 할 수 있다면 그곳으로 다시 돌아가고 싶지 않았다. 하지만 이것 역시 피하지 못할 숙명이라는 걸 그도 알고 있었다. 그러니 얼른 사라져버린 도넬을 찾아야 했다.

"그게 내 의무니까……."

그는 다시 땅을 딛고 일어섰다. 그리고 마치 아무 일도 없었다는 듯 의연한 걸음걸이로 조종실로 향했다. 그들은 천사의 정원으로 향하는 긴 여정을 떠나야 했다.

* * *

비행기에서 내린 아라와 기디언은 다시 차를 타고 한참을 달렸다. 그리고 수풀이 우거진 숲 앞에 다다랐다.

"여기서 얼마나 더 가야 해?"

아라가 지쳐 보이는 눈길을 보내자 기디언은 쓰게 웃으며 말했다.

"아직도 한참 더 들어가야 합니다. 도로 상태가 좋기만 바라야죠."

그렇게 말한 기디언은 다시 액셀을 밟았다. 산악 주행에 용이한 차를 빌렸음에도 이리저리 흩어진 돌부리 때문에 차가 많이 흔들렸다. 게다가 제멋대로 자라난 나뭇가지들이 시야를 방해하기도 했다. 그러고도 한참을 비탈지고 험난한 길을 올라가야만 했다.

"이런 곳에서 아이들은 도망치고 싶어도 엄두를 못 냈을 것 같아."

"애초에 '도망'이라는 개념 자체가 없었습니다. 아직 어린아이일 뿐이었으니까요."

이번에도 기디언은 덤덤한 표정으로 말했다. 그게 정말로 그의 진심인지 아라는 궁금했다. 아무리 아무것도 모르는 아이라고 할지라도 부당한 대우가 계속 이어진다면 고통스러웠을 것이다. 그걸 가만히 참고 견뎌낼 힘이 그들에게는 있었을까. 아니면 단순히 아이라서 가능했던 걸까.

"천사의 정원을 드나드는 외부인은 없었어? 구조를 요청할 만한."

"모든 일은 수녀원장님과 제…… 아버지가 하셨습니다. 식자재를 운반하는 것도, 필요한 물품을 조달하는 것도 그들의 몫이었죠. 물론, 아이들을 완벽하게 키워서 납품하는 것까지도."

납품이라는 단어에 아라는 등골이 오싹해졌다. 기디언은 천사의 정원을 일종의 공장쯤으로 생각하는 것 같았다. 그런 식으로 생각할 수밖에 없게 된 원인은 아마도 어른들의 부도덕함 때문일 것이다.

"기디언, 당신은 어떻게……."

그의 아버지는 천사의 정원의 주인이었다. 그렇다면 기디언은 그나마 다른 아이들보다 좀 더 나은 환경에서 자랄 수 있지 않았을까. 하지만 그에게서는 그런 낌새가 조금도 보이지 않았다.

"저도 하나의 상품일 뿐이었습니다. 단지 피가 이어진다고 해서 더 혜택받거나 더 차별받는 일은 없었죠."

그는 여전히 담담한 어조로 말했다. 기디언의 아버지는 정말로 잔혹하고 냉혈한 인간이었던 것 같다. 자기의 혈육조차 돈벌이로 이용했다는 사실에 아라는 욕지기가 일었다.

"표정이 좋지 않은 것 같군요. 산길이 험해서 멀미라도 하는 것 같으니 창문을 좀 열까요?"

"아니, 난 괜찮아. 그냥 좀 지쳐서 그래."

아라는 등받이를 조절하고서 가만히 눈을 감았다. 기디언을 마주하면 할수록 그의 잔혹했던 과거가 눈에 잡힐 듯 선해졌다. 그게 못내 안타까웠다. 그가 좀 더 평범하게 사랑받는 삶을 살았더라면 지금과 같지는 않았을 것이다.

"새삼 느끼지만 평범함이란 게 세상에서 제일 어려운 것 같아."

아라는 여전히 두 눈을 감은 채 나지막이 중얼거렸다. 그 소리를 기디언도 들었는지 그는 옅게 미소 지었다.

"우리가 단지 평범한 아라와 평범한 기디언이었다면 만날 가능성이 얼마나 될까요."

그의 말에 아라는 감고 있던 눈을 떴다. 그리고 여전히 운전에 집중하고 있는 그의 옆모습을 가만히 바라보았다.

"제게 있어 당신을 만난 것 이상의 가치는 존재하지 않습니다."

기디언이 자신을 향한 마음이 열렬한 순애보라는 걸 아라도 느낄 수 있었다.

"겨우 그런 이유로 평범하게 사는 삶을 포기하겠다는 거야?"

"누군가에게는 특별한 것이 다른 누군가에게는 평범할 수도 있는 법이죠."

아라는 기디언을 향해 연민을 느꼈다. 그는 모든 것을 손에 쥐고 있으면서도, 동시에 무엇도 가지지 못한 가난한 사람이었다. 그런 그가 특별히 아끼고 사랑하는 것이 오로지 그녀 한 명뿐이라는 사실에 아라는 마음이 좋지 않았다.

"기디언, 당신은 정말……."

아라는 저도 모르게 그를 향해 손을 뻗었다. 할 수 있다면 이런 그를 보듬어주고 싶었다. 위로해주고 싶었다. 이 마음이 무엇인지 모르겠지만 오로지 그를 위한 사람이 되고 싶어졌다. 그런 그녀가 손을 뻗어 기디언의 볼을 쓸어내리려는 찰나, 차가 멈춰 섰다.

"드디어 천사의 정원에 도착했습니다."

순간 아라는 정신을 차리고서 제 손을 거둬들였다. 그리고 재빠르게 차에서 내렸다. 땅에 발을 딛자마자 향긋한 풀내음이 코끝을 간지럽혔다. 뒤이어 기디언 역시 차에서 내리자 두 사람은 동시에 발걸음을 옮겼다.

"사진으로 봤던 것보다 훨씬 크고…… 낡았네."

눈앞에 놓인 건물은 상당한 크기의 건물이었다. 얼마나 많은 아이들이 이곳에 머물고 또 떠나갔을지 상상이 됐다. 게다가 울창한 숲을 이루는 나무들이 빼곡하게 자라 있었다. 이렇게 깊은 산중에, 그것도 사람의 발길이 닿지 않는 곳에 건물을 지었으니 울타리도 따로 필요 없었을 것이다.

"말 그대로 자연요새구나."

"아라, 당신 말에 동의합니다."

두 사람은 건물 입구를 향해 걸음을 옮겼다. 단단하게 보이는 철문은 세월의 흔적으로 인해 곳곳에 녹이 슬어 있었다. 다행인지 문을 잠그는 자물쇠는 보이지 않았다. 아라가 입구의 손잡이를 잡아 비틀자 너무도 쉽게 문이 열렸다.

"문이 열려 있어."

아무리 산중에 숨어 있고, 사람이 살지 않는 건물이라지만 부주

의하다는 생각이 들었다. 그래도 범죄가 일어났던 곳이니 누구도 이곳에 들어가지 못하도록 해야 완벽하게 비밀이 감춰질 것이다. 하지만 그렇지 않았다. 아마도 이곳에서 지내던 사람들은 급하게 이곳을 버려야 했는지도 모른다.

"아마도 이 건물이 우리의 방문을 환영하고 있는 모양입니다."

기디언은 가벼운 말투로 말했다. 그는 아라의 손 위에 자신의 손을 덮으며 문을 잡아당겼다.

끼기긱.

낡은 철제문은 듣기 싫은 소음을 내며 완벽하게 개방되었다. 내부로 들어서자 곰팡이 냄새와 뿌연 먼지들이 두 사람을 반겼다. 건물은 기이할 정도로 천장이 무척이나 높았다. 그 꼭대기에는 먼지가 쌓인 샹들리에가 삐걱거리는 소리를 내며 흔들리고 있었다.

"예상보다는 화려한 장식이 있네."

"입구는 집 안의 첫인상을 결정하는 곳이니까요. 길거리를 떠돌며 배를 곯던 아이들이 갑작스레 이런 화려한 곳에 지내게 된다면 당연히 기분이 좋아지지 않겠습니까."

그렇게 말한 기디언은 아라를 두고서 앞서 걷기 시작했다. 그리고 2층으로 향하는 계단에 발을 내디뎠다.

"이곳을 떠난 지 여러 해인데도 아직도 눈앞에 그려지듯 선하군요."

그렇게 말하는 기디언의 말투에는 서글픔이 묻어났다. 그러고는 그는 계단을 하나하나 밟아가며 올라갔다. 그 뒤를 아라도 따랐다. 위층에는 여러 개의 방문이 있었다.

"저희들은 주로 이런 방에서 지냈습니다."

기디언은 눈앞에 있는 아무 방을 선택해서 문을 열었다. 그러자 넓은 방 안에 빼곡히 들어찬 2층 침대들이 눈에 들어왔다. 모두 사이즈가 그리 크지 않았다. 아이들은 이 침대를 가득 차지할 정도로 다 크지도 못한 채 이곳을 떠나야 했을 것이다.

"다른 방도 모두 이런 거야?"

화려한 입구와는 비교가 되지 않을 정도였다. 사육을 당했다는 기디언의 말이 딱 알맞은 것 같았다.

"아이들은 많지만 방의 개수는 한정되어 있으니까요."

아라는 열었던 방문을 닫고서 다시 걸음을 옮겨 다른 방문의 손잡이를 잡았다. 그 순간…….

달칵.

안에서 생각지도 못한 기척이 들려왔다.

"무슨 소리지?"

이상한 낌새를 느낀 아라가 손잡이를 잡고 비틀었지만 문은 열리지 않았다. 이상했다. 아무도 없다고 생각한 천사의 정원에 누군가 있는 것 같았다. 아라는 문손잡이를 비틀며 앞뒤로 흔들었다.

"문이 열리지 않아."

"아마도 이곳에 저희 말고도 다른 손님이 먼저 찾아왔나 봅니다."

그렇게 말하며 기디언은 아라를 문에서 살짝 밀어냈다. 아라가 조금 벗어나자 그는 품에서 베레타를 꺼냈다. 그리고 일말의 망설임도 없이 문고리를 향해 장전했다.

탕!

강한 발사음과 동시에 손잡이가 박살이 났다. 그 순간 문이 벌컥 열리며 정체 모를 그림자 하나가 방 밖으로 뛰쳐나왔다.

"사, 살려줘!"

머리카락을 치렁치렁하게 기른 여자는 눈앞에 있는 기디언을 힘껏 밀치고서 달아나기 시작했다.

"귀신이 아니라 다행이네요. 조금은 기대했었는데 말입니다."

"지금 그런 소리 할 때가 아니잖아."

기디언은 진심으로 아쉬워하는 눈치였다. 하지만 아라는 그에게 따져 물을 겨를이 없었다. 아라는 도망가는 여자의 뒤를 쫓아 달리기 시작했다.

"잠깐! 거기 멈춰!"

여자는 계단을 재빠르게 달려 내려가더니 1층에 있는 방문을 망설임 없어 열어젖혔다. 그녀는 이 건물 지리에 무척이나 익숙한 듯 보였다. 아라는 그녀를 따라서 열린 문 안으로 들어갔다.

"여기는……."

문 하나를 사이에 두고 예상치도 못한 공간이 나타났다. 그곳 역시나 기이할 정도로 천장이 높았다. 그리고 긴 복도 한편에는 의자들이 빼곡하게 줄지어 서 있었다. 길의 맨 끝에는 십자가에 못 박힌 예수의 조각상이 놓여 있었다.

"저희들이 사용하던 예배당입니다."

아라의 뒤를 따라온 기디언은 느긋한 걸음으로 주위를 둘러보았다.

"해치지 않을 테니 나오십시오. 원한다면 총도 당신에게 드리겠습니다."

기디언의 외침이 예배당 가득히 울려 퍼졌다. 그럼에도 여자는 모습을 드러내지 않고 있었다.

"숨바꼭질이라도 하려는가 봅니다."

그는 아라를 보며 어깨를 으쓱거렸다. 그리고 이내 짓궂은 미소를 띠었다.

"다행입니다. 저는 술래에 대단한 재능이 있으니까요."

그렇게 말한 기디언은 망설임 없이 조각상을 향해 똑바로 걷기 시작했다. 아라도 그 뒤를 따랐다. 그는 예배당에 놓인 무대 위로 올라가더니 제단 뒤로 다가갔다.

"히이익."

여자는 이상한 비명 소리를 내며 몸을 더욱 웅크렸다. 그리고 두 손을 들어 자신의 얼굴을 가렸다.

"때, 때리지 마세요. 저를 데려가지 마세요."

여자는 두려움에 떨고 있었다. 아라는 기디언의 곁에 서서 재빠르게 그녀를 훑어보았다. 소매가 다 드러나는 옷은 오랫동안 입었는지 곳곳에 때가 묻어 있었다. 그녀의 몸에서는 은근히 악취도 풍겨왔다. 하지만 그것보다 더 눈에 띄는 것은 팔뚝 곳곳에 보이는 주사 자국이었다.

"정키인 것 같아."

아라가 기디언의 귓가에 속삭였다. 그러자 그는 여자의 손목을 낚아채더니 팔을 이리저리 둘러보았다.

"국가가 금지한 마약에 손을 대다니, 혼나야겠군요."

기디언은 나긋한 미소를 지으며 여자를 협박했다. 그러자 그녀는 단숨에 무릎을 꿇더니 두 손을 싹싹 비비며 빌기 시작했다.

"잘못했어요, 잘못했어요, 아버지. 제발 때리지만 마세요."

여자는 여전히 잔뜩 겁을 먹고 있었다. 왜인지 몰라도 아라는 그녀가 우연히 이곳에 있는 게 아닐 것이란 생각이 들었다.

아라는 기디언을 밀어내고서 떨고 있는 여자의 곁으로 다가갔다. 그리고 조심스레 그녀의 어깨에 손을 올렸다.

"괜찮아요. 해치지 않아요. 그냥 몇 가지 당신에게 묻고 싶은 게 있어서 그래요."

그제야 여자는 고개를 들고서 아라를 보았다. 하지만 그녀의 눈은 초점이 맞지 않았다. 아마도 지금 환각 상태에 빠져 있든지 현실을 제대로 자각하지 못하는 듯 보였다.

"언니, 언니는 누구예요?"

여자는 아주 낮은 목소리로 속삭였다. 아라는 자신이 지을 수 있는 최대한의 친절한 미소를 지으며 그녀에게 말했다.

"내 이름은 아라 코난 킴이에요. 당신은요?"

아라의 물음에 여자는 갑자기 초조한 기색을 보였다. 그녀는 검은 때가 낀 손톱을 입가로 가져가더니 잘근잘근 씹기 시작했다.

"모, 몰라. 없어."

그녀의 흐리멍덩한 눈을 봐서는 지금 거짓말을 하고 있는지 아니면 정말로 모르는 건지 판단할 수가 없었다. 아라는 한숨을 내쉬었다. 하지만 지금 와서 포기할 수는 없었다. 그녀는 어떤 경로로든 이 천사의 정원에 오래 머문 듯 보였다. 그녀가 천사의 정원의 피해자인지 아니면 사건이 잠잠해진 후에 빈집을 찾아 들어온 것뿐인지 확인이 필요했다.

"여기는 어떻게 왔어요? 왜 여기에 있죠?"

이어지는 아라의 질문에 손톱을 물어뜯던 여자의 얼굴에 희미

한 미소가 떠올랐다.

"우리 집이야. 이제부터 여기가 우리 집."

아직도 단서가 부족했다. 그녀가 조금이나마 정신이 온전했더라면 이 대화를 좀 더 빨리 끝낼 수 있겠지만 지금 상태로는 무리였다. 아마도 오랜 시간을 들여 알아가야 할 것 같은 예감이 들었다.

"다른 사람들은요? 여기서 혼자 살고 있어요?"

"몰라. 모른다고! 자꾸 물어보지 마."

여자는 다시 몸을 웅크리며 시선을 피했다. 보다 못한 기디언이 그녀를 향해 손을 뻗었다. 그리고 그녀의 턱을 잡아서 억지로 시선을 맞췄다.

"때, 때리지 마. 제발."

"때리지 않으니까 안심하시죠. 하지만 제대로 대답하지 않으면 화낼 겁니다."

기디언은 눈앞에 있는 여자를 찬찬히 살펴보기 시작했다. 아라는 그런 기디언의 눈동자를 가만히 들여다보았다. 하지만 그의 눈에서도 아무것도 읽을 수가 없었다. 다만 그는 정말로 이 여자를 몰라보는 듯했다.

"당신은 누구죠?"

"나, 나는……."

여자는 기디언의 손아귀에서 벗어나기 위해서 몸을 뒤틀었다. 하지만 그는 잡은 턱을 쉽사리 놓아주지 않았다. 그녀의 지저분한 얼굴에서 맑은 눈물이 흐르기 시작했다.

"흐, 흐흑. 나는……."

아이처럼 소리 내어 우는 여자를 두 사람은 조용히 지켜보았다. 그녀는 언제까지고 울음을 그칠 줄 몰랐다. 심문이란 오랜 끈기가 있어야 한다는 걸 새삼 느끼며 아라는 조용히 주변을 둘러보았다. 천장에 닿을 듯 높이 달려 있는 유리창에는 스탠드 글라스가 장식되어 있고, 벽면에는 프레스코 벽화가 그려져 있었다. 겨우 아이들을 위한 예배당일 뿐인데도 치장이 과하다는 생각이 들었다.

"아아악!"

잠시 시선을 돌렸을 뿐인데 삽시간에 여자의 비명 소리가 들려왔다. 놀란 아라는 다시 여자를 향해 고개를 돌렸다. 그녀는 있는 힘을 다해 기디언을 밀쳐내더니 무릎 꿇은 상태로 바닥에 머리를 박기 시작했다.

쾅, 쾅!

"나, 나는……."

그 와중에도 여자는 무언가를 중얼거렸다. 얼마나 머리를 세게 박는지 그녀의 이마에 피가 흐르기 시작했다. 놀란 아라와 기디언이 그녀를 제지시키려 두 팔을 잡고 일으켜 세웠다.

"놔! 아아악!"

여자는 미친 듯이 발버둥을 쳤다. 그러고는 어디서 그런 힘이 났는지 두 사람을 동시에 밀쳐내는 것이다. 갑작스러운 힘에 뒤로 밀려난 아라와 기디언은 그대로 여자를 놓치고서 바닥에 주저앉고 말았다. 여자는 거친 숨을 내쉬며 두 사람을 내려다보았다.

"난 비앙카야……. 비앙카라고!"

여자는 마치 짐승처럼 울부짖기 시작했다. 그 소리가 얼마나 처절한지 아라는 등줄기가 서늘해졌다. 하지만 한편으로는 의문을 느꼈다. 어째서 그녀의 입에서 비앙카라는 이름이 나온 것일까. 단순한 우연치고는 너무도 이상했다.

"난 비앙카였고! 비앙카일 수 있었어! 영원히 그럴 수 있었다고!"

이마에서 피를 철철 흘리며 여자는 씩씩거렸다. 그러고는 아라를 날카롭게 노려보기 시작했다.

"너 때문에…… 너 때문에!"

마치 먹이를 노리는 암사자처럼 여자는 빠르게 아라를 향해 덤벼들었다. 갑작스러운 공격에 아라는 간신히 팔을 들어 그녀를 방어하려 했다. 하지만 그보다 앞서 기디언이 아라의 앞을 막아섰다.

"윽……."

웬만해서는 어떤 공격에도 소리 한 번 내지 않던 그가 고통 섞인 신음을 내뱉었다. 여자는 잔뜩 이를 세워서 피가 날 정도로 기디언의 팔을 깨물고 있었다.

"아라…… 그녀를 좀 떼어내주시겠습니까."

기디언은 얼굴을 찌푸린 채 아라를 향해 말했다. 아라는 당장 몸을 일으켜 여자의 양어깨를 잡아끌었다. 하지만 여자는 쉽사리 떨어지지 않고 여전히 기디언의 팔을 물고 늘어졌다.

"이러고 싶지는 않지만……."

아라는 손날을 세웠다. 그리고 있는 힘껏 여자의 목덜미를 내려쳤다. 그 순간 줄이 끊어진 인형처럼 여자는 풀썩 쓰러졌다. 아라는 쓰러진 여자의 호흡이 안정적인지 확인한 후에 기디언의 곁으로 다가갔다.

"괜찮아? 당장 치료해야 할 것 같아."

아라는 물린 상처를 유심히 바라보았다. 얼마나 강하게 물었던지 상처가 제법 심했다. 이렇게 더럽혀진 공간에 있다가 자칫 병균이라도 들어가면 큰일이었다.

"차에 있는 워셔액이라도……."

"아라, 잠시만! 큰일 났습니다."

걱정 가득한 시선으로 상처를 바라보던 아라를 기디언이 다급하게 불렀다. 그녀는 고개를 들어 그와 시선을 마주쳤다. 그의 눈에는 당혹감과 절망이 함께 담겨 있었다. 좋지 않은 예감이 들었다.

"으…… 어억……."

등 뒤에서 이상한 신음 소리가 들려왔다. 아라는 당장에 등을 돌려 여자를 보았다. 잠시 기절시켰을 뿐인데 여자는 입에 거품을 물며 발작을 하고 있었다.

"안 돼……."

아라는 여자에게 다가가 그녀의 고개를 돌려주었다. 잘못하다가 기도라도 막히면 큰일이었다. 하지만 여자는 연신 꽉 막힌 숨소리를 내며 온몸을 발버둥 치고 있었다.

"안 돼, 제발. 정신 차려요."

마약을 자주 투여하는 사람들은 갑작스러운 쇼크로 죽는 경우가 있었다. 이 여자도 그렇게 될까 봐 아라는 덜컥 겁이 났다. 아라는 그녀를 살리려고 노력을 다했다. 혀라도 깨물까 봐 그녀는 옷을 찢어 그녀의 입에 물렸다.

"끄윽…… 커억……."

하지만 여자의 숨소리는 더욱 탁하게만 변해갔다. 그리고 어느 순간 발작적으로 움직이던 몸의 움직임이 잦아들기 시작했다. 뒤집혔던 눈도 서서히 감겨갔다. 모든 것이 너무 갑작스럽게 일어났다. 아라는 모든 움직임이 멈춘 여자를 멍한 눈빛으로 바라보았다. 더 이상 여자는 숨을 쉬지 않았다.

"아직…… 더 물을 게 남았는데……."

너무도 허망했다. 사람의 생사라는 게 이렇게 순식간에 뒤바뀔 줄 예상도 하지 못했다. 아라는 기운이 빠진 채로 그 자리에 주저앉고 말았다. 그제야 기디언이 아픈 팔을 부여잡고 그녀의 곁으로 다가왔다.

"아라 당신 탓이 아닙니다."

알고 있었다. 단지 우연일 뿐이라는 걸. 하지만 마음속에 죄책감이 드는 건 어쩔 수가 없었다. 게다가 아무런 의문도 풀리지 않았다. 여자는 자신을 비앙카라고 했다. 아니, 비앙카가 될 거라고 했던가. 아라는 머릿속이 혼란스러웠다.

"잠시…… 잠시만."

아라는 자신의 곁에 있는 기디언에게 살짝 몸을 기대었다. 너무도 많은 일이 한꺼번에 일어나서 제대로 정신을 차리기가 힘들었다.

"아주 잠시만 기다려줘."

생각을 정리할 시간이 필요했다. 그리고 그 시간이 흐르면 지금보다는 조금이나마 괜찮아질 수 있을 것이다. 아라는 그렇게 믿고 있었다.

"아라……."

그때였다.

바스락.

누군가의 발걸음에 의해 무언가 밟히는 소리가 들려왔다. 이 천사의 정원에 침입한 사람이 자신들 말고 더 있는 것 같았다.

"여기에 있었구나."

처음 듣는 사내의 음성이었다. 문가에 사람의 긴 그림자가 드리웠다. 기디언은 품에서 재빠르게 베레타를 꺼내들었다. 아라 역시도 몸을 추슬러 자리에서 일어섰다.

"도넬?"

기디언은 잔뜩 긴장한 채 익숙한 이름을 내뱉었다. 그 소리를 듣고 아라는 놀란 눈을 하고서 그를 바라보았다.

"그래. 나야. 하지만 그렇게 오래 얘기하지는 못할 것 같아."

도넬이라고 불린 남자는 손에 권총을 들고 있었다. 그걸 본 기디언은 단번에 총을 장전했다.

타앙! 타앙!

예배당 안에서 두 개의 발포음이 울려 퍼졌다.

"안 돼!"

아라는 격앙된 표정으로 비명을 내질렀다. 그러고는 쓰러지는 그에게로 단숨에 다가갔다.

모든 일이 너무도 갑작스러웠다. 마약에 취해서 자신을 비앙카라고 우기던 여자의 등장, 그리고 그녀의 죽음만으로도 충분히 지치고 힘든 일이었다. 그런 와중에 도넬이 갑작스럽게 모습을 드러냈다.

"기디언!"

총알이 뚫고 지나간 자리에서는 울컥울컥 피가 흘러내리고 있었다. 언제나 굳건했던 기디언도 총상에는 이길 수 없는 듯 그 자리에 풀썩 쓰러지고 말았다. 아라는 그를 부축하며 남아 있는 옷가지를 마저 찢었다. 그것을 그의 구멍 난 상처에 갖다 대며 지혈을 했다.

"아라……."

"기디언, 조금만 참아."

그의 호흡이 흐트러지고 있었다. 방금 전 죽었던 여자의 모습이 지금 그의 모습과 겹쳐졌다. 아라는 두려웠다. 이곳에서 다시 사람을 죽게 만들고 싶지 않았다. 하지만 도넬이라고 불린 남자는 그런 두 사람에게 관여하고 싶지 않다는 듯 여전히 멀찍이 떨어져서 외쳤다.

"다시는 우리를 찾으려고 하지 마. 이건 경고야."

그제야 아라는 도넬을 똑바로 바라볼 수 있었다. 그는 사진에서 봐온 모습과는 전혀 다른 사람이었다. 완벽한 서구형의 얼굴에 옅은 갈색 머리카락과 갈색 눈동자를 지니고 있었다. 게다가 주근깨 자국이 얼굴 곳곳에 남아 있었다.

"당신이 정말로…… 도넬이야?"

아라의 물음에 도넬은 작게 고개를 끄덕였다. 그러고는 그는 품에서 종이봉투를 꺼내어 쓰러진 기디언을 향해 던졌다.

"이런 것도 두 번 다시 보내지 마. 그렇지 않으면 이번에는 저 여자 차례가 될 테니까."

도넬의 총부리가 아라를 향했다. 그러자 기디언은 이를 악물고서 아라의 앞을 막아섰다. 그런 모습이 퍽이나 우스웠던지 도넬은 입가에 조소를 한가득 머금었다. 그리고 이내 위압감 가득한 표정으로 기디언을 노려보았다.

"안젤라는 아직도 너를 용서하지 않았어."

도넬은 알 수 없는 말을 남기고서 몸을 돌려 저벅저벅 걸어가기 시작했다. 아라는 도넬의 뒤를 쫓을지 말지 잠시 고민했다. 하지만 상처 입은 몸으로 끝까지 자신을 지키려고 하는 기디언을 그냥 두고 갈 수가 없었다.

"전 괜찮으니까 도넬을……."

기디언은 다치지 않은 한 팔로 아라의 등을 떠밀었다. 하지만 아라는 이를 악물고 기디언을 부축해서 일으켜 세웠다. 그리고 그의 품에 떨어진 종이봉투를 챙겨서 주머니에 넣었다.

"지금만은 당신이 먼저야."

기디언의 복부에서는 끊임없이 피가 흘러내렸다. 한 걸음 옮길 때마다 그는 애써 고통을 견디는 듯 거친 숨을 몰아쉬었다.

"후회할지도…… 모릅니다."

"후회는 기디언 당신을 만난 순간부터 이미 하고 있어. 하지만 그것 역시 내가 한 선택이니까."

아라는 그를 부축하면서 조심스레 발걸음을 디뎠다. 예배당을 나와도 도넬의 모습은 보이지 않았다. 아마도 이곳을 떠난 지 오래된 것 같았다.

"차까지 곧장 갈 테니까 조금만 더 참아."

기디언을 부축한 쪽을 추슬러 올리며 아라는 다시 걸음을 옮겼다. 건물에 들어올 때는 순식간이었는데 한 명이 부상을 당하게 되자 돌아가는 길이 한없이 멀게만 느껴졌다. 하지만 그들은 반드시 이곳을 벗어나야만 했다. 기디언을 위해서라도 서둘러야 했다.

08. 아무도 모른다(Nobody Knows)

천사의 정원 입구를 빠져나온 아라는 기디언을 독려하며 계속해서 걸었다.

"이제 거의 다 왔어."

"하아…… 그런 것 같군요."

차 앞에 당도한 아라와 기디언은 겨우 한시름 놓을 수 있었다. 그녀는 차 뒷문을 열어 기디언을 천천히 눕혔다. 그리고 곧장 운전석으로 가서 시동을 걸었다.

"이제 출발할 거야. 차가 많이 흔들릴 텐데 참을 수 있겠어?"

"뭐…… 어떻게든 될 것 같습니다."

기디언의 말투는 가벼웠지만 표정은 고통에 일그러져 있었다. 지금 이곳에서 할 수 있는 일은 없었다. 아라는 이를 악물고서 액셀을 밟기 시작했다. 그리고 구불구불 올라왔던 길을 단숨에 내려갔다. 속도가 오르자 차는 심하게 덜컹거렸다. 그럴 때마다 기디언의 입에서 옅은 신음 소리가 들려왔다.

"지금 상처로는 아무 병원이나 갈 수 없어. 혹시 안전하게 치료해줄 만한 곳 없어?"

총기로 당한 상처는 흔히 일어나서는 안 되는 일이었다. 그래서 그런 케이스의 환자가 입원할 경우 당국의 경찰에게 보고가 들어가게 되어 있었다. 하지만 기디언은 CIA에서 수배가 내려진 범죄자였다. 아라는 아직은 그를 잡히게 놔둘 수 없었다.

"병원…… 보다는 비앙카에게 돌아가죠……."

"비행기로 말이지? 알겠어. 최대한 밟을 테니까 제발 기절만 하지 마."

"그럴 수 있도록…… 노력…… 해보겠습니다."

아라는 액셀을 더욱 세게 밟았다. 그리고 비앙카가 기다리고 있을 전용기를 향해서 달리기 시작했다.

* * *

비앙카는 다친 기디언을 보고서도 전혀 놀라지 않는 눈치였다. 그녀는 마치 바쁜 업무를 처리하듯 그의 상처를 빠르게 살피더니 이내 어딘가로 전화를 걸었다. 그리고 기디언을 비행기 안으로 부축해서 들어갔다. 아라도 그 뒤를 따랐다.

"곧 있으면 선생님께서 오실 겁니다."

"선생님이라면…… 의사가 여기로 직접 온다는 뜻인가요?"

아라의 물음에 비앙카는 고개를 끄덕였다. 그녀는 기디언을 긴 탁자 위에 눕히고서는 잠시 모습을 감추었다. 그리고 손에 양주 한 병을 들고서 모습을 드러냈다. 비앙카는 잠시의 지체도 없이 뚜껑을 따더니 기디언의 상의를 벗겨냈다.

"그러게 방탄조끼는 늘 입고 다니시라고 누누이 말씀드렸는데."

비앙카는 양주 한 병을 기디언의 총상 위에 남김없이 부었다.

"저희 비행기에서 가장 도수가 높은 술입니다. 웬만한 소독약보다는 이게 나을 거예요."

"너무…… 아픕니다만."

그 말을 증명이라도 하듯 기디언은 미간을 찌푸린 채 비앙카를 바라보았다. 하지만 그녀는 그를 전혀 배려하지 않는 듯 새침한 표정을 지었다.

"제 충고를 따르지 않은 벌이라고 생각하세요."

아라는 그런 두 사람을 말없이 지켜보았다. 비앙카와 기디언의 유대감은 누구보다 강한 듯 보였다. 아라는 새삼스럽지만 그게 마음에 들지 않았다. 이전의 그녀라면 별것 아닌 일이라며 그냥 넘어갈 수 있는 부분이었다. 하지만 지금은 어째서인지 가슴 한편에서 스멀스멀 좋지 않은 기운이 올라오는 걸 느꼈다.

"피를 생각보다 더 많이 흘리셨네요. 거즈를 들고 오겠습니다."

비앙카는 다시 자리를 비웠다. 아라와 기디언이 단둘만 남게 되자 그가 그녀의 눈치를 살폈다.

"역시, 후회하고 있습니까?"

기디언의 물음에 아라는 고개를 갸웃했다.

"내가 왜 후회해야 하는 건데?"

"아까부터 표정이 좋지 않아서 하는 말입니다. 도넬을 쫓아가지 않고 저를 살린 일을 후회하고 있는 것같이 보입니다."

기디언의 말에 아라의 마음이 살짝 저려왔다. 사실 그녀는 그가 말하기 전까지 도넬의 존재를 잊고 있었다. 그저 기디언과 비앙카에 대한 관계를 못 미더운 시선으로 바라보고 있었을 뿐이었다. 하지만 그게 기디언의 눈에는 아라가 후회하고 있는 듯 보였던 것이다.

"후회하지 않아. 난 그냥……."

아라는 자신의 그런 마음 상태에 혼란을 느꼈다. 해결해야 할 일이 산더미같이 쌓여 있는데도 불구하고 기디언에 대한 생각뿐이었다. 이런 일은 있을 수도 없었고, 있어서도 안 됐다.

"단순히 신경이 쓰였을 뿐이야."

하지만 아라는 결국 자신의 마음을 감추지 못하고 솔직히 말하고 말았다.

"그게 무슨 뜻입니까. 뭐가 신경이 쓰인다는 말이죠?"

기디언이 되묻자 아라는 머리카락을 거칠게 쓸어 넘겼다. 사실을 솔직하게 말하고 싶지 않았다. 하지만 마냥 숨기는 것도 이상하다는 느낌이 들었다.

"그러니까…… 당신과 비앙카 말이야."

"저와 비앙카가 아라의 기분을 상하게 하는 행동이라도 했습니까?"

"아니, 그런 게 아니라……."

아라도 자기의 마음을 정의하기 힘들었다. 그런 상황인데도 기디언이 자꾸만 물음을 던지자 그녀는 덜컥 짜증이 났다.

"두 사람이 그렇게 친한 모습이 마음에 안 든다고!"

결국 아라는 제 마음을 솔직하게 외치고 말았다. 그러자 기디언은 놀란 듯 두 눈을 크게 떴다. 그 모습을 본 아라는 그가 놀랄 만하다는 생각이 들었다. 그녀도 자신의 이런 막무가내의 태도에는 충분히 놀랐으니 말이다. 하지만 이내 그의 입가에는 부드러운 미소가 걸리기 시작했다.

"그 말인즉, 저와 비앙카의 친밀한 모습이 아라의 신경을 거슬리게 만들었다는 소리로군요."

굳이 하지 않아도 될 일인데도 기디언은 아라의 말을 재차 확인했다.

"그래. 그렇다고 이미 말했잖아."

아라는 여전히 기분이 좋지 않은 듯 퉁명스럽게 말했다. 하지만 기디언은 여전히 입가에 미소를 띤 채 그녀를 빤히 바라보고 있었다.

"아라, 지금 당신은 저와 비앙카의 사이를 마치……."

그때였다. 비앙카와 함께 백발이 빼곡한 초로의 여인이 모습을 드러냈다. 그 탓에 기디언의 뒷말은 더 이상 이어지지 못했다.

"기디언, 또 사고를 친 모양이구나."

흰 가운을 입고 있는 여인은 기디언의 곁으로 다가가 다정하게 볼에 살짝 입을 맞췄다. 그리고 이어서 그의 상처를 살펴보기 시작했다.

"총상치고는 상처가 깊은 것 같지 않아서 다행이네. 좀 더 들여다봐야 알겠지만 일단 상처가 깔끔해서 봉합하기도 좋을 것 같아."

그녀는 누워 있는 기디언을 부축해서 일으켜 세웠다. 그리고 들고 온 왕진 가방을 열어서 커다란 시트 한 장을 꺼내어 탁자 위에 깔았다.

"비앙카, 언제나처럼 어시스트 부탁할게."

의사는 이미 이런 일에 익숙한 듯 보였다. 그리고 비앙카, 기디언과도 인연이 깊은 것 같았다. 그녀는 미리 준비해온 마스크와 소독된 라텍스 장갑을 끼고서 아라를 바라보았다.

"누군지 모르겠지만 우리 말고 다른 사람은 잠시 나가 있어주시겠어요?"

친절하지만 완곡한 부탁이었다. 아무것도 할 게 없는 아라는 그곳을 벗어날 수밖에 없었다. 그녀는 복도로 나와서 언젠가 비앙카에게 안내받았던 자신의 방으로 향했다. 그리고 이미 너덜너덜해진 옷을 벗어던지고 욕실로 갔다.

"피와 먼지와 장미…… 아주 우스운 조합이네."

그녀는 전신 거울 앞에 서서 몸을 훑어보았다. 변한 것은 없었다. 타인의 피를 접하는 것에 진절머리가 나서 CIA를 그만뒀지만 일상은 여전했다. 그녀의 손에는 여전히 다른 사람의 피가 묻어 있었다. 그래도 그때와 다른 것이 있다면 등에는 붉은 장미 세 송이가 피어 있다는 것이다.

"기디언, 당신은 대체 나에게 뭘까."

지금까지는 마치 유희를 즐기듯 기디언과 밤을 보냈다. 하지만 그 횟수가 늘어갈수록 아라의 마음도 조금씩 변해갔다. 기디언을 보면 가끔 가슴이 미어지듯 아프고 다른 여자와 친근한 것이 마음에 들지 않았다. 하지만 아라는 이 감정의 정체가 무엇인지 아직도 알 수가 없었다.

"일단 씻고 나서 생각하자."

아라는 한숨을 내쉬고서 뜨거운 물을 틀었다. 그리고 빠르게 샤워를 마치고 욕실을 빠져나왔다. 그녀는 옷장에 들어 있는 아무 옷이나 골라서 대충 입고는 소파 위에 털썩 앉았다.

"그러고 보니 도넬이 남기고 간 게 있었지."

아라는 벗어둔 옷의 주머니를 뒤져서 종이봉투를 찾아냈다. 잘 봉인되어 있는 입구를 조심스레 뜯어내자 그 안에는 색이 바랜 사진 한 장이 들어 있었다.

"이게 어디지?"

사진에는 몇 되지 않은 아이들이 단체로 모여서 정면을 바라보고 있었다. 그들 뒤에는 색감이 강렬한 프레스코 벽화가 함께하고 있었다. 그리고 그들 중에서 단연 눈에 띄는 것은 혼자만 키가 훌쩍 큰 성인 남성도 한 명 있다는 것이다.

"이 남자…… 어딘가 익숙한데."

아라는 남자의 모습을 유심히 바라보았다. 아무렇게 자라난 머리카락과 볼이 파일 정도로 마른 몸, 그리고 생기라고는 찾아볼 수 없는 시선이 마치 어머니가 남긴 사진 속에 있던 도넬과 많이 닮아 보였다.

"잠깐, 이 사람은 도대체 누구지."

어머니가 남긴 사진에서 봤던 도넬과 지금 사진 속의 남자가 다른 점이 있다면 얼굴에 자리 잡은 주름 정도였다. 색이 바랠 정도로 오래된 사진 속의 남자는 이미 꽤 나이를 먹은 듯 보였다. 하지만 어머니의 편지와 함께 있던 사진 속에서 그는 앳된 느낌이 강했다.

"도플갱어?"

스스로 말하고도 아라는 어이가 없었다.

"아무리 닮았어도 그건 아니겠지."

아라는 사진을 무심한 시선으로 바라본 후에 뒤로 돌려보았다. 그러자 길쭉한 글씨체로 한 문장이 쓰여 있었다.

⟨I know you.⟩

아무리 봐도 그건 어머니의 필체였다. 처음으로 실체를 보인 도넬은 이 사진이 담긴 봉투를 던지면서 다시는 이런 것을 보내지 말라고 했다. 그는 기디언이 이것을 보낸 것이라 생각했던 게 분명했다. 하지만 그 발신인은 분명 아라의 어머니일 것이다.

"어머니는 이걸 왜 도넬에게 보냈을까?"

사진 속에 모여 있는 아이들은 성별과 국적, 나이까지 제각각인 듯 보였다. 그렇게 다시 한참 사진을 바라보던 아라는 밝은 갈색의 머리카락에 주근깨가 가득한 남자아이를 발견했다. 오늘 마주한 도넬이었다.

"어머니는 어떻게 도넬을 알고 있었던 거지?"

다시 새로운 의문이 생겨났다. 그리고 그 답은 오로지 그녀의 어머니만이 알고 있었다. 하지만 지금은 돌아가시고 없는 분께 질문을 할 수도 없는 노릇이었다. 아라의 머릿속에는 여전히 물음표만 가득하게 들어찼다. 몇 번을 들여다보아도 사진에서 답은 찾을 수 없을 것 같았다. 그때, 누군가 문을 두드리는 소리가 들려왔다.

"미스 킴, 미스터 펠의 처치가 모두 끝났는데 만나보시겠습니까?"

비앙카의 음성에 아라는 들고 있던 사진을 다시 주머니 속에 넣고서 소파에서 벌떡 일어났다. 그리고 곧바로 문을 열고 나갔다.

"기디언의 상처는 좀 어때요?"

"선생님께서 말씀하신 대로 생각보다 심하지는 않았습니다. 아마 며칠 안정을 취하고 나면 움직이는 데 큰 불편은 없으실 것 같습니다."

그렇게 말한 비앙카는 긴 탁자가 놓여 있던 장소가 아니라 다른 곳으로 아라를 안내해주었다. 아라는 그녀의 뒤를 말없이 따라갔다.

"그…… 선생님께서는 어디에……."

"이미 돌아가셨습니다. 필요하신 볼일은 모두 마쳤으니까요."

비앙카와 아라는 곧 한 문 앞에 도착했다. 그녀는 손을 들어 살짝 문을 노크했다.

"미스터 펠, 미스 킴께서 오셨습니다. 들어가도 괜찮을까요?"

"그래요. 얼마든지."

기디언의 음성이 들려오자 비앙카는 아라가 들어갈 수 있도록 문을 열어주었다. 그녀는 주저하며 방 안으로 걸음을 옮겼다. 아라가 들어가자 문은 다시 조용히 달혔다.

"미안하지만 아라, 이리 좀 가까이로 와주겠습니까."

침대에 누워 있는 기디언은 많이 지친 듯 보였다. 그의 팔에는 수액 세트가 길게 이어져 있었다.

"총에 맞은 사람치고는 많이 멀쩡해 보이네."

"선생님께서도 그렇게 말씀하시더군요. 아마 당신이 서둘러준 덕분일 겁니다."

말은 그렇게 했지만 기디언의 입술은 파리한 게 생기가 없었다. 처음 마주했던 그의 붉은 입술이 다시금 떠올라서 아라는 눈살을 찌푸렸다. 그때에 비하면 지금 눈앞에 있는 그가 너무도 안쓰러웠다. 그녀는 무의식중에 손을 들어서 손가락 끝으로 기디언의 입술을 쓸었다.

"지금 막 상처를 봉합한 상태라서 당신을 안을 수 없다는 게 무척이나 안타깝군요."

"지금 이 상황에서도 나를 안고 싶다는 생각이 들어?"

"그렇습니다."

기디언은 무척이나 담담하지만 진지한 눈빛으로 아라를 보았다. 그런 그의 시선에 아라는 무언가 마음이 한가득 차오르는 느낌을 받았다.

"이런 제게 질렸습니까?"

"……아니."

아라는 고개를 가로저었다. 그리고 그의 귓가에 나지막이 속삭였다.

"왜인지 모르겠지만 지금 당신이 무척이나 사랑스럽게 느껴져."

아라는 그와 시선을 맞춘 후에 조심스레 기디언의 입술에 입을 맞췄다. 처음에는 가벼운 입맞춤이었다. 하지만 그녀는 이내 그의 아랫입술을 살짝 깨물고서 달래듯 핥았다. 기디언이 살짝 입을 열자 아라의 혀가 그의 안으로 들어갔다. 아라는 그의 고른 치열을

홅고서 혀를 마주 비볐다. 서로의 혀가 엉켰다 풀리기를 반복하며 진한 키스를 나눈 후에 아라는 기디언에게서 살짝 떨어졌다.

"오늘 아라는 정말…… 이상하군요."

기디언은 가쁜 숨을 몰아쉰 후에 그렇게 말했다. 아라 역시도 자신이 이상하다는 걸 느꼈다. 하지만 그게 기분 나쁘다거나 불쾌하지 않았다.

"조금 전에 우리가 나눴던 대화를 기억합니까?"

"무슨 대화?"

기디언은 붕대가 감긴 팔을 들어 아라의 볼을 쓸어내렸다. 무척이나 다정하고 따뜻한 손길이었다.

"당신은 저와 비앙카의 사이가 마음에 들지 않는다고 말했었죠."

잠시 잊고 있었던 일이 떠오르자 아라는 마지못해서 고개를 끄덕였다. 그러자 기디언은 여전히 다정한 손길로 그녀의 볼을 쓰다듬으며 말했다.

"그건 흔히들 말하는 질투입니다. 당신은 저와 비앙카의 사이를 질투하고 있었던 겁니까?"

기디언의 물음에 아라는 뒤통수를 한 대 얻어맞은 듯 큰 충격을 받았다. 질투라니. 그건 그녀에게 있을 수 없는 일이었다. 그녀는 언제나 이성에게나 동성에게 큰 정을 주지 않았다. 가까운 존재라고 해봐야 가족 외에는 해리슨이 전부였다. 그런데 기디언과 비앙카의 사이를 자신이 질투했다니, 쉽게 이해가 가지 않았다.

"그건…… 있을 수 없는 일이야."

그녀는 스스로에게 말하듯 그렇게 대답했다. 그러자 기디언은 쓰게 미소 지었다.

"하긴, 당신이 저와 비앙카의 사이를 보고서 그럴 리가 없죠. 제 추측이 지나쳤던 모양입니다."

기디언이 씁쓸해하는 모습에 아라는 마음 한편이 미어지듯 아파왔다. 사실은 전부 싫었다. 그가 상처에 아파하는 지금도, 비앙카와 친한 모습도, 그리고 그가 다쳤는데도 불구하고 아무것도 할 수 없었던 자신 역시도 싫었다.

"기디언, 당신이 아프지 않았으면 좋겠어."

아라는 볼을 감싸고 있는 기디언의 손을 마주 잡고서 그의 손바닥에 살짝 입을 맞췄다.

"그리고 나 이외의 여자와 친한 모습도 보고 싶지 않아."

그의 손에 깍지를 끼고서 아라는 기디언의 손등에 다시 입을 맞췄다.

"당신이 아플 때는 내가 곁에 있어주고 싶어."

그녀는 조용히 기디언과 눈을 맞췄다. 그녀의 눈에는 여전히 혼란스러움이 존재했지만 그럼에도 간절하게 답을 구하는 마음이 함께 담겨 있었다.

"이런 마음이 도대체 무언지, 기디언 당신은 알고 있을까?"

"아라……."

기디언은 그녀의 이름을 애절하게 불렀다. 그리고 그녀를 끌어당겨 자신의 품에 안았다. 기디언은 아이를 달래듯이 아라의 길고 검은 머리카락을 쓰다듬었다.

"당신이 눈을 감으면 문득이나마 제가 생각이 납니까?"

한 번도 생각해본 적 없는 질문이었다. 그래서 아라는 조용히 눈을 감았다. 그러자 마치 기디언이 눈앞에 있는 듯 선명하게 그려졌다.

"아마도…… 그런 것 같아."

기디언은 아라를 더욱 힘주어 끌어안았다. 그리고 그는 여전히 애절한 음성 그대로 아라에게 물었다.

"당신에게는 도넬이라는 운명이 있습니다. 그럼에도 후회하지 않습니까?"

조용히 그의 품에 안겨 있던 아라는 몸을 벌떡 일으켰다. 그리고 자연스레 뒷덜미를 쓰다듬었다. 오늘 마주했던 도넬을 떠올려 보았다. 갈색 머리카락에 짙은 주근깨와 갈색 눈동자. 그녀에게는 도넬의 모습이 너무도 낯설었다.

"지금 이 상황에서 도넬은 아무 관계도 없잖아."

"아니요. 무척이나 깊은 관계가 있습니다."

기디언의 단호한 음성에 아라는 미간을 찌푸렸다. 분명히 자신의 뒷덜미에는 도넬의 이름이 선명하게 새겨져 있었다. 하지만 그것과는 반대로 아라는 도넬에게 아무 감정도 느낄 수가 없었다. 그의 품에 안기는 상상조차 되지 않았다. 게다가 그는 기디언을 쏘고 달아난 무뢰한이었다. 그런 그를 과연 마음에 품을 수 있을까.

"아라, 당신은 도넬이 아니라 저를 선택할 수 있겠습니까?"

선택이라는 단어가 들려오자 아라는 주저하고 말았다. 신이 정해준 운명과 지금 눈앞에 있는 기디언이 대체 무슨 연관이 있는지 이해할 수 없었다. 그런 그녀의 망설임을 눈치챘는지 기디언은 낮은 한숨을 내쉬었다.

"저는 아라 당신을 사랑하고 있습니다. 처음에는 제 몸에 새겨진 이름 때문에 호기심이 일었습니다. 어떤 사람일까 하고요. 하지만 당신을 만나고서 저는 깨달았습니다. 단순히 신이 정한 운명이기 때문이 아닙니다. 저는 당신이기 때문에 사랑하게 된 것입니다."

사랑이란 아라에게 가장 자신 없고 가장 어려운 세계의 언어였다. 모두가 아름답다고 말하는 그 감정이 간혹 잔혹해지는 것을 아라는 알고 있었다. 하지만 직접 느껴본 적은 없었다. 그럼에도 기디언은 아라를 사랑한다고 말하고 있었다. 그게 그녀의 마음을 흔들었다.

"나는 아직도 잘 모르겠어."

지금의 기디언은 분명 아라의 가슴을 저며 오게 만들었다. 하지만 그것이 어째서 단순한 동정이 아니라 사랑이라 부를 수 있는지는 잘 알 수 없었다.

"하지만 기디언, 당신이 그 감정을 내게 알려줬으면 좋겠다고 생각은 해."

아라는 괴로운 듯, 혹은 부끄러운 듯 그의 시선을 피했다. 세상 가장 아름다운 게 사랑이라고 말하지만 실은 그렇지 않고 굉장히 추하고 볼품없는 모습도 사랑이라면 이것 역시도 기디언과 같은 마음이 아닐까.

"나는 기디언 당신을 사랑하고 있는 걸까?"

그녀는 이내 고개를 들고 순수한 눈빛으로 기디언을 바라보았다. 그는 이번에도 입가에 쓴 미소를 짓고 있었다. 하지만 손길만은 다정하게 그녀를 달래려는 듯 아라의 머리를 쓰다듬었다.

"그건 아무도 모르는 겁니다."

기디언의 손길에 아라는 가만히 두 눈을 감았다. 그리고 몸을 기울여 그의 품에 기대어 누웠다.

"오로지 당신만이 알고 있겠죠."

아라는 이 순간이 너무도 따스하게 느껴졌다. 그의 부드러운 음성과 손길이 무척이나 기분 좋았다. 그리고 그만큼 슬프게 느껴졌다. 언젠가는 이 순간 역시도 추억으로 남을 것을 알기 때문이다.

"기디언 당신을 사랑할 수 있게 된다면 좋겠어."

그렇게 말하는 아라의 말끝이 떨리고 있었다. 정체 모를 감정에 자신을 마냥 내맡길 수가 없었다. 두 사람의 관계는 신에게 허락받지 못한 사이였다. 그것이 운명이라면 그녀는 도넬을 선택해야 옳았다. 하지만 지금만은 간절하게 바랐다. 언제까지고 두 사람의 이 같은 순간이 영원히 이어지기를.

"그렇다면 누구도 보지 못하고 들을 수 없는 둘만의 비밀을 만들까요?"

"비밀?"

아라는 기디언에게 기대었던 몸을 일으켰다. 그리고 그를 바라보았다. 기디언의 눈빛은 진지했다.

"그렇습니다. 신께서 허락하지 않는다면 신에게조차 비밀로 하는 겁니다."

"신에게도 비밀……."

그녀는 기디언의 말을 되뇌었다. 그러자 그는 작게 고개를 끄덕여 보였다.

"이 공간에서 일어나는 모든 일들과 내뱉는 말들은 우리만의 비밀이 되는 겁니다."

그의 말이 끝남과 동시에 두 사람은 공범자의 은밀한 눈빛을 나누었다. 아라는 두 손을 들어 기디언의 볼을 감쌌다.

"그럼, 지금 이 순간만은 내가 솔직해져도 우리만의 비밀이 되는 거지?"

"그렇습니다. 신께서도 모르는 비밀은 벌하실 수 없겠죠."

기디언과 아라의 숨결이 가까워졌다. 두 사람은 이내 '쪽' 하는 소리가 나도록 짧은 입맞춤을 나누었다.

"기디언, 나는 아마도 당신을……."

아라는 마지막 말을 차마 내뱉지 못하고 삼키고 말았다. 그녀의 안에는 여전히 망설임이 남아 있었다. 누구에게도 말할 수 없고, 가능성이 있는 운명도 아니었다.

"다른 누구도 없습니다. 저만 듣고 있으니 말씀해보세요."

기디언이 나지막이 그녀의 귓가에 속삭였다. 정말 신도 이 사실을 모르고 있다면 지금만은 솔직해져도 좋지 않을까. 그렇게 생각한 아라는 자신의 감정에 이름을 붙여주기로 했다.

"나는…… 기디언 당신을 좋아하고 있는 것 같아."

아라는 사랑을 아직 알지 못했다. 하지만 이 마음이 조금 더 자라난다면 사랑이라고 부를 수 있을지도 모른다. 그래서 그녀는 굳이 '좋아한다'는 말을 뱉은 것이다. 그 문장이 가장 사랑에 가까운 것 같아서. 기디언 역시 그녀를 재촉하지 않았다. 그것만으로 그는 만족한 듯 입가에 다정한 미소를 지었다.

"다행이군요. 저는 아라 당신을 사랑하고 있습니다."

마음속에 숨겨두었던 진실을 밝히고 나자 아라는 눈앞의 남자가 너무도 사랑스럽게만 보였다. 그를 가지고 싶고, 탐하고 싶었다. 그녀는 어느 때보다 진중한 표정으로 기디언을 바라보았다. 그러고는 그의 이마에 살며시 입을 맞췄다.

"지금 당신을 간절하게 품고 싶어."

"지금 당장 말입니까?"

기디언은 놀란 듯 두 눈이 커졌다. 그를 보며 아라는 슬며시 미소 지었다.

"이런 나한테 질렸어?"

조금 전에 기디언이 했던 질문을 되돌려주며 아라는 장난스러운 눈빛으로 그를 마주했다. 그러자 기디언 역시 미소를 띠기 시작했다.

"아니요. 오히려 환영입니다."

그 말을 기다렸다는 듯 아라는 당장에 그의 입술을 탐하기 시작했다.

기디언의 말캉한 입술을 물고 핥으며 마음껏 맛본 후에 아라는 안쪽으로 침범해 들어갔다. 고른 치열을 훑은 후에는 기디언의 혀를 옭아매었다. 두 사람은 서로의 타액과 숨결을 나누며 깊은 입맞춤을 나누었다. 그의 두 볼을 감싸고 있던 아라의 손길이 천천히 내려가며 그가 입고 있는 셔츠의 단추를 풀기 시작했다.

"그러고 보니 당신 옷을 벗겨주는 건 처음인 것 같아."

"벗는 거나 벗기는 건 언제나 제 일이었으니까요."

기디언의 짓궂은 말투에 아라는 슬쩍 그를 흘겨보았다. 아직 그는 팔 한쪽으로 수액을 맞고 있었기 때문에 옷을 완전히 벗겨내지는 못했다. 아슬아슬하게 걸려 있는 셔츠를 놓아두고서 아라는 이번에 그의 하의를 벗겼다. 그의 단단하게 일어선 페니스가 벌써 손끝에서 느껴지는 듯했다.

"오늘은 당신을 대신해서 내가 다 해줄게."

아라는 자신이 입고 있는 상의와 브래지어를 벗고서 그의 무릎 위에 올라탔다. 그러고는 그의 쇄골에 입을 맞췄다. 유려하게 이어지는 그 선을 혀끝으로 훑어가며 그를 느꼈다.

"하아……."

기디언은 뜨거운 숨결을 내뱉었다. 그녀는 이내 작게 솟은 남자의 유두를 혀끝으로 지분거렸다. 그 순간 그의 몸이 잠시 움찔거렸다. 아라는 눈을 치켜떠 기디언의 표정을 살폈다. 그는 입가에는 여전히 미소가 걸려 있었다.

"생각보다…… 간지럽군요."

"그래? 남자는 의외로 이런 걸로 느끼지 않는구나."

아라의 입술은 더욱 아래로 내려갔다. 탄탄하게 근육으로 뭉쳐진 배 한편에 거즈로 덧대어진 부분이 나오자 아라는 눈살을 찌푸렸다.

"……마음에 안 들어."

그녀는 그가 아프지 않도록 그 부분에 살짝 입을 맞추고서 배꼽 근처까지 입술이 내려갔다. 아라의 혀가 그 주위를 배회하며 핥았다. 그리고 그녀는 손을 뻗어 기디언의 페니스를 슬쩍 손에 쥐었다.

"흡."

그 순간 기디언이 크게 숨을 들이켰다. 언제나 제 안에 들어오던 그것이 이제는 그녀의 손아귀에 있다는 생각에 아라는 기이한 느낌을 받았다. 그녀는 마치 처음 만난 장난감을 대하듯 기디언의 페니스를 조물거리며 위에서부터 뿌리 끝까지 천천히 훑어 내렸다. 그러자 기디언의 표정이 살짝 구겨지기 시작했다.

"기분이 좋은 거야, 나쁜 거야?"

아라가 천진한 눈빛으로 묻자 기디언은 픽 하고 웃음을 터트렸다.

"기분은…… 상당히 좋군요."

그녀의 표정은 지나치게 해맑았지만 손길만은 농염했다. 서서히 물기를 머금기 시작한 페니스의 앞쪽을 아라가 손가락 끝으로 비볐다. 그녀의 볼은 점점 상기되어가기 시작했다. 남자에 관해서는 기디언이 처음이었다. 그러니 그녀가 직접 본 페니스도 그의 것이 처음이자 마지막이 될 것이다. 남자의 몸 역시 여자와 마찬가지로 쾌감을 느끼면 물기를 머금는다는 사실이 그녀는 흥미로웠다.

"기디언 당신도 나를 가지고 싶어?"

아라는 은연중에 혀끝으로 자신의 입술을 핥았다. 그 모습이 기디언의 눈에는 무척이나 뇌쇄적으로 보였다.

"당신이 생각하는 이상으로 간절히 원하고 있습니다."

그녀는 입고 있는 하의와 속옷을 벗어 던지고 그의 페니스를 엉덩이 아래에 끼워 넣었다. 그리고 앞뒤로 천천히 비비기 시작했다.

"하아……."

이미 충분히 물기를 머금은 그의 것이 아라조차 물들이기 시작했다. 그의 단단해진 앞부분이 움직일 때마다 아라의 클리토리스를 톡톡 건드리며 자극해왔다.

"기디언, 당신을 모두 나에게 줄 거야?"

아라는 여전히 앞뒤로만 움직이며 그를 애태웠다. 그는 아슬아슬하게 스쳐 지나가는 쾌감을 느끼며 고개를 끄덕였다.

"제 목숨까지도 이미 아라 당신 것입니다. 그것 이상을 원한다면 얼마든지 내어드리죠."

"앞으로는 절대 다른 여자와 친한 모습 보이지 마."

그녀의 아래도 서서히 애액으로 젖기 시작했다. 아라의 둔덕 사이에 갇힌 페니스는 그녀의 안으로 들어가고 싶어서 안달이 난 상태였다. 하지만 그녀는 쉽사리 자신의 안을 내어주지 않았다.

"그리고 다시는 다치지 마. 내 마음이 너무 아프니까."

뒤섞인 애액으로 인해 두 사람의 중심부가 미끄러지듯 만났다가 멀어졌다. 그 안타까움을 겨우 견뎌내며 기디언은 다시 고개를 끄덕였다.

"앞으로 당신이 슬퍼할 만한 일은 절대 일어나지 않을 겁니다."

기디언의 대답을 듣고 난 아라는 페니스를 비비던 행동을 멈췄다. 그러더니 이내 살짝 허리를 띄워 페니스의 머리를 자신의 안으로 머금어 들어가기 시작했다.

"흐읏……."

체위 탓인지 아니면 그의 마음을 확인해서인지 아라는 처음부터 강한 쾌감을 느꼈다. 갑자기 이 행위 자체가 무서워지기 시작했다. 그를 완전히 품게 되면 자신이 망가져버릴 것만 같았다.

"무서워……."

"괜찮으니까 천천히 하세요."

아라는 긴장한 눈빛으로 기디언을 보았다. 그는 서두를 필요 없다는 듯 그녀의 팔을 살짝 쓸어내렸다.

"입 맞춰줘. 그러면 용기가 날 것 같아."

그렇게 말한 아라는 천천히 고개를 숙였다. 기디언은 그녀의 뒷머리를 끌어당겨서 입술을 겹쳤다. 그렇게 두 사람은 농염한 입맞춤을 이어갔다. 그러는 사이에 아라는 천천히 기디언의 페니스를 안으로 맞이해 들어갔다.

"하, 으……."

입술 사이로 억눌린 신음이 새어 나왔다. 어느새인가 그를 뿌리 끝까지 머금은 그녀는 작게 몸을 떨었다. 당장은 움직일 수 없을 것 같았다. 그녀는 두 손을 자신의 아랫배로 가져갔다.

"하아……. 이 안에 있는 당신이 느껴져."

두 사람은 이마를 마주 대고서 서로의 뜨거운 숨결을 나누었다. 서로를 가득 메운 충족감이 서서히 시뻘건 욕망으로 바뀌어갔다. 시작은 기디언이었다. 그가 튕겨내듯 허리를 쳐올리자 아라는 부지불식간에 밀려들어오는 그를 그대로 느끼고 말았다.

"하윽."

아라의 입에서는 탄성인지 신음인지 모를 소리가 터져 나왔다. 그녀는 눈앞에 별이 반짝이는 걸 느꼈다. 너무도 큰 쾌감이 밀려들자 아라는 어쩔 줄을 몰라 했다.

"자, 잠깐……."

하지만 기디언은 기다려주지 않았다. 그의 허리가 다시 반동하자 아라의 엉덩이가 기디언의 허벅지에 닿았다가 위로 쳐올려졌다.

"아웃!"

그녀의 안으로 거센 파도가 몰아쳤다. 스스로 막기에는 감당하기 힘들 정도였다. 그녀의 숨결은 점점 더 가빠오고 거칠게 변해갔다. 그건 기디언도 마찬가지였다. 그녀의 안으로 더욱 깊숙이 침범해 들어갈수록 열에 들뜬 숨을 내뱉었다.

"기디언……."

아라는 끝없는 쾌락에 몸서리를 치면서 기디언을 품에 끌어안았다. 그는 어미에게 안긴 어린 짐승처럼 그녀의 젖가슴을 있는 힘껏 탐했다. 귓가에는 아라의 세찬 심장박동만이 들려왔다.

"아, 아아……. 좋아…… 좋아해……."

정신을 차릴 수 없는 와중에도 아라는 수줍은 고백을 잊지 않았다. 그녀의 심장 소리에 맞춰 허리를 쳐올리던 기디언은 말로 형언할 수 없는 벅찬 감동을 느꼈다. 그는 아무런 말도 없이 그녀의 쇄골에 입을 맞췄다. 그러고는 누구도 그녀를 침범할 수 없도록 붉은 각인을 남겼다.

"흐으…… 아아!"

쇄골에서 느껴지는 따끔한 통증이 이토록 감미롭게 느껴지는 건 처음이었다. 아라는 기디언의 이마와 뺨에 몇 번이고 입을 맞췄다.

"사랑합니다, 아라……."

아라는 사랑을 말하는 기디언의 입술을 제 것으로 덮었다. 가슴한편이 벅차오르는 동시에 아릿한 통증을 느꼈다. 이 남자를 사랑하고 싶었다. 영원히 그의 것이 되고 싶었다. 그를 완전히 자신의 소유로 만들고 싶었다. 그런데 그럴 수가 없었다. 마음은 그렇지 않은데 운명이 그걸 허락하지 않았다. 속이 상했다. 그래서였는지도 모른다. 평소의 그녀답지 않게 아라의 눈가에 물기가 어리기 시작했다.

"지금, 이 순간만큼은……."

아라는 기디언을 안타까운 시선으로 바라보았다. 그는 그녀의 볼을 타고 흐르는 눈물을 입술로 훑었다.

"난 기디언 당신 거야."

그 말을 듣는 순간, 기디언은 더 이상 참을 수가 없었다. 그는 팔에 꽂힌 수액 바늘을 힘껏 빼버렸다. 그러고는 몸을 뒤집어 아라를 침대 위로 눕혔다. 그녀의 하얀 살결 위로 점점이 붉은 피가 흘러내렸다. 그 모습이 마치 봉우리 진 장미같이 보여서 아라는 더욱 가슴이 아파왔다. 채 꽃피우지 못하는 그녀의 마음과 똑같이 보였던 것이다.

"지금만이 아니라 앞으로도 영원히…… 당신은 제 마음속에 유일한 여자일 겁니다."

그래. 그걸로 좋았다. 지금만은 그의 앞에서 활짝 피어나고 싶었다. 아라는 떨리는 손끝으로 기디언의 볼을 쓰다듬었다. 그녀의 눈에서는 여전히 눈물이 또르륵 흘러내리고 있었다.

"신이 듣기 전에…… 그러기 전에 처음이자 마지막으로 말할게……."

누구에게도 말한 적 없고, 누구에게서도 겪은 적 없는 이 마음이 사랑이라고 한다면 그만 인정하자고, 아라는 생각했다.

"기디언 당신을…… 사랑하고 있는 것 같아."

앞으로 절대, 두 번 다시 말할 리 없는 진실한 마음이 그녀의 입을 통해서 흘러나왔다. 하지만 오로지 지금 이 순간, 이곳에서만 존재하는 비밀이었다. 그래야만 했다. 그 사실에 마음이 아파서 아라는 차라리 두 눈을 감았다.

"아라, 눈을 떠서 저를 보십시오."

멈춰 있던 그의 허리가 다시금 움직이기 시작했다. 그리고 단숨에 그녀의 안으로 들어왔다. 조금의 틈도 없이 빠듯하게 그녀를 가득 메우기 시작했다. 아라는 천천히 두 눈을 떠서 기디언을 보았다. 그는 희미하게 웃고 있었다.

"지금은 다른 아무것도 필요 없으니 저를 느끼기만 하세요."

그는 천천히 멀어졌다가 밀려왔다. 쿵쿵 뛰는 심장박동에 맞춰서 그는 천천히 아라를 점령해갔다. 하지만 그것도 잠시뿐이었다. 기디언은 이내 그녀의 내벽을 찌르듯이 더욱 깊이 침범해왔다.

"하, 아흑."

아라는 쾌락에 온몸을 잘게 떨었다. 그러면서도 기디언에게서 눈길을 떼지 않았다. 그건 기디언 역시도 마찬가지였다. 청록색의 눈동자에는 그녀가 가득히 담겨 있었다. 아라는 두 다리를 들어 기디언의 허리에 감았다.

"당신의 진심을 말해줘……. 그리고 키스해줘……."

아라로서는 드물게 보채고 있었다. 그는 기꺼이 그녀에게 입을 맞추며 나지막이 속삭였다.

"아라 당신을 사랑하고 있습니다."

몇 번째인지 모를 고백을 들으면서 아라는 달콤한 황홀감을 느꼈다. 아무도 모를 비밀 속에서 두 사람은 하나가 되어갔다. 지금의 일은 아라와 기디언 외에는 아무도 모를 것이다. 그 사실이 그녀를 더욱 애타게 만들었다.

"날 놓지 마……. 절대로."

"걱정 마십시오. 저는 당신을 위해서 평생을 살아가겠습니다."

분에 넘치는 사랑을 만끽하며 아라는 그에게 맞춰서 허리를 움직여갔다. 질척거리는 소리가 온 방 안을 울렸지만 상관없었다. 이 공간에는 지금 두 사람만이 존재하고 있으니까. 영원한 비밀은 없겠지만 그것도 상관없었다. 지금 같은 순간을 다시 맞이할 수만 있다면 그 벌을 달게 받을 수 있을 것 같았다.

"하읏, 아!"

"하아……."

욕망과 애정 사이에 갇혀서 두 사람은 똑같은 리듬에 맞춰 서로의 몸을 탐했다. 그사이, 아라는 등이 갈라질 것 같은 고통을 느꼈다. 등에 새겨진 나무에서 강한 열이 올라오고 있었다. 하지만 그조차도 지금은 쾌감의 하나가 되어 그녀를 끝없이 신음하게 만들었다.

"아으……. 하아……."

벌인지도 모르겠다는 생각이 들었다. 신에게 비밀을 만들어낸 자신에 대한 벌. 그래서 등에 새겨진 나무가 타들어가듯 뜨거운 열기를 내는 것이라고 말이다. 하지만 아라는 상관없었다. 이 정도도 감내하지 못할 것이라면 시작도 하지 않았을 것이다.

"기디언…… 기디언……."

아라는 흐느끼듯 그의 이름을 연신 불렀다. 그게 기디언의 독점욕을 더욱 부채질했다. 그는 그녀가 부서질 것처럼 강하게 끌어안았다.

"아웃…… 아아!"

"으, 흐읏."

두 사람이 동시에 절정을 맞이하는 순간, 불에 덴 것처럼 뜨거운 욕망이 그녀의 안으로 흘러들어왔다. 기디언은 가쁜 숨을 몰아쉬며 그녀의 품에 기대었다. 그리고 그녀 역시 그의 허리에 감은 다리를 쉽사리 풀지 않았다. 그를 이렇게라도 끌어안지 않으면 덧없이 사라져버릴 것만 같았다.

09. 죽음의 무도(Danse Macabre)

기디언은 아직도 열기가 남아 있는 아라의 몸을 가만히 쓰다듬으며 중얼거렸다.

"당신을 진정으로 손에 넣기 위해서는 무슨 수를 써야 할까요."

아라는 몸을 바르작거리며 그 손길에 몸을 맡겼다.

"지금은 당신 거라고 말했잖아."

"아니요. 지금만이 아닙니다. 제가 원하는 건 매시, 매분, 매초, 모든 순간이 나를 위한 당신이었으면 좋겠습니다."

이미 한번 발을 디딘 낙원에서 벗어나는 건 쉬운 일이 아니었다. 지금 기디언의 심정이 딱 그랬다. 이전에는 잠깐이라도 좋으니 자신의 품에 그녀가 있어주기만을 바랐다. 하지만 그토록 바라던 순간이 찾아오자 기디언은 아라가 더욱 욕심나기 시작했다.

"비밀은⋯⋯ 순간에 지나지 않아서 아름답고 달콤하게 느껴지는 거야."

아라라고 그 마음을 모르지 않았다. 하지만 어차피 이 순간만을 기약했기에 가능했던 관계였다. 그렇지 않았다면 아무리 그녀라도 쉽게 용기내지 않았을 것이다. 이 이상을 바란다면 분명 더 큰 벌을 받게 될 것 같았다. 아라는 아쉬움을 뒤로하고 기디언의 허리를 감싸고 있던 다리를 풀었다. 그리고 눈가에 맺혔던 눈물을 닦아내고서 몸을 일으켜 세웠다.

"아직도 당신 팔에서 피가 나. 비앙카라도 불러올게."

아라는 바닥에 떨어져 있는 자신의 옷가지를 들고서 다시 입으려고 했다. 하지만 기디언은 그걸 쉽게 허락하지 않았다. 그는 그녀의 팔을 잡아서 자신의 품 안으로 끌어당겼다.

"제게 다른 여자와 친한 모습을 보이지 말라고 하지 않았습니까."

"그건……."

"비앙카가 제 몸을 만지는 동안에 당신은 옆에서 가만히 보고만 있을 생각입니까?"

아라는 할 말이 없었다. 모두 제가 뱉은 말이었기 때문이다.

"그럼 내가 치료할게. 이대로 있으면……."

"이 정도 피는 가만히 놔두면 곧 멈춥니다."

기디언은 아라를 끌어안은 채 놓아줄 생각을 하지 않았다. 그게 아라를 기쁘게 만들기도 했지만 한편으로는 마음이 무겁기도 했다.

"기디언…… 우리가 아무리 발버둥 쳐봐도 신이 내 몸에 새겨져 있는 이름이 도넬이라는 건 변함없는 사실이야."

아라는 일부러 차가운 음성으로 말했다. 그렇게라도 하지 않으면 마음이 다시 무너질 것만 같았다. 하지만 기디언은 전혀 상처를 입지 않은 것 같았다. 그는 오히려 아라를 더욱 강하게 끌어안았다.

"그런 신께서 제 몸에 새긴 이름은 아라 당신의 것입니다."

이번에도 아라는 반박할 수가 없었다. 신의 장난이라고 치기에는 너무도 가혹했다.

"당신의 마른 나무에 꽃을 피운 것 역시도 저입니다."

그렇게 말하며 기디언은 그녀의 뒷덜미에 입을 맞췄다. 도넬의 이름의 새겨진 그 부근이었다.

"당신의 등에 새겨진 나무에 다른 꽃이 아니라 오로지 제 장미만 피어난다면…… 그때는 제 것이 되어주실 겁니까?"

아라는 쉽게 고개를 끄덕일 수 없었다. 그녀는 잠시나마 도넬의 모습을 떠올려보았다. 평범한 서양인의 외모에 진한 주근깨와 갈색 머리카락, 그리고 갈색 눈동자. 어느 것도 친숙하게 와 닿지 않았다. 그녀에게 도넬은 너무도 낯선 존재였다. 어째서 신은 그런 자와 자신을 짝지어준 것일까. 그리고 왜 기디언에게 아라의 이름을 허락했을까.

"난 아마도 아주 오랫동안 기디언 당신을 마음에 품고 있을 거야. 아니, 오히려 이미 몸도 마음도 당신의 것일지도 몰라."

아라는 몸을 돌려 기디언과 시선을 마주했다. 그리고 그의 볼을 조심스레 쓰다듬었다. 그러는 동안 아라의 두 눈에는 쓸쓸함과 동시에 안타까움이 묻어나고 있었다.

"하지만, 만약에…… 당신과 마찬가지로 도넬의 몸 어딘가에도 내 이름이 새겨져 있다면, 그때는……."

기디언이 더 이상은 말하지 말라는 듯 그녀의 입술에 입을 맞췄다. 순식간에 안으로 파고들어온 그의 혀가 그녀의 것을 농락했다. 기디언은 아라의 것을 뿌리 끝까지 옭아매었다가 말랑한 혀를 서로 비볐다. 그렇게 한참을 열정적으로 키스를 하던 그는 이내 그녀를 놓아주었다.

"역시, 그를……. 도넬을 죽여야만 할 것 같습니다."

그는 아라의 이마에 달콤하게 입을 맞추면서도 살기 가득한 말을 내뱉었다.

"일단 그를 죽인 후에 시체라도 확인해보죠. 그때 당신의 이름이 그의 몸 어디라도 새겨져 있다면 그 피부를 파내서 태워버리는 겁니다."

잔혹하게 내뱉는 말과는 달리 그의 입가에는 무척이나 상큼한 미소가 걸려 있었다. 그는 당장이라도 도넬에게 달려가려는 듯 서둘러 옷을 찾아 입기 시작했다.

"아무래도 이렇게 가만히 누워 있을 때가 아닌 것 같군요. 일본 속담에 善は急げ(젠와이소게)라는 말이 있습니다. 좋은 일은 망설이지 말고 서두르라는 의미죠."

그는 진심으로 신이 나 보였다. 그리고 그만큼 진심인 것 같았다. 만약에 지금 눈앞에 도넬이 있었다면 당장이라도 죽였을 거라는 느낌이 강하게 풍겨왔다.

"한국에는 이런 속담이 있어. 급할수록 돌아가라. 너무 서두르다가 화를 불러오는 거야."

아라는 옷을 입고 있는 기디언을 차분한 시선으로 지켜보았다.

하지만 그는 그녀의 말을 듣는 둥 마는 둥 하는 것 같았다.

"속담이란 게 원래 정답이 없는 거죠. 그냥 시기적절하게 받아들이면 되는 겁니다."

한마디도 지지 않는 기디언의 말을 들으며 아라는 한숨을 내쉬었다. 그리고 그녀도 자기의 옷을 하나하나 찾아서 입기 시작했다. 그러다 바지를 집어 드는 순간, 주머니에 넣어뒀던 사진이 미끄러져 바닥으로 떨어졌다.

"이건……."

아라는 잠시 잊고 있었던 사진의 존재를 깨닫고서 얼굴을 굳혔다.

"기디언, 한 가지 묻고 싶은 게 있어."

"뭐가 궁금해서 그러죠?"

그녀는 옷을 마저 입고서 사진을 주워들었다. 그리고 기디언을 향해 다가갔다.

"기억하고 있는지 모르겠지만 천사의 정원에서 도넬과 마주쳤을 때, 그가 당신을 향해 이 사진을 던졌어. 그걸 내가 주워온 거야. 도넬은 기디언 당신이 이 사진을 보냈다고 생각하는 것 같았지만 내가 봤을 때는 아니야. 그러니까 숨기지 말고 솔직하게 말해줬으면 해."

아라는 들고 있던 사진을 기디언에게 내밀었다. 그는 그녀가 내민 것을 한 손에 받아들더니 유심히 들여다보기 시작했다.

"기디언 당신이 천사의 정원에 있는 동안, 내 어머니를 한 번이라도 만난 적 있어?"

아라는 그가 들고 있는 사진을 뒤집어서 뒷면에 적힌 메시지를 보여주었다. 그것은 틀림없는 어머니의 글씨체였다.

"'I know you.' 이건 내 어머니가 직접 쓰신 거야. 그러니까 이 사진을 도넬에게 보낸 것도 아마 어머니겠지.”

아라는 잠시 말을 멈추고는 숨을 한번 내쉬었다. 어머니가 말하고자 하는 진실이 무엇인지 이제는 누구도 알지 못했다. 그러니 어머니가 숨겨둔 비밀을 이제는 아라 스스로 찾아야 했다.

“어머니는 어떻게 도넬이라는 존재를 알고 있었던 걸까? 생판 남이라면 아무 이유 없이 이런 사진을 보냈을 리가 없잖아. 당연히 주소도 모를 테고 말이야. 그래서 입장을 바꿔서 생각을 해봤어. 만약에라도 어머니가 천사의 정원과 연관이 있다면 그를 알고 있지 않았을까 하고 말이야.”

기디언은 아라의 말을 묵묵히 듣고 있었다. 그는 이내 사진을 다시 원래대로 돌려 아이들이 찍혀 있는 모습을 세세하게 들여다보았다. 그러고는 마치 그리움을 더듬어가듯 아이들의 얼굴을 쓰다듬었다.

“모두 그리운 얼굴들뿐이군요.”

한참을 사진만 들여다보던 기디언은 아주 천천히 고개를 들어 아라를 보았다. 그리고 그토록 기다리던 답이 그의 입을 통해서 들려왔다.

“아라 당신의 어머니와는 분명 만난 적이 있습니다.”

전혀 새로운 사실이었다. 아라가 기억하는 어머니는 언제나 집 안에서 가정을 돌보던 평범한 가정주부의 모습이었다. 그런 어머니가 대체 무슨 연유로 천사의 정원과 관계를 지니게 된 걸까.

“어떻게…… 어머니는 어쩌다가 천사의 정원에 가게 된 거야.”

“정확히는 당신 어머니와 만나게 된 건 천사의 정원이 거의 파멸 직전에 있을 때입니다.”

"내 어머니가 범죄와 관련이 있었다는 거야?"

"아니요. 정확히는 저와 같은 어린아이들과 관련이 있었죠. 당신 어머니께 한 번도 이런 얘기를 들은 적 없나요?"

기디언의 물음에 아라는 고개를 저었다. 어머니는 그동안 단 한 번도 자신의 과거에 대해서 아라에게 들려준 적이 없었다. 이 모든 것들은 기디언에게서 처음으로 듣는 말이었다.

"그때 당시 아라 당신의 어머니는 아동심리학자로서 CIA의 부탁으로 천사의 정원에서 살아남은 아이들을 상담해주셨습니다. 저도 그때 처음으로 만났죠."

아라는 늘 의문이었다. 어째서 CIA요원인 아버지와 평범한 어머니가 함께 만나 가정을 꾸리게 되었는지. 하지만 이제야 알 것 같은 기분이 들었다. 두 사람은 함께 일을 하던 사이였던 것이다. 부모님의 만남은 우연이 아니었다. 그저 자연스러운 흐름이었던 게 분명했다.

"전혀…… 난 전혀 몰랐어. 어머니는 한 번도 그런 말씀은……."

"천사의 정원을 통해서 겪은 일이 꽤 큰 트라우마가 되셨을 겁니다. 누가 뭐라고 해도 나라에서 인정한 아동 매매였으니까요."

아라는 누구보다 가깝다고 생각했던 어머니가 갑자기 낯설게만 느껴졌다. 기디언의 말이 진실이라면 역시나 영원한 비밀은 없다는 것이 증명되는 셈이었다. 아라는 황망한 시선으로 그를 바라보았다. 언젠가는 오늘 그와 나누었던 비밀 역시도 부서질지도 모른다. 그때 그녀는 어떻게 해야만 할까.

"갑자기 두려워졌습니까? 저와 함께했던 순간들이, 저와 나누었던 모든 대화가."

아라의 마음을 눈치챘는지 기디언이 조심스레 물었다. 그제야 아라는 정신을 차렸다. 그리고 조금 전까지 그와 함께했던 모든 순간들을 떠올려보았다. 그건 두려움이나 후회와는 조금 다른 마음이었다. 오히려 그녀가 지금 느끼는 감정은 앞을 내다볼 수 없는 공포에 가까웠다.

"기디언, 무슨 일이 있더라도 당신은 날…… 놓지 마."

그녀는 기디언에게 다가가 뒤에서부터 그를 끌어안았다.

"아라 당신은 저에게 내어주지 않으면서…… 참으로 가혹한 부탁이로군요."

기디언은 작게 소리 내어 웃었다. 아라의 그런 이기적인 행동이 기디언에게는 나쁘게 와 닿지 않았다. 그저 앞으로도 이런 식으로 응석 부려줬으면 좋겠다는 생각마저 들었다.

"당신과의 비밀을 좀 더 오래 유지하기 위해서라도 노력해보죠."

기디언은 그의 허리를 감싸고 있는 아라의 손 위로 자기의 손을 겹쳤다. 그리고 그녀를 달래듯 말을 이어갔다.

"저는 죽을 때까지 아라 당신을 절대 놓지 않겠습니다."

그의 대답을 듣고서야 아라는 안심이 되었다. 생각해보면 우스운 일이었다. 여전히 미래를 알지 못한다는 사실에는 변함이 없었지만 그래도 믿음이 생겼다. 두 사람이 만들어낸 비밀만은 영원할 것이라는, 그런 믿음.

* * *

파란 하늘에 뿌연 연기가 흩어져버린다. 도넬은 한숨처럼 내뱉은 담배 연기를 가만히 바라보았다. 한 점의 구름으로도 남지 못하고 바람결에 사라지는 연기가 마치 자기 같다는 생각이 들었다. 형체가 있으나 드러낼 수 없고, 이곳에 있지만 존재를 증명할 수는 없었다.

"형제님, 아무리 그래도 성당 근처에서 흡연은 안 되죠."

그때, 한 명의 수녀가 도넬의 곁으로 다가오며 따끔하게 일침했다.

"비앙카……."

도넬은 뜨끔한 표정을 짓더니 휴대용 재떨이에 얼른 담배를 비벼 껐다. 그러고는 주눅이 든 모습으로 시선도 제대로 마주치지 못했다. 비앙카라고 불린 수녀는 그런 그를 향해 싱그러운 미소를 지어 보였다. 그녀는 에메랄드가 박힌 듯 아름다운 청록색의 눈동자와 투명하리만치 하얀 피부에 대조되는 붉은 입술을 지니고 있었다. 수녀의 생김새는 기디언과 많이 닮아 있었다.

"도넬 당신에게 몇 번이나 말했잖아요? 저는 이제 시스터 안젤라입니다. 다시 한번만 더 비앙카라고 부르면 그 혀를 잘라버리겠어요."

엄하게 꾸짖는 말투와는 달리 시스터 안젤라의 청록색 눈동자는 기대감에 반짝이고 있었다.

"……그래서, 기디언은 어떻게 됐죠?"

그녀의 물음에 도넬은 더욱 기가 죽은 모습으로 우물쭈물하며 대답했다.

"일단 따끔하게 충고는 했는데……."

"도넬 당신이 그에게 충고를 했든 위협을 했든 나는 상관하고 싶지 않아요. 지금 내가 묻고 있는 건 그를 확실하게 처리했느냐예요."

"그건……."

도넬의 어정쩡한 반응 때문인지 시스터 안젤라의 고운 미간에는 이내 내천자의 주름이 새겨졌다. 그리고 기대감에 반짝이던 눈동자는 싸늘하게 식어갔다. 시스터 안젤라는 더 이상 그와 얘기할 가치가 없다는 듯 도넬의 대답을 기다려주지 않았다.

"형제님께서는 제 기대를 저버렸으니 벌을 받아야 할 것 같네요."

그녀의 표정과 말투는 상대를 얼어붙게 만들기 충분할 정도로 냉정했다. 그리고 그 이상으로 단호하기도 했다.

"도넬 형제님께서는 지금 당장 반성실로 가서 자신의 죄를 회개하도록 하세요. 형제님의 죄는 오로지 신의 이름 아래 사함 받으실 겁니다."

그러고는 시스터 안젤라는 뒤도 돌아보지 않고 발걸음을 돌려 성당으로 가버렸다. 결국 제대로 된 변명도 하지 못한 도넬은 힘없이 터덜터덜 걸어서 성당 주위를 벗어났다. 그러고는 멀지않은 거리에 있는 허름한 헛간 안으로 들어갔다. 도넬은 일부러 지푸라기로 가득 채운 바닥을 치우고 지하실로 향하는 문을 열고 아래로 내려가 촛불을 켰다.

"신이여, 오늘 제가 저지른 어리석음을 고백하고자 합니다."

하나의 불만으로 지하실은 은은한 빛이 감돌았다. 지하실 벽면에는 갈기가 달린 채찍 하나가 걸려 있었다. 도넬은 입고 있던 셔츠를 벗고서 채찍을 손에 들었다. 그의 등에는 이미 채찍으로 인한 상처가 헤아리기 힘들 정도로 남아 있었다.

"잘못된 판단으로 저는 악의 존재를 온전히 살려 보내고 말았습니다."

도넬은 들고 있는 채찍으로 스스로 등을 내리쳤다.

찰싹!

강한 타격음과 함께 그의 등에는 긴 상처가 새겨졌다. 피가 방울방울 맺히기 시작한 그 자리에 도넬은 다시 채찍질을 했다.

"모두가 저의 과오입니다. 제 탓입니다. 죄를 달게 받겠습니다."

도넬은 몇 번이고 스스로를 채찍질했다. 하지만 그는 자신이 얼마나 아픈지 같은 건 상관이 없다는 듯 신음 소리 한 번을 내지 않았다. 상처는 더욱 깊어지고 맺히는 피의 양도 늘어만 갔다. 그러나 그는 멈추지 않았다.

"내 탓이오. 내 탓이오. 모두 내 탓입니다."

마치 주문처럼 외우는 말은 도넬을 더욱 옥죄어갔다. 그의 세계에는 오로지 신과 시스터 안젤라만이 존재했다. 그들을 거스르는 일은 죄를 짓는 것과 다를 바가 없었다. 그런데 도넬은 오늘 시스터 안젤라의 비위를 건드리고 말았다. 그러니 죄인이나 다름없었다.

"신이시여 저를 벌하시옵소서. 이 피를 당신께 바치나니 오로지 저의 피로 죄를 사하여주옵소서."

시간이 흐르면 흐를수록 도넬의 손길은 더욱 강하게 바뀌어갔다. 채찍에 돋은 갈기는 도넬의 등에서 나온 피로 흥건해져갔다. 그럼에도 그는 멈출 생각을 하지 않았다. 그의 마음속에는 오로지 죄를 용서받을 생각으로만 가득했다. 이런 도넬을 멈출 수 있는 존재는 시스터 안젤라뿐이었지만 그녀는 끝내 모습을 드러내지 않았다.

* * *

상처를 다시 잘 봉한 기디언은 스테파노 리치의 검은 셔츠를 챙겨 입었다. 그리고 곁에서 기다리고 있던 아라의 손을 잡아끌며 방을 빠져나왔다.

"제이, 어디 있습니까?"

그는 길지 않은 복도를 걷는 내내 제이의 이름을 외치고 다녔다. 하지만 아무리 불러도 제이의 대답은 들려오지 않았다. 기디언은 어쩔 수 없다는 듯 기내석으로 향하는 문을 열었다. 그러자 제이가 좌석에 앉아 여유롭게 와인을 마시는 모습이 눈에 들어왔다.

"제이, 여기에 있었군요."

"날 왜 그렇게 열심히 찾아?"

청바지를 입은 채 다리를 꼬고 앉아 있는 제이는 마치 켈빈클라인의 모델 같아 보였다. 그리고 이전에 그를 보며 느꼈듯이 젊은 시절의 맷 데이먼을 닮은 외모도 여전했다.

"그렇게 상대에게 안달복달하면 여자들이 안 좋아해."

"미안하지만 여자들에게는 관심이 없습니다."

"기디언 당신, 게이였던가?"

"죄송하지만 그것도 아닙니다. 제가 좋아하는 사람은 남자냐 여자냐는 상관없이 오로지 아라뿐이니까요."

아예 숨길 생각이 없는지 일말의 망설임도 없이 마음을 고백하는 기디언을 보며 아라는 살짝 한숨을 내쉬었다. 애초부터 그가 뻔뻔한 사람이라는 걸 알고 있었으면서 잠시지만 잊은 자신이 한심했다. 하지만 아라는 영 나쁜 기분은 아니었다. 그 증거라고 하기에는 그렇지만 두 사람은 마주 잡은 손을 여전히 놓지 않고 있었다. 그런 아라와 기디언을 보며 제이는 인상을 구겼다.

"소름 끼치게 잘 어울려서 와인 맛까지 뚝 떨어지네."

제이의 말은 진심인지 들고 있던 와인 잔을 곧장 내려놓았다. 그런 제이를 보며 기디언은 아라의 손을 잡아끌었다. 그러고는 그녀를 제이의 맞은편에 먼저 앉힌 후에 자신도 옆에 자리를 잡고 앉았다. 하지만 제이는 크게 흥미를 두지 않으며 스트레칭을 하듯 고개를 좌우로 몇 번 꺾더니 기디언을 향해 물었다.

"그래서, 무슨 일이기에 날 그렇게 애타게 찾았어? 어디 전쟁이라도 났대?"

"전쟁은 아니지만 그것과 비견해서 절대 뒤떨어지지 않을 만큼 큰일이 일어났습니다."

기디언은 여느 때보다 훨씬 더 진지한 표정으로 답했다. 하지만 제이의 반응은 여전히 심드렁하기만 했다.

"음…… 그러면 도망가지 그래. 난 딱히 할 일이 없을 것 같은데?"

"아니요. 저에게는 지금 당장 제이 당신의 힘이 절실합니다."

이어지는 기디언의 답에 제이는 머리를 긁적거리더니 귀찮은 기색을 그대로 드러내며 마지못해 물었다.

"아, 귀찮은 일이면 피하고 싶은데…… 사람이 죽을 정도로 대단한 일이야?"

"네. 자칫하면 제가 죽을 수도 있는 일이죠."

그제야 제이는 문제의 심각성을 알아챘다. 천하의 기디언 펠을 죽일 수 있는 사람은 그렇게 흔하지 않았다. 어떤 나라의 수사국에서도 기디언을 잡지 못할 정도로 그는 철저하게 자신의 존재를 은폐하며 지내왔다. 그런데 그걸 완벽히 간파하고 기디언의 목숨까지 위협할 정도라면 그와 얽혀 있는 제이와 비앙카도 위험하다는 소리와 다를 바 없었다.

"내가 뭘 해주면 되는데?"

제이의 표정 역시도 사뭇 진지해졌다. 기디언의 부탁을 받아들일 준비가 완벽히 된 듯 보였다. 그런 제이를 보며 기디언은 천천히 입을 뗐다.

"비앙카 도넬에 관해서 찾아줬으면 좋겠습니다. 어떤 경로를 이용해도 좋습니다. 비용 역시도 얼마가 들어도 상관없습니다. 그저 그녀가 살아 있는지, 그리고 지금 어디에 있는지 알아주시면 됩니다."

비앙카라는 이름이 기디언의 입을 통해 흘러나오자 제이와 아라는 동시에 고개를 갸웃했다.

"기디언 당신, 총에 맞더니 기억상실이라도 걸린 거야? 비앙카라면 당신의 가장 최측근이잖아."

"그래. 비앙카라면 어차피 이 비행기에 타고 있으니까 궁금한 건 직접 물어보면 될 일 아니야?"

제이와 아라는 동시에 기디언을 타박하기 시작했다. 하지만 그는 두 사람의 얘기를 묵묵하게 듣더니 아니라는 듯 고개를 내저었다.

"내가 찾는 사람은 나와 함께 있는 비앙카가 아닙니다. 천사의 정원에는 비앙카 도넬이라는 여자아이가 있었습니다. 아동 매매에 이용당하기 위해 길러지던 다른 아이들과 달리 비앙카는 마치…… 그들 위에 군림하는 여왕 같은 존재였죠."

"잠깐, 잠깐만. 그 여자애도 도넬이라는 성을 사용했던 거야?"

갑작스럽게 알게 된 또 다른 '비앙카'의 존재도 놀라웠지만 그 여자아이 역시도 도넬이라는 성을 지니고 있다는 사실에 아라는 놀라움을 감출 수 없었다. 지금까지 그녀의 앞에 모습을 드러낸 도넬만 해도 세 명이 되었다. 기디언의 옆에서 그를 보좌하고 있는 비앙카, 그리고 천사의 정원에서 만난 남자, 그리고 이번에 처음 알게 된 또 다른 비앙카까지. 아라는 머리가 혼란스러워지기 시작했다.

"그녀 역시도 천사의 정원의 일원이었으니까요."

하지만 아라와 달리 기디언의 태도는 침착하기 그지없었다.

"그게 대체 무슨 소리야? 도넬과 천사의 정원이 대체 무슨 연관이 있는 건데?"

아라는 자기의 목덜미에 새겨진 'Donell'이라는 글자가 욱신욱신 쑤시는 것 같은 착각이 들었다. 그 정도로 아라는 정신이 없었고 제대로 된 판단을 내리기 어려웠다. 기디언은 그런 아라를 차분하게 바라보며 천천히 입을 열었다.

"천사의 정원을 운영했던, 그리고 그 시설의 주인이었던 남자가 도넬이라는 이름의 실제적인 주인이었습니다. 그래서 거기에서 길러지던 아이들은 모두 그 성을 따랐죠."

"기디언 당신이 말하는 건……."

아라의 눈동자가 혼란스럽게 흔들렸다. 그녀는 이 이야기를 최대한 이해하기 위해 노력했다. 그리고 실제로 이해할 수도 있었다. 하지만 순순히 받아들이기에는 어려웠다.

"아라 당신도 제가 들려줬던 이야기를 기억하고 있을 겁니다. 천사의 정원의 주인이 제 유전자상 아버지였다는걸."

잊으라고 해도 잊을 수 없는 이야기였다. 그러나 아무 상관도 없다고 생각했던 부분이 갑자기 도넬이라는 이름 하나로 직결되자 아라는 절로 몸이 떨릴 정도로 소름이 끼쳤다.

"그럼, 기디언 당신도 원래는……."

아라는 차마 뒷말을 이을 수가 없었다. 이렇게 또다시 모습을 드러낸 '도넬'은 그녀를 더욱 혼돈 속으로 밀어 넣고 있었다.

"아닙니다. 어느 순간이 오더라도 제가 기디언 펠이라는 사실은 변하지 않습니다."

그렇게 단언하는 기디언의 모습이 아라에게는 너무도 기이하게 와 닿았다. 눈앞의 그는 방금 전까지만 해도 그녀와 살을 맞대고 은밀하게 마음을 나누던 남자였다. 그 사실에는 변함이 없는데 아라는 그가 갑자기 멀게만 느껴졌다. 아무리 손을 뻗어도 그의 비밀에는 닿지 못할 것같이 느껴졌다.

"어째서……."

기디언을 바라보는 아라의 눈동자에는 혼란스러움이 가득했다. 아라는 몇 번이고 그가 도넬은 아닐까 생각했었다. 하지만 그때마다 기디언은 아니라는 말로 그녀의 기대를 꺾어버렸다.

"기디언 당신은 어째서 이런 순간까지 진실을 말해주지 않는 거야?"

어째서인지 모르겠지만 아라는 간절한 마음을 담아 기디언에게
물었다. 그에게 어떤 비밀이 있든지 그런 건 상관하고 싶지 않았
다. 하지만 '도넬'에 관한 일만큼은 그녀에게 솔직하길 바랐다.

그건 그녀의 목숨과도 깊은 연관이 있으니까. 하지만 기디언은
그런 그녀를 멀뚱히 바라보더니 제이에게로 시선을 돌렸다.

"제이, 괜찮으면 자리를 좀 비켜주겠습니까?"

"뭐, 별로 어려운 부탁도 아니네."

제이는 어깨를 으쓱이더니 곧바로 자리에서 일어섰다.

"아, 그리고 말씀드린 비앙카 도넬에 관한 조사도 착실하게 부
탁드리겠습니다."

제이는 발길을 돌려 나가는 도중에도 걱정 말라는 듯 손을 흔들
어 보였다. 그렇게 얼마 지나지 않아 그의 모습이 완전히 사라지자
기디언은 아라에게 다시 시선을 주었다.

"그래서……. 아라 당신은 대체 무슨 진실을 듣고 싶은 거죠?"

"단어 그대로의 뜻이야. 거짓이 없는 사실 말이야. 내가 당신에
게 몇 번이고 물었잖아. 실은 당신이 도넬이 아니냐고."

"그래요. 기억하고 있습니다. 아라가 저에게 물었죠. 그래서 저
는 아니라고 몇 번이고 대답했습니다.

"방금 전에 당신이 한 얘기도 잊은 거야? 당신 아버지가 도넬의
실질적인 주인이라고 했잖아. 그런데 어떻게 당신만 도넬이 아닐
수가 있겠어."

"저에게는 그것이 진실입니다."

아라의 마음을 잠식하고 있던 혼란스러움은 시간이 지날수록
분노와 슬픔으로 바뀌어갔다. 누구보다 기디언과 가까워지고 친

밀해졌다고 생각했는데 그와 그녀 사이에는 여전히 간극이 존재했다.

"기디언 당신은 무슨 일이 있더라도 절대 날 놓지 않겠다고 약속했잖아."

"그 약속은 여전히 유효합니다. 저는 아라를 놓을 생각이 없거든요."

그렇게 말하는 기디언의 눈은 웃음을 머금고 있었다. 하지만 아라는 그를 따라 웃을 수가 없었다. 기디언은 그런 그녀를 향해 다정한 손길을 뻗어왔지만 그녀는 그걸 단숨에 쳐냈다.

"하지만 당신은 아무리 시간이 지나도 나를 믿지 못하고 있어. 그리고 그런 점 때문에 나도 당신을 못 믿겠어."

"제 어떤 행동이 아라에게 그런 생각을 품게 만들었죠?"

기디언의 물음에 아라는 날카로운 시선으로 그를 바라보았다.

"내가 원하는 건 단 하나의 진실이야. 기디언, 당신에게 지겹도록 물었던 그 말. 그것에 대한 진실 말이야. 그런데 당신은 여전히 내게 말해주고 있지 않잖아."

"저는 언제나 아라의 물음에 성실하게 답변했다고 생각했는데 당신이 느끼기에는 아니었나 보군요."

"다시 말해야 해? 당신의 성실함에 관해서 평가하겠다는 게 아니야. 난 진실을 원한다고 말했잖아."

아라의 말에 기디언은 옅은 한숨을 내쉬었다.

"이야기가 자꾸만 되풀이되는 것 같군요."

그녀도 이런 식으로 감정을 상해가며 시간을 허투루 낭비하고 싶지 않았다. 하지만 '도넬'에 관한 문제는 쉽게 넘어갈 수가 없었다.

"기디언 당신이 어째서 도넬이 아닌지, 내가 납득할 수 있을 만한 답을 들려줘."

아라는 다시금 간절함을 담아 그를 바라보았다. 기디언의 청록색 눈동자 가득히 오로지 그녀만이 담겨 있었다. 다시금 손을 뻗어 온 그는 아라의 머리와 볼, 어깨를 차례대로 쓰다듬었다. 그녀도 이번에는 그 손길을 거부하지 않았다.

"……아라의 말처럼 내게도 도넬이라고 불렸던 과거가 있기는 합니다."

"그럼, 역시……."

기대에 찬 아라의 눈길을 받으며 기디언은 조심스레 고개를 내저었다.

"애석하게도 저는 그 이름으로 인해 버림을 받았고 저 역시도 그 이름을 버린 지 오래입니다."

"하지만 기디언, 당신 역시 도넬이라는 이름을 가진 사람 중 하나라는 것은 사실이잖아. 왜 아직도 도넬이 아니라고 말하는 거야?"

"전 도넬이길 원하지 않기 때문입니다. 궤변처럼 들릴지도 모르겠지만 저는 오랜 기간을 기디언 펠로 살았고, 제 안에 남은 도넬이라는 이름을 지우기 위해서 어떤 노력도 아끼지 않았습니다. 하지만……."

기디언은 잠시 머뭇거리더니 이내 처연한 시선으로 아라를 보았다. 그의 그런 모습에 그녀도 가슴에 옅은 통증이 느껴지는 듯했다. 그를 이렇게 만들 수 있는 유일한 사람은 아라뿐일 것이다. 그녀도 그걸 알고 있기에 그의 자그마한 변화도 쉽게 지나칠 수가

없었다. 기디언은 마치 소중하고 귀한 것을 만지듯 조심스러운 손
길로 그녀의 볼을 쓰다듬었다.

"아라 당신을 보고 있으면 도넬이라는 이름이 다시 욕심나긴 하
더군요. 당신을 구원할 수 있는 사람은 기디언 펠이 아니라 페이그
도넬일 테니까요."

아라는 기디언과 마찬가지로 손을 뻗어 천천히 그의 볼을 매만
졌다. 원하던 답에서 가까워졌는지 아니면 다시 멀어졌는지 가늠
할 수는 없었지만, 그럼에도 그를 이해하자는 생각이 들었다.

"기디언 당신이 하는 얘기는 여전히 의문투성이지만 그래도 한
가지 명확해졌으니까 그걸로 됐어."

그녀는 기디언의 곁으로 바짝 다가가더니 품 안에 그를 껴안았
다. 그리고 마치 어린아이를 달래듯 가만히 등을 쓸어주었다. 언제
부터인지 모르겠지만 그녀의 안에 싹을 틔운 연심이 오로지 그를
사랑스럽게만 보이게 만들었다.

"기디언, 당신 역시도 도넬이라는 이름을 가졌다면 페이그 도넬
이니 하는 다른 도넬들은 상관하지 않겠어. 이제부터 당신만이 내
게 있어 유일한 도넬이고, 내 마음의 유일한 주인이야."

아라의 품에 얌전히 안겨 있던 기디언은 어느새인가 크게 웃음
을 터트렸다. 왜 지금까지 속였냐며 화를 낼 줄 알았건만 설마 아
라가 그런 말을 할 거라고 상상도 못 했기 때문이다. 행복했다. 세
상에 태어나 처음으로 느껴보는 행복이었다.

"하하. 너무 분에 넘치는 프러포즈라 몸 둘 바를 모르겠군요."

"지금 나 놀리는 거야?"

기디언의 반응에 아라가 불퉁한 표정으로 그를 바라보았다. 그

런 모습조차 그의 눈에는 사랑스럽게만 보였다.

"아니요. 제가 당신을 놀릴 리가 없지 않습니까."

아라를 바라보는 그의 눈동자에는 당장이라도 꿀이 뚝뚝 떨어질 듯 달콤함이 담겨 있었다. 그는 이내 그녀의 허리에 팔을 두르더니 세상에서 제일 다정하게 느껴지는 키스를 선사했다. 연인으로도 나누는 첫 입맞춤이었다.

"하아…… 침실로 자리를 옮길까요?"

길지 않은 그 순간이 끝나고 기디언이 달콤한 숨결을 토해냈다. 그런 그를 보며 아라는 작게 소리 내어 웃었다.

"후후, 잠시만."

"죄송하지만 지금 이 순간에 기다리라는 것만큼 가혹한 말은 없을 겁니다."

아라의 저지에도 불구하고 기디언은 그녀의 목덜미와 볼에 계속해서 입을 맞췄다. 그녀는 굳이 그런 그를 막지는 않았지만 하고 싶은 말은 해야만 했다.

"아직…… 비앙카 도넬에 대해서는 듣지 못했어."

순간, 그의 모든 행동이 멈췄다. 그리고 마치 김이 빠졌다는 표정을 짓더니 아라에게서 몸을 떼어냈다.

"그녀에 관해서는 될 수 있는 한 생각하고 싶지 않습니다."

"하지만 그녀에 대해 조사해달라고 말을 꺼낸 건 기디언 당신이잖아."

"그럴 수밖에 없었죠. 지금 당장 제게 가장 위협이 되는 존재가 그녀니까요."

기디언은 스스로 뱉은 말에 기분이 상하는지 못마땅한 표정을 지었다. 그런 그를 보며 아라는 조금 전에 그가 했던 말을 떠올려 보았다.

"비앙카 도넬은 여왕 같은 존재였다고 했잖아. 그럼 그녀는 아동 매매에 이용되지는 않았던 거야?"

"그런 일은 절대로 있을 수 없죠."

아라의 물음에 기디언의 입가에는 비릿한 미소가 걸렸다.

"그녀는 우리와 달리 잘 꾸며진 독방을 사용했고 볼일이 없으면 우리 곁에도 오지 않았습니다. 저희도 될 수 있으면 그녀와의 접촉을 피했죠. 하지만 어쩔 수 없이 그녀와 만나야 하는 순간이 있었습니다."

기디언의 시선이 아라를 넘어 멀리 어딘가로 향했다. 마치 그때를 떠올리고 있는 듯했다.

"아이가 팔려가기 직전에 그녀는 검은 원피스를 입고서 팔려갈 아이의 방으로 직접 찾아와서 치장을 도와주었습니다. 그녀가 자신의 방을 벗어나 우리가 있는 곳으로 올 때마다 저희들은 우리만의 은어로 이렇게 말하고는 했죠."

먼 곳을 바라보던 기디언의 시선이 천천히 제 빛을 되찾더니 아라를 또렷하게 바라보았다. 하지만 그의 눈동자 안에는 말로는 형언하기 힘든 복잡한 감정이 가득 담겨져 있었다.

"'불길한 달이 떴다'고 말입니다."

10. 포옹과 키스(XOXO)

어린아이들의 입에서 직접 부정적인 문장이 등장할 정도였다면 비앙카 도넬이라는 인물은 무척이나 두렵고 무서운 존재였던 게 분명하다. 하지만 그것 이상으로 기디언의 표정에는 점점 짙은 괴로움이 내려앉기 시작했다.

"기디언?"

아라에게는 그런 그의 모습이 낯설게만 느껴졌다. 마치 봐서는 안 될 것을 본 것처럼 마음이 무겁고 죄책감이 느껴질 정도였다. 하지만 기디언은 거기서 멈추지 않았다.

"그때, 비앙카와 내 아버지의 일거수일투족에 두려움에 떠는 아이들을 보면서 태어나서 처음으로 통감한 것이 있습니다."

말을 뱉는 그의 음성에는 고저가 없었다. 그럼에도 그가 당시에 느꼈던 비통함이 그대로 배어 있었다.

"이 세상에 가장 공평한 것은 죽음뿐이란 것을 말입니다. 인종과 국경을 넘고, 빈부와도 상관없이 누구든지 마지막에는 죽게 되어 있으니까요. 당시에는 우리들이 바라는 평화는 쉽게 찾아오지 않았습니다. 차라리 죽음이 우리와 가까웠죠. 비앙카는 죽음을 인도하는 사자와 다름이 없었습니다."

고작 어린아이에 불과했을 그들이 그런 생각까지 했다는 게 믿겨지지 않았다. 하지만 지금 기디언의 모습에서 거짓은 느껴지지 않았다. 그가 말하는 것 모두가 진실이라는 게 그녀에게 와 닿았다. 하지만 아라는 이 이상, 힘들어하는 그의 모습을 보고 싶지 않았다.

"그녀에 대해서 이야기하는 게 힘들다면 더 이상 묻지 않을게. 그러니까 그런 표정 짓지 마."

"……제가 지금 어떤 표정을 짓고 있기에 그런 말을 하는 거죠?"

기디언은 진심으로 자신이 어떤 모습을 하고 있는지 모르고 있는 것 같았다. 게다가 아라의 말에 오히려 놀란 듯 보였다. 그런 그의 반응이 그녀의 마음을 더욱 아프게 만들었다.

"지금 당신은 무척이나……."

아라는 대답을 하려다 말고 입술을 꾸욱 깨물었다. 그에게 진실을 알려줘도 좋은 건지 망설이게 되었다. 그 정도로 기디언은 평소와 많이 달랐다.

"아라. 난 괜찮으니까 솔직하게 말해줘요. 비앙카를 말하는 내 모습이 어떻게 보였죠?"

기디언은 아라의 볼을 부드럽게 쓰다듬었다. 다정한 손길에 아라는 천천히 눈을 감았다가 뜨며 나지막이 대답을 이었다.

"난 당신에 대해서 아직도 잘 알지 못해. 하지만 그런 것도 감안하고서 난 기디언을 선택한 거야. 그러니까 적어도 당신이 나 이외의 여자에 대해 이야기하면서 그렇게 힘들거나 아파하지는 말았으면 좋겠어."

아라의 솔직한 고백에 기디언의 입가에는 서서히 미소가 물들기 시작했다. 그리고 이내 그는 크게 소리 내어 웃었다.

"하하. 아라는 제가 생각한 것 이상으로 독점욕이 강한 여자였던 모양이군요."

그의 반응에 아라는 놀라서 반박했다.

"내가 말한 뜻은 그런 게 아니라고."

하지만 그의 웃음은 쉽사리 멈추지 않았다. 아라는 그제야 마음이 놓이기 시작했다. 그러자 서서히 부끄러운 기분이 밀려들었다. 이 남자 때문에 일희일비하는 지금 자신의 모습이 아라에게는 아직 낯설기만 했다. 그런 쑥스러움을 감추려 그녀는 괜히 주먹 쥔 손으로 그의 복부에 약한 펀치를 먹었다.

"난 꽤 심각했다고. 당신의 그런 모습은 익숙하지 않았으니까."

"그렇군요. 아라의 반응을 봐서는 제가 어떤 표정을 짓고 있었는지 충분히 알 것 같습니다."

기디언은 그런 그녀의 마음을 이해한다는 듯 부드러운 미소를 지으며 주먹 쥔 아라의 손을 낚아챘다. 그리고 거기에 가볍게 입을 맞추었다.

"걱정하지 않아도 됩니다. 앞으로도 영원히 제 몸과 마음은 아라 당신 것일 테니까요."

겨우 평소처럼 뻔뻔한 모습을 되찾은 기디언을 보며 아라는 살며시 미소 지었다.

"예전 같았으면 당신의 그런 말에 장난치지 말라며 받아쳤겠지."

"지금은 아닌가요?"

"솔직히 말하자면 지금은…… 그다지 듣기 나쁘지 않네."

아라의 대답에 기디언은 그녀를 조심스레 끌어당겨 품에 안았다.

"지금 당신이 곁에 있는 걸 얼마나 다행으로 여기는지, 당신은 생각도 하지 못할 겁니다."

지금까지 그의 입을 통해서 숱하게 들어온 그 어떤 고백보다 더 간절하게 와 닿는 말이었다. 그래서 아라는 욕심이 생겼다. 좀 더 많은 순간들을 기디언과 함께하고 싶어졌다. 하지 못했던 것들과 겪어보지 못한 일을 앞으로는 그와 함께하고 싶어졌다. 기디언과 의 미래를 생각하게 된 것이다.

"당신에게 부탁하고 싶은 게 있는데 들어줄 수 있어?"

아라는 그의 품속으로 파고들며 응석 부리듯 물었다.

"아라가 원하는 것이라면 얼마든지 들어줄 수 있습니다."

"그렇게 대단한 건 아니야."

"당신이 내게 부탁하는 일이라면 무엇이라고 해도 제게는 대단할 수밖에 없습니다."

과장이 심하다는 생각이 들면서도 아라는 기분이 나쁘지 않았다. 그녀는 기디언의 품에 안긴 채로 고개만 들어 그를 바라보았다.

"아주 잠깐이라도 우리를 위한 시간이 필요한 것 같다는 생각이 들었어."

"무슨 시간을 말하는 거죠?"

그의 청록색 눈동자는 진심으로 모르겠다는 듯 그녀를 바라보고 있었다.

"당신이 아무리 건강하고 치유력이 좋다고 해도 총상을 입었잖아. 그러니까 한동안은 휴식을 하면서 상처가 아무는 걸 기다릴 필요가 있다고 생각해."

"하지만 아라, 우리에게는 아직 해야 할 일이……."

아라는 자신의 말이 끝나지 않았다는 듯 손가락을 들어 기디언의 입술을 가로막았다.

"아직도 우리 앞에 남은 일들이 많다는 건 알아. 하지만 좀 더 나아가기 위해서는 적당한 휴식도 필요한 거야. 그러니까 당신 상처가 아무는 동안만은 다른 사람의 방해 없이 오롯이 우리만을 위한 시간을 가지자."

"우리만의 시간…… 말입니까?"

"그래. 마치 평범하게 사랑하며 일상을 보내는 그런 연인들처럼 말이야."

'평범하다'라는 말은 여전히 아라의 가슴을 저미게 만들었다. 겪어보지 못했기 때문에 더욱 동경하게 되는 것 같았다. 우여곡절이 많은 삶을 살았기에 더욱 바라게 되는 걸지도 모른다. 그건 아마 기디언도 마찬가지일 거라는 생각이 들었다.

"……쉬운 듯 어려운 부탁이로군요."

기디언은 난감한 기색을 감추지 못하고 있었다. 그런 그를 보며 아라는 옅은 미소를 지었다.

"이제까지 해보지 못한 걸 당신과 함께 나누고 싶어서 그래."

고백이나 다름없는 아라의 말에 기디언은 가슴 가득히 달콤한 감정을 느끼면서도 짐짓 아무렇지 않은 척 변명을 늘어놓았다. 자신을 원하는 그녀의 모습을 더욱 보고 싶었던 것이다.

"아라가 알다시피 저는 평범한 사랑을 잘 알지 못합니다."

"그건 나도 마찬가지야."

"평범한 일상 역시도 알지 못하고 말입니다."

"나도 잘 알지 못하니까 같이 알아가면 돼."

쉽게 포기하지 않는 그녀를 보며 기디언은 아라가 진심이라는 걸 느낄 수 있었다. 그는 그제야 입가에 부드러운 미소를 띠었다.

"아라가 부탁하는 일이니까 저는 당연히 들어줄 수 있습니다. 하지만 당신은 후회하지 않을 자신이 있습니까?"

기디언의 물음에 아라는 잠시 입을 다물었다. 확신이 없어서가 아니었다. 가끔 이런 식으로 제 마음을 시험하려는 듯 구는 그의 태도가 마음에 들지 않아서였다. 하지만 한편으로는 믿음이라는 감정을 쉽게 받아들일 수 없는 그가 안쓰럽다는 생각도 들었다.

"내가 먼저 꺼낸 말이야. 만약 나중에 후회한다고 해도 그건 온전히 내 몫이지 당신 탓이 아니야. 그리고 애초에 난 그렇게 쉽게 후회하는 사람도 아니고."

그녀의 단호한 모습에 기디언은 작게 소리 내어 웃었다. 그리고 이내 다정한 눈빛으로 지그시 바라보았다.

"아라 당신은 여전히 호탕하기 그지없군요. 새삼 다시 반할 것 같습니다."

기디언의 말에 아라는 평소답지 않게 살짝 볼을 붉혔다. 오늘따라 그의 여러 모습을 마주해서인지 기디언의 미소나 눈빛이 더욱 달달하게 느껴지면서 그녀를 취하게 만드는 것 같았다.

"예전의 제가 죽음을 목도하며 평등이란 걸 깨닫게 되었다면, 이제는 당신을 보며 사랑이라는 걸 알게 되었군요."

기디언 자신은 깨닫지 못하는 것 같지만 그런 그 덕분에 아라 역시도 사랑을 알아가고 있었다. 하지만 아라는 굳이 그런 사실을 그에게 알려주고 싶지 않았다. 부끄러웠기 때문이다. 게다가 기디언이라면 그런 것과 상관없이 여전한 사랑을 줄 것이기 때문에 굳이 그런 치부를 알려주고 싶지 않았다.

"그래서, 당신은 나와 평범한 일상을 보내겠다는 거야, 말겠다는 거야?"

아라는 붉게 물든 자신의 볼을 감추려 다시 고개를 숙여 그의 품 안으로 파고들었다. 기디언은 그런 그녀를 더욱 강하게 끌어안으며 귓가에 나지막이 속삭였다.

"아라가 원하는 일이 곧 제가 원하는 일입니다. 당신과 함께라면 어디라도 함께할 겁니다."

* * *

기디언의 개인 비행기에서 벗어난 아라와 기디언은 차를 타고 곧장 한 호텔로 향했다.

"지금부터 시작하는 거야?"

"네. 호텔에 들어가는 순간부터 시작인 겁니다."

아라의 물음에 기디언은 비장한 표정으로 고개를 끄덕였다.

"다시 만날 때까지 시간이 걸리기는 하겠지만 그때까지 참고 기다려주십시오."

차에게 내리기 직전에 기디언은 입가에 다정한 미소를 띠고서 아라의 손등에 살짝 입을 맞췄다. 그리고 그가 먼저 차에서 내리고 아라가 뒤를 따랐다. 호텔에 들어선 두 사람은 마치 서로를 모르는 듯 시선도 주지 않고 각자의 방으로 들어갔다.

"저녁까지 할 일도 없고……. 잠이나 좀 자둘까."

창문 밖으로 펼쳐지는 풍경에 별 감흥을 느낄 수 없었다. 아라는 대충 옷을 벗어두고 침대에 몸을 던지고서 잠을 청했다. 이윽고 해가 지고 아라는 부스스하니 일어나서 샤워를 했다. 그리고 미리 준비해둔 옷으로 갈아입고 자신의 방을 빠져나왔다. 다리와 어깨 라인이 드러나는 블랙 드레스를 입은 아라는 흰 피부가 더욱 돋보이면서 섹시함이 한층 짙어졌다. 그리고 동시에 그만큼 우아함도 깊어 보였다.

"후우. 이제 출발하자."

심호흡을 한 번 내뱉은 아라는 곧장 엘리베이터에 올라탔다. 기디언과 함께 온 이 호텔 최상층에는 회원제로만 운영되는 바가 하나 있다. 기존 회원의 소개가 없으면 들어갈 수 없고, 회원비도 만만치 않지만 많은 정·재계인들이 모이기 때문에 웬만한 사람들은 그 바에 들어가길 원했다.

기디언의 재량으로 이곳에 오게 된 아라는 약간의 스릴을 느끼며 카운터 바로 향했다.

"마티니 한 잔이요."

바텐더에게 주문을 한 아라는 스툴에 앉아 다리를 꼬았다. 그러자 그녀의 짧은 치맛자락이 올라가며 슬쩍 허벅지를 드러냈다. 그러자 그녀의 왼쪽 편에 앉은 사내의 시선이 아라에게로 날아들었다. 그걸 눈치챈 아라는 고개를 돌려 그를 향해 매혹적인 미소를 띠어주다 고개를 다시 돌리며 조용히 중얼거렸다.

"미안하지만 오늘 내가 상대할 사람은 당신이 아니거든."

아라는 당연하게도 그 사내에게 다시는 눈길을 주지 않았다. 곧이어 자신이 주문한 마티니가 나오자 그녀는 천천히 한 모금을 마셨다. 그러는 와중에도 왼쪽의 사내는 자신에게 다가올 듯 말 듯 엉덩이를 들썩이고 있는 게 눈에 들어왔다. 괜한 짓을 했다며 아라는 한숨을 포옥 내쉬었다. 그는 절대로 그녀의 '첫 남자'가 될 수 없었다.

"왜 이렇게 안 오는 거야."

남자가 기어코 결심이 선 듯 스툴에서 몸을 일으키는 순간, 아라의 옆에서 듣기 좋은 저음의 목소리가 들려왔다.

"버번 락 하나."

아라의 고개가 자연스럽게 오른쪽으로 돌아갔다. 그러자 그곳에는 웬만한 영화배우보다 수려한 외모의 남자가 한 명 앉아 있는 것이다. 기디언이었다. 아라는 그를 위아래로 훑어보았다. 그저 스툴에 앉아 있을 뿐인데도 자신의 남자는 화보를 찍는 모델처럼 아름다웠다.

"Here's looking at you."

아라는 티가 나도록 기디언을 주시하며 마티니가 든 잔을 오른쪽으로 슬쩍 밀었다.

"……카사블랑카?"

기디언은 입가에 매력적인 미소를 지으며 입을 열었다.

'당신의 눈동자에 건배.'

그의 청록색 눈동자에 이보다 더 어울리는 대사는 없을 것이란 생각이 들었다.

"맞아요. 카사블랑카."

아라와 기디언은 지금 롤 플레이를 하는 중이었다. 마치 이곳에서 처음 만난 남녀가 된 듯이 연기하며 다시 사랑에 빠지는 중이었다. 약간은 장난스럽고 로맨틱한 발상을 한 건 기디언이었다. 그래서 아라는 그의 뜻대로 이 순간에 충실하기로 한 것이다.

이 순간만큼 두 사람은 오늘 처음으로 만난 남녀 사이였다. 그리고 아라는 지금, 자신의 삶에서 이런 아름다운 남자를 다시 만날 일은 쉽지 않을 거라는 생각이 들었다. 그렇기에 이 순간이 더욱 아름답다고 느껴졌다.

"우리가 지금 와인을 마시지 않는다는 게 약간 안타깝네요."

아라는 이전에는 한 번도 보인 적 없는 매력적인 미소를 띠며 기디언을 향해 말했다. 그리고 이어서 그의 버번이 나오자 살짝 잔을 부딪쳤다.

"여기는 자주 오세요?"

"글쎄, 솔직히 자주 올 수 있는 입장이 아니라서 말이죠."

"저도 자주 오진 않아요. 그러니까."

아라는 기디언을 향해 몸을 기대며 그의 허벅지에 손을 얹었다. 그리고 마치 숨결을 뱉듯 자연스럽게 그의 귓가에 속삭였다.

"우리, 오늘 남은 하루 동안 연인으로 있는 건 어때요?"

아라의 도발적인 행동에 기디언은 묵묵히 그녀를 바라보더니 이내 입가에 부드러운 미소를 띠었다. 그게 긍정의 뜻이라 생각한 아라는 남자의 허벅지를 손가락 끝으로 쓸다가 손을 거뒀다. 그런데 그가 그 손을 낚아채더니 깍지를 끼는 것이다.

"연인이라면 이름 정도는 알아야죠."

여전히 매력적인 중저음이었다.

"아라 킴. 편하게 아라라고 불러줘요."

"난 기디언이라고 부르면 됩니다."

자신에게로 서서히 다가오는 기디언의 입술을 보며 아라는 천천히 눈을 감았다.

* * *

누구의 방으로 향할지는 굳이 정하지는 않았다. 그저 좀 더 가까운 곳으로 향하면 그만이었다. 엘리베이터 문이 닫히자마자 두 사람은 자석이라도 된 듯 서로의 입술을 향해 달려들었다.

서로의 혀가 얽히고, 타액을 나누는 동안 두 사람이 머문 공간에는 후끈한 열기가 감돌았다. 엘리베이터가 멈추자 두 사람은 여전히 뒤엉킨 채로 허겁지겁 방으로 향했다. 어찌 문을 열고 안으로 들어가자마자 기디언이 날렵하게 아라의 원피스 지퍼를 내렸다.

"으음…… 빨리……."

아라가 기디언을 재촉하자 그는 더욱더 뜨거운 키스를 퍼부었다. 어느새 원피스는 그녀의 살결을 타고 바닥으로 떨어졌다. 이에 질세라 아라도 기디언의 재킷을 벗기고 와이셔츠의 단추를 풀었다. 그렇게 두 사람은 흐트러진 모습으로 침실로 발길을 옮겨갔다.

"아……. 기디언, 잠시만."

잊고 있던 것이 불현듯 떠올라 아라는 일단 그의 곁에서 살짝 멀어졌다. 불을 켜지 않은 방 안에는 둥글게 뜬 달빛만이 내려앉아 있었다. 그 은은한 빛줄기가 아라의 매끄러운 몸의 곡선을 더욱 돋보이게 만들었다. 그런 그녀를 기디언은 마치 작품을 감상하듯 바라보았다. 아라는 그의 시선이 싫지 않은 듯 살짝 웃으며 침대 위에 걸터앉았다.

"나 처음이에요. 이런 하룻밤을 갖는 것도, 누군가에게 안기는 것도."

일종의 그런 설정이었다. 이건 아라가 정한 내부 사항이었다.

가상이긴 하지만 두 사람이 처음으로 만난 것이라면 다른 모든 것도 처음 겪은 일로 해두고 싶었다. 물론 이건 기디언도 알고 있는 사실이었다. 그래서인지 대본대로 대사를 내뱉은 아라를 보는 그의 표정에서는 아무것도 읽을 수가 없었다.

그렇게 한동안 말도 없이 그녀를 바라만 보던 기디언은 천천히 그녀의 곁으로 다가갔다.

"괜찮습니다."

목소리가 눈에 보인다면 방금 전 기디언이 뱉은 말은 분명 따스한 파스텔 빛일 것이다. 그런 생각이 들 정도로 그의 음성은 무척이나 다정했다.

"당신은 내 연인이잖아요. 그 처음을 함께할 수 있다면 오히려 영광일 겁니다."

기디언은 고개를 숙여 그녀의 볼에 살짝 입을 맞췄다. 그러고서 탄탄한 가슴으로 아라를 감싸 안았다. 이건 예고되지 않은 행동이었다. 두 사람이 함께 정했던 연기가 아니라 기디언의 진심이었던 것이다.

"세상에서 가장 부드럽게 당신을 사랑하겠습니다."

기디언은 품에 안은 아라의 이마에 살짝 입을 맞췄다. 그리고 콧잔등과 양 볼에, 입술에, 턱에 차례로 입을 맞춰갔다. 지금 그의 태도는 방금 전까지 강렬한 키스를 나누던 남자라는 생각이 들지 않았다. 무척이나 신사적이고 다정했다. 그래서였을까. 아라의 입가에는 너무도 자연스러운 미소가 머물렀다.

"후후, 간지러워."

그의 손가락 끝이 아라의 날개 뼈 부근을 살살 어루만졌다. 그러는 중에도 기디언의 입술은 여전히 부드럽게 이동해갔다. 처음에는 마치 강아지가 핥고 있는 것 같았다. 하지만 점차 등을 어루만지는 손길의 횟수가 늘어나고 그의 입맞춤이 농밀하게 바뀌어가자 아라는 뜨거운 숨을 내뱉었다.

"기디언, 내가 모르는 곳으로 날 데려가줘."

달콤한 한숨과 함께 들려오는 그녀의 부탁에 기디언은 살며시 미소 지었다. 두 사람의 밤은 이제부터 시작이었다.

아라의 속삭임에 기디언은 천천히 그녀의 브래지어 후크를 풀었다. 그러자 그녀의 봉긋한 가슴이 모습을 드러냈다.

"당신에게서 아름답지 않은 모습을 찾아내는 건 상당히 어려운 일일 것 같군요, 아라."

기디언의 칭찬에 아라는 뿌듯한 마음이 들었다. CIA를 그만둔 후에도 꾸준히 트레이닝을 해온 보람이 있었다. 자신을 아름답다고, 사랑한다고 말하는 이 남자 앞에서 아라는 언제까지고 어여쁜 존재로만 있고 싶었다. 그녀는 기디언의 앞에서는 한없이 여자이기만을 바랐다.

"내가 가진 모든 것은 당신 것이기도 해."

"언제부터 제가 그런 사치를 부릴 수 있는 존재였는지 모르겠군요."

"지금까지 몰랐다면 이 순간부터 마음껏 느끼면 되잖아. 기디언이 원하는 대로, 그리고 원하는 만큼 나를 탐닉해줘."

기디언은 다정하게 미소 지으며 아라의 부드러운 가슴을 그러쥐었다. 그리고 그녀의 유륜 주위를 살짝 핥았다. 단지 그것뿐인데도 아라의 입가에서는 달콤한 한숨이 새어 나왔다. 이어서 그의 혀가 꼿꼿하게 솟아오른 아라의 유두를 핥았다. 그 순간 아라는 몸 안쪽에서부터 불이 지펴지는 걸 느꼈다.

"하아……."

아라의 달뜬 숨소리에 기디언은 그녀를 조심스레 침대 위로 눕혔다. 그리고 그녀의 다리를 살짝 벌려 그 사이로 자신의 몸을 들이밀었다. 아라의 풍만한 가슴을 마음껏 탐닉한 기디언은 정성을 들여 아라의 온몸에 입을 맞췄다. 그때마다 그녀의 몸이 움찔거리며 떨렸다. 그 모습이 사뭇 귀여워 기디언은 살짝 짓궂은 마음이 들었다.

"흥분한 모습도 귀엽군요."

살짝 미소 지으며 그렇게 말한 기디언은 그녀의 가는 발목을 잡아챘다. 그걸 자신의 어깨에 두르며 아라의 허벅지 안쪽, 가장 여린 살을 깨물었다. 순간적인 고통에 아라가 몸을 바르작거렸지만 기디언은 그녀를 쉽사리 놓아주지 않았다.

"괜찮습니다. 잡아먹으려는 게 아니니까요."

기디언은 무척이나 다정한 음성으로 아라를 달랬다. 그리고 자신이 깨물었던 자리를 살살 핥기 시작했다. 그의 잇새에 물린 여린 살덩이에는 아마 붉은 각인이 남았을 게 분명했다. 하지만 상처를 계속 자극받으니 아라는 어쩐지 조금 전보다 더 흥분되는 느낌이 들었다. 그래서 두 다리에 힘을 주며 기디언의 어깨를 살짝 끌어당겼다.

"날 좀 더 맛봐줘."

그녀는 평소보다 훨씬 상기된 모습으로 대담하고 매혹적으로 행동했다. 기디언은 그런 아라의 모습이 새삼 사랑스럽게 느껴졌다.

"알고 보니 내 연인은 욕심쟁이였군요."

기디언은 가볍게 웃으며 아라의 음부 쪽으로 입술을 옮겼다. 그녀의 중심에서는 풍미 가득한 향이 풍겨오고 있었다. 그건 남자를 끌어당기는 마성의 향취였다. 기디언은 더 이상 지체하지 않고 그녀의 수풀 사이에 숨겨진 클리토리스를 핥았다. 그 순간 아라에게 하얀 섬광이 내리쳤다.

"아, 아아!"

지금까지 이런 달콤한 자극은 모두 기디언이 알려주었다. 그의 혀끝에서 그녀는 온몸이 녹아들어간다는 걸 느꼈다. 그녀는 지금, 기디언을 위한 단 한 명의 여자였다.

"하아, 기디언."

기디언의 애무가 정성이 더해질수록 그녀는 더욱 촉촉하게 젖어갔다. 끈질기고 농밀하게 그녀를 희롱하던 기디언은 클리토리스에서 입술을 뗴었다. 그리고 이번에는 여인의 음부 안으로 혀를 밀어 넣었다. 그녀의 안에서는 더욱 달콤한 즙이 흘러나오고 있었다. 그의 혀끝이 자신의 안으로 들어오는 걸 느끼며 아라는 몸을 떨었다.

"아…… 하아……."

끈질기게 애액을 탐하는 그의 행동이 그녀를 미치게 만들었다. 그 행동이 점차 속도가 높아지고 격해질수록 아라의 허리는 가늘게 떨렸다.

"하으……. 아, 기디언……."

기디언은 시간과 정성을 들여 아라를 마음껏 맛보았다. 그럴수록 그녀의 체취는 더욱 짙어지고 달뜬 숨소리도 농염하게 변해갔다.

"이제 괜찮을까요?"

아라의 음부에서 입술을 뗀 기디언은 형형한 눈빛으로 그녀를 바라보았다. 그녀가 흥분한 만큼 기디언도 더 이상 참을 수 없었던 것이다. 그런 남자를 바라보며 아라는 약간 재미있다는 생각을 했다. 언제나 신사적이면서도 다정하기만 하던 남자가 자신 때문에 저토록 짐승과 같은 눈빛을 하게 된다는 건 그녀에게 조금 신선하게 와 닿았다.

"내가 부서져도 좋으니까 기디언이 원하는 만큼 나를 음미해 줘."

이번에도 아라는 매혹적인 미소를 지으며 기디언의 허리에 다리를 둘렀다.

"여왕님께서 원하신다면 그렇게 하도록 하죠."

기디언은 여유롭게 미소 지으며 자신의 하의를 벗었다.

"Killing me softly."

두 사람이 있는 지금 이 순간을 마음껏 느끼고 즐길 수만 있다면 충분하다는 생각이 들었다. 그래서 아라는 평소보다 더욱 기디언을 도발했다. 기디언도 그걸 눈치챘는지 그녀에게로 다가와 부드럽게 입을 맞췄다. 그리고 동시에 그의 페니스가 천천히 그녀의 질구 안으로 밀고 들어왔다.

"하으…… 아……. 기디언……."

기디언이 찔러오는 속도에 맞춰 아라의 허리도 들썩거리며 흔들렸다. 기디언에게 몸을 내맡길수록 그녀는 더욱 깊은 쾌락 속으로 빠져갔다. 도무지 참으려고 해도 몸속의 브레이크가 말을 듣지 않았다. 입에서는 열기 띤 밭은 숨이 새어 나오고 그를 끌어안은 손끝은 애틋함이 넘쳐서 괜히 손톱만 세우게 되었다.

"하아……. 더, 더 조여봐요."

귓가에 나지막이 울리는 기디언의의 음성에 아라는 저도 모르게 질구에 힘을 주었다. 더욱 빠듯해진 그녀의 내부에 기디언도 서서히 뜨거운 열기를 내뿜었다.

"하아……. 아라, 당신은 내 겁니다."

"아, 아응……. 맞아. 나…… 당신 거야……."

달콤한 쾌락에 아라의 미간이 일그러지자 기디언은 그녀를 달래려는 듯 이마에 살짝 입을 맞췄다.

"고통에 일그러진 당신의 표정도 최고로군요."

그녀의 머리를 쓰다듬으며 기디언이 시선을 맞춰왔다. 다정하고 깊은 청록색 눈동자를 보며 아라는 가슴이 벅차오는 걸 느꼈다. 그를 선택할 수 있어서, 그리고 사랑할 수 있어서 정말로 다행이었다.

"더. 내 안으로 더 들어와줘."

아라의 말에 기디언은 다정하게 입을 맞춰왔다. 그리고 조금 전보다 더 깊이 그녀의 안으로 들어갔다.

"하아, 흐읏……."

자신의 페니스가 온전히 그녀에게 감싸여지는 그 순간을 기디언은 참을 수가 없었다. 그의 아래에서 아름답게 흐트러지는 그녀를 보고 있노라면 한순간에 이성이 날아갈 것만 같았다.

"기디언……. 내 안에 당신이 있다는 게 너무도 선명하게 느껴져. 그게 기쁘기도 하면서 행복하기도 한데…… 뭔가 애틋하기도 해."

아라는 그의 목에 팔을 두르며 이마를 맞댔다.

"이대로 영원히 당신 말고는 아무 생각도 들지 않게 해줘."

어느 때보다 훨씬 달콤한 유혹이었다. 기디언은 그녀의 뺨에 입을 맞춘 뒤에 잠시 멈췄던 허리를 다시 움직였다. 처음에는 작은 파도가 밀려왔다가 사라져갔다. 아주 천천히 말이다. 하지만 이내 그걸 아쉬워할 새도 없이 큰 파도가 몰아쳤다. 기디언의 성난 페니스가 그녀의 안쪽 깊숙한 곳을 찔러 올렸다.

"하응……. 아아……."

달콤한 쾌감은 이내 묵직하고 뜨거운 육욕으로 변해갔다. 아라는 자신을 가득 채운 남자란 존재에 탐욕을 부리기 시작했다. 그가 그녀를 강하게 찔러 올렸다가 잠시 빠져나가는 그사이를 참을 수가 없었다.

"하으, 싫어…… 좀 더!"

아라는 어느새 이성을 잃고 그를 보채기 시작했다. 강하게 찔러 들어오는 리듬에 맞춰 허리를 흔드는 동시에 페니스를 품은 질구를 더욱 세게 조였다. 그녀가 보채면 보챌수록 기디언은 더욱 깊숙하게 그녀의 안으로 들어왔다.

"하앗……. 기디언…… 더……. 더 깊이 들어와줘."

아라는 눈가에 눈물까지 그렁거리며 기디언에게 적극적으로 매달렸다. 이미 몇 번이나 몸을 겹쳤지만 그녀에게 그는 한번 빠지면 나올 수 없는 블랙홀과도 같은 존재라는 생각이 들었다. 어떤 순간이 오더라도 그를 놓치고 싶지 않았다. 아라는 기디언의 허리에 다리를 감으며 그가 벗어나지 못하도록 힘을 주었다.

"하, 아라."

그 순간, 단정하고 아름다운 남자의 얼굴에 깊은 쾌락이 깃들었다. 기디언의 가빠진 숨결을 들으며 아라는 온몸이 오싹해지는 희열을 느꼈다. 이대로 떨어지고 싶지 않았다. 더욱더 그를 원하고 갈구하고 싶어졌다. 기디언이라는 존재가 자신의 안에서 산산이 바스러지길 바랐다.

"아으응……. 싫어. 멈추지 마."

그래서 아라는 기디언을 더욱 세게 끌어안았다. 그가 언제까지고 자신을 강렬하게 원한기만 바랐다. 그렇게 두 사람의 호흡이 하나가 되어갈수록 실내에 울리는 소리는 더욱 끈적거리는 농밀함이 짙어져갔다. 기디언이 안으로 찔러 들어가면 아라는 더 안쪽으로 그를 유혹했다. 굶주린 짐승들처럼 서로만을 갈구했다. 그렇게 한참을 서로의 움직임에 집중하고 있던 어느 순간, 아라에게 이 세상의 것이라 생각할 수 없을 정도로 강한 쾌감이 밀려들었다.

"하웃!"

뜨거운 열기에 휩싸인 아라는 가늘게 몸을 떨었다. 기디언이 제 안에 머물러 있다는 것 외에는 아무것도 생각할 수가 없었다.

"아, 싫어…… 하웅……. 기디언…… 나…… 갈 것 같아."

"하, 아라……. 저도…… 마찬가지입니다. 그러니까 같이……."

아라가 이성이 날아갈 것 같은 강한 쾌감에 몸을 떠는 사이에 기디언에게도 토정의 순간이 찾아왔다. 동시에 절정을 느끼게 된 기디언과 아라는 서로 더욱 강하게 끌어안았다.

"아, 아아. 기디언! 하웃!"

"흐읏…… 아라."

사랑하는 사람과 함께 절정을 맞이한다는 건 이제껏 한 번도 느껴보지 못했고, 가본 적도 없는 이상향을 함께 발견한 기분이었다. 아라와 기디언은 말로는 설명할 수 없는 충만감을 느끼며 서로의 몸에 기대어 잠시 가쁜 숨을 몰아쉬었다.

"하아, 하아……."

아라는 방금 마라톤을 끝마친 사람처럼 온몸에 저릿한 만족감이 맴도는 걸 느끼며 그의 품에 기대었다.

"아라, 씻어야죠. 뜨거운 물을 받아줄게요."

두 눈을 감고 있는 아라의 머리를 쓰다듬으며 기디언이 다정하게 말했다. 힘이 빠진 그녀는 그저 고개를 끄덕일 수밖에 없었다. 그런 그녀가 귀여워서 기디언은 아라의 이마에 입을 맞췄다.

"같이 들어갈까요?"

장난기 섞인 그의 음성에 아라는 눈을 번쩍 떴다. 그리고 의미심장한 미소를 지으며 기디언을 보았다.

"그 말, 후회하지 마."

아라의 도발에 기디언은 다정하게 미소 지으며 그녀의 이마에 입을 맞췄다. 그러고는 침대 위에 누워 있던 아라를 단숨에 안아 올렸다. 실오라기 하나 걸치지 않은 두 사람은 그대로 욕실로 향했다.

"욕실이 쓸데없이 넓은 것 같아."

아라는 상상했던 것 이상으로 넓은 욕실을 보면서 놀랍다는 생각이 들었다.

"그만큼 소리도 잘 울릴 것 같지 않습니까?"

기디언은 짓궂은 표정을 지으며 그녀의 귓가에 나지막이 속삭였다. 그가 말하고자 하는 '소리'란 아마도 사랑을 나누는 중에 흘러나오는 아라의 교성일 것이 분명했다.

"나보다는 당신이 내는 소리가 훨씬 더 매력적일 것 같은걸."

아라 역시 그에게 지지 않고 짓궂은 표정을 짓더니 손을 들어 기디언의 가슴팍을 매만졌다. 농밀하면서도 은밀한 손길에 그는 매혹적인 미소를 지었다.

"거부하기 힘든 유혹이로군요."

"기디언이 내 유혹을 거부할 리 없다는 걸 이미 잘 알고 있으니까."

"확실히 당신 말이 맞습니다. 하지만 쉬지 않고 연속으로 안게 되면 당신 몸에 부담이 될 것 같으니 아주 잠시만 참도록 하죠."

기디언은 그녀의 입술에 짧게 입술을 맞추고는 아라의 몸을 욕조에 뉘었다. 그리고 곧장 뜨거운 물을 받기 시작했다.

"피곤하지 않습니까? 일단은 뜨거운 물에 몸부터 좀 녹이죠."

일정량의 물이 욕조에 차오르자 아라의 몸도 서서히 따스해지는 걸 느꼈다. 기디언은 그녀의 몸이 물에 잠기는 걸 본 후에 거품 입욕제를 풀어 넣었다.

"당신은 들어오지 않을 거야?"

"제가 함께 들어가길 원합니까? 혼자서 느긋하게 즐기는 편이 더 편할 텐데요."

"지금은 혼자가 아니라 당신과 같이 있고 싶어. 여기는 혼자서 즐기기에는 쓸데없이 넓고, 쓸쓸할 것 같거든."

아라의 말에 기디언은 한동안 말없이 그녀를 바라보더니 이내 아라의 입술에 입을 맞췄다. 그리고 천천히 욕조 안으로 들어와 그녀를 뒤에서부터 끌어안았다. 따스한 물의 온도와 기디언의 체온이 더해지자 아라의 몸은 평소보다 더 따뜻해지는 기분이 들었다.

"제가 씻겨드리겠습니다."

그렇게 말한 기디언은 욕조 밖으로 손을 뻗어 베스 타월을 손에 들었다. 그는 천천히 그리고 부드럽게 그녀의 굴곡진 몸을 닦아내려가기 시작했다.

"후후. 누군가 다른 사람이 내 몸을 닦아주는 건 처음 있는 일일지도 모르겠네."

그렇게 말하며 아라는 목을 울리며 키득키득 웃었다. 그녀의 길고 늘씬한 목, 어깨, 봉긋한 가슴, 움푹하게 팬 배꼽을 지나던 타월은 이내 허벅지를 쓸어 나갔다.

"오늘따라 왜 이렇게 다정하게 구는 거야?"

"저는 언제나 당신에게 다정했다고 생각하는데요."

"그랬던가. 하지만 오늘은 평소보다 훨씬 더한 것 같다는 느낌이 드는걸."

아라는 기디언의 손길에 몸을 맡기며 그에게 등을 기대었다.

"아마도 기뻐서 그렇겠죠."

"기쁘다고?"

그녀가 반문하자 기디언은 천천히 고개를 끄덕였다.

"당신의 사랑을 얻어냈으니까 말입니다. 게다가 아라의 등에 오롯이 내 장미만이 존재한다는 게 퍽이나 기뻐서 자꾸 다정하게 구는 걸지도 모릅니다."

기디언의 말에 아라는 가슴 한편에서 전기가 통한 듯 찌르르해지는 걸 느꼈다. 가슴이 벅차오르는 것과는 다른 감각이었다. 그저 이 사내가 너무도 사랑스럽게만 느껴졌다. 그래서 그녀는 더 고민할 필요도 없이 몸을 돌려서 기디언의 입술에 입을 맞췄다.

"좀 더 악당답게 굴어도 화내지 않을게."

"악당같이…… 말입니까?"

"원래 당신은 그다지 착한 사람은 아니었잖아."

아라가 그의 귓가에 나지막이 속삭이자 기디언은 그녀의 몸을 닦고 있던 베스 타월을 그녀의 손에 쥐여주었다.

"그렇다면 사양하지 않겠습니다."

그러고서 그는 조금의 망설임도 없이 그녀의 음부로 손을 가져갔다. 방금 전에 쾌락을 맛본 아라의 몸은 그의 손에 다시 녹아내릴 서 같았나.

"아⋯⋯. 이렇게 갑자기⋯⋯?"

"쉿, 지금 당장 당신을 어떻게 하려는 게 아닙니다. 단지 아라의 안에 남긴 제 흔적을 없애려고 하는 거니까 걱정 마세요."

그렇게 말한 기디언은 그녀의 질구 안으로 손가락을 집어넣어 자신이 토정했던 정액들을 긁어냈다. 하지만 그 움직임은 이전의 것처럼 야릇하고 아찔해서 아라는 저도 모르게 허리를 움찔거리고 말았다.

"정숙하지 못한 여자로군요."

기디언의 입가에는 미소가 걸려 있었지만 음성은 그녀를 타박하고 있었다. 그런 그를 보며 아라는 순간 발끈했지만 이내 입가에 매혹적인 미소를 띠며 그의 목덜미에 팔을 둘렀다.

"하아⋯⋯. 누가⋯⋯ 그렇게 만들었다고 생각해?"

"음⋯⋯. 아마도 제 잘못인가 보군요."

기디언은 입가에 만족스러운 미소를 띠더니 아라의 볼에 입을 맞췄다. 그러고는 좀 더 부드럽게 그녀의 안을 휘저었다.

"하웃⋯⋯."

정액만 긁어내던 방금 전과는 확연히 다른 움직임이었다. 그렇게 아주 조금씩 아라는 기디언에게 잠식되어갔다. 다시금 파도처럼 밀려오는 아찔한 쾌락에 그녀는 무너지듯 그에게 몸을 기댔다.

"아, 기디언⋯⋯."

그녀의 머릿속에 섬광이 내리치는 것과 동시에 가늘게 몸이 떨려왔다. 다시 맞이하는 절정 끝에 보이는 건 여유롭게 미소 짓고 있는 악당의 모습이었다. 이 세상의 것으로는 보이지 않는, 치명적으로 아름답고 천상의 존재처럼 사랑스러운 그런 악당이 그녀를 향해 부드럽게 미소 짓고 있었다. 이제는 영원히 기디언에게서 벗어날 수 없을 것 같았다.

"나만의 악당."

아라는 그의 입술에 뜨겁게 입을 맞췄다. 그가 내뱉는 숨결을 아라는 몇 번이고 탐닉했다. 그렇게 두 사람은 하나의 욕조에서 서로에게 녹아들어갔다.

* * *

"욕조에 오래 있었더니 목이 마르군요."

목욕가운을 걸친 기디언은 테이블 위에 놓인 크고 투명한 물병을 들었다. 적당한 양의 물을 잔으로 옮긴 그는 한 컵을 마시더니 다시 새로운 물을 따라서 아라에게 내밀었다. 잔을 받아 든 아라역시도 목이 말랐던지 단숨에 컵을 비웠다.

"여기로 와요."

빈 잔은 테이블 위에 올려둔 기디언은 그녀의 머리에 둘러진 타월을 조심스레 벗겼다.

"잘 말리지 않으면 감기 들 겁니다."

기디언은 그녀를 번쩍 안아 들고서 파우더 룸으로 향했다. 그리고 그대로 그녀를 의자에 앉히더니 드라이어를 켜서 그녀의 머리카락을 한 가닥, 한 가닥을 정성들여 말려주었다. 그의 손에 머리를 맡기며 아라는 잠시 눈을 감았다. 부드럽게 스치고 지나가는 그의 손길이 너무도 부드러워서 짐이 쏟아질 거 같았다.

"이대로 여기에서 잠들면 안 됩니다."

기디언이 자못 엄한 투로 말했지만 그의 목소리에는 여전히 부드러움이 배어 있었다. 그래서 아라는 감았던 눈을 뜨고서 배시시 웃어 보였다. 그런 그녀의 모습에 기디언은 참지 못하고 그녀의 입술을 훔쳤다. 한번 닿았던 입술이 잠시 떨어지는가 싶더니 다시 그녀의 앞으로 다가와 더 깊이, 더 아찔하게 그녀의 입술을 머금었다. 끈적끈적하게 흘러내리는 꿀처럼 기디언의 혀가 아라의 입 속을 침범하고 그녀의 혀를 마음껏 농락한 후에야 놓아주었다.

"자꾸 그렇게 예쁘게 웃으면 당신을 가만 놔둘 수가 없잖아요."

아라의 귓가에 나지막이 속삭인 기디언은 다시 그녀의 볼에 가볍게 입을 맞추고는 드라이어를 껐다.

"머리도 다 말렸으니 이제 옷을 입어야죠. 잠시만 기다려요."

그렇게 말한 기디언은 잠시 파우더 룸을 빠져나가더니 깔끔하게 정리되어 있는 그녀의 잠옷을 들고 다시 돌아왔다. 아라가 옷을 받아 들기 위해서 자리에서 일어서자 기디언이 고개를 내저었다. 그러고서 그녀의 브래지어를 직접 입혀주는 것이다.

"이건 좀 과한…… 친절인 것 같은데. 혼자 입을 수 있어."

"아니요. 제가 입혀주고 싶습니다."

자신이 아니라 다른 사람이 속옷까지 입혀준다는 건 생경한 기분이었다. 별것 아닌 잠옷 하나도 제 손이 아니라 기디언의 손에 의해 입혀진 아라는 옷매무새를 모두 점검받은 후에야 그의 손길에서 벗어날 수 있었다. 무엇이라 설명하기 힘들지만 그에게 많은 보살핌을 받고 있는 기분이 들었다.

"나도 당신 옷을 입혀줄까?"

"아니요. 그러면 다시 흥분할지도 모르니까 사양하죠."

천진하게 물어오는 아라를 보며 기디언은 손사래를 친 후에 자신도 잠옷으로 갈아입었다. 그리고 좀 전과 마찬가지로 그녀를 번쩍 안아 들고서 침대로 향했다. 천천히 그녀를 먼저 뉜 그는 옆자리에 자리를 잡고 누워서 아라를 품 안에 가뒀다.

"당신과 함께 이렇게 평온한 순간을 맞이할 거라고 상상도 해보지 않았습니다."

"그건 나도 마찬가지야."

아라는 그의 허리에 팔을 두르고서 품 안에 고개를 묻었다.

"하지만 가끔은 이런 것도 나쁘지 않은 것 같아."

"앞으로는……."

무언가를 말하려던 기디언은 갑자기 입을 다물었다. 아라와 함께 미래에 대해 이야기한다는 것은 그에게 낯설었기 때문이다. 그녀에게 무언가 확실한 약속을 해주고 싶은 마음이 들다가도 앞을 내다볼 수 없는 불안한 미래 때문에 주저하게 되었다. 그런 기디언의 망설임을 아라도 알고 있었다. 그래서 그녀는 그를 더 강하게 끌어안을 뿐 더 캐묻지는 않았다.

"……Baby, good night."

이것으로 되었다. 같은 공간에 함께 있으면서, 같은 순간에 잠들 수 있는 것만으로도 충분하다는 생각이 들었다. 보이지 않는 약속보다는 바로 곁에서 느껴지는 기디언의 체온이 훨씬 더 확실하게 와 닿았기 때문이다.

"잘 자도록 해요, 내 사랑."

기디언은 눈을 감고 있는 아라의 모습을 잠시 바라본 후에 그녀의 이마에 살짝 입을 맞췄다. 그리고 그도 천천히 눈을 감았다. 오늘 밤만은 어느 때보다 편안한 마음으로 잠들 수 있을 것 같다는 생각이 들었다.

11. 필로우 토크(Pillow Talk)

한참을 잠에 빠져 있던 아라는 무언가 볼에 닿는 느낌에 눈을 떴다. 그러자 바로 눈앞에서 기디언이 화사하게 미소 지으며 그녀를 내려다보고 있었다.

"잘 잤어요?"

그는 다시 한번 더 아라의 뺨에 입을 맞추고서 머리를 쓰다듬었다.

"마치 엄마의 품속에서 잠든 것처럼 평온한 얼굴을 하고 있어서 깨우기가 힘들었습니다."

아라는 부스스한 모습으로 몸을 일으켰다. 그리고 길게 기지개를 켠 후에 기디언을 보았다.

"정작 나는 내가 어떤 모습으로 자는지 모르는걸."

"아주 잘 자던걸요. 얼마나 곤하게 자는지, 제가 일어나는 것도 모르고 쭉 자더군요."

그런 아라가 귀여웠던지 기디언은 아프지 않도록 그녀의 볼을 꼬집었다.

"이제 막 일어났으니 목마르겠군요."

기디언은 적당한 양의 물을 잔에 담아서 아라에게 내밀었다. 아라는 천천히 물을 다 마신 후에 빈 잔을 테이블 위에 내려놓았다. 그러자 기디언이 기다리고 있었다는 듯 바로 다음 말을 이었다.

"잘했어요. 이제 씻고 식사하도록 할까요."

기디언은 아라의 머리카락을 쓰다듬더니 그녀를 단숨에 번쩍 안아 들고서 욕실로 직행했다. 이미 욕조에 뜨거운 물을 받아둔 탓에 욕실에는 하얀 김이 서려 있었다. 아라를 욕조로 뉘어준 기디언은 들어왔을 때와 마찬가지로 빠른 걸음으로 밖으로 나가려 했다.

"같이 안 씻을 거야?"

아라의 도발적인 질문에 기디언은 고개를 돌려 빙긋 웃어 보였다.

"전 이미 씻었으니 아라는 몸 구석구석 깨끗이 씻고 나와요."

그 말을 남긴 채 기디언은 욕실을 빠져나갔다. 그의 뒷모습을 끝까지 바라보던 아라는 천천히 잠수하듯 욕조 안 물속으로 들어갔다. 뜨거운 기운이 머리에서부터 발끝까지 퍼져 나가고 차오르는 숨을 견디지 못할 때쯤, 그녀의 입에서 보글거리며 공기방울이 비집고 나왔다.

"푸하."

물 밖으로 나온 아라는 얼굴에 남은 물기를 손으로 털어내고 욕실을 둘러보았다.

"역시, 혼자 쓰기에는 쓸데없이 너무 넓네."

아라는 욕조에 기대며 나지막이 중얼거렸다. 그렇게 물이 다 식을 때까지 욕조에 몸을 담그고 있던 아라는 부르르 떨리는 어깨를 감싸 안으며 그곳을 빠져나왔다. 곧장 샤워기의 뜨거운 물을 틀어 다시 몸을 데우고 기디언이 말했던 것처럼 몸 구석구석, 빠짐없이 비누칠을 했다. 머리카락도 감은 후에는 머리에 타월을 둘렀다. 그리고 가운을 입고 욕실을 빠져나왔다.

"깨끗이 씻었습니까?"

"아마도 그런 것 같아."

"그러면 여기로 오셔서 식사하시죠."

기디언의 부름에 따라 아라는 다이닝 룸으로 발걸음을 옮겼다. 그곳에는 룸서비스로 준비해둔 조식이 마련되어 있었다. 아라가 의자에 앉자 식사는 조용하게 이루어졌다. 다만 간혹 아라의 손이 가지 않는 음식이 있으면 기디언이 애써 그것을 챙겨주거나 직접 먹여주기까지 했다. 만족할 만한 아침 식사가 끝나자 먼저 자리에서 일어난 기디언은 아라의 머리에 둘러진 타월을 벗겼다.

"오늘도 제가 당신 머리를 맡아야 할 것 같군요."

그렇게 말한 기디언은 아라가 식사를 마치는 동안 타월로 물기 어린 머리카락을 정성스레 닦아주었다. 이내 그녀의 식사가 끝난 걸 확인하자마자 아라를 번쩍 안아 들고서 곧장 파우더 룸으로 향했다. 그러고는 머리카락 한 올 한 올, 정성을 기울여 말린 후에 어젯밤과 마찬가지로 속옷부터 옷까지 직접 입혀주었다.

"후후, 서비스가 너무 지나친 거 아니야?"

"아라를 위해서라면 이보다 더한 것도 해줄 수 있습니다."

사랑스럽게 웃음 짓는 아라를 보며 기디언은 다시 뺨에 입을 맞추었다.

"그럼 이제 차를 마시도록 할까요."

기디언은 손수 레몬티를 타더니 꿀을 한 스푼 넣었다. 그리고 그걸 아라와 자신의 앞에 각각 놓아두었다. 그녀가 따뜻한 레몬티로 입가심을 하는 동안 기디언은 아라를 빤히 바라보고 있었다. 그걸 애써 모른 척하던 아라는 괜히 쑥스러운 마음에 톡 쏘아붙였다.

"뭘 그렇게 봐."

"예뻐서요."

마치 기다렸다는 듯 기디언이 곧장 대답해왔다. 뻔뻔한 그의 태도가 새삼스럽지 않았지만 요즘 들어 부쩍 그의 말 한마디, 한마디에 진심이 느껴졌다. 다정한 음색, 행동, 눈빛까지, 그는 점점 더 아라만을 사랑하는 존재가 되어가고 있었다. 자신을 바라보는 청록색의 눈동자를 보며 아라는 가슴 언저리가 간질거리는 생경한 감각을 느꼈다.

"차 다 마셨으면 우리 그만 나갈까요."

아라가 들고 있던 찻잔을 내려놓자 기디언 역시도 잔을 내려놓고 자리에서 일어섰다.

"나간다고? 어디로?"

갑작스런 제안에 아라가 어리둥절한 눈으로 바라보자 기디언은 어깨를 으쓱거렸다.

"글쎄요. 일단은 느긋하게 산책이나 하죠."

자리에서 먼저 일어난 기디언이 그녀를 향해 손을 뻗었다.

"응?"

그 손을 어쩌라는 건지 몰라서 아라가 멀뚱히 바라만 보고 있자 기디언은 그녀의 손을 낚아채어 깍지를 끼는 것이다.

"이제 나가죠."

"어? 어, 어."

그렇게 뭐라고 할 새도 없이 기디언의 손에 이끌려 아라는 스위트룸을 벗어났다. 복도를 지나 엘리베이터를 타는 동안에도 기디언은 잡은 손을 놓지 않았다. 호텔을 나와 주변을 걸으면서도 두 손은 깍지를 낀 채였다.

"누군가와 이렇게 느긋한 시간을 보내는 건 처음인 것 같습니다."

여유롭게 걸음을 옮기며 기디언은 아라를 바라보았다. 스쳐 지나는 사람, 어느 누구도 그에게는 상관이 없었다. 지금 이 순간에 중요한 이는 아라 한 명뿐이었다.

"나도 그런 것 같아. 이렇게 마음 놓고 거리를 함께 걷는 건 기디언이 처음이야."

살랑이며 부는 바람에 아라의 머리가 흩날렸다. 아무런 치장을 하지 않았는데도 매끄러운 피부, 그리고 붉은 입술이 무척 매력적으로 보였다. 기디언과 함께 있는 이 순간, 아라는 누구보다 반짝이며 사랑스럽게만 보였다.

"당신의 처음을 함께 나눌 수 있다고 생각하니 꽤 영광이로군요."

바람에 날리는 아라의 머리카락을 넘겨주며 기디언은 부드럽게 미소 지었다. 우습게도 아라는 그런 기디언의 모습에 심장이 세차게 뛰었다. 마주 잡은 두 손과 서로만을 바라보는 눈동자가 더없이 소중하게 느껴졌다.

"……나도 그래."

아라의 나지막한 중얼거림에 기디언은 고개를 갸웃했다.

"뭐가 그렇다는 말이죠?"

이럴 때만 눈치가 없는 기디언의 행동에 하마터면 탄식을 내뱉을 뻔했다. 평소 같았다면 모르면 됐다는 식으로 넘겼겠지만 왠지 이 순간을 놓치면 나중에 후회할 것만 같아서 아라는 솔직한 마음을 전하기로 했다.

"나도…… 당신과 함께 이런 순간을 나눌 수 있어서 기쁘다는 뜻이야."

두 뺨을 붉히며 진심을 전하는 아라를 보며 기디언은 가슴이 벅차오르는 걸 느꼈다. 사소하게 넘길 수도 있는 한마디였지만 아라는 그러지 않았다. 그것만으로 아라가 자신을 얼마나 생각하는지 알 수 있었다.

"당신과 제가 같은 생각을 하고 있어서 다행입니다."

기디언은 화사하게 웃으며 맞잡은 손에 힘을 실었다. 그렇게 걱정도, 근심도 없이 두 사람은 서로만을 보며 걸어 나갔다. 별것 아닌 사소한 대화를 나누며 두 사람은 한참을 걸었다. 그러던 어느 순간, 아라가 갑자기 걸음을 멈추더니 한곳을 물끄러미 바라보았다.

"무슨 일이죠?"

기디언은 갑자기 멈춰 선 아라에게 의아해하며 물었다. 하지만 아라는 무언가에 넋을 뺏긴 듯 꼼짝도 하지 않았다.

"뭐 마음에 드는 거라도 발견했습니까?"

기디언은 아라가 바라보고 있는 곳을 향해 시선을 옮겼다. 그러자 낡은 사진관이 눈에 들어왔다. 그녀는 그곳에 전시된 흑백 사진 앞에서 시선을 떼지 못하고 있었다. 기디언은 더욱 의아한 마음으로 사진과 그녀를 번갈아 바라보았다. 그런 그의 시선을 눈치챘는지 한참을 가만히 있던 아라가 입을 뗐다.

"그거 알아? 난 기디언 당신이 어떤 모습이라도 진심으로 사랑하자고 마음먹었어."

아라는 손을 들어서 기디언의 볼을 살며시 쓰다듬었다. 그를 바라보는 그녀의 시선은 복잡하게 엉켜 있었지만 그를 또렷이 담아내고 있다는 사실에는 변함이 없었다.

"앞으로도 영원히 난 지금의 기디언을 기억할 거야. 과거가 어땠는지는 상관하지 않을게. 이게 내가 내린 답이란 걸 잊지 말고 기억해줘."

아라가 무엇 때문에 이런 말을 하는 건지 짐작이 갔다. 아마도 사진을 보았기 때문일 것이다. 어느 순간에도 진실만을 담는 사진은 시간이 흘러도 변함없이 그 자리에 남아 있기 마련이다. 하지만 기디언은 그것과는 다른 삶을 살아왔다. 그리고 아라에게 말하지 못한 사실들이 아직도 많이 남아 있었다. 그녀는 은연중에 그 사실을 떠올린 게 분명했다.

"이미 여러 번 말했지만 저 역시도 당신만을 사랑하는 삶을 살아갈 것입니다. 제 남은 생은 모두 아라의 것이나 다름없어요."

기디언은 천천히 곁으로 다가가 아라를 품에 안았다. 그리고 그녀의 목덜미에 고개를 묻고서 살짝 입을 맞췄다.

"저와 평생을 함께할 사람은 오로지 아라뿐입니다."

아라는 대답을 대신해서 그의 허리에 손을 둘렀다. 그와 함께라면, 어쩌면 과거와는 다른 길로 갈 수 있을지도 모르겠다는 생각이 막연하게나마 들었다. 적어도 지금 이 순간은 어제보다 나은 오늘이기에 다행이었다.

* * *

산책을 마치고 돌아온 두 사람은 호텔 풀장에서 가볍게 수영을 즐긴 후에 다시 방으로 돌아왔다. 가볍게 샤워를 하기는 했지만 따뜻한 물에 몸을 녹이고 싶었던 아라와 기디언은 함께 욕조에 몸을 담갔다. 그리고 마치 자석에 이끌리듯 서로의 입술이 마주쳤다.

"으응…… 잠깐……."

미친 듯이 몰아치는 키스의 파도 속에서 허우적거리고 있는 아라를 보고 있노라면 기디언은 뒷머리가 쭈뼛 설 정도로 오싹해졌다. 그 정도로 그녀는 그에게 강한 자극제였던 것이다.

"하아…… 미치겠군요."

이런 상황에서는 아무리 기디언이라고 해도 여유를 부릴 수가 없었다. 겨우 입술을 떼어내고 아라의 목덜미에 고개를 묻고 달콤한 내음을 음미하는 것도 잠시였다. 보기만 해도 군침 돌게 만드는 새하얀 살결이 눈앞에 펼쳐지자 기디언의 이성은 어딘가로 날아가고 오로지 그녀를 갖고 싶다는 본능만이 그에게 남았다. 그런 야수와 다름없는 기디언의 눈빛을 아라는 황홀하게 바라보았다.

"나를 그런 눈빛으로 바라보는 사람은 기디언밖에 없을 거야."

"내가 어떻게 당신을 바라보고 있는데요?"

"마치…… 당장이라도 날 잡아먹을 것 같은 눈빛이야."

"그럴 수밖에 없죠. 당신은 어떤 순간에도 나만을 위해서 피어나니까요."

기디언은 하반신이 서서히 뻐근해지는 걸 느꼈다. 나쁘지 않은 느낌이었다. 페니스로 끝없이 몰리는 피가 혈관을 통과하고 있는 것이 느껴질 정도로 확실해지는 감각은 심장의 두근거림조차 뛰어넘어버릴 것 같았다. 이 모든 것이 눈앞에서 치명적인 미소를 짓고 있는 아라의 탓이었다.

"당신은 언제나 나를 미치게 만듭니다."

기디언은 낮게 으르렁거리는 소리를 내었다. 아라는 그런 그를 유혹하려는 듯 자신의 부어오른 입술을 혀끝으로 핥아낸다.

"그런 식으로 앙큼하게 유혹을 하다니. 그에 상응하는 벌을 내려야겠군요."

기디언은 이를 세워 아라의 목덜미를 점령해 나갔다. 먹이를 낚아채는 야수와 다름이 없었다.

"웃……. 아프다고…….."

아라라면 충분히 그를 밀치고 몸을 피할 수도 있었지만 그러지 않았다. 오히려 그의 품에 안긴 채로 바르작거리기만 했다. 기디언은 이대로 그녀의 몸 곳곳에 자신의 표시를 남기고 싶었다. 하지만 굳이 그러지 않아도 그녀의 등에 피어나는 장미가 그녀는 자신의 것이라는 가장 큰 표식이 되어줄 것이다, 그래서 기디언은 물었던 목덜미를 혀로 살살 핥으며 천천히 아래로, 아래로, 방향을 바꿔갔다.

"하……. 으응……."

작은 자극 하나에도 성실하게 반응을 보여주는 아라가 귀엽고 고마워서 기디언은 그녀의 풍만한 가슴 중앙에 꼿꼿하게 일어선 작고 앙증맞은 유두를 혀끝으로 살살 굴렸다. 그리고 한 손을 그녀의 다리 사이로 집어넣어 도톰하게 일어선 클리토리스를 자극했다.

"흐읏……."

그녀가 쾌락에 몸부림치는 것이 그에게도 느껴졌다. 유연한 곡선을 이루며 딱 알맞게 휘어지는 허리하며 붉게 물들어가는 피부와 듣기 좋은 톤의 교성까지, 그것들 모두가 자신만이 볼 수 있는 모습이라고 생각하면 참을 수 없는 독점욕과 더불어 욕정이 그의 머리를 쥐고 흔드는 것 같았다.

"겨우 이 정도로 흥분하면 곤란한데요."

"앗, 으응……. 기디언."

아라는 그의 손길에 온몸을 맡긴 채 끙끙 앓는 소리를 내었다. 기디언은 머금고 있던 유두를 놓아주고는 그녀의 입술에 살짝 입을 맞췄다. 그리고 클리토리스를 유린하던 손길도 거두어들였다.

"아……?"

갑작스럽게 그의 손길이 멀어지자 아라는 의아해하는 듯했다. 하지만 기디언은 이 이상 유희를 즐기고 싶지 않았다. 지금 당장 그녀를 가지고 싶었다. 그는 아라의 몸을 돌려 마주 보는 자세를 취했다. 그리고 그대로 그녀를 껴안고서 자신의 무릎 위에 앉히는 동시에 뻐근할 정도로 성이 난 페니스를 그녀의 안으로 밀어 넣었다.

"읏……. 아아……."

갑작스러운 삽입에 놀란 듯 그녀의 눈이 동그래졌다. 기디언은 그런 그녀를 품에 가두었다. 작은 머리통이 코끝을 간질이며 야릇한 샴푸 향이 그의 폐를 가득 채웠다.

"하웃……. 아앙……."

기디언이 허리를 위로 쳐올릴수록 격해진 아라의 숨소리는 잦아들 줄을 몰랐다. 지금 이 순간, 빈틈없이 그의 것을 모두 받아들이는 그녀는 너무나도 아름다워서 그에게 이루 말할 수 없는 정복감을 안겨주었다. 미안하다는 감정조차 잊게 만들 정도로.

"하아……. 아라."

"홋……. 기디언."

넓은 욕실에는 오로지 가쁜 숨소리와 두 사람의 열기만으로 가득 채워졌다. 그 정도로 두 사람은 오로지 본능에 충실하며 서로의 리듬에 맞춰 허리를 흔들었다. 마치 짐승의 교미와 같았다. 서로를 배려할 여유는 없고 오로지 몸이 시키는 대로, 이끌리는 대로 핥고 빨고 격한 전희를 즐길 새도 없이 엎어놓고 박고, 박아야만 직성이 풀렸다.

"아, 기디언. 좀 더…… 더 세게……."

"읏……. 하아……."

축축하고 음란하기만 한 소리가 끝없이 이어질 것 같은 착각이 들었다. 온 세상의 생명체가 죽어버리고 둘만이 남은 것 같은 기분이었다. 지금만은 어떤 굴레나 편견과도 상관없이 가장 그들다울 수 있는 행위를 나누고 있는 것뿐이라는 생각이 들자 아라는 말로 다 설명할 수 없는 충만감에 몸이 부르르 떨려왔다.

"아아, 기디언!"

"하웃……."

그렇게 머지않아 아라와 기디언의 입에서 절정에 달한 단말마가 퍼져 나왔다. 이제껏 참았던 욕정을 아라의 속에 배출하며 기디언은 살짝 몸을 떨었다. 끝없이 찔러대던 부근이 꽤나 마음에 들었던 것인지 목이 쉬도록 소리를 질러대던 아라는 녹초가 되어 한참 동안 눈도 뜨지 않고 가쁜 숨만 고르고 있었다.

* * *

"오늘은 꼭 동정 딱지 떼는 남자처럼 굴던데. 그런데 더 화나는 건 그렇게 성급하게 굴었던 주제에 여전히 실력은 좋다는 거야."

뒤처리를 기디언에게 모두 맡겨두고서는 아라는 샴페인을 마시며 한가하게 투정을 부렸다.

"아라, 그 이상 욕조에 있으면 몸이 식을 겁니다."

기디언은 아라가 마시던 샴페인 잔을 받아들어 내려둔 후에 베스 타월을 펼쳤다. 아라는 새초롬한 표정을 지으며 욕조에서 몸을 일으켰다. 그러자 그가 그녀의 몸을 꼼꼼하게 닦아주고는 공주님처럼 안아 들고서 욕실을 빠져나왔다. 이제는 모든 것을 해주려고 하는 그의 행동에 익숙해졌는지 아라는 기디언의 손길에 가만히 몸을 맡겼다.

"아라, 이리로 와요."

침대에 앉힌 그녀에게 편한 옷을 입혀준 그는 마지막으로 머리카락까지 완벽하게 말려주고서야 아라를 창가 앞으로 데려갔다. 눈앞에는 도시의 환한 풍경이 펼쳐졌다. 그것을 바라보고 있노라니 앞으로도 언제까지나 이런 일상을 보낼 수 있다면 어떨까 하는 생각이 문득 들었다.

"우리, 이대로 어딘가로 도망이라도 가버릴까요?"

그의 말에 아라는 고개를 돌려 기디언의 옆모습을 바라보았다. 그는 쓸쓸한 사람이었다. 빛이 있는 세계에서는 살아갈 수 없는 사람이기도 했다. 그럼에도 지금 이렇게 눈부신 하늘 아래에 함께 있는 것 자체가 아라에게는 한없이 아련하게 느껴졌다.

"미친 소리."

하지만 아라는 기디언의 말에 긍정도 부정도 아닌, 욕부터 내뱉었다. 그런 반응은 생각도 못 했던지 그는 놀란 눈을 하고서 그녀를 보았다. 하지만 어느새인가 아라는 무덤덤한 표정으로 창밖을 향해 시선을 돌린 채였다.

하지만 그는 알 수 있었다. 두 눈을 깜빡일 때마다 파르르니 떨리는 그녀의 속눈썹과 신경질적으로 변한 새된 음성이 그녀의 진심이라는 걸. 그럼에도 기디언은 그녀를 시험하는 행동을 멈출 수가 없었다.

"누구도 찾을 수 없는 곳으로. 당신은 내 품에서, 나는 당신의 품에서 함께 죽음을 맞이하는 겁니다."

"제발 미친 소리 좀 그만해."

겨우 기디언을 향해 고개를 돌린 그녀는 안쓰럽다는 표정으로 그를 바라보고 있었다.

"정확히는 우리 둘 다 미친 거죠."

"실컷 허리 운동 하더니 뇌까지 흔들렸어? 헛소리는 나 없을 때 혼자서 해줘."

"이제는 당신이 없다면 저도 존재하지 못할 겁니다."

기디언의 말에 아라는 잔뜩 미간을 찌푸리며 그를 향해 쏘아붙였다.

"그래서? 그게 우리가 죽는 것과 무슨 상관이 있는데?"

담담하려 애쓰는 그녀였지만 그 질문 속에 깊은 슬픔이 묻어난다는 걸 기디언을 느낄 수 있었다. 혼자만의 착각일지도 모르겠지만 어쩌면 그녀는 그 질문 때문에 자신에게 실망감을 느꼈을지도 모른다. 하지만 그녀가 이토록 격하게 반응할 줄은 몰랐기에 조금은 기뻤다. 적어도 그녀에게 사랑받고 있다는 게 실감이 되었다.

"단지……."

그녀에게서 느끼는 이 사랑스러움을 지금 여기서 온몸으로 표현해줄 수 있다면 자신은 물론이고 그녀도 무척이나 기뻐해 줄 것이라는 걸 기디언도 알고 있었다. 지금 눈앞의 그녀가 그에게 아무것도 아니었다면 이런 얘기를 꺼내는 것 자체에 망설임도 없었을 것이다. 하지만 그럴 수가 없기에 기디언은 최악의 상황을 생각하고는 했다.

"언젠가 서로를 원하지 않는 순간이 오거나 어떤 힘이나 타인에 의해 헤어져야 한다면 그편이 나을 것 같다고 생각이 들었습니다."

그 정도로 기디언은 아라를 가슴 깊이 사랑하고 있었다. 그저 어릴 적에 열병처럼 앓던 풋사랑과는 조금 다르고, 육체만을 원하는 그런 썩은 관계와는 전혀 다른 감정이었다.

"제가 그럴 일은 없겠지만 아라는 저와 다를지도 모릅니다. 시간이 지나면 분명 언젠가는 저에게 질리는 순간이 올 겁니다."

기디언에게 그녀는 이제 일상이 되었다. 매일이 똑같이 흐른다고 해도 그녀와 함께라면 조금의 지루함도 느낄 수 없었다. 그렇 듯 그녀는 특별한 일상이었다. 그런 존재와 멀어져야 한다는 건 이제는 견딜 수가 없었다. 그 정도로 기디언은 아라를 처절하게 사랑했다. 그렇기에 몇 번이고 말을 고르며 입술을 달싹이는 그녀를 보며 수 초의 시간일 뿐이지만 기디언은 지독한 외로움을 느꼈다.

"기디언……."

하지만 지금 눈앞에서 벌어지는 이 광경은 대체 어떻게 받아들이면 좋을지 모르겠다. 기디언의 모든 것인 그녀는 그를 정말로 불쌍하다는 듯, 동정 가득한 시선으로 바라보고 있었다. 그가 괴롭게 고뇌했던 순간들이 마치 모두 덧없는 짓이었다는 것처럼, 어리석은 자를 바라보듯, 그렇게.

"그런 생각은 너의 그 생기발랄한 페니스가 더 이상 발기가 불가능하다고 느껴질 때 하는 게 좋을 것 같아."

"뭐…… 뭐라고 했습니까, 지금?"

전혀 예상도 못 한 대답에 기디언은 저도 모르게 말을 더듬고 말았다. 누가 들으면 마치 그가 24시간 발기 가능한 짐승 새끼라도 되는 것처럼 말하는 저 앙증맞은 입술의 소유자는 주먹을 쥐더니 기디언의 머리를 콩 하고 내리 찍었다.

"당신은 아주 큰 착각을 하고 있어."

하지만 그를 부르는 그녀의 목소리는 이전보다는 좀 더 다정하게 들려왔다. 그리고 생각 이상의 부드러운 시선이 그를 마주하고 있었다.

"미안하지만 난 당신이 생각하는 것보다 더 많이 당신을 사랑하고 있어. 그리고 난 적어도 당신과 함께라면 이런 식의 사랑도 나쁘지 않다고 생각하고 있다고."

마치 물에 흘려보내듯, 은근하면서 자연스러운 그녀의 고백에 서로의 몸을 섞지 않아도 하나가 될 수 있다는 사실을 새삼 깨닫게 된다. 그리고 이내 그가 걱정했던 모든 것들이 얼마나 형편없고 쓸데없는 것들이었는지 깨닫게 되며 괜히 웃음이 비실비실 새어 나왔다. 어쩌면 그녀의 말처럼 아라는 자신을 아주 많이 사랑하고 있는지도 모르겠다는 생각이 들었다.

12. 모든 길은 로마로 통한다
(The roads lead to Rome)

아라는 기디언이 푹 잠든 것을 확인하고 몰래 침대를 빠져나왔다. 창밖으로 보이는 하늘은 어느덧 새벽을 맞이하고 있는 중이었다.

"이렇게 함께 보낸 지 얼마나 흘렀지?"

아라는 잠옷용 실크 가운을 벗으며 나지막이 중얼거렸다. 최근 기디언과 함께 보낸 일상은 아라에게 있어 몇 년 전까지만 하더라도 상상해본 적 없는 일들뿐이었다. 평범함과는 거리가 멀었던 삶이었지만 지금은 남들과 같이…… 아니, 그들보다 훨씬 더 뜨겁게 사랑을 하고 있었다.

"세상일은 정말로 모르는 거구나."

그녀는 고개를 돌려 아직도 깨지 않는 기디언을 다시 바라본 후에, 간단한 복장으로 갈아입고서 살며시 호텔 방을 빠져나왔다. 그리고 그녀는 곧장 엘리베이터에 몸을 싣고 호텔 일 층으로 내려갔다. 그렇게 천천히 걸음을 옮겨 로비를 지나쳐 정문을 빠져나오자, 호텔 오른편에 작은 성당 하나가 있었다.

"이렇게 이른 시간이면 아무도 없겠지."

아라는 일말의 주저함도 없이 성당 문을 열고 안으로 들어섰다. 어떤 소리도 크고 확실하게 울릴 수 있을 정도로 높은 천장과 아치형의 창문을 장식한 화려한 스테인드글라스는 성경의 이야기를 그대로 전하고 있었다. 적당한 위치에 자리를 잡고 앉은 아라는 평온한 눈빛으로 십자가에 못 박힌 예수의 동상을 가만히 바라보았다.

"누군가 말했었지. 신은 인간이 버틸 수 있을 만큼의 시련만 준다고."

아라는 부모님의 영향 때문인지 종교는 믿지 않지만 신은 있다고 믿었다. 늘 생각하지만 참으로 이율배반적인 행위가 아닐 수 없다. 하지만 그렇게라도 하지 않았다면 타인보다 힘들고 험한 상황에서, 그녀는 스스로의 삶을 버텨낼 수 없었을 것이다.

"그렇다면 과연 행복에 관한 시스템은 어떻게 되어 있는 거지."

그녀의 시선은 여전히 가시 돋친 면류관을 쓴 예수에게로 향하고 있었다.

"너무도 행복해서…… 그 행복을 잃는 게 무서울 정도로 두렵다면 그때 내게 있던 행복은 어떻게 되는 걸까?"

기디언을 사랑하면서 아라는 드물게도 인생에 행복을 느꼈다. 부모님을 제외하면 누구도 그녀에게 그런 감정을 느끼게 해준 적 없었다. 그래서인지 아라는 지극히 낯선 감각에 약간의 두려움을 느꼈다.

"……하긴, 그렇게 쉽게 답이 나올 정도라면 철학이라는 학문이 있을 리가 없겠지."

하지만 결국은 마음먹기 나름이라는 것 역시 알고 있었다. 아라는 그대로 잠시 동안 스테인드글라스를 바라본 후에 자리에서 일어섰다. 그러고서 들어올 때와 마찬가지로 망설임 없이 성당을 빠져나왔다. 하늘 저편에서는 서서히 해가 떠오르고 있는 게 눈에 들어왔다.

"슬슬 방으로 돌아가는 편이 좋을 것 같네."

아라가 걸음을 서두르기 위해 발을 떼려는 순간, 야외 화장실 쪽에서 휠체어에 탄 여자가 안으로 들어가지도, 나오지도 못하는 상태에서 화장실 앞을 지키고 있는 게 보였다. 그녀는 호텔과는 반대편에 있는 야외 화장실 쪽으로 천천히 걸음을 옮겼다.

"뭐 도와드릴까요?"

"아, 그게……."

아라가 부드럽게 미소 지으며 다가가자 여자는 눈에 띌 정도로 살았다는 표정을 지었다.

"화장실에 가고 싶은데 입구가 약간 좁아서 못 들어가고 있었거든요. 괜찮으면 부축을 좀 해주실 수 있을까요?"

"그 정도야 쉽죠."

아라는 선뜻 나서며 여자에게 어깨를 빌려주었다.

"고맙습니다."

"이 정도는 괜찮아요. 이런 화장실은 혼자 이용할 때 많이 불편하시겠어요. 얼른 시설 확장을 하는 편이 좋을 텐데 말이죠."

"아주 가끔 겪는 일인걸요. 저도 그렇게 바라지만 모든 시설이 그렇게 순식간에 변하는 건 어렵겠죠."

여자의 속도에 맞춰서 아라는 천천히 화장실 안으로 걸음을 옮겼다. 그런데 조금 이상했다. 입구로 들어설 때만 해도 많이 불편해 보이던 여자의 걸음에 점차 힘이 들어가기 시작하는 것이다.

"당신……."

아라가 여자의 미세한 변화를 눈치채고 몸을 떼려는 순간, 그보다 훨씬 강한 힘으로 여자가 아라를 화장실 가장 안쪽으로 밀어 넣었다.

"역시, 평범하게 다리가 불편한 사람이 아니었네."

상상했던 일이 현실로 일어나자 아라는 분한 감정이 들었다. 하지만 일은 거기서 끝나지 않았다. 여자는 품에서 칼 한 자루를 꺼내어 아라를 향해 위협했다.

"나도 시키는 대로 할 뿐이니까 너무 내 탓은 하지 말아줘."

"겨우 그걸로 날 죽일 수 있을 거라고 생각해?"

정확히 자기를 노리고 있는 칼끝을 보며 아라는 입술 끝을 말아 올렸다.

"보기보다 농담을 잘하네."

"농담?"

여자는 세상에서 가장 험악해 보이는 표정을 지었다.

"과연 정말로 농담이 될지는 지금부터 확인해보면 되겠네."

그렇게 말하며 여자는 칼을 치켜들었다. 그러고서 일말의 망설임도 없이 아라를 향해 내리꽂으려는 그 순간, 아라는 여자의 배를 힘껏 걷어찼다.

"윽."

여자의 입에서 짧은 신음 소리가 흘러나왔다. 그러고서 들고 있던 칼을 놓쳤다. 아라는 그 순간을 놓치지 않고 여자를 있는 힘껏 밀어내고서 화장실 칸에서 빠져나왔다. 하지만 여자는 당장 다시 일어나서 아라에게로 달려들었다.

"이게, 어디서 도망을!"

떨어트린 칼을 집어든 여자는 아라를 향해 빠르고 날렵하게 칼을 휘둘렀다. 하지만 아라는 그것보다 앞서서 여자의 팔목을 잡아채고 품 안으로 파고들어 정확히 복부를 팔꿈치로 가격했다. 여자는 다시 칼을 놓치고 말았다.

"으윽!"

여자가 고통스러운지 배를 부여잡고 있는 사이, 아라는 빛보다 빠르게 움직이며 이번에는 여자의 후두부를 가격했다. 그러자 여자의 눈이 뒤집히는가 싶더니 금세 기절해버렸다.

"이걸로 날 죽이겠다는 당신의 말이 농담이었다는 게 증명되는 순간이네."

어차피 들어줄 리 없는 말이겠지만 아라는 속이 후련했다. 그녀는 쓰러진 여자를 내버려둔 채 야외 화장실을 빠져나왔다. 그런데 애석하게도 일은 거기서 그치지 않았다.

"오늘은 새벽부터 손님이 많네."

화장실 앞에는 또 다른 무리가 아라를 기다리고 있었다. 수많은 남자들이 그녀를 둘러싸며 으름장을 놓았다.

"이대로는 그냥 못 보내지."

그들은 망설임 없이 일제히 아라를 향해 달려들었다. 그녀는 남자들을 향해 거침없이 다리와 주먹을 휘둘렀다. 그중에 몇은 회를

뜨는 칼을 들고 있었다. 하지만 아라에게서는 조금의 두려움도 느껴지지 않았다. 그녀는 무기도 없이 맨몸으로 사내들과 공격을 주고받았다.

"이 씨발년이 진짜!"

참다못한 한 남자가 욕을 뱉으며 칼을 치켜들며 달려들자 아라는 곧장 복싱 자세를 취했다. 그러고서 바로 얼굴에 주먹을 두세 대 내리꽂았다. 안면을 강타당한 남자는 곧 정신을 잃고 쓰러졌다.

"바른말을 써야지."

아라는 사내를 향해 가볍게 비웃은 후에 다시 달려드는 남자들을 서서히 무찔러갔다. 여자 한 명을 두고 여럿의 사내가 추풍낙엽처럼 힘없이 쓰러져가는 장면이 마치 흑백 느와르 같았다.

"나는 이제 겨우 몸풀기가 끝났는데 더 이상 덤빌 사람은 없는 거야?"

그 많은 사내를 해치웠음에도 아라의 호흡은 조금도 흐트러지지 않았다. 마치 가볍게 운동을 한 것처럼 들뜨는 기분마저 들었다. 잊고 지냈던 자신의 어두운 일면을 마주한 것처럼 살짝 흥분도 되었다.

"으윽……."

쓰러져서 신음하는 남자들을 보며 아라는 가볍게 좌우로 고개를 꺾은 후에 한 명의 멱살을 잡고 일으켜 세웠다.

"당신은 둘 중에 하나를 고를 수 있어. 이대로 이 세상에서 사라질 수도 있고 아니면 누가 시킨 일인지 내게 알려주고 살아서 돌아갈 수도 있어."

아라는 안면이 피떡이 된 사내를 향해 상큼하게 웃어 보였다.

"자, 아저씨는 어느 쪽을 선택할 거지?"

"크흑……."

사내는 분한 표정을 짓는가 싶더니 이내 입가에 비릿한 웃음을 띠었다.

"크큭, 아쉽게도 네년한테 무언가를 가르쳐줄 의무는 없어."

예상하지 못한 반응에 아라는 고개를 갸웃했다. 그리고 이내 자신의 잘못을 깨닫고 말았다. 화장실에서 의식을 잃고 쓰러졌던 여자가 다시 깨어날 수 있다는 가능성을 계산에 넣지 않은 것이다. 멍청하고 위험한 짓이었다. 아라는 멱살을 잡고 있던 사내를 던져 버리고 당장 몸을 돌렸다.

"살아서 돌아가지 못하는 건 내 눈앞에 있는 아라 킴이라는 여자일 것 같은데?"

어느새인가 아라의 등 뒤까지 쫓아온 여자는 화가 단단히 난 듯 낮고 위협적인 음성으로 경고한 뒤 들고 있던 각목으로 아라의 머리를 힘껏 내리쳤다.

"으윽!"

자만심에 가득 차서 가장 간단한 걸 놓치고 만 자신이 바보였다. 흘러내리는 핏줄기와 충격으로 아라의 눈앞이 흐려지기 시작했다. 아라는 어떻게든 정신을 부여잡기 위해 고개를 저었지만 쉽지가 않았다. 아마도 곧 정신을 잃을 것 같다는 예감이 들었다. 그런 그녀의 코앞으로 여자가 얼굴을 들이밀었다.

"원망하려거든 네 연인인 기디언 펠을 원망해."

아라는 여전히 기디언을 사랑했다. 그리고 그로 인해서 행복함을 느꼈다. 그런 그녀가 그를 쉽게 원망할 리 없다. 그럼에도 여전히 의문이었다. 대체 신이 허락하는 행복의 끝은 어디까지일까? 누구도 대답해주지 않는 의문을 가슴에 품은 채 아라는 정신을 잃고 말았다.

* * *

예감이란 건 신기하게도 때와 장소를 막론하고 아무런 예고 없이 찾아온다. 기디언은 옆자리가 허전하다는 걸 느끼고서 잠에서 깨어났다. 그리고 막연하게나마 좋지 않은 일이 일어났다는 걸 느꼈다.

"행복한 순간도 덧없이 끝나는군."

기디언은 나체의 상태로 침대에서 일어섰다. 그의 쇄골에는 선명하게 '아라. C. 킴'이라는 이름이 새겨져 있었다. 그리고 종아리에는 한눈에 보기에도 붉디붉은 장미가 한 송이 피어 있다. 그 모든 것이 오로지 아라를 위해서만 존재하는 각인들이었다.

"술래잡기는 적성에 맞지 않지만 아라를 위해서라면 어쩔 수 없지."

그는 옅은 한숨을 내쉬고 가운을 챙겨 입었다. 그리고 휴대폰을 손에 쥐는 순간, 마치 기다리고 있었다는 듯 짧은 메시지가 도착했다. 보낸 사람에 대한 정보는 아무것도 표시되어 있지 않았다.

[지정된 장소로 혼자만 찾아오길.]

친절을 느낄 정도로 직접적인 제시에 기디언은 저도 모르게 웃음이 터지고 말았다.

"하하. 이런 조잡한 짓을 하는 게 과연 누구의 아이디어일지 진심으로 궁금해지네."

평소라면 가볍게 무시했을 것이다. 하지만 지금 그의 곁에 존재해야 할 아라가 사라지고 없었다. 그렇다면 메시지가 전하고자 하는 건 단순한 지시가 아닐 게 분명했다. 이제껏 악당으로서 살아온 기디언은 이럴 때 짚이는 구석이 너무 많아서 문제라는 걸 처음으로 느꼈다. 하지만 이제까지의 삶을 되돌릴 수는 없으니 뭘 어쩌겠는가.

"이럴 때는 아쉬운 놈이 움직이는 수밖에 없겠군."

그는 가볍게 어깨를 으쓱이고는 휴대폰을 탁자 위에 올려두었다. 그리고 곧장 욕실로 향해 가볍게 샤워를 마치고 나와서는 대충 손에 잡히는 대로 아무 옷이나 걸쳐 입고서 호텔 방을 빠져나왔다.

"자, 그럼 뭐부터 시작을 하지."

어쩌면 아라가 위험할 수 있음에도 불구하고 그에게서 서두르는 기색은 조금도 느껴지지 않았다. 이번에도 그저 막연하게 그녀는 안전할 것이란 예감이 들었다. 그리고 그는 그걸 믿기로 한 것이다.

"일단 이 몰골부터 어떻게 해야겠군."

그는 먼저 손목시계부터 확인했다.

"도착할 때쯤이면 문을 열었겠지."

나지막이 혼잣말을 중얼거린 기디언은 달려오는 택시를 당장 잡아탔다. 기사에게 어느 장소를 말해준 그는 곧장 비앙카에게 전화를 걸었다.

"비행기를 띄워야 할 것 같습니다. 곧 도착할 것 같으니 준비해 주시겠습니까?"

-말씀해주신 예정보다 이르지 않나요?

"그럴 만한 사정이 있어서 말입니다. 그럼 부탁드립니다."

일방적으로 전화를 끊은 기디언은 카시트에 몸을 기대며 가만히 눈을 감았다. 눈앞에 그려지는 건 아라의 모습이었다. 자신을 향해 웃거나 화를 내거나 사랑을 속삭이는 그 모든 모습들이 감은 눈 위로 빠짐없이 그려졌다.

"어느 순간에도 당신은 나와 함께인가 보군요."

천천히 눈을 뜬 기디언은 입가에 만족스러운 미소를 지었다. 떨어져 있어도 눈을 감으면 언제라도 여러 모습의 아라를 볼 수 있었다. 단지 그 사실만으로도 기디언은 행복했다. 그리고 그런 그의 기분에 호응이라도 하듯 택시가 정차했다.

"잔돈은 필요 없습니다."

차에서 내린 그는 뒤도 돌아보지 않고 곧장 자신의 전용기로 향했다. 비앙카가 입구에서 그를 맞이해주었다.

"수완이 좋은 비서를 두고 있다는 건 큰 축복인 것 같군요. 고맙습니다, 비앙카."

기디언이 매력적인 미소를 지으며 비앙카를 칭찬했지만 그녀는 시큰둥한 반응이었다.

"그런 돈도 되지 않는 칭찬보다는 좀 더 느긋하게 휴가를 즐길 수 있게 해주셨으면 좋았을 것 같네요."

역시나 자신의 비서다운 발언이라고 생각하며 기디언은 만족스럽게 고개를 끄덕였다.

"이번 휴가를 즐기지 못하게 만든 만큼 적당한 보상을 해드리도록 하죠."

"그런 보상은 사양하지 않고 감사히 받도록 하겠습니다. 그것보다 미스터 펠, 미스 킴은 어디에 계시죠? 함께 돌아오시는 게 아니었나요?"

비앙카의 지적에 기디언은 잠시 곤란하다는 표정을 지었다. 하지만 이내 그는 살짝 미소 짓더니 아라의 행방에 관해서 너무도 가벼운 어투로 말했다.

"그저 짐작에 불과하지만 납치라도 당한 것 같습니다. 지금부터 마중을 나갈까 하니 기장에게 행선지를 알려주도록 하겠습니까?"

"납치라니……."

그의 얘기에 오히려 비앙카가 더 놀라고 당황한 것 같았다. 그녀는 잠시 말을 잇지 못하고 멍하니 기디언을 바라만 보았다.

"비앙카, 내 얘기 제대로 듣고 있습니까?"

"아, 네. 죄송합니다."

기디언의 재촉에 겨우 정신을 차린 비앙카는 사과를 하며 다시 물었다.

"기장에게 어디로 가자고 하면 될까요?"

"일단은 피렌체로 가고자 합니다. 그 후에는 로마로 갈 예정입니다."

"피렌체에서 로마로 말인가요?"

"네. 모든 길은 결국 로마로 통하니 말입니다."

피렌체는 과거에 로마에서부터 뻗어오는 카시아 가도의 중심으로 중요한 지위를 차지했다. 도로란 국토의 동맥과 같은 점은 예나 지금이나 변화가 없다. 과거에 어떤 나라보다 번성하고 강력했던 로마는 전 영토에 걸쳐서 도로를 건설했고, 카시아 가도도 그중 하나였다. 그런 중심에 피렌체가 존재했으니 문화와 산업이 꽃필 수밖에 없었을 것이다. 하지만 그런 역사적인 사실 따위 지금 기디언에게는 아무래도 좋았다.

"아무튼 일단 피렌체로 가서 이발을 할까 합니다."

뜬금없이 튀어나온 이발이라는 단어에 비앙카는 잠시 눈살을 찌푸렸다. 하지만 그가 말하고자 하는 것이 진정한 '이발'이 아니라는 걸 금세 깨닫고는 이내 평소와 다름없는 냉정한 표정으로 돌아오더니 기디언을 향해 살짝 고개를 숙였다.

"알겠습니다. 일단은 피렌체로 향하도록 기장에게 전해두겠습니다."

그녀가 걸음을 돌려 사라지자 기디언은 좌석에 자리를 잡고 앉았다. 비행기는 오래 걸리지 않아 이륙을 준비했다.

* * *

기디언이 피렌체에 도착할 때쯤은 이미 해가 저물어가고 있었다. 비앙카가 앞서 전용기에서 내려 이동할 자동차를 준비했다. 그녀가 운전하는 차에 올라탄 기디언은 행선지를 말해주는 것 외에는 따로 입을 열지 않았다. 차 안에는 적막감만이 맴돌았다.

두 사람을 실은 차는 도로를 한참 달리더니 오래되어서 고풍스러움마저 느껴지는 이발소 앞에 멈춰 섰다.

"잠시 다녀올 테니 돌아올 때까지 기다려주겠습니까?"

"알겠습니다. 차에서 대기하고 있도록 하죠."

사무적인 얘기를 나누고 기디언은 차에서 내려 이발소 안으로 들어섰다. 문이 열리자 이발사가 기디언을 향해 시선을 주었다.

"어서 오십시오."

기디언은 이발사가 권해주기도 전에 비어 있는 의자에 편하게 앉으며 거울을 똑바로 바라보았다.

"언제나처럼 부탁드리겠습니다."

이발사는 그의 목에 흰 가운을 덮어주고는 살며시 미소를 지었다.

"요즘은 경기가 안 좋아서 그런지 저희도 부득이하게 가격을 살짝 올리게 되었습니다. 그래도 괜찮겠습니까?"

하지만 이발사의 눈은 조금도 웃고 있지 않았다. 친절한 태도와는 다르게 남자에게서는 묘한 박력마저 느껴졌다. 그런 그를 보고서 기디언은 가볍게 고개를 끄덕였다.

"다 먹고살자고 하는 일이지 않습니까. 저는 아무래도 상관없습니다."

"그럼 언제나와 다름없이 준비해드리도록 하겠습니다."

그렇게 말한 이발사는 잠시 자리를 비웠다. 겉으로 보기에는 단순한 이발소처럼 보이지만 이곳은 뒤로는 밀매한 무기를 판매하는 무기 판매점이었다. 여기에서 구매한 무기는 전 세계 어디에도 등록이 되어 있지 않아서 사용해도 소재가 파악될 리 없다는 장점이 있었다. 그래서 간혹 기디언도 이곳을 이용했다.

"준비는 끝났습니다만 배달은 어떻게 해드릴까요."

다시 모습을 드러낸 이발사는 평범하게 셰이빙크림을 저으며 무기를 어디로 보낼지에 대해서 물었다.

"바깥에 검은 세단이 주차되어 있을 겁니다. 굉장히 아름다운 여성이 운전석에 앉아 있어서 찾기가 쉬울 겁니다. 부탁한 건 모두 거기에 실어주시면 됩니다."

"알겠습니다. 그렇게 하도록 지시해두죠."

의자를 뒤로 젖힌 이발사는 기디언의 턱과 그 주위에 천천히 셰이빙크림을 발랐다. 그리고 곧 날카롭게 벼른 칼을 꺼내어 조심스레 면도를 했다.

"대금은 어떻게 지불하시겠습니까?"

칼은 서걱거리는 소리를 내며 아슬아슬하게 기디언의 턱 위에서 움직였다. 이발사가 원한다면 그는 당장에라도 죽을 수 있었다.

"그것 역시 차에 실려 있을 겁니다. 부족한 부분은 운전석에 있는 여자에게 말하면 바로 준비해줄 테니 걱정하지 않으셔도 됩니다."

한참을 이어지던 면도가 끝나자 이발사는 따뜻한 수건으로 기디언의 턱에 남은 셰이빙크림을 깔끔하게 닦아주었다.

"언제나 깔끔한 거래 감사합니다."

그제야 이발사의 입과 눈가에 진정한 미소가 깃들었다. 그는 기디언이 앉은 의자를 바로 세워주더니 다시 모습을 감췄다. 그 잠깐 사이에 아마 기디언의 차에 실려 있던 어마 무시한 금액의 현금은 무기가 든 가방으로 바뀌어 있을 것이 분명했다.

"아라, 새삼 느끼는 거지만 당신을 만나기 위해서는 참 많은 돈과 노력이 필요한 것 같군요."

기디언은 거울에 비치는 자신의 모습을 물끄러미 바라보았다. 그에게서 어떤 후회나 초조함은 조금도 느껴지지 않았다. 오히려 새롭게 마주할 아라의 모습에 살짝 들뜨는 기분이었다. 스스로 생각해도 자신은 참으로 삐뚤어지고 비틀어진 사람이었다. 순수한 사랑이 지나쳐서 맹목적으로 변해버렸다. 아니, 그냥 미쳐버린 것 같았다. 웬만한 일에는 두려움도 느끼지 못할 만큼.

"하지만 당신은 그런 나도 사랑한다고 말해주겠죠."

기디언의 입가에는 다시금 만족스러운 미소가 자리 잡았다. 그는 그대로 천천히 눈을 감았다. 이번에도 감은 눈 위로 펼쳐지는 건 아라의 모습들이었다.

"잠시만 기다려줘요, 아라. 곧 가겠습니다."

텅 빈 이발소에 울려 퍼지는 건 기디언의 나지막한 중얼거림뿐이었다.

머지않아 이발사가 돌아왔다. 그는 기디언의 포마드 머리를 정리해주는 것으로 볼일을 끝냈다. 목에 두르고 있던 가운을 벗은 기디언은 두말없이 자리에서 일어나 이발소를 나와 검은색 세단에 올라탔다.

"이발소 비용이 쓸데없이 많이 오른 것 같던데요."

운전석에 있는 비앙카가 비아냥대듯 말했다. 평소의 그였다면 이런 지출에 있어서 꼼꼼하게 재고 따졌을 것이 분명하기 때문이다.

"같은 업종에 있으니 상부상조해야 되지 않겠습니까? 그리고 일단은 그들도, 나도 '살고' 봐야죠."

유독 포인트를 주는 단어에 비앙카는 평소답지 않은 그의 행동을 이해할 수밖에 없었다. 지금 기디언의 생사를 쥐고 있는 사람은 오로지 아라뿐이었다. 그런 그녀가 지금 그의 곁에 없으니 그는 자신이 할 수 있는 최선의 방법을 취하고 있는 게 분명했다.

"……다음은 어디로 향할까요?"

비앙카는 기디언을 상대로 진부한 위로의 말을 던지고 싶지 않았다. 그건 결국 아라에게 무언가 큰일이 생기고 말았다는 사실을 인정하게 되는 일이었기 때문이다. 그것만은 비앙카도 원하지 않았다.

"그렇군요. 머리를 했으니 이번에는 옷을 좀 살까요."

기디언의 말에 비앙카는 익숙하게 차머리를 돌렸다. 그가 지금 어떤 의상을 원할지 듣지 않아도 알 수 있었다. 늘 중요한 일이 있거나 신중해야 할 일이 생기면 기디언은 스테파노 리치의 정장을 맞춰 입었다. 이번에도 그럴 게 뻔했기 때문에 그녀는 두 번 생각하지도 않고 곧장 매장으로 향했다.

"도착했습니다, 미스터 펠."

차가 멈춰 서자 기디언은 입가에 만족스러운 미소를 띠었다.

"역시 비서가 유능하면……."

"동양의 속담 중에 좋은 소리도 세 번 하면 듣기 싫다는 말이 있죠. 지나친 칭찬은 오히려 아첨으로 들리기 때문에 불쾌할 뿐이랍니다."

비앙카가 기디언이 뱉은 칭찬의 말을 단칼에 자르자 그는 머쓱한 표정으로 차 문을 열었다.

"지금은 일정이 바쁘기 때문에 기존의 기성품을 사올 뿐이니 오래 걸리지 않을 겁니다. 잠시만 기다려주십시오."

"저는 차에서 대기하고 있을 테니 원하시는 만큼 잔뜩 둘러보고 오시길 바랍니다."

여전히 사무적인 인사를 주고받고서 기디언은 차에서 내렸다. 스테파노 리치는 피렌체 태생으로 이탈리아 3대 정장으로 불린다. '품질을 위해 가격을 양보하지 않는다'는 신념으로 최고급 정장만을 고집해오고 있다. 그리고 그 높은 콧대를 증명이라도 하듯 본사에서는 자신들의 품격과 어울린다고 생각하는 도시만 지점을 허락하고 있다. 때문에 기디언은 특히 많은 브랜드 중에서 이곳을 더 마음에 들어 했다.

"오랜만에 뵙습니다, 미스터 펠."

"네, 오랜만에 찾아뵙습니다."

이미 익숙한 듯 매니저가 직접 나와 기디언을 맞이해주었다. 피렌체에서 시작된 브랜드이기 때문인지 매장은 마치 박물관이나 갤러리를 연상시킬 정도로 우아하고 웅장한 분위기를 자아냈다.

"오늘은 시간이 없어서 기성품 중에서 몇 벌 골라갈까 합니다. 안내 좀 해주시겠습니까."

"저런, 저희 재단사들이 들으면 많이 아쉬워하겠군요. 하지만 바쁘시다니 어쩔 수 없지요. 그럼 미스터 펠에게 어울릴 만한 옷을 준비해보도록 하겠습니다."

매니저는 그의 취향에 맞는 옷을 들고 와서 시착을 도와주었다. 그중에서 차콜 그레이의 정장을 선택한 기디언은 옷에 어울리는 넥타이와 구두, 행커치프까지 완벽하게 구입한 후에 말끔해진 모습으로 매장을 빠져나왔다. 말끔한 정장 차림에 포마드로 깔끔하게 정리한 머리까지. 길을 지나가는 사람들은 모두 한 번씩 그를 돌아볼 정도였다.

"이제 볼일은 모두 끝났으니 곧장 로마로 향하죠."

기디언이 세단에 올라타며 말하자 비앙카는 곧장 차를 출발시켰다. 차는 한참을 달려 다시 전용기가 있는 곳에 도착했다. 곧장 차에서 내린 그는 전용기에 올라타서 좌석으로 향했다. 그 뒤를 비앙카가 따라 올라와서 기장실로 향했다. 비행기는 머지않아 로마를 향해 이륙했고, 채 한 시간도 되지 않는 비행을 마치고 그의 전용기는 로마에 도착했다.

"이럴 때만큼은 전용기를 산 보람이 느껴지는군요."

비행기가 착륙하고 비앙카의 안내를 받으며 그는 전용기에서 내렸다. 로마의 공기를 들이마시는 것도 잠시, 비앙카가 차를 픽업하기 위해 나서자 그가 그녀를 막아섰다.

"미안하지만 여기서부터는 저 혼자 움직이겠습니다."

"하지만……."

"이건 부탁이 아닌 명령입니다. 제가 자랑하는 비서라면 이 정도로 말하면 적당히 알아들을 수 있을 테죠."

비앙카는 순간 고민이 되었지만 기디언의 명령을 쉽게 거스를 수 없었다. 두 사람은 한없이 가깝지만 그만큼 상하관계가 분명하기도 했다. 그녀는 결국 알겠다는 듯 고개를 끄덕일 수밖에 없었다.

"……부디 조심해서 몸 건강히 돌아오십시오."

"이번에 돌아올 때는 아라와 함께일 겁니다. 그때는 배가 많이 고플지도 모르니 함께 즐길 수 있는 만찬을 준비해주시기 바랍니다."

"알겠습니다."

간단하고 깔끔한 인사를 마지막으로 나누고 기디언은 준비되어 있는 차량을 향해 발길을 돌렸다. 어차피 관광을 위해서 온 곳이 아니었기 때문에 행선지는 이미 정해져 있었다. 그는 내비게이션을 이용해서 장소를 검색하고는 안내에 따라 차를 출발시켰다. 지정된 장소는 꽤 멀었다. 졸음이 몰려올 정도로 지루한 운전을 계속하던 기디언은 한 성당 앞에서 차를 멈췄다. 때를 맞춰서 내비게이션의 안내도 끝이 났다.

"누군지는 몰라도 취미가 참으로 고상한 것 같군."

스산한 분위기가 감돌 정도로 성당에서는 인기척이 느껴지지 않았다. 오랫동안 비어 있었던 것이 분명한 듯했다. 차에서 내린 기디언은 곧장 성당의 내부로 걸음을 옮겼다. 문을 열자 녹슨 쇠가 맞물려 내는 기분 나쁜 소음을 냈다. 이제는 사용하지 않는다는 걸 증명이라도 하듯 성당 의자 곳곳에는 흰 천이 씌워져 있었다.

"텅 빈 성당에는 예수와 나뿐인가."

그는 십자가에 못 박혀 있는 예수의 석상을 잠시 바라본 후에 먼지 덮인 길을 걸었다. 그리고 망설임 없이 고해실로 들어갔다. 고해실의 내부도 먼지로 자욱했지만 어쩔 수 없었다. 상대가 원한 건 이곳에서의 대기였다.

"기껏 산 새 옷을 이런 곳에서 더럽히겠군."

기디언은 옅은 한숨을 내쉬고는 의자에 앉았다. 그리고 고해성사를 위해서 마련된 작은 창문이 열리기만을 기다렸다. 얼마나 시간이 흘렀을까. 마치 억겁의 시간을 그 안에서 보내는 것 같다는 착각이 느껴질 무렵, 사제실에 사람이 들어오는 것이 느껴졌다. 그리고 그가 그토록 기다리던 순간이 찾아왔다. 작게 난 창문이 살짝 열린 것이다.

"기다리기 지루해서 돌아버리는 줄 알았습니다."

"……."

기디언이 친근하게 말을 붙였지만 상대는 아무 말이 없었다. 굳이 친하게 지낼 필요도 없고 당장 이 자리에서 총으로 쏴 갈기면 다시는 안 봐도 될 사람이었지만 그렇게 되면 곤란한 건 기디언이었다. 어쨌거나 그는 아라를 되찾아야 했기 때문이다.

"아무래도 제가 상대해야 할 사제님께서는 말씀이 없으신 편인 것 같군요."

"……."

"……장난은 이 정도로 하고, 아라는 어디에 있습니까?"

"……."

상대는 이번에도 말이 없었다. 아쉽게도 그는 변덕이 심하고 인내심도 강하지 못했다. 원하는 정보를 얻어낼 수 없다면 차라리 죽이는 게 더 손쉽다고 생각하는 편이었다. 기디언이 엷은 한숨을 내쉬고서 품에서 베레타를 빼내려는 순간, 사제실에서 낮은 음성이 들려왔다.

"고해성사를……."

어딘가 익숙한 남자의 목소리였다.

"형제님의 죄를 고백하십시오."

그제야 이 일의 시작이 어디인지 알 것 같았다. 그는 쥐고 있던 베레타에서 손을 뗐다. 어쩌면 그럴지도 모르겠다는 생각을 어렴풋이 하고 있었다. 하지만 그가 아는 페이그 도넬은 이 정도로 대담한 행동을 할 리 없다고 은연중에 생각하고 있었다. 그리고 그 예상은 깨져버린 것이다.

"당신에게는 사제의 자격이 없는 걸로 알고 있습니다만."

기디언이 비아냥거리자 도넬의 혀 차는 소리가 들려왔다.

"이대로 그냥 나간다면 네 여자는 죽게 될 거다."

도넬이 아라를 칭하는 '네 여자'라는 말이 무척이나 마음에 들지 않았다. 기디언에게 그녀는 그보다 훨씬 더 소중하고 신성한 존재였다. 하지만 지금 그가 더 신경 써야 하는 건 도넬이 뒤에 말한 것들이었다. 그녀를 그냥 죽게 만들 수는 없었다.

"취미가 상당히 나쁘군요. 제가 지은 죄를 모두 듣고 싶다면 차라리 호텔 방을 잡고 편하게 듣는 편이 더 나을 겁니다. 여기에서 그 얘기를 모두 하기는 불편할 것 같군요."

"장난은 적당히 하도록 해. 내가 원하는 게 뭔지 네가 더 잘 알텐데."

도넬이 보지는 못하겠지만 기디언은 진심으로 짜증 나고 귀찮다는 표정을 지었다. 이런 식으로 입씨름을 계속 이어봐야 끝이 날 것 같지 않았기에 그는 어쩔 수 없이 십자 성호를 그었다.

"……성부와 성자와 성령의 이름으로 아멘."

"아멘."

내키지는 않지만 도넬이 원하는 고해성사를 위한 준비를 했다. 그가 원하는 고해성사는 어차피 뻔했기 때문이다.

"그런데 말입니다. 고해성사를 한 지가 너무 오래되어서 고백한 지가 언제인지는 잊어버렸습니다."

"그따위 건 아무래도 좋으니까 어서 자신의 죄를 고백해."

기디언이 말을 돌리자 도넬이 짜증을 냈다. 어차피 정식으로 이루어지는 고해성사도 아니었기에 그도 크게 상관하지 말자고 생각했다.

"아무튼, 저는 오래전에 제 친누나를 배신하고 정의의 편에 섰습니다. 그게 어째서 죄가 되는지는 모르겠지만 일단은 남매의 정을 무시했기에 죄를 고백합니다. 이것밖에 알아내지 못한 죄도 모두 용서하여주십시오."

고해성사에 필요한 절차를 모두 마친 기디언은 그만 자리에서 일어서 나가려고 했다. 어차피 진정으로 용서받을 생각은 없었기 때문이다.

쾅!

그런데 도넬이 벽을 강하게 내리치며 잔뜩 흥분한 목소리로 화를 내기 시작했다.

"감히 네가 한 짓을 죄가 아니라고 하는 거냐? 너 때문에 우리는 안식처를 잃어야 했어. 형제자매들이 뿔뿔이 흩어지고 아버지 역시도 사라져버리고 말았다고!"

쾅! 쾅!

많이 흥분한 듯 도넬은 벽을 두세 번 더 내리쳤다. 더 이상 있다가는 고해실이 부서질지도 모르겠다는 생각이 들 정도였다.

"당신은 아무래도 큰 착각을 하고 있는 것 같군요. 천사의 정원이 사라진 건 내 탓이 아닙니다. 어차피 사라져야만 하는 공간이었을 뿐입니다."

"잘도……! 잘도 네 입으로 그곳을 입에 올리는구나. 거긴 비앙카의…… 아니, 안젤라와 나의 낙원이었다고!"

도넬은 굳이 비앙카의 이름을 바꿔서 말했다. 기디언과 한 핏줄인 비앙카는 지금 안젤라라는 이름으로 불리고 있는 게 분명했다. 생각지도 못한 수확을 얻은 그는 당장 고해실의 문을 박차고 나가서 사제실의 문을 벌컥 열어젖혔다. 도넬은 형형한 눈빛을 한 채 한 손에 글록을 쥐고서 기디언을 겨눴다. 하지만 그는 지금 도넬의 위협 따위 눈에 들어오지 않았다.

"역시, 비앙카는 살아 있었군요. 그 뱀 같은 여자가 그냥 죽을 리 없다고 생각하고 있었습니다."

"그녀는 더 이상 비앙카가 아니야. 신에게 새로운 이름을 부여받고 맡은바 사명을 다하고 있지."

"그렇겠죠. 당신이 말했듯이 그녀는 이제 안젤라일 테니까요. 그래서, 아라는 지금 그녀의 곁에 있습니까? 두 사람은 지금 어디에 있죠?"

"그걸 내가 쉽게 말해줄 거라고 생각하나?"

도넬은 말이 끝남과 동시에 방아쇠를 당겼다.

타앙!

총성과 함께 기디언의 몸이 단번에 뒤로 날아갔다. 그리고 이내 그의 몸이 털썩 하고 바닥으로 떨어졌다. 총격에 쓰러진 그를 십자가에 못 박힌 예수만이 가련한 시선으로 내려다보고 있었다.

도넬은 쓰러진 기디언에게 다가가 그의 몸을 걷어차기 시작했다.

"너 때문에…… 네놈이 한 짓 때문에 안젤라가 무슨 수모를 겪어야 했는지 알기나 하냐고!"

분노를 담은 그의 발길질은 멈출 줄을 모르고 기디언을 공격했다. 눈앞에 쓰러져 있는 그가 죽었다면 되살려서라도 다시 죽이고 싶은 심정이었다.

"모든 게 너 때문이야! 정부의 개가 되어서 우리를 배신한 너 때문에!"

도넬은 처음부터 끝까지 기디언을 탓하고 있었다. 천사의 정원의 마지막을 함께한 사람이 아니라면 절대로 모를 이야기들이었다. 그 자리에는 도넬은 물론이고 안젤라와 기디언도 함께 있었다.

"네가 리덕환에게 팔려갔음에도 불구하고 살아 돌아온 걸 알았을 때 안젤라가 얼마나 기뻐했는지…… 멍청한 네 녀석은 알지 못하겠지."

리덕환은 북한 소속 로비스트였다. 그는 아프리카에 자원봉사를 온 아일랜드계 미국 여성과 사랑에 빠져 미국으로 망명을 했다. 하지만 그는 망명을 조건으로 북한의 군사 기밀과 거래 리스트를 모두 미국에 넘겼기 때문에 늘 위험한 상황에 놓여 있었다. 물론 그의 가족도 마찬가지였다. 특히나 당시에는 아동 납치가 유행하던 시기이기도 했다. 그래서 리덕환은 아들인 에디 리를 대신할 존재를 천사의 정원에서 입양한 것이다.

"하지만 넌 혼자가 아니었어. 설마 네가 CIA와 FBI의 개들과 함께 돌아오리라고 누가 생각이나 했겠어."

언젠가 기디언이 아라에게 자료로 주었던 에디 리의 사진이 있었다. 햇살 향이 배어 있을 듯 까무잡잡한 피부에 검은 머리카락과 밤색의 눈동자를 지니고 있던 통통한 소년은 사실 기디언 본인이었던 것이다.

"돼지같이 살이 찐 그 애새끼를 대신해서 팔려갔으면 차라리 죽어서 돌아오지 말았어야지."

에디는 아라가 CIA에 들어오게 된 계기였다. 그리고 동시에 두 사람의 만남은 '기디언'의 삶이 시작된 지점이기도 했다. 설사 아라가 오랜 시간 속에 그 추억을 잊었다고 해도 기디언은 아직도 선명하게 기억하고 있었다. 그리고 죽는 순간까지도 당연히 그럴 것이 분명했다.

"기디언, 넌 그때 그 자리에서 그년과 같이 죽었어야 옳았다고!"

다시 분노에 휩싸인 도넬의 발길질이 이어지려는 찰나, 언제까지고 쓰러져 있을 것 같던 기디언이 눈을 번쩍 뜨더니 도넬의 발을 덥석 잡아챘다. 그리고 힘을 실어서 그의 발을 잡아당겼다. 그 탓에 도넬은 뒤로 넘어지는 꼴이 되고 말았다.

쾅당!

큰 울림이 퍼지는 것과 동시에 몸을 일으킨 기디언은 도넬의 가슴 부근을 발끝으로 짓밟았다.

"커헉!"

제대로 숨이 쉬어지지 않는지 도넬이 콱 막힌 소리를 내고 있었다.

"그래요. 저는 그 자리에서 죽었어야 했을지도 모릅니다. 하지만 그녀는 그걸 원하지 않았어요. 아라는 나에게 반드시 살아남을 수 있다며 용기를 주었죠. 그래서 저는 그렇게 믿을 수밖에 없었습니다."

"네 녀석…… 어떻게…… 크흑……."

멀쩡하게 움직이는 기디언을 도넬이 분하다는 눈빛으로 바라보았다. 그런 그를 보며 기디언은 화사하게 미소 지으며 다시 한번 더 발끝에 힘을 실었다. 한편으로는 스테파노 리치의 정장에 묻은 먼지를 탈탈 털어냈다.

"같은 수법에 몇 번이고 당할 정도로 저는 멍청하지 않습니다. 방탄조끼는 이럴 때를 위해서라도 필수이죠."

"이런 개…… 같은……."

"당신의 불평, 불만을 듣는 건 이미 질렸습니다. 그러니 이제는 제 얘기를 하도록 하죠. 저는 아라에게 소중한 이름과 용기를 받았습니다. 그리고 그녀의 바람대로 정말 그 지옥 같은 곳에서 살아남는 순간, 천사의 정원 따위 사라져야 옳다는 걸 깨달았죠."

"이제야…… 이제야 겨우 네놈의 추악한 진심을 말하는군."

"추악하다고 말해야 할 건 오히려 여전히 과거에 매달려 있는 당신과 안젤라인 것 같은데요."

기디언의 도발에 발끈한 도넬은 당장이라도 그를 죽일 듯한 기세로 노려보더니 재빠르게 가슴에 얹어진 발을 양손으로 낚아채었다. 하지만 그보다 앞서 기디언이 품에서 베레타를 꺼내어 망설임 없이 도넬을 향해 방아쇠를 당겼다.

타앙!

총성이 울려 퍼지는 것과 동시에 발을 붙잡고 있던 도넬의 손이 어느새인가 자신의 귓가로 향했다. 그는 피가 철철 흐르는 귀를 부여잡고서 바닥을 구르기 시작했다.

"아악! 귀가…… 내 귀가아아!"

성당에는 고통에 찬 도넬의 외침이 처절하게 울려 퍼졌다. 그의 귀를 스치고 간 총알은 흩어진 살점과 함께 성당 바닥에 박혀 있었다.

"대화에 있어서 중요한 건 말하는 것보다 듣는 태도입니다. 다시 한번 더 허튼짓을 하려고 하면 이번에는 당신의 손을 날리도록 하죠."

기디언은 총구를 도넬의 손이 있는 곳에 정확히 겨냥한 채로 앞서 하던 이야기를 이어갔다.

"나는 예전에 도넬이었고, 에디이기도 했지만 끝내는 기디언이 되었죠. 그 이름을 준 아라가 말하기를, 기디언이란 히브리어로 위대한 전사라는 뜻이라고 했습니다."

기디언은 그녀에게 처음으로 기디언이라고 불리었던 때를 떠올려보았다.

'에디…… 아니, 기디언. 넌 앞으로 기디언이라는 이름처럼 위대한 전사니까 어떤 상황에서도 용맹하게 맞서야 해. 다시는 죽겠다는 말은 하지 말고.'

아무리 임무였다고는 하지만 납치당한 상황에서 힘든 건 마찬가지였을 텐데 그녀는 언제나 기디언에게 힘이 되어주었다. 쉽게 포기하지 않았고 용기를 주었다.

"아라의 바람대로 저는 적어도 한 번쯤은 그런 전사다운 일을 해보자는 생각을 했습니다. 그래서 납치에서 구조되는 순간, 제가 알고 있는 모든 것을 요원들에게 알려주었죠. 그 후로 CIA의 감시와 보호 아래에서 지내며 천사의 정원을 없애는 날만 기다렸습니다."

겨우 고통을 참으며 몸을 일으킨 도넬이 분노에 차서 외쳤다.

"그래서 널 더러운 배신자라고 하는 거다! 넌 원장님의 아들이었고 안젤라의 친동생이었어!"

"그랬기 때문에 더욱!"

도넬의 말에 기디언이 처음으로 언성을 높였다. 그리고 그의 청록색 눈동자가 차갑게 얼어붙기 시작했다.

"용서할 수가 없었던 겁니다. 저와 한 피를 나누고 있는 사람들이 그런 짓을 하고 있다는 걸 알게 되는 순간 소름이 끼치고 구역질이 나더군요."

하지만 기디언의 싸늘한 반응에도 도넬은 지지 않고 반론했다.

"원장님과 안젤라는 신의 계시를 따른 것뿐이야. 모든 게 우리를 천국으로 보내기 위해서……."

"세뇌란 건 참으로 대단한 힘을 지니고 있는 것 같군요."

기디언은 도넬을 향한 비웃음을 감추지 않았다. 하지만 이내 그는 가련한 존재를 보듯 연민 가득한 시선으로 도넬을 내려다보았다.

"도넬…… 아니, 이름 없는 나의 형제여. 천사의 정원에 있는 동안 우리는 '납품'되기 직전까지 남자는 페이그, 여자는 사라라는 이름으로 불리었죠. 원장의 사랑을 독차지하며 상품의 준비를 돕던 비앙카만이 오로지 특별하게 '이름'이 허락되었습니다."

"그게 뭘 어쨌다는 거지? 그건 당연한 일이었어. 모두가 비앙카를 동경했다고."

"당신은 여전히 어리석군요. 어째서 깨닫지 못하는 겁니까? 이름이란 존재의 의의입니다. 그런데도 당신은 여전히 페이그 도넬이라는 거짓된 이름으로 살아가려고 하는군요."

기디언은 진심으로 도넬을 안타까워하고 있었다.

"어차피 네 녀석도 똑같은 입장인 걸 알고 있어. 네게도 진실한 이름 따위 없잖아!"

하지만 도넬은 발악이라도 하듯 거세게 반박했다. 그러나 기디언은 크게 개의치 않으며 오히려 차분한 음성으로 말을 이었다.

"그 말에는 찬성할 수가 없습니다. 말하지 않았습니까? 제 이름은 기디언입니다. 아라가 제게 직접 지어준 소중한 이름이죠. 어떤 순간이 오더라도 그 사실은 변함이 없을 겁니다."

인간의 선함보다 악한 감정에 더 오래 노출되며 살아온 기디언은 끝내 위대한 전사가 될 수 없었다. 천사의 정원에서 오랫동안 살아온 기디언이 진정한 자신을 갖지 못하고 방황하던 때에도 그는 오로지 아라라는 빛만을 좇았다. 하지만 기디언은 무슨 수를 써도 스스로의 어둠을 벗어날 수 없었다. 그러는 사이에 그는 삐뚤어진 신념을 가지게 되고 말았다. 그녀가 지어준 이름으로 누구보다 높은 곳에 서고 싶다고 말이다.

"이제는 전 세계가 저를 알고 있습니다. 모두가 기디언이라는 이름으로 기억해주고 있죠."

그것이 비록 인도에서 벗어난 짓이라 할지라도 기디언은 서슴지 않았다. 삐뚤어진 그에게는 무엇보다 어울린다고 생각했기 때문이다.

"그리고 아라 역시도 이제는 저라는 존재를 완벽하게 인식하고 있으니 저는 바라는 모든 것을 이룬 것이나 다름없습니다."

도넬은 차분하게 이야기를 이어가는 기디언을 날카롭게 노려보았다.

"네놈이 원하는 것을 얻는 동안에 나와 안젤라는 낙원을 잃고 절망에 빠져서 지냈어. 원장님은 끝내 자살을 선택하셨기에 고귀

해야 할 영혼은 천국의 문턱에 서지도 못했을 테지. 그런데 지금 너만 행복하겠다는 거야? 우리의 낙원을 산산이 깨부순 네놈이 감히?"

"무언가를 얻기 위해서는 그에 상응하는 대가를 치러야만 합니다."

기디언이 어깨를 으쓱이더니 입가에 매력적인 미소를 띠었다.

"그리고 천사의 정원을 두고 낙원이라고 부를 정도라면 그냥 죽는 편이 더 나을 것 같군요. 저조차도 어린아이를 상대로 범죄를 저지르지 않습니다. 그곳이야말로 비인도적이고 가장 추악한 곳이죠. 사탄의 소굴과 다름없다고 생각합니다."

"이 개 같은 새끼!"

하지만 도넬은 그의 매력적인 미소를 짓뭉개버리고 싶었다. 씹어 먹어도 시원치 않을 정도로 그를 증오했다. 도넬에게 있어 천사의 정원과 안젤라라는 존재는 유일한 안식처였다. 그 둘을 도저히 따로 떼어서 생각할 수가 없었다. 그래서 그곳을 없앤 것으로 모자라 자꾸만 안젤라를 들쑤시며 그녀의 심기를 건드리는 기디언은 그에게는 없애야만 하는 존재였다.

"천사의 정원도 모자라 이제는 그 독기로 안젤라마저 없앨 생각인 걸 내가 모를 거라고 생각하나?"

도넬은 여전히 피가 흐르며 고통으로 욱신거리는 귓가에서 손을 떼고서 다시 손에 글록을 쥐었다. 그러고는 기디언을 향해 겨눴다. 서로의 총구가 서로를 향해 있는 와중에 기디언은 고개를 갸웃했다. 그는 비앙카가 안젤라라는 걸 오늘에서야 알았다. 그런데 어떻게 그녀를 없앤다는 것인가.

"무슨 소리인지 모르겠군요. 그것보다 이제 그만 저를 아라에게 안내해주지 않겠습니까?"

"시치미 떼지 마. 네가 안젤라에게 사진을 보내지 않았다면 그 여자를 굳이 납치할 필요도 없었어. 모든 일은 네놈이 자초한 거다."

도넬이 또다시 알 수 없는 말을 내뱉었다. 기디언은 천천히 기억을 더듬어서 도넬과 재회했던 때를 떠올렸다. 그러고 보니 천사의 정원에서 그에게 총을 맞았을 때 아라가 사진 한 장을 주웠다고 했던가.

"좋습니다. 그렇다면 제가 한발 물러서도록 하죠."

무슨 영문인지 모르겠지만 그 사진을 보낸 건 기디언이 아니었다. 하지만 짐작컨대 사진을 보낸 주인은 아마도 아라의 어머니일 거란 생각이 들었다. 그녀는 아마 나름대로 안젤라의 행방을 쫓다가 무슨 영문인지 그녀를 제지할 만한 일을 목격하게 되었을지도 모른다. 하지만 기디언에게는 그런 속 깊은 사정 따위 아무래도 좋았다.

"제가 가장 고통스러우면서 안젤라 역시도 만족할 만한 확실한 방법을 알려드리도록 하겠습니다."

기디언이 들고 있던 베레타를 바닥에 던지고 항복의 뜻으로 두 손을 들어 보였다.

"……총을 내 쪽으로 밀어. 몸은 숙이지 말고 손으로도 짚지 마. 그리고 입고 있는 방탄조끼도 벗어."

"의심이 참 많군요."

기디언은 도넬의 지시대로 그를 향해 베레타를 찼다. 그리고 주섬주섬 옷을 벗어 방탄조끼를 벗고는 다시 옷을 챙겨 입었다. 도넬은 그걸 모두 확인한 후에야 기디언에게 물었다.

"그래서, 그 방법이 뭐지?"

도넬의 물음에 기디언은 입가에 화사한 미소를 띠었다.

"그건 바로…… 아라의 앞에서 저를 죽이는 겁니다. 저는 그녀가 슬퍼하는 표정을 보는 게 가장 고통스럽거든요."

생각지도 못한 제안에 도넬은 놀란 듯 두 눈을 크게 떴다. 하지만 기디언의 도발은 거기서 멈추지 않았다.

"어차피 저의 죽음은 당신과 안젤라가 가장 바라는 일이니 일석이조라고 생각하는데요. 아니면 안젤라의 지시 없이는 당신은 날 죽일 만한 배짱도 없는 겁니까?"

"나오는 말이라고 멋대로 지껄이는군."

도넬은 조심스레 몸을 낮춰 기디언이 던진 베레타를 주워 들고서 곧장 자세를 바로 했다. 그리고 총을 겨눈 채로 그를 의심스럽게 바라보았다.

"어떤 말을 해도 난 널 쉽게 믿지 않아. 어차피 우리가 데리고 있는 여자를 구하기 위해서 수작을 부리고 있는 거겠지."

"아니요. 제가 한 말은 모두 진심입니다. 그렇게 의심이 가면 제 몸에 폭탄이라도 달아두는 건 어떻습니까. 언제든 펑 하고 터트릴 수 있게 말입니다."

도무지 의중을 알 수 없는 기디언의 제안에 도넬은 미간을 찌푸렸다. 하지만 기디언은 이 이상 시간을 끌수록 자신에게 불리하다는 걸 알고 있었다.

"아무래도 당신은 제 말을 쉽게 받아들이지 못하는 것 같군요.

하지만 한 가지는 단언하죠. 지금 이 기회를 놓치면 안젤라와 당신은 다시는 저를 잡을 수 없을 겁니다."

"네가 그 여자를 쉽게 포기하지 않을 걸 알고 있어."

"당신 말이 맞습니다. 제가 원한다면 그녀는 어떻게든 제 품으로 돌아오게 되어 있어요. 설마 제가 멍청하게 이곳에 정말로 혼자만 왔다고 생각하는 건 아니겠죠?"

이도 저도 안 된다면 거짓말을 선택하는 것 역시 기디언의 수단 중 하나였다. 그는 마치 진실을 얘기하듯 여유로운 미소를 지으며 이야기를 이어갔다.

"너무도 당연한 일이지만 제가 몰고 온 차에는 GPS가 설치되어 있습니다. 차가 이동하는 매 순간마다 위치를 전송하도록 되어 있죠. 하지만 이곳에 도착하고 차는 한 번도 움직이지 않았습니다. 그럴 때는 사고가 발생한 걸로 간주하고 제 동료들에게 마지막 장소로 오도록 지시를 내렸죠."

여유롭기만 하던 기디언의 미소가 서서히 비열한 빛을 띠기 시작했다.

"이 성당에서 우리가 얼마나 긴 시간을 보내고 있는지 잊지는 않았겠죠?"

순간적으로 적당히 떠오른 생각을 마음대로 말하고 있는 것뿐이었다. 하지만 하늘도 기디언의 편인지 성당 가까이에서 비행기가 지나가는 소리가 들려왔다.

"꽤 비싼 값을 치르고 전용기를 샀으니 이깟 성당 하나 정도는 부순다고 해서 망가지지는 않겠죠."

아주 짧은 순간이었지만 도넬의 표정에서 당혹스러움이 떠올랐다. 그리고 기디언은 그걸 놓치지 않고 지켜보았다.

"이제는 당신이 죽든 제가 죽든 둘 중 하나입니다. 하지만 당신은 지금 이 자리에서 날 간단히 죽일 수 없을 겁니다."

그렇게 말한 기디언은 허리춤에 숨겨두고 있던 다른 베레타를 재빨리 꺼내어 도넬을 겨눴다. 그의 집중력이 흐려지는 순간만을 노리고 있었던 것이다.

"이 비열한 새끼!"

"그러기에 제가 간단히 항복했을 때 잠자코 제안을 받아들였어야죠."

서로에게 총구를 겨냥한 채 두 남자는 조금도 물러서지 않았다.

"Tic, Toc. 당신이 이렇게 날 겨누고 있는 동안에도 제 동료들은 저와 점점 더 가까워지고 있을 겁니다. 하지만 저를 아라의 곁으로 데려가준다면 다시 한번 더 총을 버리고 항복하도록 하죠. 어쩌겠습니까?"

기디언이 기억하는 도넬은 너무 감정적이라는 단점을 가지고 있었다. 그래서인지 판단력이 자주 흐트러졌다. 그리고 그것이 여전하다는 걸 보여주려는 듯 그는 이 성당에 나타난 내내 쉽게 감정을 주체하지 못했다. 침착하게 생각해보면 기디언의 거짓말이 뻔한 함정이라는 걸 알 수 있을 텐데 도넬은 그럴 수가 없는 것이다.

"젠장!"

도넬은 진심으로 혼란스러워하고 있었다. 이대로 시간을 더 끌어봤자 자기만 손해 볼 것이 뻔하다고 여길 것이 분명했다.

"널 그냥 이 자리에서 죽이고 달아날 수도 있어."

"당신에게 사냥하는 법을 알려준 게 누구인지 잊었는가 보군요. 여기서 누가 먼저 죽을지 시험이라도 해보겠습니까?"

기디언은 미소를 띤 채 총을 장전시켰다. 도넬은 아랫입술을 질끈 깨물었다. 나이는 비슷하지만 어릴 적에 사격과 칼을 사용하는 법을 그에게 알려준 건 기디언이었다. 언제나 기디언은 도넬보다 실력이 뛰어났다. 그러니 이전이나 방금 전처럼 방심하고 있는 틈이 아니면 쉽사리 덤빌 수가 없었다.

"……좋아. 들고 있는 총 버리고 손 올려."

겨우 결정을 내린 도넬은 기디언에게 명령했다. 그걸 순순히 따르며 그는 들고 있던 베레타를 다시 버리고 손을 올렸다.

"그대로 천천히 내 쪽으로 걸어와. 조금이라도 다른 움직임이 보이면 바로 쏴버릴 테니까."

기디언이 곁으로 다가가는 동안 도넬은 여전히 총을 겨눈 채로 그를 주시했다. 그리고 코앞까지 기디언이 걸어오자 도넬은 글록을 잠시 거두고 그의 몸을 수색했다. 온몸을 뒤져서 다른 무기를 또 숨기지 않았다는 걸 알자 도넬은 기디언의 팔을 뒤로 꺾었다.

"조금만 상냥하게 대해주시겠습니까? 이런 식으로 남에게 잡히는 건 익숙하지 않아서 말입니다."

"걱정 마. 익숙해질 틈도 없이 저세상으로 가게 될 테니까."

도넬은 주머니를 뒤져서 수갑을 꺼내더니 기디언의 두 팔에 채웠다.

"네가 그토록 원하던 대로 그 여자가 보는 앞에서 널 죽여주지."

그는 마치 짐짝을 끌고 가듯이 기디언의 뒷덜미를 잡은 채 성당 내부에 숨어 있는 쪽문으로 걸어가더니 좁은 통로를 몇 번이고 지나서 밖으로 나왔다. 조금 더 걸어가자 선팅이 된 영구차가 두 사람의 눈에 들어왔다.

"이런 걸로 돌아다니면 오히려 눈에 띄지 않습니까?"

"어차피 네 시체를 실어야 하니까 이편이 더 낫지."

도넬은 기디언을 향해 비아냥대더니 그를 보조석에 앉히고 차를 출발시켰다. 도넬이 생각해내기에는 너무도 짓궂은 센스인 걸 보면 비앙카가 시켰을지도 모르겠다는 생각이 들었다. 하지만 그런 것보다 지금 중요한 건 아라와 곧 만날 수 있다는 사실이었다. 비앙카의 무자비함을 익히 알고 있는 기디언은 속으로 간절히 빌었다. 부디 다시 만나는 아라의 사지가 조금이라도 멀쩡하기를 말이다.

* * *

정신을 잃었던 아라가 겨우 정신을 차리고 눈을 뜨자 한 번도 본 적 없는 천장이 제일 먼저 눈에 들어왔다. 아치 형태의 천장에는 여러 가지 이야기를 담고 있는 프레스코가 가득했다.

"여기는……?"

몸을 일으키려던 아라는 이내 자기의 몸이 어딘가에 묶여 있다는 걸 깨달았다. 천장을 바라본 상태에서 그녀는 몸을 조금도 움직일 수가 없었다. 겨우 고개를 돌리자 그녀의 팔은 양옆으로 벌려져 있고 다리는 약간 포개어져 있다는 걸 깨달았다. 마치…….

"그렇게 있으니까 십자가에 못 박힌 예수님의 기분이 조금은 이해되나요?"

낭랑하게 울리는 음성에 아라는 번쩍 정신을 차렸다.

"당신은 누구지? 여기는 어디야?"

낮게 으르렁거리듯 문자 여자의 웃음소리가 들렸다. 모습은 볼 수 없었지만 자신을 공격했던 여자와는 다른 사람이라는 걸 알 수 있었다. 지금 말하는 여자는 좀 더 여성스럽고 상냥하며 아름다운 음성을 지니고 있었다. 자연스럽게 흘러나오는 음악처럼 무척이나 듣기 좋았다.

"후훗. 그렇게까지 경계할 필요 없어요. 지금 당장 당신을 해칠 생각은 없거든요."

"지금 당장이 아니라는 전제가 붙었다는 건 언젠가는 나를 해칠 생각이 있다는 건가?"

하지만 아라는 그녀의 기색 사이에서 무언가 꺼림칙한 기운을 느꼈다. 본능의 어디쯤에서 그녀를 믿어서는 안 된다고 경고를 하고 있었다.

"생각한 것 이상으로 의심이 강하신 분이군요."

그녀가 천천히 자신의 곁으로 다가오는 것이 느껴졌다.

"아라 코난 킴 씨."

아라를 향해 살짝 고개를 기울이며 모습을 드러낸 그녀는 수녀복을 단정하게 입고 있었다. 그리고 기디언과 같은 청록색의 눈동자를 지녔으며 아라의 본명을 정확히 알고 있었다.

"당신은 도대체…… 누구지?"

아라가 더욱 경계의 빛을 띠며 문자 그녀는 눈이 반달 모양이 되도록 싱긋 미소를 지었다.

"저에게는 아주 많은 이름이 있답니다. 그중에서 아라의 마음에 드는 이름이 있을지 한번 찾아보도록 할까요?"

그녀는 아라가 입고 있는 저지의 지퍼를 단숨에 내렸다. 그리고 어디에서 꺼냈는지 휴대용 가위를 꺼내서 안에 입은 티셔츠를 반으로 가르더니 아라의 속살이 그대로 드러나게 만들었다.

"태어나서 붙여진 이름은 사라. 아버지께서 직접 붙여주셨죠."

사라라는 이름을 알려준 그녀는 아라의 드러난 살결에 가위의 날로 선을 그었다. 날카롭게 벼른 가위 날이 지나간 자리에는 붉은 선혈이 흘러내렸다.

"윽......."

갑작스럽게 느껴진 날카로운 고통에 아라는 저도 모르게 소리를 내고 말았다. 하지만 그녀는 거기서 쉽게 멈추지 않았다.

"착한 아이로 지냈더니 불리게 된 이름은 비앙카. 이번에도 아버지께서 직접 붙여주셨죠."

비앙카라는 이름에 아라는 놀라서 눈을 동그랗게 떴다. 기디언이 찾던 친누이이자 천사의 정원에서 여왕으로 지냈던 비앙카는 틀림없이 그녀일 거란 생각이 들었다. 그러나 더 깊이 생각할 틈도 없이 다시 한번 더 가위의 날이 아라의 속살을 갈랐다.

"흡......."

"피부가 희어서 그런지 붉은색이 제법 어울리네요."

아라가 겨우 고통을 삼키는 동안에도 비앙카라고 이름을 밝힌 그녀는 여유로움을 잃지 않고 있었다.

"수녀가 되어서 받은 이름은 안젤라. 이건 유일하게 제가 선택한 이름이죠. 그러니 당신도 날 안젤라라고 불러주면 좋겠어요."

다시 바짝 벼른 날이 아라의 살 위를 지나갔다. 이번에는 아라도 입술을 깨물고서 고통을 견뎠다.

"나…… 당신을 알아."

"그런가요? 무슨 얘기를 들었는지 몰라도 기디언은 여전히 입이 가벼운 것 같네요."

"아주 많은 걸 들었어. 나는 그럴 자격이 있으니까."

"하긴 직접 몸을 날렸으니 그럴 수도 있겠네요. 그래서 말인데 매번 자격을 얻을 때마다 기분이 어떻던가요? 황홀했나요? 아니면 굴욕적이던가요."

"무슨 소리지?"

안젤라는 가위에 묻은 피를 닦아내더니 그걸 다시 품속에 넣었다. 그리고 아라의 곁으로 좀 더 가까이 다가오더니 그녀의 귓가에 나지막이 속삭였다.

"창녀처럼 다리를 벌리고 기디언의 양물을 받아주는 걸로 당신이 말하는 그 자격이라는 걸 얻었잖아요. 내 말이 틀린가요?"

안젤라의 말에 아라는 온몸에 불이 오른 듯 깊은 분노를 느꼈다.

"어디서 감히!"

당장이라도 안젤라를 밀쳐내기 위해서 팔을 들어 올리려던 아라는 자기가 속박당한 상태란 걸 새삼 깨닫고 말았다. 그것이 더욱 그녀를 미치게 만들었다. 이대로 미친 듯이 날뛰면 조금이라도 이 속박에서 벗어날 수 있지 않을까 하고 잠시의 기대도 해보았지만 그런 생각 자체가 덧없다는 걸 아라는 알고 있었다. 이럴 때일수록 냉정해져야 했다.

"……어째서 이런 짓을 하는 거지? 내게서 원하는 게 뭐야?"

겨우 흥분을 가라앉히기는 했지만 아라는 적의까지는 숨기지 못했다. 그녀는 안젤라를 날카롭게 노려보며 물었다.

"재밌는 사람이네요."

하지만 안젤라는 아라의 물음에 대답할 생각이 없는 것 같았다. 그녀는 이내 아라의 턱을 잡아채더니 고개를 이리저리 돌리며 유심히 관찰하는 듯했다.

"생긴 것도 나쁘지 않네요. 사실은 함께 약간만 놀다가 놓아줄 생각이었는데 생각이 바뀌었어요."

턱을 잡고 있던 손을 놓더니 그녀는 아이처럼 천진난만하게 미소 지었다.

"아라는 제법 좋은 '상품'이 될 것 같네요."

아라는 순간 자신의 귀를 의심했다.

"상품이라니? 당신 지금 무슨 소리를……."

"손님 중에는 아라처럼 동양인 여자를 찾는 분들도 많거든요. 거기에 기도 센 것 같으니 매니악한 분들에게 선별해서 팔면 될 것 같군요."

안젤라는 이미 아라를 사람으로 보고 있지 않았다. 그녀를 하나의 물건쯤으로 생각하고 있었다. 아라는 순간 천사의 정원이 떠오르며 등골이 오싹해지는 걸 느꼈다. 그녀는 안젤라인 동시에 사라이고, 또 비앙카였다. 기디언이 말했었다. 비앙카는 천사의 정원에서 여왕으로 있었다고 말이다.

"당신 설마 아직도 인신매매를 하고 있는 거야? 성직자로서 부끄럽지도 않아?"

"그게 대체 무슨 소리죠?"

안젤라는 고개를 갸웃하며 대답을 이었다.

"이건 모두 아버지와 신께서 원한 일이에요. 가련한 양들을 낙원으로 인도하는 일을 하는 건데 어째서 부끄러움을 느껴야 하죠?"

아라는 그녀의 청록색 눈동자를 보는 동안 소름이 끼쳤다. 안젤라가 하는 말은 모두 진심이었다. 그녀의 눈동자에서는 조금의 죄의식도 느껴지지 않았다. 지금 눈앞에 있는 여자는 아라가 지금까지 상대해온 그 어떤 범죄자보다 훨씬 더 위험한 존재였다.

13. A rose by any other name
would smell as sweet

"신께서 원하신 일이라니……."

종교는 없어도 유신론자인 아라가 듣기에 너무나 터무니없는 얘기였다. 인간 역시도 동물이지만 본능과 환경에 충실한 그들과는 달랐다. 인간은 확연한 사고, 감정, 의지를 바탕으로 사회적 존재로 살아간다. 그런데도 비앙카는 억지로 사람이 지닌 자아를 말소시키고 상품으로만 대하는 죄를 저지르고 있었다. 그것도 아무렇지 않게 말이다.

"그렇다면 그 가련한 양들 역시도 당신의 뜻을 순순히 받아들이고 상품이 되길 원했다고 생각해?"

"원하지 않았으면 어때요. 그들은 선택받은 존재예요. 지금은 어떨지 몰라도 언젠가 시간이 좀 더 흘러서 우리가 천국에서 만나게 되면 그들은 내게 고맙다고 할 거예요."

아라는 너무도 터무니없는 얘기를 듣고 실소를 감출 수 없었다. 그녀가 지닌 자만의 출처는 대체 어디란 말인가. 온갖 산전수전을 겪은 아라였지만 안젤라의 언행은 도무지 두고 볼 수가 없었다.

"그들은 다르겠지만 당신이 향할 곳은 천국이 아니라 지옥이야. 아니, 지옥에 보내지는 것만으로는 형벌이 너무 가벼워. 팔려간 그들은 지금 지옥보다 더한 삶을 살고 있을 테니까."

아라는 안젤라를 향해 거침없는 질책을 내뱉었다. 만약 두 손과 발이 자유로웠다면 당장 그녀에게 다가가 멱살이라도 잡았을 것이다. 하지만 지금은 그러지 못한다는 게 안타깝기만 했다.

"지금 지옥이라고 했나요?"

하지만 그런 아라의 태도가 안젤라의 심기를 건드렸는지 태연자약한 모습으로 일관하던 그녀의 표정이 일순 차갑게 얼어붙었다.

"진짜 지옥이 어떤 건지 모르는 주제에 함부로 입에 올리는 게 아니죠."

안젤라는 몸을 숙여 아라를 냉정하게 바라보았다. 기디언과 같은 청록색 눈동자여서일까. 아라는 순간적으로 움츠러들고 말았다. 증오와 경멸 사이를 오가는 저것이 마치 기디언의 것처럼 보였다. 안젤라와 기디언이 전혀 다른 사람인 걸 알면서도 가슴이 찌릿하고 아파올 정도였다.

"진정한 지옥이란 불리어야 할 이름조차 없어서 내가 누구인지 알 수 없는 세상이야."

진심으로 분노한 탓인지, 아니면 이제는 그럴 가치를 느끼지 못하는지 안젤라는 어느샌가 아라를 향해 하대를 하기 시작했다.

"예를 들어서, 나는 이름을 이용해서 지금 당장 네 인격을 뭉개 버릴 수 있어."

겨우 안젤라의 입가에 다시 미소가 자리 잡았지만 그건 상대를 얼려버릴 정도로 차가운 미소일 뿐이었다.

"별로 기대되지도 않는걸."

겨우 여유를 되찾은 아라는 이번에는 안젤라의 눈동자를 제대로 마주 보았다. 감정에 휘둘려서 이 정도도 이겨내지 못한다면 그동안 요원으로서 활약했던 이력이 쓸모없게 될 것이다.

"지금 나를 포박 상태로 놔둔 것만으로 충분히 인격을 뭉개고 있는 것처럼 느껴지거든."

"내가 하려는 건 번거롭게 밧줄이나 다른 도구가 필요 없어. 훨씬 단순하고 강력하지."

그렇게 말한 안젤라는 더욱 몸을 숙이며 아라의 오른쪽 귓가에 나지막이 속삭였다.

"기디언만 아니었다면 네년이 누구인지 따위 관심도 없었을 거고 이런 꼴이 되지도 않았을 거야."

그러더니 안젤라는 몸을 움직여 이번에는 아라의 왼쪽 귓가에 다른 말을 속삭였다.

"하지만 아라, 이제는 당신이 누구인지 알았으니까 쉽게 죽이지는 않을 거야. 우선 도망가면 곤란하니까 아라의 길고 고운 팔과 다리를 잘라서 예쁘게 포장한 후에 좋은 상대에게 팔아줄게."

그녀는 섬뜩한 내용의 말을 아무렇지 않게 내뱉고 있었다. 하지만 그사이에 미묘한 차이가 있었다. 안젤라의 힌트가 없었다면 아무리 아라라고 해도 쉽게 알아내지 못했을 것이다. 처음 그녀가 아라를 칭한 단어는 '네년'이었다. 그리고 다음번에는 제대로 된 이름으로 불러주었다.

"과연…… . 미묘하지만 재밌는 실험이네."

안젤라는 '이름'이 가진 힘을 아주 약간이나마 보여준 것이다. 아라라는 이름을 갖기 전에 그녀는 그저 기디언의 곁에 있으며 걸리적거리는 여자일 뿐이었다. 하지만 이름이 알려진 후에는 안젤라의 안에서 그녀의 인격이 생겨난 것이다.

"그렇다고 해서 당신이 하는 짓이 이해받아 마땅한 일이 되는 건 아니야. 그들은 단지 당신을 만난 죄로 짐승처럼 팔려가서 고통 속에 살아가고 있을 거라고. 그게 지옥이 아니면 뭐지?"

아라의 반론이 안젤라는 마음에 들지 않는지 그녀의 멱살을 잡고서 험악한 표정을 지었다.

"겨우 이 정도로는 이름이 없는 삶이란 게 얼마나 지독하고 고통스러운지 이해하지 못하는 것 같으니까 좀 더 친절하게 옛날 얘기를 덧붙여줄게."

겨우 숨이 쉬어질 정도로만 강하게 압박하는 손길이었다. 아라는 멱살을 잡은 안젤라의 손을 털어내려 몸을 흔들었지만 그녀의 힘은 생각보다 더 강했다.

"나는 기디언보다 먼저 태어났어. 그 애가 제대로 말을 하기 전까지는 사라라는 이름으로 지냈지. 그런데 말이야. 천사의 정원에 있는 모든 여자아이들은 사라라는 이름으로 살아야 했어. 머리카락이 긴 사라, 짧은 사라, 뚱뚱한 사라, 마른 사라, 모두가 사라였지. 가끔 비슷하게 생긴 아이에게는 사라 A, 사라 B 같은 알파벳이 붙기도 했어. 마치 실험체 같지 않아?"

안젤라의 이야기를 듣는 아라의 눈이 점점 커지기 시작했다. 천사의 정원에 관해서 처음으로 접한 사실이었다. 그 내부에서 행해진 비인도적인 행위에 관해서는 가늠하고 있었지만 그 정도일 줄은 몰랐던 것이다.

"그 말은 즉…… 천사의 정원의 원장은 아이들이 인격이나 자아를 갖기를 원하지 않았다는 소리야?"

"그래. 그렇게 아이들이 아무것도 아닌 존재로서 살아가야 좀 더 자라도 다루기 쉬웠으니까. 그런 면에서는 내 아버지란 존재는 참 악랄하면서 똑똑하다는 생각이 들어."

악랄하다는 말로는 모자랐다. 원장은 아라가 생각하는 것 이상으로 훨씬 끔찍한 사람이라는 게 느껴졌다.

"아무튼, 여자아이는 사라, 남자아이는 페이그라는 이름으로 불리면서 모두 같은 옷을 입고 같은 시간에 먹고 잤어. 누군가 상품으로서 아이를 지정하면 특별한 코스에 들어갔지. 그때서야 아이는 팔려갈 집의 자식과 같은 이름을 받고 외형과 일상을 완전히 변화시켰어."

그제야 아라는 예전에 기디언과 했던 이야기를 떠올렸다. 그는 특별한 코스에 대해서 '가바주'당했다고 말했다. 안젤라는 덤덤하게 말하고 있지만 아이가 감당하기에는 쉽지 않은 일이었을 것이 분명했다. 아니, 어쩌면 쉬웠을까. 애초에 천사의 정원에 있는 아이들은 자신이 누구인지에 관해서 의문조차 갖지 못할 정도로 텅 빈 상태였을 테니 말이다.

"그렇다면…… 어째서 사라였던 당신에게 '비앙카'라는 이름이 붙여진 거야?"

아라의 물음에 안젤라의 눈동자에 갑자기 형형한 빛이 맴돌기 시작했다. 마치 야차를 마주한 듯 등골이 오싹해지는 눈빛이었다.

"나는 살아 돌아왔으니까."

"살아 돌아왔다고?"

"그래. 마치 죽음에서 부활한 예수처럼 말이야. 팔려간 집의 딸을 대신해서 죽기 위해 팔려갔음에도 불구하고 살아서 다시 천사의 정원으로 돌아왔어."

그때부터였다. 안젤라는 서서히 이성을 잃는 것처럼 보이더니 격앙된 듯 음성을 높이기 시작했다.

"살아 돌아온 나를 보며 아버지는 처음으로 따뜻하게 품에 안아주었어. 잘 돌아왔구나, 역시 내 딸답다고 하면서 말이야. 그제야 처음으로 아버지에게 인정을 받았어. 난 더 이상 사라가 아니었던 거야! 난 아버지의 딸인 비앙카였어. 비앙카 도넬이었어!"

그러더니 안젤라는 아라의 멱살을 잡고 있던 손에 더욱 힘을 싣기 시작했다.

"크……!"

목이 옥죄어오자 아라는 숨이 잘 쉬어지지 않았다. 하지만 안젤라는 마치 정신을 잃은 사람처럼 두서없이 말을 쏟아내기 시작했다.

"알았어. 알고 있었다고! 아버지는 혹시라도 내가 다른 곳에서 천사의 정원에 대한 일을 떠벌릴까 봐 걱정이 됐던 거겠지. 그래서 그런 식으로 날 잡아두고 싶었던 거야."

"그…… 그만……."

아라가 겨우 말을 뱉어냈지만 안젤라는 조금도 상관하지 않았다.

"아버지도 참 멍청하지. 내가 그럴 리가 없잖아. 내가 얼마나 아버지를 사랑했는데. 나를 비앙카라고 불러준 그 순간부터 아버지가 원한다면 상품 따위 얼마든지 만들어줄 수 있다고 다짐했는데. 그래서 어머니도, 내 동생도, 완벽하게 포장해서 모두 바쳤던 거야."

숨이 쉬어지지 않는 와중에도 아라는 끔찍한 고백을 듣고 있다는 걸 깨달았다. 원장과 안젤라는 너무도 완벽한 공모자였던 것이다. 부녀는 인간이 가져야 할 일말의 양심도 가지지 않고 피붙이도 얼마든지 팔아넘길 정도로 그들만의 세상에 살고 있었던 게 분명했다.

"그런데!"

안젤라는 흥분한 듯 언성을 높이더니 잡고 있던 아라의 멱살을 순식간에 놓아주었다.

"커헉! 콜록콜록."

갑작스럽게 숨이 쉬어지자 마른기침이 터져 나왔다. 안젤라는 그런 그녀에게 조금의 관심도 주지 않고 여전히 자기의 이야기만 이어갔다.

"내 친동생인 페이그가, 에디 리로 팔려갔던 그 애가 살아서 돌아오면서 모든 게 사라졌어! 아버지와 함께 이룩해낸 내 세계가, 왕국이 한 번에 무너졌어! 그 애가 천사의 정원에 돌아오면서 FBI와 CIA까지 끌어들이는 바람에 아버지는 결국 자살을 선택할 수밖에 없었다고!"

"에디…… 리?"

아라는 정신이 없는 와중에도 그 이름을 놓치지 않고 들었다.

안젤라가 말하는 친동생이라면 기디언을 지칭하는 것이 분명했다. 그런데 그가 에디 리로서 팔려갔다는 이야기는 과거에 아라와 함께 납치당한 후부터 온갖 고난을 같이한 존재가 곧 기디언이라는 소리였다.

"기디언이…… 에디 리였다고?"

뇌에 산소가 제대로 전달되지 않아서인지 머리가 잘 돌아가지 않았다.

"그래. 네가 사랑해 마지않는 기디언이 악착같이 살아 돌아와서 천사의 정원을 완전히 없애버렸어. 자신을 팔아넘긴 아버지와 나에게 가장 악랄하고 잔인하게 복수한 거야!"

이성을 잃은 안젤라는 악밖에 남지 않은 듯 처절한 몸짓으로 크게 소리쳤다. 그녀의 외침을 들으며 아라는 거친 숨결을 겨우 진정시켰다. 그리고 가만히 눈을 감았다. 기디언과의 첫 만남부터 함께한 모든 순간을 되돌아보았다. 그가 진정으로 원하는 것이 대체 무엇이었는지 한참을 고민하다 보니 서서히 머리가 맑아져 왔다.

"참…… 어리석었네."

누구를 향한 것인지 모를 말을 내뱉으며 아라는 눈을 떴다. 그러자 천장을 가득 메운 프레스코 벽화가 눈에 들어왔다. 아름답게만 보이는 이 작품들은 실은 문맹률이 높았던 과거에 문자를 대신해서 수많은 이야기를 전하기 쉽도록 그림으로 대신한 것이었다. 단순한 벽화가 아니라 스토리텔링을 위한 그림인 것이다. 게다가 소실점을 발견하고 원근감을 발견한 것 역시도 프레스코였다.

"모든 시작은 나였던 거야."

기디언 역시도 수많은 페이그 중에 한 명이었고 동시에 이름 없는 아이였던 것이다. 그런 그에게 '기디언'이라는 이름을 준 건 아라 본인이었다. 무지했던 그에게 세상에 대한 이야기를 전한 건 그녀였던 거다. 기디언의 시작에 틀림없이 아라가 있었다.

"그러네. 듣고 보니 아라의 말이 맞는 것 같아. 모든 게 시작된 건 틀림없이 아라 탓이야. 텅 비어 있던 기디언에게 빛을 보여주지 않았다면 그는 에디 리로 죽었을 거고 그렇다면 그런 일이…… 우리가…… 내가 모든 걸 잃는 일은 일어나지 않았을 거야."

어느새 이성을 찾은 안젤라는 고요해진 눈빛으로 아라를 내려다보고 있었다. 아마 그녀도 아라가 CIA에서 처음 맡은 임무에 관해서 알고 있는 것 같았다. 어떤 수단을 썼는지 몰라도 안젤라에게도 그 정도의 정보력은 있는 게 분명했다.

"네가 그 애에게 허상을 보여주지만 않았어도……."

기디언은 아라가 전해준 선물을 버리지 않고 지금까지 간직해왔다. 시간이 흐르면서 집착과 사랑이 뒤섞이며 형태는 조금 바뀌었지만 그가 끝까지 놓지 않고 갈구해온 건 아라를 향한 사랑이었던 게 분명했다.

"내가 그에게 준 건 허상 따위가 아니야."

그리고 이제는 아라 역시 기디언을 사랑하고 있었다. 그가 그녀를 사랑해온 시간에 비할 바는 아니겠지만 그녀의 사랑도 어느새인가 지극해졌다.

"안젤라는 아무리 시간이 흘러도 그게 무엇인지 깨닫지 못하겠지."

이제는 자신 때문만이 아니라 기디언을 위해서라도 이곳에서 벗어나야 했다. 나무로 된 십자가에 묶인 건 처음이고 손과 발을 단단하게 압박당하고 있지만 무리해서라도 관절을 빼면 밧줄이 약간이라도 느슨해질지도 모른다. 일단 손부터 해방시킨 후에 다음 일을 걱정하자고 마음먹은 아라는 안젤라의 주의를 돌리기 위해 일부러 자극이 될 만한 말을 던졌다.

"그도 그럴 게 안젤라가 뭘 알겠어. 당신이 모든 걸 잃어가는 순간에도 기디언은 원하는 걸 척척 손에 쥐어가고 있었는데."

"예쁜 얼굴을 하고서 제법 잔인한 말을 할 줄도 아네."

이 정도로는 약했던지 안젤라는 오히려 입가에 여유로운 미소를 띠고 있었다. 도대체 무슨 소리를 해야 그녀가 다시 이성을 잃고 흥분해줄까. 열심히 머리를 굴리던 아라는 언젠가 보았던 사진 한 장을 떠올렸다. 프레스코를 배경으로 어린아이들과 함께 성인 남자가 함께 찍혀 있던 그것을 말이다.

"나 알고 있어. 사람이 목을 매달면 혀가 아주 길게 늘어나잖아. 그리고 죽음을 맞이하는 순간에 모든 근육의 수축이 풀어지면서 내부에 있던 분비물이며 변들이 빠져나오지. 내가 기억하기로는 당신 아버지는 볼이 패일 정도로 앙상하게 말랐던데, 바지를 더럽힐 만큼 변들이 쏟아지기는 했어?"

굉장히 치사하고 더러운 수단이라는 건 알고 있다. 고인을 능욕하는 건 마음이 내키지 않았지만 자신의 아버지에게 집착했던 안젤라라면 가만히 듣고만 있지 않을 거란 생각에 어쩔 수가 없었다. 그리고 아라의 생각이 정답이었다는 걸 보여주듯 여유롭게 미소 짓던 그녀의 입가가 조금씩 일그러지기 시작했다.

"지금 네가 무슨 말을 하고 있는지 알고 있는 거야?"

"왜? 당신 아버지라고 해도 죽음이 마냥 아름다울 리 없잖아. 그러고 보니 안젤라는 그가 죽었을 때 무슨 소리를 제일 먼저 들었어? 숨이 막혀 흉하게 내지르는 소리? 아니면……."

말을 내뱉는 와중에도 아라는 천천히 손목의 관절을 빼내느라 정신이 없었다. 안 그래도 쉽지 않은 일인데 이런 식으로 시간을 들이는 건 더 큰 고통을 느끼게 했다. 하지만 아라는 이를 악물고 소리를 지르지 않기 위해 버텼다. 지금 들킬 수는 없었다.

"아무리 말랐어도 남자니까 꽤 무거웠을 테지. 천장에 매달린 몸이 흔들리는 소리가 먼저 들렸을까?"

겨우겨우 한쪽 손목의 관절을 빼내자 꽉 조여 있던 밧줄이 약간이나마 느슨해졌다. 아라는 그 상태로 묶여 있던 손을 조심스레 빼어냈다.

"끼이익, 하는 불쾌한 소음이 들리지 않았어? 끼-익- 끼-기-익- 큰 반동도 없는데 무언가를 긁어내는 소리 말이야."

아라는 일부러 말을 늘어트리며 안젤라의 신경을 긁어댔다. 이런 비열하고 저속한 짓을 한 대가로 세상이 그녀를 등진다고 해도 이제는 상관없었다. 그토록 바라던 평범한 일상 역시 포기할 수 있었다. 지독한 악당이 되어 지옥에 떨어진다고 해도 단지 기디언과 함께 살아갈 수만 있다면 그걸로 좋았다.

"아아…… 아아악!"

안젤라는 마치 아버지가 자살했을 때를 떠올린 듯 히스테릭한 비명을 내질렀다.

"아아아아악! 안 돼에에! 아버지!"

언제부턴가 안젤라의 눈가에 눈물이 흘러내리고 있었다. 하지만 처음 만났을 때 느꼈던 가련함은 어디에서도 찾아볼 수 없었다. 마치 붉은 천을 마주한 황소처럼 그녀는 제정신이 아닌 눈빛을 하고서 아라에게 달려들었다.

"네년 따위가 감히!"

아라의 몸 위에 올라탄 안젤라는 그녀의 뺨을 세차게 쳐올렸다.

찰싹!

얼마나 강한 힘으로 때리는지 아라는 금세 볼이 터지고 입가에서는 선혈이 흘러내렸다.

"Fucking bitch!"

하지만 안젤라는 거기서 멈추지 않았다. 손톱을 잔뜩 세워서 아라의 온 얼굴과 목덜미에 생채기를 내며 할퀴기 시작했다.

"네년의 가죽이 다 닳아 없어지도록 생살을 파낼 거야! 제발 죽여달라고 소리 지르게 만들어줄 거라고!"

정신없이 공격을 당하는 와중에도 아라는 밧줄에 묶인 손을 빼는 걸 멈추지 않았다. 단 한쪽이라도 자유로워진다면 지금과는 상황이 아주 약간이라도 바뀔 것이 분명했다.

"I'll blow your fucking head off!"

흥분한 안젤라는 여전히 아라의 위에 올라탄 채로 그녀의 머리를 손에 쥐었다. 그러고서 아라의 머리를 위에서 아래로 세차게 찧어대기 시작했다.

쾅!

아라는 갑작스러운 충격에 아무 행동도 할 수가 없었다. 차마 아픔을 느낄 수 없을 정도로 가차 없는 공격이 이어졌다. 안젤라는 여전히 미친 듯이 발광했다. 얼마나 흥분을 했던지 자신의 베일이 벗겨지는 줄도 모르고 있었다. 아름다운 금발의 머리카락이 안젤라가 움직일 때마다 파도처럼 출렁거렸다.

"기디언……."

금색의 머리카락과 청록색의 눈동자를 바라보며 아라가 나지막이 중얼거렸다. 그녀가 가진 것들은 기디언과 다르지 않았다. 아라는 그가 사무치게 보고 싶다는 생각이 들었다. 다시는 만나지 못한 채로 죽고 싶지 않았다. 그래서 아라는 정신을 놓지 않기 위해서 애를 썼다. 그녀의 머리에서 흘러내린 피로 바닥이 붉게 물들기 시작했지만 그런 건 중요하지 않았다.

"하아…… 하아……."

상당히 지친 듯 안젤라는 어느새인가 거친 숨결을 내뿜기 시작했다. 이대로 있으면 안 됐다. 그녀가 다시 이성을 되찾기 전에 움직여야 했다. 그렇게 판단한 아라는 젖 먹던 힘까지 짜내어 그녀를 힘껏 밀어냈다. 관절이 빠진 손목이 힘없이 덜렁거리기는 했지만 지금은 그걸 신경 쓸 겨를이 없었다.

"이게 무슨……."

바닥으로 고꾸라진 안젤라는 갑자기 무슨 일이 벌어진 건지 쉽게 판단할 수가 없었다. 그 틈에 아라는 몸을 일으켜 빠진 관절을 맞춰 넣었다.

"아악!"

그 순간, 고통을 감출 수가 없어서 절로 비명이 터져 나왔다. 하지만 가만히 쉬고 있을 틈이 없었다. 묶여 있는 나머지 손목의 관절도 빼내어 밧줄에서 벗어나야만 했다.

"으윽……."

머리를 공격당할 때에도 비명 한 번을 내지르지 않았던 그녀지만 이번만은 참을 수가 없었다. 온몸이 너덜너덜해지는 고통을 그대로 겪으며 아라는 두 손을 압박하던 밧줄에서 벗어날 수가 있었다.

"귀엽게만 봤더니 아주 맹랑한 짓을 할 줄도 아네."

겨우 몸을 일으킨 안젤라는 옷에 묻은 먼지를 털어내더니 아라를 향해 한 발짝 다가왔다. 마음이 급해진 아라는 재빨리 빠져나온 손목의 관절을 마저 맞춰 넣고는 발을 묶고 있는 줄을 풀기 시작했다.

"질 좋은 상품으로 넘겨줄까 했는데 이제는 완전히 생각이 바뀌었어. 절대로 살아 있는 채로 이곳에서 벗어나지 못하게 해줄 거야."

안젤라의 걸음이 다시 한 발짝 가까워졌다. 단단하게 옥죄어 있는 줄의 매듭을 푸는 동안에 아라의 손톱은 다 일어나고 피가 배어들기 시작했다. 그런데도 아픔을 느낄 새가 없었다. 이곳에서, 그녀에게서 어서 벗어나야만 했다. 다시 기디언의 품으로 돌아가야만 했다.

"반드시 아라 너를 내 손으로 죽일 거야. 도살한 소, 돼지처럼 털과 가죽을 벗겨내고 뼈를 발라내서 살덩이만 남은 너를 기디언에게 던져주겠어."

마음은 급하기만 한데 방금 전에 억지로 탈골이 됐던 손목들 때문에 쉽지가 않았다.

"제발……. 이제 조금만 더……."

그렇게 간절하게 바라던 어느 순간, 겨우 밧줄의 매듭이 풀리고 묶여 있던 십자가에서 자유로워질 일만 남아 있었다. 다가오는 안젤라를 다시 밀쳐내고 문밖으로 뛰어나가기만 하면 끝이었다. 그런데……. 그렇게 믿었는데…….

쾅!

굳게 닫혀 있던 성당의 문이 열리고 두 개의 인영이 모습을 드러냈다.

"……도넬, 생각보다 많이 늦었군요. 반성이 필요하겠지만 우선 지금은 바쁜 일부터 먼저 처리하도록 하죠."

안젤라가 열린 문을 향해 고개를 돌리며 엄하게 꾸짖듯 말했다. 그렇게 모습을 드러낸 도넬은 누군가를 질질 끌고 오며 성당 안으로 성큼성큼 들어왔다.

"늦어서 미안해, 안젤라. 벌은 당연히 받을게. 하지만 그 전에 내가 데려온 게 누구인지 봐주겠어?"

그는 아라가 누워 있던 십자가를 향해서 끌고 온 남자를 패대기쳤다. 그를 보고 놀란 아라의 눈이 자연스럽게 커지고 말았다.

"기디언……."

그렇게나 간절하게 바라고 그리워했던 그가 자신의 앞에 나타났다. 아니, 정확히 말하면 도넬의 손에 의해 끌려온 것이다. 웃어야 할지 울어야 할지 모를 표정을 하고서 아라는 바닥으로 내동댕이쳐진 기디언을 바라보았다. 그는 웅크리고 있던 몸을 천천히 일으켜 세우더니 아라를 똑바로 바라보았다.

"이런, 이런. 아라, 당신 몰골이 말이 아니로군요."

청록색의 눈동자와 반짝이는 금색의 머리카락, 그리고 선명한 빨간색의 입술까지. 지금 눈앞에 있는 존재는 틀림없이 기디언이었다.

"잠시 떨어져 있었을 뿐인데 엉망이 되었네요. 아무래도 당신을 다시는 혼자 두어서는 안 될 것 같습니다."

그렇게 말하는 기디언의 입가에는 부드러운 미소가 걸려 있었다.

"기디언!"

그제야 아라는 곁으로 단숨에 다가가 그를 품에 안았다. 그리고 곧바로 그의 입술에 입을 맞췄다. 지금 이곳이 어디인지, 두 사람이 어떤 상황에 처했는지 같은 건 신경 쓰이지 않았다. 다만 한 가지 확실한 건 그녀는 그를 사랑하고 있다는 사실이었다. 세상 모두를 적으로 돌린다고 해도 아라는 이 사랑을 포기할 수 없을 거라고 확신했다.

"재회의 기쁨을 나누는 건 거기까지다. 이제 그만 적당히 끝내도록 하지."

그렇게 말한 도넬은 아라와 재회의 입맞춤을 나누느라 정신이 없는 기디언의 목덜미를 잡아챘다. 그리고 그를 뒤로 잡아당기는 순간, 마주친 입술이 떨어지면서 기디언이 아라의 귓가에 나지막이 중얼거렸다.

"아라, 내 허리춤에 있는 걸 꺼내도록 해요. 시간이 없습니다."

찰나에 가까운 그 시간 동안 아라는 그의 뜻을 단숨에 이해하고서 재빨리 기디언의 허리춤에 손을 뻗어서 숨겨져 있던 리볼버를 꺼내었다. 그리고 여전히 그의 뒷덜미를 붙잡고 있는 도넬을 향해 총구를 겨누었다.

"그 이상 허튼짓하면 가만두지 않겠어."

확신에 찬 아라의 음성에 도넬의 표정이 있는 대로 구겨졌다. 그는 기디언을 자신의 쪽으로 바짝 당기더니 팔로 그의 목을 조였다. 그리고 총구로 그의 머리를 짓이기듯 누르기 시작했다.

"쥐새끼 같은 자식. 다른 총을 또 숨기고 있었군."

"모든 일에는 만전을 기하는 게 제 비즈니스 스타일이라서 말입니다. 그러기에 몸수색을 좀 더 완벽하게 했어야죠. 당신의 그 급한 성격이 결국은 화가 될 겁니다."

"나를 계속 도발해봤자 네 죽음만 앞당긴다는 걸 모르는 모양이군."

도넬은 당장이라도 방아쇠를 당길 것처럼 위압적으로 굴었다. 그런 그를 보며 아라는 작전을 바꿔서 자신의 총구를 안젤라를 향해 돌렸다. 그녀는 아무런 흐트러짐도 없이 그런 아라를 빤히 바라만 보고 있었다.

"도넬 당신이 기디언을 죽여야 하겠다면 난 안젤라를 가만두지 않겠어. 이 성당에서 결국 누구든 죽어서 나가게 될 거야."

아라는 손목이 욱신거리고 저렸지만 이대로 당하고만 있을 생각은 없었다. 그녀는 자신이 묶여 있던 십자가에서 완전히 벗어나 안젤라를 향해 발걸음을 옮겼다. 그런 아라를 보며 안젤라는 비릿한 웃음을 지었다.

"가소롭군요."

안젤라는 아라에게서 시선을 떼지 않으며 도넬을 향해 명령하듯 말했다.

"도넬, 난 상관하지 말고 기디언부터 죽이도록 해요."

도넬은 놀란 듯 안젤라를 향해 시선을 돌렸다. 아무리 그녀의 부탁이지만 도넬에게 있어 그건 절대 쉬운 선택이 아니었다.

"안젤라, 아무리 그래도 그건……."

"도넬, 내가 원하는 거라면 무엇이든 해주겠다고 했어요. 그렇다면 남자가 용기 없이 우물쭈물하지 말고 당장 기디언을 죽이도록 해요. 아라는 그 후에 죽여도 늦지 않아요."

자신이 원하는 바를 이루기 위해서는 목숨도 아까워하지 않는 안젤라를 보며 아라는 입술을 꾹 깨물었다. 이래서는 마치 자신들이 악역인 것만 같아서 입맛이 좋지 않았다. 하지만 어찌 됐든 그녀는 기디언과 함께 이곳을 벗어나야 했다. 그럼에도 적의 손에 그가 잡혀 있는 걸 생각하면 쉽사리 움직일 수가 없었다. 그렇게 모두가 심각한 분위기 속에 각자의 고민을 끌어안고 있는 동안, 갑자기 어울리지 않는 웃음소리가 들려왔다.

"풉…… 하하."

소리를 따라 고개를 돌리자 기디언이 온몸을 들썩거리며 웃고 있었다. 마치 희극공연을 지켜보다가 참지 못하고 웃음을 터트린 것 같은 모양새였다.

"정말이지…… 죄송합니다. 웃지 않고는 참지 못할 정도로 재밌는 구경이라서 말입니다."

"입에서 나오는 말이라고 함부로 지껄이고 있군."

자신들이 웃음거리가 됐다는 생각에 도넬의 얼굴이 붉으락푸르락하게 변했다.

"역시 안젤라의 말대로 널 당장 죽여야겠어. 이대로 살려두고 있어 봐야 산소 낭비지."

도넬은 당장이라도 기디언의 머리통을 날려버리려는 듯 총을 장전했다. 그걸 본 아라 역시도 안젤라를 향해 방아쇠를 당길 준비를 했다. 하지만 도넬과 아라, 두 사람이 움직이기도 전에 기디언이 입가에 여유로운 미소를 지으며 두 손을 들어 올렸다.

"누가 더 산소 낭비를 하고 있는 건지 지금부터 알아보도록 할까요."

방금 전까지 뒤로 묶인 채 수갑이 채워져 있던 기디언의 두 손이 마술이라도 부린 것처럼 자유로워져 있었다. 그는 곧장 자신의 목덜미를 억누르고 있는 도넬의 팔을 잡아채더니 그대로 그를 앞으로 고꾸라트렸다.

"윽!"

갑작스럽게 바닥에 나뒹굴게 된 도넬은 쉽게 정신을 차리지 못했다. 기디언은 잠시 옷매무새를 정리하고서 엎어져 있는 도넬의 복부를 발로 걷어찼다.

"크흑! 커헉!"

기디언은 이제까지 한 번도 본 적 없는 차가운 표정을 짓고서 도넬을 향한 발길질을 멈추지 않았다. 가차 없이 쏟아지는 공격에 도넬은 고통에 찬 숨을 내뱉더니 어느 순간 피를 토해냈다.

"예전이나 지금이나 정말로 손이 많이 가는 사람이로군요."

비웃는 와중에도 기디언은 도넬을 있는 힘껏 걷어찼다. 그리고 마치 줄이 끊어진 인형처럼 그의 몸이 축 늘어지자 발길질도 천천히 멈추었다. 순간적으로 정신을 잃었는지 도넬은 그 상태로 꼼짝도 하지 않았다. 기디언은 그런 도넬을 향해 살짝 몸을 숙이더니 그가 쥐고 있던 총을 빼어 들었다. 그리고 그는 장전된 총알을 확인한 후에 아라와 안젤라를 향해 몸을 휙 돌렸다.

"아무래도 우리는 아주 깊은 악연으로 묶여 있는가 봅니다."

그는 총을 장전한 채 안젤라를 향해 한 발짝, 한 발짝 천천히 다가갔다. 두 개의 총구가 자신을 향하고 있자 아무리 안젤라라고 해도 안달이 나는지 히스테릭하게 소리를 내질렀다.

"모든 게 네 탓이야! 너만 다시 나타나지 않았어도 이런 일은 일어나지 않았을 거라고!"

"그래요. 모두 제 탓이 맞습니다. 하지만 안젤라, 우리가 짊어진 이 인연을 끝내기 위해서 누구 한 명이 죽어야 한다면……."

안젤라의 곁으로 바짝 다가온 기디언은 총구를 그녀의 머리에 갖다 대었다.

"나는 서슴없이 당신을 죽이는 길을 선택하겠습니다."

기디언은 쥐고 있는 총의 방아쇠에 힘을 싣기 시작했다. 단 한 번이면 끝이었다. 그렇다면 그를 옭아매고 있는 과거의 잔영이 완전히 사라질 것이다.

"이것으로 천사의 정원이 이제야 완전히 사라지게 되겠군요."

"애초에 넌 나를 다시 찾지 말아야 했어."

안젤라가 짓이기듯 말하자 기디언은 가볍게 코웃음을 쳤다.

"겨우 그게 당신이 마지막으로 남기고 싶은 말입니까?"

"날 죽인다고 해서 네 몸속에 남아 있는 아버지의 피가 완전히 사라질 거라고 생각하지 않는 게 좋을 거야. 넌 그의 아들이고 나의 동생이야."

"새삼 확인해주지 않아도 그 사실을 잊을 생각은 없습니다. 단지 제가 바라는 건 더 이상 저와 아라 사이에 위협이 될 만한 요소

장미의 이름   349

가 존재하지 않는 것뿐입니다."

"착각하지 마."

기디언의 차가운 시선만큼이나 안젤라 역시도 주위 공기를 얼려버릴 만큼 냉정한 눈빛으로 그를 바라보았다.

"넌 평생을 자신을 속이며 살아왔어. 여전히 이름조차 없는 불쌍한 아이일 뿐이야. 그런 너는 절대로 누구에게도 사랑받지 못하고 행복해질 수 없어. 천사의 정원에 있던 모든 아이들이 그랬으니까!"

"상관없습니다. 아라만 제 곁에 있어 준다면 전 충분합니다."

그렇게 말하며 기디언은 안젤라를 보던 시선과 달리 따뜻한 눈빛을 하고서 아라를 바라보았다. 하지만 안젤라는 그런 그를 보며 입가에 비릿한 미소를 띠었다.

"그녀의 몸에 새겨진 도넬이라는 글자가 결국은 누구의 것인지 잊지 않았겠지?"

그녀의 말에 아라는 몸을 움찔 떨었다. 안젤라 역시도 아라의 몸에 새겨진 그 이름에 관해서 알고 있었다.

"그걸 당신이 어떻게 알고 있지?"

아라의 물음에 안젤라는 날씨라도 알려주듯 너무도 가벼운 어투로 대답했다.

"내가 그걸 어떻게 모르겠어. 기디언의 몸에 당신의 이름이 새겨져 있듯이 아버지의 몸에도 당신의 이름이 새겨져 있었는걸."

하지만 그 내용은 충격적이기 그지없었다.

"거짓말……."

아라는 긴 순간을 돌고 돌아서 자신의 몸에 새겨진 이름의 주인이 기디언일 것이라고 생각했다. 하지만 이제는 알 수가 없었다. 천사의 정원에 원장으로 있던 사내의 몸에도 그녀의 이름이 새겨져 있었다고 한다면……. 생각만 해도 소름이 끼쳤다.

"하늘도 참 가혹하지 않아? 아버지와 아들의 몸에 같은 여자의 이름을 새기다니 말이야. 기디언 때문에 아버지가 자살하지만 않았어도 어쩌면 아라는 아버지의 짝이 되었을지도……."

그렇게 말하며 안젤라는 기디언을 향해 시선을 돌렸다.

"넌 도의에 의해 우리를, 천사의 정원을 망가트렸다고 말하고 있지만 사실은 아버지에게 뺏기고 싶지 않았던 거지? 네 운명이 될지도 모를 여자를 말이야."

"이제 그만 닥치는 게 좋을 것 같군요."

"넌 악마보다 더한 놈이야. 겨우 여자 때문에 네 아버지를 죽일 만큼 말이야. 하늘은 절대 널 용서하지 않을 거야. 넌 평생 불행하게……."

"이제 그만 끝을 내도록 하죠."

안젤라의 말은 더 이상 이어지지 못했다. 기디언은 무생물을 바라보는 무미건조한 눈빛을 하고서 방아쇠를 당겼다.

타앙!

단 한 발의 총성과 함께 총알이 안젤라의 머리를 뚫고 지나갔다. 폭발력에 의해 그녀 머리의 반 이상이 날아가고 가까이에 있던 기디언과 아라는 뇌수와 피를 그대로 뒤집어쓰고 말았다. 너무도 순식간에 벌어진 일이었다.

"기디언……."

아라는 장전하고 있던 총을 쉽사리 거둘 수가 없었다. 모든 일을 끝낸 그의 곁으로 다가갈 수도 없었다.

"거짓말…… 이지?"

무어라고 말해야 할 것 같은데 대체 무슨 말을 꺼내야 할지 알 수가 없었다. 이 상황이 쉽게 이해가 되지는 않았다. 안젤라가 마지막으로 남긴 말은 그녀를 혼란 속으로 빠트리고 말았다.

"아라, 이리로 와요."

기디언은 아라를 향해 손을 뻗었다. 그녀는 그의 말에도 쉽사리 걸음을 옮기지 못했다. 오히려 그에게서 한 발자국 멀어지고 말았다.

"제가 가지고 있던, 당신에게 말하지 못했던 모든 진실을 알려 줄게요. 그러니까 저를 피하지 마세요."

기디언은 마치 길을 잃은 아이처럼 간절한 시선을 하고서 아라를 보았다. 그렇게나 찾아 헤매던 진실은 결국 기디언이 쥐고 있었던 것이다.

"기디언. 당신이…… 에디 리였던 거야?"

아라는 그에게 쉽사리 다가가지 못했다. 오히려 경계의 빛을 감출 수 없었다.

"……그렇습니다. 저는 원장과 비앙카, 그리고 리덕환의 선택으로 에디 리를 대신할 아이로 팔려갔습니다. 천사의 정원에 있는 아이들 중에서 제가 에디 리와 가장 닮았기 때문이었습니다."

그녀가 한 발 물러서면 기디언은 그녀에게로 한 발 다가왔다. 두 사람의 사이는 조금도 좁혀질 기미를 보이지 않은 채 멀어질 뿐이었다.

"더 뛰어난 상품이 되기 위해서 염색을 하고, 렌즈를 끼고, 평소 이상의 식사량을 섭취하며 살을 찌웠죠. 모두 시키는 대로 해야만 했습니다. 저는 힘이 없는 어린아이에 불과했으니까요."

지금까지는 자신이 해온 수많은 임무 중 하나였을 뿐인 그 일이 이렇게 연결될 것이라고는 생각하지 못했다. 아라는 에디와 함께 납치당했던 순간들을 기억해보려 애썼다. 떠오르는 건 흐느끼고 있는 아이의 작은 등뿐이었다. 무언가 중요한 얘기를 한 것 같은데 쉽사리 생각나지 않았다.

"리덕환에게 팔려가고, 얼마 동안 에디 리로 생활하던 중에 납치를 당했습니다. 그리고 그 순간에 제가 팔린 이유가 무엇인지 깨달았죠. 그 끝이 죽음인 것 역시도 알게 되었습니다."

담담하게 이어지는 기디언의 말에 아라는 저도 모르게 그를 피하던 걸음을 멈추고 말았다. 그는 그 순간을 놓치지 않고 아라를 향해 좀 더 가까이 다가왔다.

"하지만 죽음을 눈앞에 두고 있는 상황에서 아라, 당신을 만났습니다. 아무런 희망도 품지 못하고 내 생의 마지막을 기다리고 있던 저에게 당신은 빛과 같은 존재였죠. 그리고 당신은 쭉 잊고 지낸 것 같지만⋯⋯."

어느새 아라의 코앞까지 다가온 기디언은 마치 소중한 것을 조심히 다루듯 그녀의 볼을 쓰다듬었다.

"더 이상 페이그 도넬도, 에디 리도 아닌, 저에게 기디언이라는 이름을 주었죠."

아라는 그제야 자신이 잊고 지냈던 중요한 일을 떠올리고야 말았다. 그의 말대로였다. 삶에 대한 의지를 놓아버린 어린아이가 너무도 가여웠다. 더 이상 진정한 이름조차 없다고 하소연하는 것이 안쓰러워서 당시의 아라가 가장 멋있다고 생각했던 이름을 그에게 지어줬던 것이다.

"단지 그 이유 때문에…… 겨우 그런 걸로 기디언은 가족도 버리고 천사의 정원을 해체시킬 생각을 한 거야?"

"돈 때문에 가족을 상품처럼 팔아버리는 걸 가족이라고 부를 수 없죠. 게다가 단순히 그것 때문만은 아닙니다. 당신에게는 도넬이라는 이름과 함께 피스틸의 증거가 몸에 새겨져 있었으니까 저는 운명이라고 생각했습니다."

"그건……."

확실히 납치된 에디를 달래기 위해서 그녀는 남들 몰래 간직해오고 있던 비밀을 알려준 적이 있다. 하지만 그럼에도 이해가 되지 않았다.

"어째서 내가 알려준 그 순간에 솔직하게 말해주지 않았던 거야. 그랬더라면 지금쯤……."

"확실히 제 몸에도 아라의 이름이 새겨져 있었지만 확신이 없었습니다."

아라의 볼을 쓰다듬고 있던 그의 손이 힘없이 떨어졌다. 그리고 그는 무언가 괴로운 듯 미간을 찌푸렸다.

"당신의 뒷덜미에는 정확한 이름은 새겨져 있지 않더군요. 하지만 어린 제가 살았던 세계는 모든 아이들이 도넬이었습니다. 아버지의 성을 따라서 여자면 사라 도넬, 남자면 페이그 도넬이라고 불리었죠. 참으로 무신경하면서 잔혹하지 않습니까?"

이름이 없던 아이들이 진정한 이름을 갖게 되는 순간이 오면 죽음에 가까워지는 걸 의미했다. 피를 나눈 친누나와 친아버지보다 기디언에게는 그 아이들이 훨씬 더 피붙이 같다고 생각했다. 그런데 천사의 정원을 떠나간 그들이 어디서, 어떻게 죽어갔는지 알아낼 방법은 없었다.

"저와 형제들을 팔아버린 아버지가 증오스러웠습니다. 게다가 한편으로 당신의 몸에 새겨진 도넬의 주인이 아버지일지도 모른다는 생각에 미쳐버릴 것 같았습니다. 그는 저와 마찬가지로 몸에 아라의 이름이 새겨져 있었고 스테먼이기도 했으니까요."

"그건 어떻게 알았지?"

"아버지가 어느 날 저를 부르더니 입고 있는 옷을 벗고서 직접 보여주더군요. 그리고 넌 나와 같은 운명을 타고났다고 말했습니다. 하지만 그렇기 때문에 반드시 한 명은 사라져야 한다고 말입니다. 제가 팔린 건 그 일이 있고 얼마 있지 않아서입니다."

충격적인 내용이었다. 한 핏줄을 이은, 그것도 자신의 친아들을 없애야 할 적으로 인지했다는 것을 아라는 믿을 수 없었다.

"참고로 그의 몸에는 백합이 새겨져 있었습니다."

기디언은 슬쩍 미소 지으며 가볍게 말했지만 아라는 소름이 끼쳤다.

"그렇다면 모든 죄악을 밝히고 FBI와 CIA의 공조를 도운 건 천사의 정원에 있던 아이들을 돕기 위해서가 아니라……."

"대의적 명분은 그게 맞습니다. 하지만…… 사랑은 가끔 사람을 미치게 만드니까요. 나름 변명을 해보자면 아버지가 정말로 자살할 거라고는 생각 못 했습니다."

정적을 완전하게 제거하기 위해서 그가 가진 모든 것을 없앤다는 건 이론상으로 완벽한 방법이었다. 그럼에도 기디언과 천사의 정원의 원장은 피를 나눈 존재였다. 단지 운명이 정해준 사랑을 차지하기 위해서 서로를 적대시하며 살아왔다는 사실을 아라는 쉽게 받아들일 수 없었다.

"당신도, 원장도…… 제정신이 아니야. 모두 미쳤어."

기디언은 안젤라와 원장을 두고 가족조차 아니었다고 말하지만 그들은 완벽하게 닮아 있었다. 누군가에 대한 집착을 멈추지 않고 원하는 것을 차지하기 위해 어떤 짓도 서슴지 않았다. 만약 천사의 정원이 무너지는 순간 원장이 자살을 선택하지 않았다면 아라는 두 남자 사이에서 온몸이 갈가리 찢겼을지도 모른다. 그 정도로 그들은 미쳐 있었다.

"공허한 존재일수록 유일한 상대가 생기면 맹목적으로 변할 수밖에 없죠."

"맹목적이라는 단어로 함축시킬 수 있는 일이 아니잖아. 이건……."

그가 한 짓은 천륜을 어긴 악행이었다. 단지 운명이 정했기 때문에 이렇게까지 상대를 사랑할 수 있을까. 아라는 혼란스러움을 감출 수 없었다.

"그렇죠. 그 단어로는 부족할 것 같군요. 저는 당신을 익애하고 있습니다."

기디언은 부드럽게 미소 지으며 다시 아라를 향해 손을 뻗으려고 했다. 하지만 아라는 그의 손길을 쉽게 받아들일 수 없기에 뒤로 물러섰다.

"왜 이제야 내 앞에 나타난 거야?"

"제게는 오랜 시간 확신이 부족했으니까요."

아라는 다시 그에게서 한 발 물러섰다.

"그렇다면 어째서 내가 아니라 어머니에게 먼저 다가간 거지?"

"그건 우연이었습니다. 당신에 대해 조사를 하다 보니 어머니께서 CIA에서 하청을 받던 아동심리학자더군요. 천사의 정원에서 풀려난 아이들의 멘탈도 케어해주시던 분이었죠. 하지만 그 아이들이 당한 일을 모두 알고서 그분도 견디지 못하고 일을 그만두셨다고 들었습니다."

"그건…… 처음 듣는 얘기야. 그런 이유 때문에 일을 그만두신 줄 몰랐어."

"대부분의 아이들이 딸인 당신과 같은 또래였으니 힘드셨겠죠. 그럼에도 그녀는 천사의 정원에 대한 죄책감과 진실에 대한 탐구를 멈추지 않고 있더군요. 그녀는 끝없이 그곳에서 생존한 아이들을 찾았고 저는 그런 그녀에게 일부러 접근했습니다. 당신의 어머니였으니까."

"어머니가…… 천사의 정원에 대해 조사하고 계셨다는 얘기야?"

"적어도 제가 알기로는 그랬습니다. 그녀가 남긴 사진들이며 흔적을 생각해보면 이해가 될 겁니다. 일에서는 벗어났을지 몰라도 그녀는 책임감을 저버리진 않았죠."

그러고 보니 어머니는 자신에게만 단서들을 남긴 게 아니라 안젤라에게도 사진을 보냈다. 평범한 주부생활을 이어가고 있다고 생각했는데 아라가 모르는 곳에서 어머니는 천사의 정원에 대해서 계속 접근해가고 있었던 것이 분명했다. 그리고 안젤라가 아직도 그와 유사한 일을 벌이고 있다는 것을 알고 악행을 저지하기 위해서 'I know you.'라는 메시지를 남긴 것일 터다.

"그렇다면…… 네가 원장과 비슷한 모습으로 분장한 건 무슨 이유지. 그것도 확신이 없어서 그랬던 거야?"

아라의 물음에 기디언은 쓰게 웃으며 그녀를 향해 뻗었던 손을 거둬들였다. 어머니가 남긴 사진들 속에 공통적으로 깡마른 남자가 등장했다. 아라에게 남긴 사진 속에 있는 그 남자를 어머니는 도넬이라고 했다. 사실 그는 어머니에게 접근한 기디언이었다. 그렇다면 안젤라에게 보낸 과거 사진 속의 그 남자는 원장 자신인 게 분명했다. 사진의 색상이나 상태를 생각해보면 그게 가장 타당했다.

"날카로운 질문이군요. 당신 말대로일지도 모릅니다. 제게는 확신이 부족했습니다. 그래서 도넬이라는 성의 원래 주인인 아버지와 닮은 모습을 하고 지냈죠. 제가 아라의 짝이 되지 못한다면 아버지를 가장해서라도 당신과 함께하고 싶었으니까요."

"너무도 어리석어……. 어떡하면 그런 생각을 할 수 있지?"

"그만큼 아라를 간절하게 원했기 때문입니다. 말하지 않았습니까. 당신은 내게 유일한 빛이자 희망이라고 말입니다. 당신 어머니와 함께 시간을 보내는 동안에 아라에 대해 더 많은 걸 알게 되었죠. 그래서 생각을 바꾼 겁니다. 드디어 확신이 생긴 거죠. 아버지의 모습을 한 제가 아니라, 도넬인 제가 아니라, 당신이 직접 이름 지어준 기디언으로서 사랑받고 싶다고 말입니다."

아라는 자신이 이렇게까지 사랑받을 자격이 있는 존재인지 알 수 없었다. 그를 사랑했다. 그 역시도 그녀를 사랑했다. 하지만 그의 사랑은 너무도 무겁고 어두운 사랑이었다. 자신이 그 사랑을 버틸 수 있을까 의문이 들 정도였다.

"그럼 어째서 내게 도넬을 찾아달라고 한 거야? 그것도 어머니의 유품을 빌미로 말이야."

"당신 어머니의 일기는 말 그대로 빌미일 뿐입니다. 도넬을 찾아달라고 한 건 앞서 말한 것과 같은 이유입니다. 아라가 어떤 조건도 없이 '저'를 선택하길 바랐으니까요."

기디언이 선택한 방법은 지독히도 엉망진창으로 비틀려 있었다. 하지만 다른 의미에서는 순애보로 들렸다. 그는 그만큼 아라를 사랑하고 있는 것이다.

"기디언, 나는……."

그걸 알기 때문에 아라는 쉽사리 답을 할 수가 없었다. 그를 여전히 사랑하느냐고 물으면 그렇다고 대답할 수 있었다. 하지만 기디언이 그녀에게 보내는 사랑의 온도와 무게는 전혀 달랐다. 아라가 입을 다물고 말자 기디언은 오히려 괜찮다는 듯 고개를 저었다.

"처음부터 제가 일방적으로 시작한 이기적인 사랑일 뿐이라는 걸 알고 있습니다. 그러니 당신이 이 모든 사실을 알고 제게 질렸다고 해도 할 말은 없습니다. 하지만 아라…… 부디 청하건대 저를 외면하지는 말아주십시오."

기디언이 그녀를 향해 더 가까이 다가왔다. 아라도 이번에는 그를 피하지 않고 그의 청록색 눈동자를 똑바로 바라보았다. 그가 말하는 사랑만큼이나 깊은 눈이었다. 수많은 악행을 저질렀음에도 그는 여전히 아름다웠다. 그리고 그만큼 가엾고 애처로웠다.

"기디언."

이번에 손을 뻗은 건 아라였다. 좀 더 다른 형태로 이 만남이 이

루어졌다면 좋았을 것이란 생각이 들었다. 그렇다면 적어도 이렇
게 가슴 아플 일은 없었을 테니까. 남들처럼 평범하게 서로만을 바
라보며, 때로는 다투고, 화해도 하면서 마음껏 사랑할 수 있었을
것이다. 하지만 두 사람의 사랑은 하늘이 정해준 것치고는 너무도
가혹하기만 했다.

"가엾고 또 가여운 사람……."

감춰져 있던 모든 사실을 알게 된 동시에 그게 기디언이 지니고
있던 죄의 무게였다는 것도 알게 되었다. 아라는 연민에 찬 시선으
로 그를 바라보았다. 이 역시도 애정의 다른 형태일지도 모른다.
어차피 뒤틀려버린 세계에 발을 들인 마당이니 철저하게 응해주
겠다는 생각이 들었다.

"내 손을 잡아. 내가 당신을 구해줄게."

기디언은 그녀의 말을 단숨에 알아듣지 못하고 아라가 내민 손
을 물끄러미 바라보고만 있었다. 하지만 이내 그녀의 뜻을 이해하
고서 그는 이 세상의 것이라고 생각되지 않을 정도로 아름다운 미
소를 지었다. 정말로 행복해 보이는 모습이었다. 그러나 그 순간은
단숨에 끝이 나고 말았다.

타앙!

성당 가득히 총성이 울려 퍼지는 것과 동시에 기디언의 가슴에
서 울컥 피가 쏟아졌다. 그는 이 상황을 받아들이지 못하고 총알이
지나간 자리를 멍한 눈으로 바라보았다. 아라가 총알이 날아온 방
향을 향해 시선을 두자 어느새인가 정신을 차린 도넬이 기디언을
향해 총을 겨누고 있는 게 보였다.

"아…… 라……."

"기디언!"

이내 기디언의 몸이 마치 무너지는 모래성처럼 천천히 쓰러져 갔다. 그러는 순간에도 그는 아라의 온기에 닿지 못했다는 사실이 아쉽고 안타까울 뿐이었다.

14. 장미의 이름이 '장미'가 아니라 할지라도
그 향기는 여전히 달콤할 것이다

아라는 기디언의 곁으로 단숨에 달려가 쓰러진 그를 끌어안았
다.

"기디언……. 기디언!"

아라는 눈앞에 보이는 광경을 믿을 수 없다는 듯 덜덜 떨리는
손으로 그의 가슴을 더듬었다. 손바닥 가득히 따끈하면서 질척이
는 감각이 전해져왔다. 그녀는 아주 천천히 자신의 손을 뒤집었다.
피로 범벅이 된 손바닥은 온통 붉은색으로 뒤덮여 있었다.

"피, 피가……."

아라는 이 기이한 장면을 도무지 받아들일 수가 없었다. CIA조
차 그에게 접근하지 못하고 일급 수배범으로 분류했을 정도였다.
그런 기디언이 총에 맞아 쓰러지다니……. 절대로 있을 수 없는 일
이었다.

"이건…… 말도 안 돼."

"아라……."

마치 바람 앞에 놓인 등불처럼 기디언의 음성이 희미하게 들려왔다.

"이상하군요……. 제 몸에 힘이……."

애써 미소 지으려고 하는 그를 보며 아라는 세차게 고개를 저었다.

"괜찮으니까…… 괜찮아질 테니까 아무 말도 하지 마. 내가 반드시 구해줄게."

아라의 음성에는 어느새인가 울먹임이 뒤섞이기 시작했다. 수많은 죽음을 목도한 그녀였지만 사랑하는 이가 쓰러지는 모습은 도저히 견딜 수가 없었다. 무언가를 해야 하는 건 알았지만 머릿속이 새하얗게 변해서 쉽게 판단을 내릴 수가 없었다. 그러는 와중에도 기디언의 가슴에서는 울컥울컥 피가 뿜어져 나왔다.

"지, 지혈부터 해야겠어."

그녀는 여전히 떨리는 손길로 입고 있던 저지 상의를 벗었다. 그리고 그것으로 상처의 입구를 틀어막았다.

"으윽……."

지혈을 위해서 아라가 상처 부근을 꾸욱 누르자 기디언의 입에서 고통 섞인 신음 소리가 흘러나왔다. 아라가 아는 한 어떤 상황에서도 그는 아파도 아픈 티를 내지 않았다. 그 정도로 그는 독했고, 그만큼 강하기도 했다.

그런데 지금은 달랐다. 그에게는 그럴 여유도, 정신도 없었던 것이다. 그 사실이 아라의 마음을 더욱 아프게 했다.

"······기디언, 붕대 대신으로 쓸 천이 필요할 것 같아. 이대로 언제까지고 내가 손으로 막고 있는 것보다는 천으로 단단히 묶어두는 편이 움직이기 편할 거야."

아라는 그의 이마에 송골송골 맺힌 식은땀을 닦아내며 주변을 둘러보았다. 애초에 텅 빈 성당이었던 탓에 쓸 만한 재료를 찾기가 쉽지 않을 것 같았다. 정 안되면 자신의 하의라도 벗어서 그의 상처를 동여매야만 했다. 그렇게 생각하며 아라가 옷을 마저 벗기 위해 몸을 일으키려는 순간, 기디언이 그녀의 손목을 힘겹게 잡았다.

"가지······ 마세요······. 제발, 내 곁에서······ 떨어지지 말아요."

단지 옷을 벗기 위해 아주 잠깐의 거리를 두었을 뿐이었다. 그런데도 기디언은 마치 아라가 영영 사라질 사람인 것처럼 두려워하고 있었다. 그런 그가 불쌍하고 가여웠다. 어째서 하늘은, 신은, 그에게 이토록 모질고 가혹하기만 한 걸까.

"어디에도 가지 않아, 기디언······. 나는 무슨 일이 있더라도 언제나 당신 곁에 있을 거야."

눈가에 그렁그렁 맺혀 있던 눈물이 그녀의 볼을 타고 천천히 흘러내렸다. 그의 품에 안겨 엉엉 소리 내어 울 수 없는 현실이 너무도 고통스러웠다. 포근하게 끌어안아주던 그의 두 손은 힘없이 늘어져 그녀를 안아주기에는 힘겨워 보였기 때문이다. 소리 없이 울고만 있는 아라를 보며 기디언은 희미하게 미소를 지었다.

"미인의 눈물은 미소보다 더 사랑스럽다고 하더니······ 정말로 그렇군요."

그가 시답잖게 던지는 농담에도 아라는 그를 따라서 웃을 수가 없었다. 자꾸만 흐르는 눈물 때문에 눈앞의 그가 흐려지기만 했다.

"아라…… 그럼에도 저는 당신의 미소가 더 보고 싶습니다. 제 곁에서는…… 언제나 아름답게 웃어주시겠습니까?"

"기디언, 제발……. 당신이 없으면 난 영원히 빛날 수 없어."

"그것 참…… 과찬의 말씀이군요……. 크흡!"

희미하게 미소 짓고 있던 기디언의 입에서 고통에 찬 기침 소리와 함께 붉은 피가 울컥 토해졌다.

"기디언!"

아라는 그의 상체를 끌어안아 살짝 일으켰다. 혹시나 피가 기도를 막을까 걱정이 되었다. 기디언은 몇 번을 더 기침하더니 힘겨운지 거친 숨을 내쉬었다. 도저히 이대로 계속 있을 수가 없었다. 어떻게든 이곳을 벗어나 기디언을 한시라도 빨리 치료해야겠다는 생각이 들었다.

"당신은 반드시 내가 지켜낼 거야."

아라는 기디언의 팔을 자신의 목에 둘러 부축해 일으켜 세웠다. 총상을 입은 기디언을 안고 힘겹게 걸음을 옮기려는 순간, 어느샌가 다가온 도넬이 두 사람의 앞을 막아섰다. 그의 품 안에는 처참한 몰골로 죽은 안젤라의 시체가 있었다.

"기디언, 너는 끝까지 내가 가진 모든 것을 다 빼앗아가는구나. 너에게는 어땠을지 몰라도 천사의 정원도, 안젤라도 나에게는 한없이 소중하기만 했어. 나는 네게도 소중한 것이 사라지는 고통을 느끼게 하고 싶다. 그러니까 이대로 그냥 보낼 수는 없어."

기디언은 아라의 품에 안긴 채로 천천히 고개를 들어서 도넬을 바라보았다.

"불쌍한 나의 형제여……. 아무래도 저도, 당신도…… 영원히 사랑의 저주에 얽매인 채 살아야만 하는가 보군요."

"사랑의 저주라……. 어쩌면 네 말이 맞을지도 모르겠군."

한 사람은 끝없이 사랑을 주고 사랑받기를 원했지만 보답받지 못한 채 끝을 내야 했고, 다른 한 사람은 하늘이 정해준 운명에 휘둘리며 힘겹게 사랑을 지켜야만 했다. 아라라고 그런 그들이 안쓰럽지 않은 건 아니었다. 하지만 지금 무엇보다 중요한 건 기디언의 치료였다.

"지금 당장 비키지 않으면 당신도 안젤라처럼 살아서 이곳을 나갈 수 없을 거야."

아라의 날카로운 위협에 도넬은 오히려 코웃음을 쳤다. 그런 그를 보며 아라는 차갑게 일갈했다.

"여자라고 우습게 보는 건가? 미안하지만 너 정도는 내게 아무것도 아니야. 기디언이 너를 끝내지 못했으니 이번에는 내가 그 숨을 확실히 끊어주지."

"아무래도 오해를 했나 보군. 나는 너를 비웃은 게 아니야. 지금 이런 상황에서도 내가 목숨을 아까워하는 것처럼 보였다는 게 우스웠을 뿐이다."

그렇게 말한 도넬은 품에서 무언가를 꺼내어 아라와 기디언이 볼 수 있도록 앞으로 내밀었다. 도넬이 들고 있는 건 폭탄의 스위치였다. 그걸 한눈에 알아본 아라는 바로 얼굴을 굳히며 입술을 깨물었다. 상황이 좋지 않았다.

"혹시 모를 상황에 대비해서 성당 여러 곳에 폭탄을 설치해뒀다. 이 스위치만 누르면 성당째로 우리 모두가 한 방에 날아가겠지."

"……지금 이대로 스위치를 누르면 우리뿐만 아니라 너도 죽어. 목숨이 아깝지도 않은 거야?"

아라의 물음에 도넬은 쓰게 웃으며 대답했다.

"안젤라가 없는 세상에서 더 이상 내가 살아야 할 의미는 없다. 이 목숨을 던지는 건 하나도 아깝지 않아. 하지만 나 혼자서만 그녀의 곁으로 갈 수는 없지. 안젤라에게 영원한 안식을 주기 위해서라도 너희는 나와 함께 가야겠어."

그들 사이에 날이 바짝 선 긴장감이 흐르기 시작했다. 혼자의 몸이었다면 이대로 도넬을 밀쳐내고 재빠르게 도망갈 수도 있었다. 하지만 지금은 상황이 달랐다. 아라는 선택을 해야 했다. 누군가 한 명은 반드시 도넬을 붙잡고 있어야만 했다. 그래야만 좀 더 안전하게 이곳을 벗어날 수 있기 때문이었다.

"기디언, 달릴 수 있겠어?"

아라는 기디언만 들을 수 있도록 그의 귓가에 나지막이 중얼거렸다. 그녀의 시선은 여전히 도넬을 날카롭게 노려보고 있었기 때문에 기디언의 표정까지 살필 여력이 없었다.

"내가 일단 도넬을 막고 있을게. 신호하면 당신은 무조건 밖으로 달려."

그녀의 선택은 결국 기디언의 목숨이 우선이었다. 아직 체력이 남아 있는 자신이라면 도넬에게서 폭탄 스위치를 뺏을 수도 있을 것이라고 판단했기 때문이다. 하지만 기디언은 어쩐지 대답이 없었다. 여기서 잠깐이라도 시선을 떼면 도넬이 스위치를 누를 것 같아서 아라는 그를 쳐다볼 수가 없었다. 그저 침묵이 곧 긍정이라고 생각하며 아라는 이를 악물고 도넬을 향해 한 발을 내디뎠다.

"아라."

그때, 그녀의 귓가에 지극히 차분한 기디언의 음성이 들려왔다. 그러고서 그는 어디에서 그런 힘이 났는지 아라보다 앞서 달리기 시작했다. 그런 기디언의 뒷모습을 보며 그녀는 순간 아무것도 생각할 수가 없었다.

"어서 달려요. 당신이 먼저 무사히 빠져나가면 저도 곧 뒤따라 가겠습니다!"

도넬에게 달려든 기디언은 그가 스위치를 누르지 못하도록 손을 부여잡고 버텼다. 그때서야 정신을 차린 아라는 그들에게 다가가 기디언을 도우려고 했다. 하지만 그는 그걸 가만히 두고 보지 않았다.

"어서 빨리! 지금을 놓치면 우리 두 사람 모두 살아 나갈 수 없을 겁니다."

"하지만 기디언, 이대로 당신만 두고 나갈 수는 없어!"

"아라, 저는 절대로 당신만 두고 죽지 않습니다. 그러니까 저를 믿고 기다려주세요."

이미 큰 부상을 입은 기디언을 이대로 두고 갈 수는 없었다. 그의 단호한 태도에도 불구하고 아라는 도넬에게 달려들었다. 긴 다리를 뻗어 그의 후두부를 강하게 쳐올린 후에 그녀는 몸을 회전시켜 도넬의 목이 꺾일 만큼 강한 발차기로 그의 머리를 연속으로 공격했다. 그렇게 도넬의 몸이 천천히 무너지는 것을 확인한 후에 아라는 기디언을 다시 부축해서 문을 향해 달렸다.

"너무…… 무모했습니다."

거친 숨을 헐떡이며 기디언이 말했다.

"당신이야말로 그런 너무 무모한 짓, 다시는 하지 말아줘."

아라의 말에 기디언이 살짝 미소 지었다. 그렇게 두 사람은 있는 힘을 다해서 성당을 벗어나기 위해 달렸다. 그리고 거의 문 앞에 다다라서 손잡이를 잡는 순간, 분노에 찬 울림이 퍼져갔다.

"기디언!"

분명 정신을 잃었을 것이라고 생각했던 도넬이 울분에 찬 비명을 내지르고 있었다. 정말로 무서운 집념이었다. 이 이상 지체할수 없다고 생각한 아라는 있는 힘껏 손잡이를 잡아당겨 성당의 문을 열었다. 그리고 이 악몽의 공간에서 드디어 벗어날 수 있다고 생각하는 찰나, 생각하지 못한 굉음이 두 사람의 뒤를 따라왔다.

콰앙!

기어코 도넬이 스위치를 누른 것이다. 폭탄이 터지는 것과 동시에 무척이나 빠른 속도로 성당이 무너져 내렸다.

"어서…… 어서 나가야 해!"

아라는 기디언의 몸을 추스르며 다시 달릴 준비를 했다. 그런데 한순간 그녀의 몸에 닿아 있던 그의 온기가 멀어져갔다. 기디언의 생각은 그녀와 달랐다. 지금 이 상황에서 자신은 짐만 될 것이 분명했기 때문이다. 결국 그도 선택을 해야 했다. 그리고 그는 그녀의 귓가에 달콤하고 따스한 고백을 하는 것으로 결론을 내렸다.

"아라, 저는 어느 순간에도 당신만을 사랑할 겁니다."

기디언은 아라에게서 벗어나 성당 안에 남는 길을 선택했다. 그녀가 자신의 몫까지 살아준다면 더 이상 바라는 것은 없었다. 그렇게 무작정 앞으로 달려 나가려던 그녀의 추진력과 함께 기디언이 있는 힘껏 아라의 등을 밀어내는 바람에 그녀는 성당을 벗어난 후에도 한참을 맨땅에서 굴러야 했다.

콰광!

건물이 무너지는 소리와 함께 흙먼지가 흩날렸다. 잠시 동안 몸을 웅크리고 있던 아라는 정신을 차리고 주변을 둘러보았다.

"기디언?"

그를 찾는 그녀의 목소리가 허망하게 퍼져갔다.

"기디언? 어디 있어?"

절룩거리며 자리에서 일어난 아라는 성당이 있던 자리로 조심스레 다가갔다. 그곳에는 원래의 형태를 찾아볼 수 없는 잔해들만이 가득했다. 아라는 이 현실을 믿을 수가 없었다. 방금 전까지 그는 분명 자신의 품에 있었다. 붉은 그 입술로 사랑을 속삭여주었다. 그런데 대체 무슨 일이 벌어진 걸까. 그녀는 덜덜 떨리는 손으로 돌덩이들을 파헤치며 기디언을 찾아 헤맸다.

"거짓말이지……. 어디 있어? 제발…… 나와."

아무리 현실을 부정해보아도 소용없었다. 기디언은 어디에서도 찾을 수 없었다. 아라는 손톱이 다 빠지고 피로 물들기 시작하는 것도 상관하지 않고 성당의 잔해 속을 뒤졌다.

"기디언…… 기디언……. 아악! 기디언!"

그녀는 고통에 찬 비명을 내지르며 그의 이름을 연신 불러댔다. 마치 금방이라도 그가 여유롭게 미소 지으며 모습을 드러낼 것 같은데 기디언은 나타나지 않았다. 믿을 수 없었다. 아주 잠깐이었다. 단지 몇 초 동안 그에게서 시선을 떼었을 뿐인데 그는 이 세상에 없던 사람처럼 사라지고 말았다. 죽었다고 말하고 싶지 않았다. 도저히 그 사실만은 받아들일 수 없었다.

"싫어…… 이런 건 싫다고……."

너무도 허망해서 눈물도 나지 않았다. 차라리 이 모든 것이 꿈이라면……. 그녀는 그렇게 바라며 천천히 눈을 감았다. 그러자 마치 전기가 끊어진 것처럼 아라의 온몸에서 힘이 빠져나가며 그 자리에서 그대로 쓰러지고 말았다.

"기…… 디…… 언……."

이대로 그를 따라서 사라지고만 싶다고 생각하는 순간, 그녀는 정신을 놓치고 말았다.

* * *

아무것도 없는 암흑 속에 있었다. 앞도 뒤도 구분할 수 없는 그런 어둠 안에서 그녀는 꼼짝도 하지 않았다. 어차피 이곳을 벗어나도 이보다 낫지는 않을 것이라고 생각했다. 하지만 가끔 누군가 그녀를 강제적으로 깨워댔다. 원하지 않는데도 억지로 눈을 뜨면 사람인지 물체인지 모를 것들이 어른거렸다.

"선생님, 그녀가 눈을 떴어요!"

"아라 킴 씨, 여기 병원입니다. 정신이 드십니까?"

귓가에 닿는 소리가 웅웅 울려댔다. 아직도 자신이 살아 있다는 걸 확인하는 순간 아라는 다시 눈을 감았다. 그렇게 다시 어둠 속을 빨려 들어갔다가 눈을 뜨기를 몇 번인가 반복했다.

"그녀의 외상은 깊지 않은 편이라고 판단됩니다. 두부에 열상이 발견되기는 했지만 크게 이상이 있을 정도는 아닙니다."

"그러면 어째서 아직까지 깨어나지 못하고 있는 겁니까?"

"아마도…… 그녀의 정신적인 부분이 스스로 깨어나길 거부하고 있는 것 같습니다."

잠깐 정신을 차린 아라는 두 남자의 이야기를 마치 남의 일인 듯 듣고만 있었다. 그리고 다시금 잠에 빠져들었다. 이곳이 어디든, 자신이 어떻게 되었든 알고 싶지 않았다. 그저 어서 기디언의 뒤를 따라가고만 싶었다.

"아라."

어떤 부름에도 눈을 뜨고 싶지 않았다. 다 부질없는 짓이니 나를 좀 내버려두고 꺼지라고 소리라도 지를까 했다. 하지만 그러기 위해서는 눈을 뜨고 세상과 마주해야 했다. 더 이상 그가 없는 세상에 혼자만 남았다는 걸 새삼 깨달아야 하는 건 아라에게는 가혹한 일이었다.

"아라 킴."

그래서 그녀는 절대로 눈을 뜨지 않을 작정이었다. 기껏 그가 살려준 목숨이니 지금 당장 죽을 수도 없었다. 그렇다면 차라리 영원히 어둠 속에 갇혀서 기디언의 마중을 기다릴 거라고 생각했다.

"아라 코난 킴!"

그러나 선명하게 들려오는 자신의 풀 네임에 아라는 자연스럽게 눈을 뜨고 말았다. 그녀가 유일하게 친구라고 부를 수 있는 존재가 눈앞에 있었다. 오랜만에 마주하는 해리슨이었다. 익숙하면서도 그리운 그의 음성은 어딘가 단단히 화가 난 듯 엄해져 있었다.

"이제야 겨우 눈을 뜨셨군."

아라가 눈을 뜬 걸 발견한 해리슨은 그녀가 이렇듯 무너진 모습을 처음 보아서인지 걱정과 속상한 마음이 들었다. 그래서 저도 모르게 비아냥거리듯 말하고 말았다.

"해…… 리슨."

얼마 만에 입을 여는 건지 모르겠지만 겨우 이름을 부르는 것뿐인데도 목구멍에 마치 모래가 낀 듯 까끌까끌 따가웠다. 오랜만에 듣는 아라의 음성에 해리슨은 잠시 안도한 표정을 짓더니 이내 다시 엄한 음성으로 그녀를 꾸짖었다.

"네가 여기에서 이대로 죽고 싶다면 말리지는 않겠어. 하지만 이것만은 알아둬. 계속 그렇게 잠만 자면서 세상을 등지면 결국 후회할 사람은 너야."

그의 말을 가만히 듣고만 있던 아라는 이런 순간까지 훈계를 듣고 싶지 않다는 생각이 들었다. 어차피 이해받을 수 없고, 허락받을 수 없는 사랑이었다. 이대로 영원히 그녀의 가슴에 몰래 묻어두고 홀로 그를 그리워하며 어둠에 빠지는 편이 나았다. 그렇게 아라는 힘없이 두 눈을 다시 감았다. 그녀의 모습을 본 해리슨은 답답한 마음을 참지 못하고 울분에 차서 외쳤다.

"넌 아마 이 세상에서 가장 이기적인 엄마가 될 거야! 아니, 넌 아이가 태어나고 난 후에도 그 사실을 모른 채로 살겠지! 이기적이다 못해서 아주 잔혹해."

아라는 감았던 눈을 천천히 떴다. 도저히 이해가 되지 않는 단어가 그의 입을 통해서 들려왔던 것이다.

"아이…… 라니? 누가…… 엄마라는 거야?"

"……아라, 네가 죽고 싶다면 그렇게 해. 하지만 네 배 속의 아이는 아무 잘못도 없잖아. 네가 원한 건지 아님 실수로 그랬는지는 모르겠지만 이 순간에도 아이는 자라고 있다. 그 생명을 어떻게 책임져야 할지는 엄마인 네가 아니면 아무도 모른다고."

해리슨은 도무지 믿을 수 없는 이야기들을 쏟아내고 있었다.

"무슨…… 소리야. 그러니까…… 지금 내 배 속에……."

아라는 혼란스러운 눈빛으로 그를 바라보았다. 그러자 해리슨은 병실 테이블을 뒤져서 사진 한 장을 꺼내더니 그걸 그녀의 눈앞에 내밀었다.

"아라, 지금 넌 혼자의 몸이 아니야. 네 안에서 생명이 자라고 있어."

오랫동안 누워 있었던 탓인지 아라는 온몸에 힘이 들어가지 않았다. 겨우겨우 손을 들어서 해리슨이 내민 사진을 움켜쥔 아라는 작은 점처럼 보이는 것을 한참이나 바라보았다. 누가 가르쳐주지 않아도 그 작은 점이 제 안에서 자라고 있는 새 생명이라는 걸 단숨에 알아챌 수 있었다.

"정말이네……. 내가…… 엄마가 됐어."

사진을 쓰다듬으며 아라는 울컥 눈물이 났다. 기디언이 이 사실을 알았다면 어땠을까. 그런 생각을 하는 것만으로도 가슴이 찢어질 것 같았다. 그가 없는 세상에서 홀로 눈물지으며 살고 싶지 않았기에 영원한 꿈속을 헤매자고 생각했다. 그런데 이제는 그럴 수가 없게 되었다. 지금 배 속에서 자라는 아이는 기디언이 남겨준 마지막 희망이나 마찬가지였다.

"내가…… 그 사람의 아이를 가졌어."

아라는 소리도 내지 못하고 하염없이 눈물만 흘렸다. 텅 비어 있던 가슴에 한 줄기 빛이 내리는 것 같았다. 살아야만 했다. 그리고 살려야만 했다. 더 이상은 어둠과 함께할 수 없었다. 기디언의, 그리고 자신의 아이를 위해서라도 그럴 수는 없었다.

그렇게 결론 내린 아라는 다음 날부터 차츰 깨어 있는 시간이 늘어나면서 식사도 직접 하게 되었다. 그리고 재활과 함께 외상에 대한 치료도 꾸준하고 성실하게 받았다. 그동안에 해리슨이 쭉 그녀의 곁을 지켜주었다.

여느 날과 다름없이 아침 재활을 마치고 아라가 점심을 먹는 걸 해리슨이 도와주었다.

"네가 발견된 폭발 장소에서 다수의 신원불명 시체가 발견되었어."

아라가 마실 물을 떠온 해리슨은 그동안 한 번도 입에 담지 않던 화제를 어렵사리 꺼냈다.

"CIA에 남아 있는 온갖 데이터를 뒤져서 사망자 두 명의 신원을 밝혀냈어. 여성 사망자는 폭파된 성당을 사들인 안젤라 수녀고, 남성 사망자 한 명은 성당에서 허드렛일을 하던 페이그 도넬이라는 사내더라. 그런데 다른 남성 사망자는 아무리 데이터를 뒤져도 신원을 알아낼 수가 없었어."

식사를 마친 아라는 한동안 말없이 해리슨을 빤히 바라만 보았다. 신원이 밝혀지지 않은 시체에 관해서 이야기를 해줘야겠지만 기디언이 죽었다는 사실을 새삼 받아들여야 한다는 건 너무도 힘들었다. 하지만 지금 밝히지 않으면 그는 죽은 후에도 일급수배범으로 취급당할 것이 뻔했다. 자신이 사랑했던 사람이 죽어서도 쫓기는 신세로 남지 않기를 원했다.

"그는…… 아직 신원을 밝히지 못한 그 사내는 기디언 펠이야."

장미의 이름 375

"뭐? 지금 진심으로 하는 소리야?"

해리슨은 믿을 수 없다는 시선으로 아라를 보았다. 그녀는 떨리는 손으로 물이 담긴 잔을 들어서 한 모금 들이켰다. 지금부터는 약간의 거짓말이 필요했다. 모든 진실을 밝히는 방법도 있겠지만 자칫 잘못하면 배 속의 아이와 함께 일생을 국가의 감시를 받는 신세가 될 수도 있기 때문이다. 그것만은 사양하고 싶었다.

"……그동안 난 기디언 펠과 그 일당에게 납치당해 있었어. 은행이 폭파됐던 건 기억하지? 그때 기디언 펠과 마주친 후에 집으로 돌아가서 곧장 납치당했어. 그렇게 줄곧 끌려다니다 기회를 봐서 그들 사이가 와해되도록 만든 후에 틈을 봐서 도망쳤어."

"도무지 믿을 수가 없군. 그러면 성당이 폭파된 건 같은 일당끼리 서로 싸우다 그렇게 됐다는 거야?"

"지분 싸움이 커지는 바람에 그렇게 된 거라고 생각해. 원래 아무렇지 않게 속이고 죽이는 짓을 하던 사람들이었으니 같은 편끼리도 쉽게 믿을 수 없었겠지."

거짓말을 하려니 이상하게 목이 탔다. 아라는 다시 물을 한 모금 마시고서 해리슨의 안색을 슬쩍 살폈다. 어딘가 허술하게 들릴지도 모르지만 그녀가 하는 말이니 믿을지도 모른다.

"의심이 된다면 시체의 몸을 뒤져봐. 기디언 펠은 성가실 만큼 내게 빠져 있어서 직접 몸에 내 이름과 함께 장미 한 송이를 몸에 새겼으니까 시체에도 남아 있을 거야."

기디언을 평가절하 하는 말은 하고 싶지 않았지만 아이와 함께 할 미래를 위해서는 어쩔 수 없었다. 아라는 입술을 꾹 깨물며 다시 해리슨의 안색을 살폈다. 잠시 생각에 빠져 있던 그는 가볍게 어깨를 으쓱이더니 고개를 끄덕였다.

"뭐, 아라 네가 벌인 와해작전이나 미인계가 잘 먹혀들기는 했지. 너 CIA에서 임무 수행 중에도 그런 거 잘했잖아."

아무래도 해리슨은 이 정도로도 아라를 믿어줄 생각인 모양이었다. 이토록 쉽게 자신을 신뢰해주는 그에게 미안한 마음이 들기는 했지만 어쩔 수 없었다.

"기디언 펠에게 네 이름과 장미가 새겨져 있다는 건 알려지지 않은 정보였으니까 가서 시체를 확인해보면 되겠지. 다행히 두개골은 많이 파열되지 않았다니까 얼굴복원시스템으로도 분석 가능하고 말이야. 그것보다 기디언 펠도 악명이 높았던 것치고는 참 허망하게 떠났군."

해리슨의 말에 아라는 몰래 안도의 한숨을 내쉬며 마지막으로 남아 있던 물을 모두 마셨다.

"그런데 말이야……."

하지만 그의 말은 거기서 끝나지 않고 다시 이어졌다.

"네 배 속에 있는 아이 아버지는 누구야? 우리가 마지막으로 만났을 때만 해도 남자가 있는 낌새는 느껴지지 않았는데."

기디언의 아이라고 말할 수는 없었다. 그렇다면 앞서 한 거짓말들도 모두 수포로 돌아갈 테니 말이다.

"……기디언 펠 일당은 납치와 인신매매로 용돈벌이를 하고 있었어. 내가 잡혀 있던 중에 납치돼 온 다른 남자와 같이 있었는데 어쩌다 보니 정이 싹터서 말이야……. 뜨겁게 밤을 보낸 후에 얼마 지나지 않아서 남자는 어딘가 다른 곳으로 끌려갔기 때문에 행방은 몰라."

"그런 정체도 모를 남자의 아이를 낳을 생각인 거야?"

"그래도 난…… 그 남자를 사랑했으니까."

단 하룻밤이 아니었다. 수많은 밤을 기디언의 품에 안겨서 황홀한 밤을 보냈다. 그리고 그는 마지막 선물처럼 새로운 생명을 아라에게 주었다. 그래서 지금 그녀가 버틸 수 있는 것이다. 하지만 아무리 해리슨이라고 해도 그런 사실을 밝힐 수는 없었다.

"그래……. 네가 그렇다면 달리 할 말이 없네. 그 남자가 어떻게 됐는지 몰라도 정말로 네 운명이라면 언젠가 시간이 흘러서 다시 만날 수 있는 날이 올지도 모르지."

그렇게 해리슨은 그녀의 사랑을 납득해주었다. 아라는 그것만으로 고마워서 그를 향해 미소를 지었다. 그리고 해리슨도 그녀를 따라 웃으며 그 이상은 캐묻지 않았다. 사실 그도 이 모든 게 아라가 만든 거짓이란 것을 어렴풋이 느끼고 있었다. 하지만 세상을 등질 것 같던 친구가 다시 기운을 차려준다면 이 정도는 눈감아주자는 생각이 들었다. 겨우 이 정도로 세상은 무너지지 않으니 말이다.

* * *

하얀 원피스를 입은 아라는 한 손에는 장미 꽃다발을, 다른 손에는 고사리 같은 작은 아이의 손을 잡고서 그날, 그 장소를 다시 찾았다. 이제는 폐허가 되어 흔적도 남아 있지 않지만 예전에는 성당이 있던 자리였다.

그로부터 몇 년이나 흘렀을까. 처음에는 견딜 수 없던 그의 빈 자리도 이제는 버틸 수 있을 정도가 되었다. 그리고 아라는 이제야 그의 마지막을 함께했던 장소를 찾아가자는 결심을 할 수 있었다.

"엄마, 여긴 어디야?"

"여긴 말이지, 도넬의 아빠가 하늘의 별이 된 곳이야."

기디언의 청록색 눈동자를 그대로 갖고 태어난 사내아이는 천진난만한 표정으로 아라를 바라보고 있었다. 아이의 이름은 도넬이었다. 기디언이 들으면 무어라 할지도 모르지만 아이를 낳는 순간에 그런 생각이 들었다. 천사의 정원에서 이름도, 사랑도 받지 못했던 아이들을 대신해서라도 이 아이를 마음껏 사랑해주겠다고 말이다. 그래서 이름을 도넬이라고 지었다. 그리고 부모와 자식의 인연 역시도 하늘이 정해주니 아라의 운명의 상대로 딱 알맞다고 생각했다.

"아빠가 여기서 별이 된 거야? 그래서 여기는 이렇게 반짝반짝 하는구나."

아이는 폐허가 된 공간을 보고서 입을 헤 벌리며 즐거워했다. 바람에 흩날리는 모래들이 태양빛에 반사되어서일까. 도넬의 눈에는 그것들이 반짝거리는 별처럼 보이는 모양이었다.

"도넬의 말대로네. 아빠가 이곳에서 별이 되는 바람에 여기도 자연스럽게 반짝이는 곳이 되었나 봐."

아라는 몸을 살짝 숙여서 사랑스러운 도넬의 이마에 가볍게 입을 맞추었다. 그러자 아이는 기분이 좋은지 팔짝거리며 이곳저곳을 뛰어다니기 시작했다.

"엄마, 여기 봐. 여기에도 도넬처럼 작은 꽃이 피었어."

도넬은 해맑게 웃으며 들꽃을 손가락으로 가리켰다.

"이렇게 도넬을 닮은 꽃이 핀 걸 보면 아빠가 도넬한테 선물을 주고 싶었나 봐."

아이의 순수하기 그지없는 말에 아라는 순간 눈물을 왈칵 쏟을 뻔했다. 어쩌면 아이의 말처럼 저 꽃은 기디언이 아라와 도넬에게 주는 환영 인사일지도 모르겠다는 생각이 들었다.

"그러네…… 아빠가 도넬이 온 게 정말로 기쁜 모양이야."

아라는 도넬의 곁으로 다가가 함께 들꽃을 잠시 바라보았다. 아주 작고 눈에 띄지는 않지만 이곳에서 뿌리 내리고 온전히 꽃망울을 터트리기까지 이 들꽃은 오랫동안 인내하고 버텼을 것이 분명했다. 이 장소의 모든 것이 한때는 아라를 가슴 아프게 만들었지만 이제는 경건한 마음으로 바라볼 수 있게 되었다. 사랑하는 사람이 죽은 장소에 새로운 생명이 찾아들었다. 마치 자신의 곁에 도넬이 찾아왔던 것처럼 세상에 기적은 존재하는지도 모른다.

"엄마가 가져온 장미다발은 이 들꽃 옆에 두도록 할까?"

"웅! 도넬도 그게 좋은 것 같아."

아라가 들고 있던 장미를 들꽃 근처에 내려놓는 동안 그 모습을 물끄러미 바라보던 도넬이 고개를 갸웃하며 물었다.

"그런데 엄마, 왜 하필이면 아빠한테 장미를 주는 거야?"

"그건 말이지, 네 아버지가 엄마에게 많은 장미를 주었거든."

불어오는 바람결에 머리카락을 넘기며 아라는 따스한 시선으로 도넬을 바라보았다. 그런데 그 순간, 두 사람만 있던 공간에 다른 이의 발소리가 들리기 시작했다. 처음에는 대수롭지 않게 여겼지만 발소리가 점점 두 사람을 향해 다가오자 아라는 신경을 곤두세우며 도넬을 자신의 곁으로 바짝 끌어당겼다.

"엄마……."

"괜찮아, 도넬."

아라의 반응에 도넬도 긴장이 되는지 그녀의 하얀 원피스 자락을 손에 꼭 쥐었다. 아라는 멀리서 다가오는 인영을 향해 날카롭게 물었다.

"우리에게 무슨 볼일이라도 있나요?"

멀어서 잘 보이지 않던 인영이 점점 가까워져왔다. 걸어오는 상대는 어딘가 불편한지 다리를 절뚝이고 있었다. 그리고 이내 햇살을 듬뿍 머금어 반짝이는 그의 금색 머리카락이 눈에 들어왔다.

"Love guided me here."

로미오와 줄리엣의 대사를 읊조리는 그의 음성에 처음에는 두 귀를 의심했다. 그리고 점점 다가오는 그를 보며 환영을 보는 건 아닌지 착각이 들었다. 믿을 수가 없었다. 이제 더 이상 그는 곁에 없다고 억지로 체념하며 지내왔던 지난날을 단 한 번에 깨부수는 일이 눈앞에서 일어나고 있었다.

"거…… 짓말."

도넬과 같은 청록색의 눈동자는 아라를 부드럽게 바라보고 있었다. 그리고 이내 그 시선은 도넬을 향했다. 폭파 사고가 있은 후에 그는 오랫동안 혼수상태에 빠져 있었다. 그리고 겨우 깨어난 후에도 제대로 사람 구실을 할 수 없을 정도로 망가져 있었다. 그런 상태에서 아라를 만날 수 없다는 생각에 그는 오로지 그녀의 모든 걸 멀리서 지켜볼 수밖에 없었다.

"정말로 저를 많이 닮았군요. 하긴, 제 아들이니 당연한 건가요. 이름을 도넬이라고 지었다고 들었습니다. 아라다운 선택이라는 생각이 들더군요."

그는 아들인 도넬의 머리를 가볍게 쓰다듬었다. 이전에는 몰랐는데 단지 피가 이어진 것만으로도 아이가 사랑스럽게만 느껴졌다. 하지만 그 이상으로 오랜만에 마주하는 아라에 대한 그리움도 감출 수가 없었다. 그는 아라를 향해 천천히 손을 뻗어 그녀의 뺨을 부드럽게 쓰다듬었다. 그 익숙한 감촉과 체온에 아라는 흠칫 몸을 떨었다.

"제가 없는 동안 많이 그리워했습니까?"

"아니야…… 말도 안 돼. 당신은 분명…….."

"당신의 말이 맞습니다. 지금 나는 그저 죽어 있는 사람, 유령이나 다름없죠. 더불어서 이름조차 없습니다."

그는 여전히 매끄럽지만 다정한 어투로 말했다. 아라는 가슴속에만 숨겨두고 억지로 꺼내보지 않았던 과거가 한꺼번에 터질 것처럼 밀려드는 걸 느꼈다. 그가 살아 있었다. 죽은 줄로만 알았던 그가 지금 눈앞에서 걷고, 말하고 있었다. 그가 너무 그리워서 보는 환상은 아닐까. 아라는 떨리는 손끝으로 그의 얼굴을 더듬었다.

"어떻게…… 어떻게 된 일이지?"

"운이 좋았습니다. 폭파가 있고 얼마 있지 않아서 비앙카가 저를 찾아냈거든요. 하지만 저는 후유증으로 오랫동안 치료를 받아야만 했습니다. 그 탓에 한쪽 다리는 제대로 쓸 수가 없죠."

"해리슨이 당신을…… 당신의 시체를 찾았다고 했어."

"그건 저와 비슷한 체형을 지닌 시체를 찾아서 바꿔치기한 겁니다. 저도 언제까지나 도망자 신세로 살아서는 안 되겠다는 생각이 들어서 말입니다."

그렇게 말하며 그는 다정하게 미소 지었다. 그 미소를 마주한 순간, 아라의 조금이나마 남아 있던 설마 하던 의심은 모두 사라져 버리고 말았다. 틀림없는 그였다. 너무도 사랑하고 그리워했던 자신의 남자였다. 아라는 차오르는 눈물을 차마 막지 못하고 울음을 터트렸다. 볼을 타고 흘러내리는 그녀의 눈물을 닦아주며 그는 조심스레 물었다.

"아라, 저는 또다시 누구도 아니게 되었습니다. 그런 제가 당신의 곁에 있을 자격이 있을까요?"

아라는 제대로 된 대답도 하지 못한 채 고개만 가로저었다.

"아라……."

그 뜻을 알 수 없는 행동에 기디언은 미간을 찌푸리며 그녀의 곁으로 한 발자국 더 다가갔다. 그리고 아라는 그런 그의 품 안으로 곧장 뛰어들었다.

"누구도 아닌 게 아니야. 당신은…… 나의 기디언이잖아!"

그녀의 말에 기디언은 가슴이 벅차오르는 듯 그녀의 온몸이 으스러질 정도로 꽉 껴안았다.

"당신을 한 번 놓았던 저를…… 도넬이 태어난 것을 알고서도 당신을 혼자만 기다리게 만든 저를 다시 기디언이라고 불러주는 겁니까?"

아라는 여전히 눈물이 그렁한 눈으로 그와 시선을 맞추었다.

"지금까지 당신이 어떤 이름으로 있었든, 어떤 사람으로 있었든 상관없어. 내게 당신은 언제까지나 나만의 기디언이야."

"아라."

그녀에게 다시 기디언이라 불리는 순간, 그는 다시 살아난 것 같은 기분이 들었다. 이렇게 다시 만나기까지 긴 인내의 시간을 보내야만 했다. 볼품없어진 자신을 밀어내면 어쩌나 고민하던 시간도 있었다. 하지만 더 이상 참을 수가 없어서 그녀와 마주하게 된 것이다. 눈앞에 아라를 두고 있는 지금, 자신이 얼마나 어리석었는지 깨닫게 되었다. 그리고 더 이상 기다릴 수 없다는 생각이 들었다.

"더 이상은…… 지켜보지만은 않겠습니다."

그는 아라의 입술에 격정적으로 입을 맞추며 마음껏 그녀의 숨결을 탐닉했다.

"하아…… 다시는 절대로 당신과 떨어지지 않겠습니다."

"내 곁에서 멀어지지 마. 언제까지나 나와 함께 있어줘."

"사랑합니다, 아라. 이전에도, 지금도, 그리고 앞으로도 영원히 오로지 당신만을 사랑하겠습니다."

"나도…… 당신만을 영원히 사랑해, 기디언."

서로 이마를 맞댄 채 두 사람은 해후의 기쁨과 동시에 사랑의 맹세를 나눠 가졌다. 이 감정이 사랑이 아닌 다른 단어로 불린다고 해도 두 사람은 변함없이 서로를 향한 마음을 나눌 것이라 생각했다.

더 이상 이름은 중요하지 않았다. 말이란 것이 사라진대도 상관없었다. 두 사람이 함께할 수 있다면 그 세상은 영원한 낙원이 될 테니까.

-마침-